"人情"与"女性"

晚清文学与明治文学关系研究

李艳丽 / 著

上海社会科学院出版社
SHANGHAI ACADEMY OF SOCIAL SCIENCES PRESS

图书在版编目(CIP)数据

晚清文学与明治文学关系研究："人情"与"女性"/李艳丽著. —上海：上海社会科学院出版社，2019

ISBN 978-7-5520-2968-0

Ⅰ.①晚… Ⅱ.①李… Ⅲ.①中国文学—古典文学研究—清后期②日本文学—文学研究—明治时代 Ⅳ.①I206.5 ②I313.064

中国版本图书馆 CIP 数据核字(2019)第 256951 号

晚清文学与明治文学关系研究——"人情"与"女性"

著　　者：李艳丽
责任编辑：霍　覃
封面设计：周清华
出版发行：上海社会科学院出版社
上海顺昌路 622 号　邮编 200025
电话总机 021-63315947　销售热线 021-53063735
http://www.sassp.cn　E-mail：sassp@sass.cn
照　　排：南京展望文化发展有限公司
印　　刷：上海天地海设计印刷有限公司
开　　本：710 毫米×1010 毫米　1/16
印　　张：20.75
字　　数：316 千字
版　　次：2019 年 12 月第 1 版　2019 年 12 月第 1 次印刷

ISBN 978-7-5520-2968-0/I·364　定价：88.00 元

1

2 | 3

1.《万国航海　西洋道中膝栗毛》书影，假名垣鲁文，岩崎胜藏，1884。

2.《安愚楽鍋：牛店雑談　一名　奴論建》书影，假名垣鲁文，初篇，诚至堂，1871。

3.《高橋阿伝夜叉譚》书影，假名垣鲁文，锦松堂，1885。

4a	4b
5	

4.《春色梅児誉美》书影，为永春水，祥云堂，1887。

5.《紅葉全集》第1卷书影，尾崎红叶，博文馆，1904。

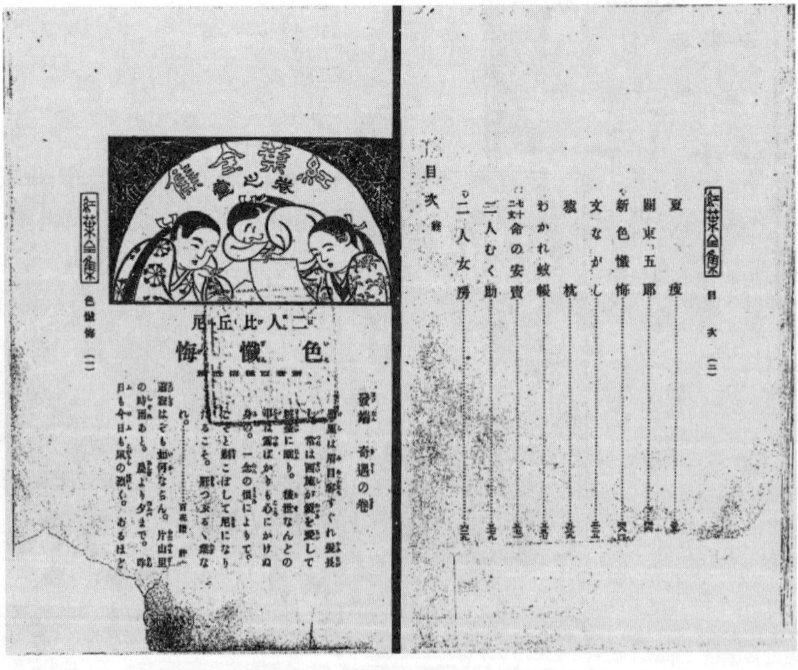

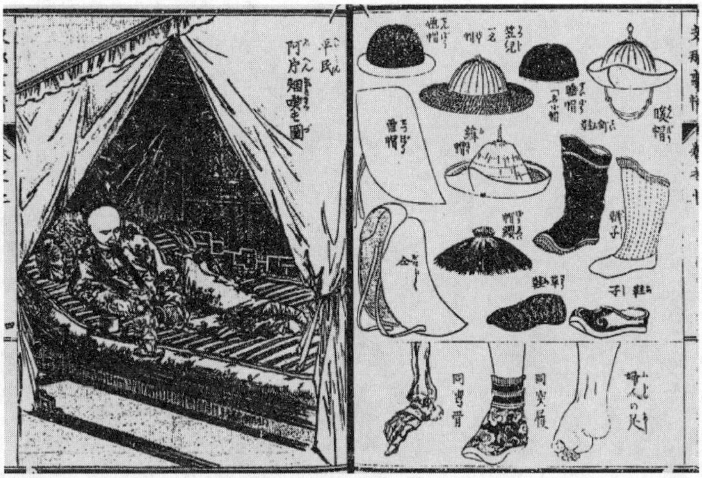

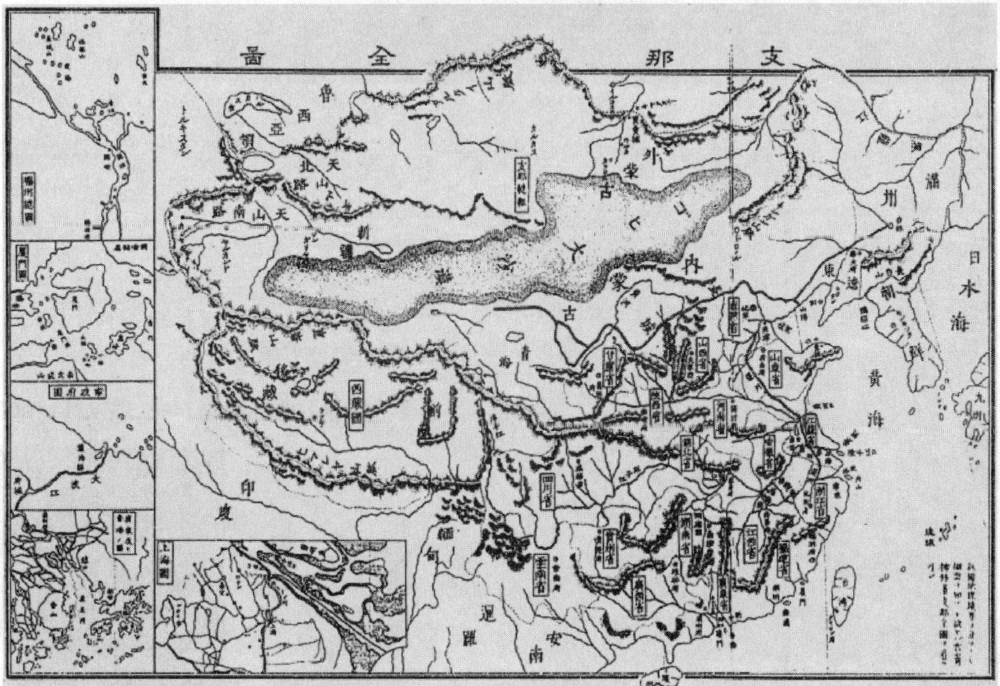

6a | 6b
6c

6.《現今支那事情：2卷》(上)书影，假名垣鲁文，和泉屋吉兵卫等，1875。

不如歸

蘆花生著

7

8a | 8b

7.《金色夜叉》书影,《紅葉全集》第7卷,尾崎红叶,岩波书店,1993。

8.《不如归》书影,德富芦花,民友社,1903。

9 | 10
11

9. 林纾（1852—1924），图为1922年71岁时照片，刊于《人间世》第14期（1934年10月20日）。

10. 林纾《迦茵小传》书影，商务印书馆，1912。

11.《巴黎茶花女遗事》书影，清光绪二十五年（1899）林氏畏庐刻本1函2册。

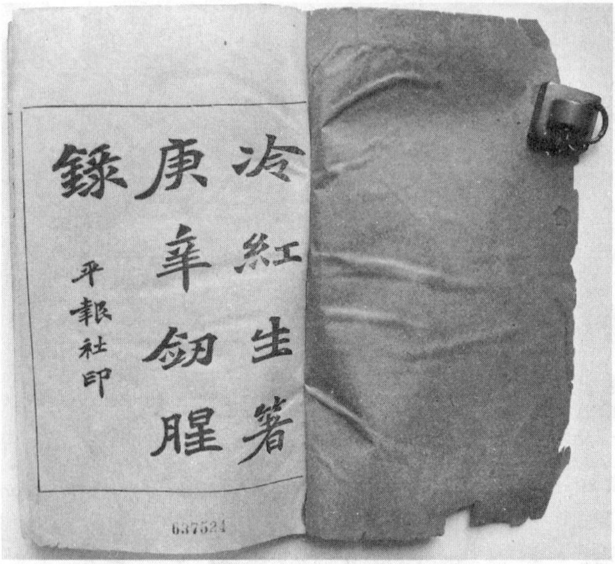

12. 林纾《剑腥录》书影，线装本，初版，平报社，1913。

13.《恨海》电影海报，吴趼人，1931。

14.《电术奇谈》电影海报，吴趼人;《新闻卖子》，菊池幽芳（原作），骎骎堂，1900。

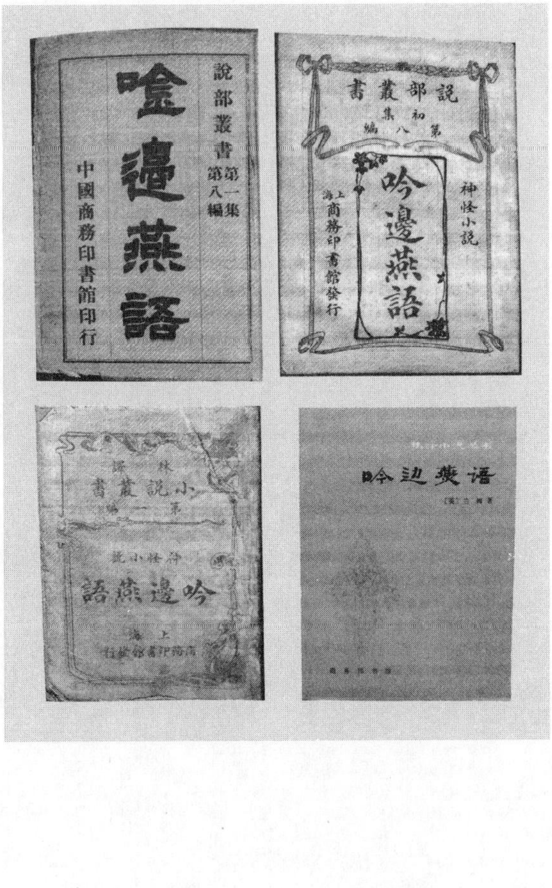

15 | 16
17a | 17b

15.《林紓冤罪事件簿》书影，樽本照雄，清末小说研究会，2008。

16.《林纾冤案事件簿》书影，李艳丽译，商务印书馆，2018。

17.《吟边燕语》书影，林纾、魏易译，商务印书馆，1904；《吟边燕语》各种版本书影。

自序

一

1901年,光绪皇帝颁布了新政改革上谕。无独有偶,1868年,日本明治①天皇颁布了"五条御誓文"。这清楚地表明,两国政府均以一改陋习、寻求外国知识、巩固皇基作为新政的方针。其中提及的"向世界寻求知识"口号,传递着两国向外部世界开放的信号,具有重要的意义。晚清政府实施了思想与制度的新政改革,从传统迈向近代;日本通过明治维新一举成为亚洲强国。

在这激荡的维新时期,出现了两个西方文化的传播者,林纾和假名垣鲁文。

不通外语的林纾(1852—1924),依靠他人的口述,用文言文翻译外国小说。凭借200余种单行本译著及卓越的文采被称为"介绍近世西方文学的第一人"。他加入过维新的行列,写过白话诗集《闽中新乐府》,这本书具有鲜明的时事性。另一方面,林纾作为桐城派的大家名噪一时。晚年的他被批评为与新文学相对抗的封建文人、晚清遗老。

假名垣鲁文(1829—1894)活跃于明治初期,正值江户戏作文学与崭新的外来文明交葛缠绕之际。他创作了很多西洋开化物,如《安愚楽鍋》《万国航海　西洋道中膝栗毛》等喜闻乐见的滑稽小说,为跨入明治时代的日本人提供了很多西方的知识。鲁文不通外语、未曾留过洋,他的西方知识很多都来源于大教育家福泽谕吉,他将其一本本启蒙书改写成滑稽小说。他甚至还是日本第一个翻译莎士比亚作品的人。这样的他,本质里却是游戏文艺的江户遗民,最终他告白说:"归根到底,还是难以理解外国文学。"

① "明治"是日本明治天皇在位时的年号,时期为1868年9月8日—1912年7月30日。

在全然不同的中日文化背景下培育起来的文人，却拥有着相似的文化活动轨迹与矛盾的文人心理，体现出近代初期东亚两国在面对西方文明时发生的冲突与融合。然而，其“文化保守主义”亦有区别：林纾立足中国语言文化的基础，批判性地吸收西方的优点，用中国的文学尺度去衡量西方文学，较多呈现西方文明的优点。他以文言文翻译“小说”，亦提供了雅俗折中的模式。鲁文以“日本人”为对象，嘲讽文明开化中的日本的乱象，却缺乏对西方文明甄别、批判的意识。他以妇女儿童为读者对象，延续了江户戏作“虚为主、实为客”的本质。

近代以后，中日两国在西方经济、文化、军事的外部压力下，打开国门并通过改革转型成为近代国家。在这一过程中，林纾、鲁文作为帮助社会大众理解西方文化、形成近代思想观念等方面的“媒介者”，发挥了重要作用。林纾虽然是一介在野文士，但其桐城诗文在新旧文人之间获得了广泛且较高的评价；“林译小说”提高了小说的地位，对后来成为新文学家的众多文学家产生了重要的引导作用。鲁文是明治文坛最出色的也是最后一位戏作小说家，对新文学的创新发挥了承前启后的重要作用。鲁文创办的《仮名読新聞》《魯文珍報》成为明治初期与政论性大报相抗衡的“小报”，开创了报刊连载小说的模式，培育了后来成为近代文学的“国民”读者群。近代文学写实主义的倡导者及实践者坪内逍遥就是《魯文珍報》的爱读者。鲁文弟子众多，创作丰厚，可以说，讽刺小说、政治小说、侦探小说的雏形就形成于鲁文影响圈。

此外，值得关注的是，虽然林纾与鲁文本身的文学活动并没有交集，但在中日文学史上却有所交汇，提供了比较文学的有趣案例。例如，两者都是本国早期译介莎士比亚的作家，对英国文学的引进传播起到了先头作用；鲁文创作的“毒妇物语”《高橋阿伝夜叉譚》是王韬《纪日本女子阿传事》的蓝本；鲁文编辑出版的《現今支那事情》令其身陷版权案之中，体现出对清朝的蔑视情绪；林译小说中只有一部日本作品，正是德富芦花的名著《不如帰》，这部作品在晚清引起了较大反响。

二

对于一个外语专业出身的人来说，随着自我的学术兴趣的不断定型，常常会有种力不从心的感觉。因为这不仅需要母语的能力、中国文学的背景知识,还需要其他语种的助力。

在21世纪全球化的今天,即便对于一般大众来说,文化交流也是寻常的事情。而在此一两百年前,国家之间的交流也不是封闭的。每一个国家都会与别国发生文化交流关系,即便像日本在江户锁国的200多年中也依旧保留了长崎港口,选择性地吸纳了中国及荷兰的文化。这就是我们现在做研究的时候常常会不经意地遇到"比较文学"的缘故。

在我求学的经历中,特别要感谢在复旦读研究生的那段时期。有一位周召孝先生开了江户文学的特别讲义,我莫名地对井原西鹤(1642—1693)产生了浓厚兴趣,这大概是我后来在日本留学时直奔"江户时代"而去的最重要的原动力。于是,我在异彩纷呈的江户文学中发现了诸多宝藏,而在这些宝藏之中,我又捡起了为永春水(1790—1843)。

为永春水是江户后期的戏作小说家、人情本小说的元祖。"人情本"是一种小说体裁,在江户后期迎来了繁荣。其以写实性的会话体,以描写庶民社会的恋爱与人情为特征,通常也被称为"泣本"。人情本最成功的作品是《春色梅児誉美》,在女性读者中引起了强烈反响。

我对这本书的最初的兴趣,是出于一些文学评论称其因"猥琐"而被取缔,春水为此还受了刑罚。身为女性,天生对"人情"一词有着较强的敏感。"人情本"描绘的是庶民的爱情故事,所以这个"人情"与"爱情"是什么样的关联?春水成功地塑造了江户时代"意气"的女性形象。所谓"意气",包含了一种对于命运适从的恬淡理念,融合了日本文化特色的审美意识,被誉为东洋文化的精髓。在压抑的封建时代,《春色梅児誉美》刻画出的勇敢追求爱情、忠贞不渝的女性,无疑成为普通女性所向往的奔放爱情的最佳代言人。

即便在现代,人情本的元祖为永春水也没有获得很高的评价,甚至有可能被认为研究价值低而处于被忽略的地位。然而,春水开创的通俗易懂的会话体及倡导的"人情"理念,对近代文学的成立产生了重要影响;他塑造的勇敢追求爱情的"意气"的女性形象,也对近代文学的女性命题具有深刻的意义。毫无疑问,在小说的主要因素——"人情"与"世态风俗"这两点上,应该对春水及江户末期的人情本给予适当的评价。

明治十八年(1885),坪内逍遥发表《小說神髓》,提出了"小说的首脑在于人情,世态风俗次之"的重要观点。坪内的文学论受到了西方文化的影响,但其"写实人情论"明显体现出本居宣长(1730—1801)"物哀"[①]的风貌。这也表明了外来的"写实"与内在的"人情"相融合。可是,逍遥自己没有真正地去实践"写实"。紧随其后,明治二十年,二叶亭四迷出版了一部《浮雲》,这部作品与逍遥的《小說神髓》共同被视为日本近代文学的奠基。可惜的是,二叶亭也很早中止了文学创作。于是,近代文学的实践便落到了一帮搞文学的大学生的身上。

明治十八年,尾崎红叶、山田美妙、石桥思案发起了砚友社。这个社团组成之初并没有什么特定的宗旨,不过是一帮20岁的大学生的练笔,并且自嘲为"犄角旮旯"的文学。不过,他们还是有一种共同的风格的,那就是辞藻流利,擅写诉说人情的小说,继承了坪内逍遥写实主义人情论中的"人情"。砚友社的成员诸多且各有风范,仅红叶门下就诞生了四大天王:小栗风云、广津柳浪、泉镜花、德田秋声,其所擅长的深刻小说、社会小说、悲惨小说开自然主义文学之先河。领军人物尾崎红叶几乎垄断了整整10年的明治文坛。红叶作品无一不描写女性,而被称为"女性物语"。他的第一部出世之作《二人比丘尼》自称"一字一泪的大著作",果然,他写的各式各样的女性物语大都是悲剧性的结局,罕见大团圆的欢喜。

红叶(砚友社)小说常常被批评为社会意义不深刻,但其细致地描绘出人情世态,而成为一大流行。本来,砚友社成立之初就有一种对抗江户以来的儒学劝善惩恶及欧化主义的性质,[②]也就是日本本民族的文学与外来(中国、西方)的对抗。这与社会政治层面上的思潮发生了呼应。

日本文学一般给人柔美平和的感觉。这大约可以追溯至古代的"まこと"("真")论,是一种平淡美、朴素美的文学论。到了近世,儒学成为武士统治阶级的官学,宣扬实利主义的儒教人生观,小说中多充斥着劝善惩恶的道德观念。与这种露骨的教化式小说相比,上岛鬼贯[③]"まこと"真情论,将人

---

① "物哀"是本居宣长提出的平安时代的文艺理念、审美意识,"豪邁なる俊傑の心境にも女々しき心の堺がある"。它将表示对象客观的作为"物",将表示感动主观的作为"哀",两者协调为一种优美而细腻的情趣理念,其最高成就者为《源氏物語》。

② 本居宣长的"物哀"当初也是对于用儒学阐释《源氏物語》的突破。

③ 上岛鬼贯(1661—1738),江户中期的俳谐家,崇尚无造作的朴素自然之风。

的自然本性与道德性微妙地结合在一起；本居宣长提出的“物哀”说中包含了优美哀婉的审美与阴柔的人性两个方面，这两者其实统一于“真心”，也就是一种“真”。其实，劝善惩恶式小说虽然是出于对儒教主义下的幕府统治的迎合，但它也是符合人性、符合人们情感评判标准的。所以，井原西鹤的“好色物”、为永春水的“人情本”能够成为流行小说。到了明治时期，红叶小说是公认的“女性小说”，这与他所继承的西鹤风格、爱读江户小说具有很大的关联。所谓“写实”的人情小说，与“真”也是相通的。

三

1902年梁启超提出“小说界革命”论之后，中国近代小说揭开了帷幕。带有功利主义色彩的小说理论及实验作品、政治小说的宣扬，在中国引起了极大的反响，最直接的就是促发了谴责小说的兴盛。然而，政治救国的受挫、过分注重小说的政治功利性而抹杀文学性毕竟不能违背小说自身的特性，在短暂的低潮之后，以创作《二十年来目睹之怪现状》而闻名的谴责小说家吴趼人竟高举“写情小说”的旗帜，1906年由广智书局印行《恨海》。这距离“小说界革命”论的提出只有短短的4年。写情小说的热潮无疑是对政治功利论的突破，可是，中国的写情小说，被称为“无情的情场”。[①] 然而，在租界开放的城市里，外来文化的冲击与政治革命的退潮，都促进了写情小说的“情”的增加，甚至在辛亥革命之后，演变为炽烈的鸳鸯蝴蝶派。可是，此时期的写情小说并非单纯的男女之间的恋爱故事，而是附加了种种“正名”与“道德”。尽管如此，它饱含了作者真挚而深切的情感。写情小说虽然漫溢着“无情”的泪水，却依然执着地追求“有情”。

无独有偶，日本近代小说的出发始于坪内逍遥的《小說神髓》及其理论的完成者二叶亭四迷《小説総論》。出于对江户时代以来的儒学劝善惩恶的批判、对于欧化主义的抵抗而提出的“人情”，由于过分注重写实人的心理，反而缺乏探求社会的意识。逍遥受自身的文学限制和西方理论的影响（主要受18世纪英国的常识主义、应用文学理论），仅仅4年便停止了创作，贯

① 陈平原：《二十世纪中国小说史》（第一卷）第七章，北京大学出版社1997年版。

彻其精神的二叶亭四迷也很快转向俄国文学翻译。事实上，明治二三十年代，文坛完全被另外一种风格所垄断，那就是以尾崎红叶为主将的砚友社。流利的辞藻，奔放的情绪，充满着江户趣味的“人情文学”。尽管在很长一段时间，砚友社被斥责为“低俗”的江户戏作，但更有文学家悲叹，在明治末期自然主义文学兴起之后，日本文学就消失了。①

砚友社的地位及遭遇与晚清写情小说很相似。我们一向视1919年新文化运动为现代文学的开端，而非1902年梁启超提出的“小说界革命”的理论。直到20世纪90年代才开始重新审视这一问题，其原因就在于——梁氏强调的文学功利性与教化作用是符合“五四”新文化运动的宗旨的，可是这一理论之后出现的小说繁荣现象，并非在于政治小说，而更在于写情小说。尽管写情小说在20世纪初的文坛占据了很大的分量，出现了痴情、艳情、言情、苦情等各种以“情”字为关键词的小说，却依然被称为“晚清小说的末流”，②评价很低。到了20世纪10年代，鸳鸯蝴蝶派又将这一风格延续了下去，风靡一时。由于鸳鸯蝴蝶派构成复杂、良莠不齐，其中“写情小说”的积极意义也被否定了。

中日现代文学的最初的出发点是不同的，但在其发展的早期，不约而同地出现了重视“写情”文学现象。在政治小说、谴责小说之类的功利教化主义理论之下；在对抗欧化主义、国粹主义之下，写情小说的兴起反映了民众真正的心理需求与品位。低俗、媚俗的名称并不能作为对其真正的评价。在重新思考写情小说的意义时，也将会发现社会伦理关系、伦理观念的演进。

四

前几年，我在晚清小说及晚清日语小说译介研究上花了不少精力。从日本文学到晚清小说，这个跨度似乎有点大，而缘起则是2008年中国近代文学学会第十四届年会，承蒙复旦大学黄霖先生邀请我参会。当时我正以

---

① 永井荷风：《新帰朝者日記》，载永井荷风《荷風集》，易风社1909年版，第36—37页。
② 阿英：《晚清小说史》，(香港)太平书局1966年版，第169页。

“近代初期中日文坛的都市知识分子的情况与思想”为题，①对日本明治前期的报纸杂志（《驥尾团子》《○○珍聞》）及晚清四大小说杂志进行调查。虽然此时我尚未对晚清日语小说译介问题有什么深入的了解，但就管见，这一块研究领域中存在着不少的问题。第一是对整体情况的把握明显不足，所以细化到各专门题材、具体作品、具体作家、翻译者时，几乎处于空白的状态。第二是就当时学术界讨论的比较热烈的“政治小说”而言，先行研究尚未辨明该种类的发源及演变，以至于发生了一些概念上观念上的错误，从而影响了对日语小说译介的整体把握。于是，我就写了一篇总括性的讨论——《清末日译小说中的“德”“情”取舍——以政治小说与砚友社系小说为中心》，②在会议上发表时获得了专家的高度评价。这极大地鼓舞了我在晚清日语小说译介研究上的前进，几年后结集成一本比较有价值的专著。③

有趣的是，这本小书却是“无心插柳柳成荫”的，是我在做博士论文的时候完成的另外一个作品。在通过对近代初期中日文坛的小说杂志及知识人的考察之后，我最终将“日本”全部去掉，专门做了一篇晚清写情小说的博士论文。④

晚清写情小说在文学史上被评价为“末流”，它在政治气氛浓厚的20世纪初兴起，被研究者称为“异军突起”。然而，写情小说是事实上的流行，更衍生至民国初年的鸳鸯蝴蝶派；而政治小说、谴责小说不过出现了短短几年。写情小说不应该说是“突起”，而是“复兴”，只是带有重大变化的。

外国人一般将中国文学评价为偏重“政治”的文学，简而言之，即“言志载道”的文学。但是，中国文学还有一个重要的概念——“缘情而绮靡”，小说的主流向来都是言情小说。只是到了晚清近代的时候，才突然被外来的政治小说所突破。但是，有意思的是，出于救国醒民、提高小说地位的政治小说（及谴责小说）很快就被写情小说所取代，而其首倡者就是著名的谴责小说家吴趼人，首先刊载写情小说的刊物就是政治小说的引进者梁启超创办的《新小説》。

---

① 李艳丽：2005—2007年度日本学术振兴会（JSPS）特别研究员之研究课题。

② 后刊载于复旦大学古代文学研究中心《中国文学研究》2009年第14辑。

③ 李艳丽：《晚清日语小说译介研究（1898—1911）》，上海社会科学院出版社2014年版。

④ 李艳丽：《清末写情小説における〈女性〉——近代初期文人の女性をめぐる肖像とその在り方》，博士学位论文，东京大学2013年。

对于这样一个奇妙的文学栏目配置、作家与政治家的配置，该如何解读呢？研究写情小说的意义，不仅是对文学史的修订，更重在探讨中国文人在近代的转型。“写情小说”是特定时期下的文学名词，“主情主义”是在近代化过程中，旧有的秩序开始被质疑而逐渐瓦解、变化之际经常发生的思想运动。写情小说表现出与上层政治不同的下层“女性性”的建立，这是世界史上被指摘的相同点，具有普遍研究的意义。

在清末民初这一历史转折期，写情小说家虽然依旧维系着（相对于女性的“阴”来说的）男性自我的“阳”，但作为传统文人的“阳”已然凋落。而填埋这一凋落的是以往处于“阴”的位置的女性的“情感”，这一“情感”被试图推升至国家的“理想”。这也就是写情小说的“情”之所以被提升至国家、忠孝大义的“情”的内因。可以说，这个过程是原本阴柔化、女性化的“文人”在中国思想史上第一次从“阴”的位置上开始蜕变的一个瞬间。即晚清写情小说暗示了在儒教制度下发挥着“阴”“女性”作用的文人，终于将要打破这一历史框架。可是，晚清写情小说家毕竟还是处于“阴”的位置，既重视传统道德，又非政客、精英知识分子。

晚清文人所具有的这样一种局限性的最大要因在于，“女性化”毕竟只是“化”，作为作者的男性依旧维持着他身体的权威。另一方面，虽然女性作为丰富的“情感”存在而得到了深刻的描写，但是她们的“情感”往往被男性的“权威”所阻碍。这也是写情小说被评价为“无情的情场”的原因。尽管如此，在儒教体制的瓦解中，女性的“情感”与象征了忠孝节义的“理想”形成互补关系，并且逐渐完备了“情感”自立的条件。晚清写情小说中的“女性”描写，就处于近代中国黎明期“理想”与“情感”的价值观转换之中。

五

女性形象研究在文学史上一直都是别有兴趣的课题，不仅有着文学审美、大众审美的需求，也有时代的需求，比如近代初期倡导的“贤妻良母”。不过，在日本文学史上还有一类恶女/毒妇的形象，却也是作家们钟爱的对象。

高桥阿传，生于 1850 年，卒于 1879 年，享年 29 岁，是明治时期乃至日本文学史上最著名的“毒妇”。她用剃刀割了富商的喉咙致死而被处以斩首的极刑。自她被处死的第二天起，新闻媒体上便开始刊登她的故事。其后，从明治到大正、昭和，阿传故事的版本层出不穷。在阿传故事的始祖假名垣鲁文的笔下，[①]阿传不仅杀了富商，还勒死亲夫，对她的某个情夫毒杀未遂，被勾勒出一个剽悍的狰狞形象。

同样是在明治时代，阿传被处死4个月后，晚清文人王韬游历东京。他在新富座剧场观看了一出《高橋阿伝》的歌舞伎，然后，他写了一篇观后感日记，5年后做了扩写与补充，以《纪日本女子阿传事》为题刊登于晚清著名的画报《点石斋画报》。

然而，在王韬的笔下，妖女阿传的面貌似乎柔和了许多，甚至有美化成“美妇”“贞妇”的嫌疑，研究者认为王韬对阿传给予了同情。为什么会产生这样的差异呢？新富座上演的歌舞伎底本是河竹默阿弥《綴合於伝仮名書》。在江户时代的“恶女”“毒妇”形象的传承中，歌舞伎是一个重要的载体。王韬的写作无疑是改写与“美化”，与日本流传的作品及形象之间发生了偏离，这也影响了今日中国学者的解读。

阿传的真面目究竟如何，作为一个平凡的农村女子，可能无法被大众获得确凿的史料。但是在近代初期的差不多的时段，中日文人对其形象的“毒化”与“美化”书写却有着较大的差异。这个差异不仅与作家个体的审美、中日文学的审美有关，也与时代氛围有着千丝万缕的关联。假名垣鲁文这个日本本土作家，大概并不知道自己的作品被中国作家拿去做了改写，不过他与中国的关联还不仅限于此。

幕末明治初期出现了很多关于中国的《支那遊記》《支那事情》，这些记述描绘了晚清“不卫生”之状况，流露出负面印象，而且这种印象还延续至明治后期、大正时期。卫生绝不仅仅是个人清洁的意思，更寓意了近代卫生行政，具有与中国传统医学“养生”不同的社会性、公共性、能动性，是近代国家建设中的重要一环。晚清与明治在同一时期注意到西方兴起的卫生学，考察了西方的卫生系统，引进了卫生书籍。但是，“卫生”在两国的发展与建构表现出明显的差异。日本之所以关注晚清的卫生，既有明治时代疫病流行

① 假名垣鲁文：《高橋阿伝夜叉譚》，自由阁1886年版。

之背景，港口城市开埠之后因外国人杂居而产生的疫病控制之需，也有鸦片战争之后日本以中国为反面教材的鄙视情绪。

假名垣鲁文是明治初期最著名的戏作家，他将大儒福泽谕吉的著述改写成诙谐的小说，为跨入新时代的明治人提供了通俗易懂的西方知识。这个没有出过国的作家在明治八年撰写了一部《現今支那事情》，竟引出了一桩版权侵犯案。原来他大量抄录了前一年出版的永峰秀树的《支那事情》，然而，鲁文新加的内容也可能是很重要的——这就是晚清的“卫生”。

1865年，福泽谕吉《唐人往来》发表，评中国：“众人皆不知世间，自恃本国为至上尊贵之物；更不知学习他国之风以改革，因狂妄自恋之病而酿成灾祸。”[①]其后，他在《世界国尽》(1898)中也表达了相同的中国观。[②] 无独有偶，假名垣鲁文的《現今支那事情》中也有一段相似的话：“支那文物本领先于他邦，教化为世界之前驱。然其开化滞留于半途，妄自尊大而蔑视轻侮其他。背弃盟约，常狡猾，墨守唯我独贵之气象，却数次蒙廉耻，国势渐减。”[③]假名垣鲁文被称为“赶潮流的作家”，这个“潮流”便是随着明治的大教育家福泽谕吉“赶”的。

鲁文的代表作《万国航海　西洋道中膝栗毛》(1870)中出现了对中国及中国上海的描绘，将清朝人的发辫叫作“猪尾”(“豚の尻尾”)。江户时代，日本人将蓄辫的满族人称为“芥子坊主”“バッチ坊主”，但并不含有侮辱的意味。到了明治十年后，“清朝＝猪”，“蓄辫＝猪尾巴”的印象却固定了下来。有研究者对明治初期的媒体做了研究，其中反映的中国印象[④]与《支那事情》之类表达的情绪是相符的。猪尾巴是“不洁”的印象，清朝代表了野蛮、顽固、守旧。这个印象不仅仅只是从别人的书中获得的，事实上也出自“内地杂居”的横滨中国街。《現今支那事情》便署名为“横滨 神奈川垣鲁文”。明治六年，鲁文进神奈川县府当差，并搬家至横滨。后来辞去官差，在横滨创办了报纸《仮名読新聞》，开设了阅览报纸的茶室。所以，他对清朝人的印象也许是由内而得，亲身经历的。鲁文虽然没有出过国，也不是洋学士，但

---

① 福泽谕吉：《緒言》，载《福沢全集》卷1，时事新报社1898年版，第19页。

② 福泽谕吉：《世界国尽》，载《福沢全集》卷2，时事新报社1898年版，第4—5页。

③ 假名垣鲁文：《現今支那事情》下册，第38页。

④ 小松裕：《近代日本のレイシズム——民衆の中国(人)観を例に》，《文学部論叢》78，2003年3月，熊本大学。

他以福泽谕吉等人的书为范本，改写出很多有关西方文化的畅销小说，《現今支那事情》也沿袭了他的一贯态度。鲁文是明治初期著名的戏作小说家，作品深受广大民众的喜爱。可以推测，他的这种中国印象也具有较广泛的接受力。

幕末明治初期，日本对中国的印象具有两面性。一是对传统古典的中国崇拜依旧比较深刻；二是鸦片战争中对战败的清朝产生蔑视侮辱感，这种感觉在描述晚清卫生时便清楚地表现出来了。这是明治著名戏作小说家的亚洲/中国认识，是一个值得探讨的课题。

假名垣鲁文虽然不谙外文，未曾出洋，却以通俗小说的方式介绍了很多西方文化。值得一提的是，他还是日本明治时期最早“翻译”了莎士比亚作品的作家。

作为英国文学经典的莎士比亚作品，在明治前期传入日本时，以青少年为对象的通俗易懂的兰姆版《莎士比亚物语》广为流传。日本以英国为范本建构近代国家，聘请外国人教师、设置英文学科、教授英国文学/莎翁作品，培育了莎学人才；引进诸多兰姆版作品，尝试各种翻案改写及舞台化，报刊媒体发挥了重要的推广作用；兰姆版的译者大多是接受了明治新式教育的英文学者，也活跃于报刊媒体。但是，这并不能严格定义：所谓在大报上刊登就是出于政党政论的目的，在小报上刊登就是出于娱乐性；对译者而言，也是自觉或不自觉地从娱乐与政治两方面推动了莎士比亚作品的译介与传播，这也从侧面体现了转折期日本文学的特点。

六

从江户人情本元祖为永春水“意气”的女性形象出发的我，当遇到明治、晚清这样巨大的历史裂变期，毫无疑问地被以“传统”去融合、去冲撞“现代”的假名垣鲁文、林纾吸引过去。而在探讨两个看似开化的先进文人的思想历程时，清楚地辨析了其所具有的浓厚的本位文化的情感，“情”“志”之间的纠葛。到了明治中期、清末民初，文人的书写越发聚焦于“道德”与“情感”的相克，男性文人的女性化书写得到了一定的阐释。这条看似蜿蜒的近代初期中日文学的比较文学线索，实质潜伏着“情感”与“女性”的暗流。

文字是浪漫的，但有力量。我曾经读到李欧梵先生所写的一段话，很吃惊，忍不住要录下来："在研究和写作的过程中，我竟然走火入魔，不知不觉地也步'五四'先人——特别是徐志摩——的后尘，开始浪漫起来，甚至在自己的第一本中文著作《西潮的彼岸》中大加发挥，把个人感情上的心路历程作为写作的主旨，甚至建立了一种文风，也真是'情'胆包天，不亚古人。现在看来，连这种自我探索的情操表现也被当今更露骨的'欲望'描述所取代。我不能说这是世风日下，人心不古，只能说当身体取代心灵、商品取代艺术品之后，文学研究变为(批判式的)'文化研究'也成了一种必然的现象。"[①]

这些年来在我的学习中，始终贯穿着"女性"与"情感"两个关键词。近代以后，与上层建筑、表面的政治不同的底层女性的崛起，是近代日本史乃至世界史共通的普遍性存在，这或许就是我的导师黑住真[②]先生能够纵容我在"江户明治"与"晚清"之间游走的一个原因吧。

我所就读的东京大学大学院综合文化研究科地域文化专业位于驹场校区，这是东京大学在帝国大学时期的农学部旧址，研究科下设专业几乎网罗了整个世界的文学、思想、历史、政治、经济、社会等方面的研究，具有横向贯通、多重文化研究的特质。我一直记得当年科长说的那句话："地域文化研究专业的每一篇毕业论文都是'珠玉'。"希望这本小书也能散发出独特的光芒。

李艳丽　戊戌年仲夏于沪上

---

① 李欧梵：《中国现代作家浪漫一代·中译本自序》，新星出版社 2005 年版。

② 黑住真(1950—　)，东京大学名誉教授，日本著名思想史研究者，代表作《複数性の日本思想》《近世日本社会と儒教》等。

目　次

第一部分

第一章 跛行的西方文明介绍者

——假名垣鲁文与林纾[①]之比较文学研究

绪论：两场维新与两个文人

1901年1月29日（光绪二十六年十二月初十），经慈禧太后的指示，光绪皇帝颁布上谕。该上谕被称为"改革运动宪章"。[②]

上谕中有云："法令不更。锢习不破。欲求振作。须议更张。著军机大臣大学士六部九卿出使各国大臣各省督抚。各就现在情弊。参酌中西政治。举凡朝章国政吏治民生学校科举军制财政。当因当革。"[③]一方面言明"三纲五常"乃是万世不变之理，另一方面亦承认顺应时势，政府当对统治方法进行改革，指摘了中国固守的陋习，提示了向西方学习的态势。

无独有偶，1868年4月6日（庆应四年三月一日），日本明治天皇召集了公家与大名，以向神明宣读誓言的形式发布了明治政府的基本方针"五条御誓文"。其中有云"破旧来之陋习，基天地之公道""向世界求知识，大振皇基"。[④⑤] 明治维新之际，新政府首先必须昭明维新精神，向百姓贯彻其施政方针。因此，天皇率亲王、公卿、诸侯、百官，在京都御所紫宸殿祭拜神灵，在神前宣誓将努力实现这五条国策。

如此可见，新政改革上谕与五条御誓文的方针都在于改正旧弊，寻求外

① 本文写于2003年，为笔者的东京大学硕士学位论文，收录在本书时有删节。另，部分内容以题为《仮名垣魯文と林紓の比較文学史——近代初期の文人意識における伝統と近代の相克》，[日本]《思想史研究》2005年第5期。

② Meribeth E. Cameron, *The reform movement in China, 1898 - 1912*, London: Oxford University Press, 1931.

③ 《大清德宗景（光绪）皇帝实录》第7册第476卷，台湾华文书局1964年版，第7—9页。

④ 《五ケ條の御誓文を御親告》，载《明治编年史》第1卷，林泉社1936年版，第21页。

⑤ 本文中的所有译文均为笔者所译，下同，略。

国知识，强化皇帝或天皇的根基。"向世界求知识"这一标语具有重要的意味，本文以此作为文明开化的出发点展开论述。

"五条御誓文"发布之后，明治政府对政治机构实施了重大改革：设置蕃所调书；推进欧美范式的新型教育制度；以往偏重于医学等自然科学的洋学，现在拓宽了哲学、政治、经济等领域。明治政府雇用了很多外国人教师，期望发展各种学术；翻译事业取得了显著进步，民间也出版了诸多介绍外国的启蒙书。江户时代的"往来物"[①]、《世界国尽》《格物入門》都成为教科书，《西国立志編》《自由の理》等成为新思想启蒙书，获得了广泛阅读，成为国民思想转变的媒介。其中，福泽谕吉、箕作麟祥等启蒙学者固然功不可没，但假名垣鲁文——一个为了所谓"开化物"做出了重要贡献的戏作小说家，亦是维新时期领导启蒙文化者之一。

另一方面，晚清百日维新运动的103日间，光绪帝发布了230条敕旨，将改革的方向定为学习西方。为此，政府官吏需要通晓西洋文化，让翰林院的学士学习西洋学，召回留学生，设置经济特科考试。1901年废除了八股文，1905年废除了维系了1 300多年的科举制度。为了参酌东西学问，学习西洋的本源，知识分子做出了积极的努力。其中最直接的活动可推翻译。1890—1919年，这个阶段可以视为自佛经翻译以后中国文化史上出现的第二次翻译高潮。外国文学的译介得到了迅猛发展，代表人物就是林纾。

激荡的维新时期，文学尚未形成特定的形式，而与历史、思想、世态等社会文化息息相关。过渡时期之文人遭遇了怎样的心路历程、过渡时期之文学怎样融合了西方与本国文化、过渡时期之中日两国面对西方文明时体现出怎样的选择而最终形成了不同的结局，都是饶有意味的课题。

明治初期，江户以来的戏作文学与崭新的外来文明交葛缠绕。创作了很多西洋开化物的假名垣鲁文（1829—1894）是一位深受民众喜爱的大众作家。在他的笔下，诞生了《安愚楽鍋》[②][③]《万国航海　西洋道中膝栗毛》[④]等

① "往来物"指平安时代末期至明治前期，广泛使用的初级教科书。因为最早是以来往回复的信函为例文的，所以冠名"往来"。

② 本文中使用的日本书籍、报刊、论文，一般沿用日语标记。

③ 《安愚楽鍋》，本文使用版本为《明治開化期文学集・1》，角川书店1970年版。

④ 《万国航海　西洋道中膝栗毛》，日月堂1885年版。

喜闻乐见的滑稽小说，为跨入明治时代的日本人提供了很多有关西方的知识。不过，鲁文不通外语、未曾留过洋，他的西方知识很多都来源于福泽谕吉，将其一本本著作改写成滑稽小说。然而，他自己却告白说："归根到底，还是难以理解外国文学。"无论他写了多少开化小说，开启了多少民智，本人却完全没有"开化"，停在了时代的年轮上。

与此相对，处于多重文明与传统交织的戊戌维新时期，在中国活跃着一位与鲁文相似的人物——林纾(1852—1924)。他也完全不通外语，而是依靠他人的口述，当场翻译外国小说的。他以文言文翻译，因其卓越的文采而被称为"介绍近世西方文学的第一人"。以"古"文阐释"今"世，这是林纾独特的手法。然而，晚年的林纾却被批评为与新文学相对抗的封建文人，被视为跪拜于光绪皇陵前痛哭流涕的晚清遗老。尽管新文学运动中的林纾肖像还有待商榷，但可以肯定的是他对传统文化所持有的保守主义态度。活跃于转型期的林纾，尽管接触了大量的西洋文明，却依旧选择了固有文化，这一点令人沉思。

假名垣鲁文与林纾，既是传统文人，又是维新开化的西洋文明的介绍者。在传统与近代、本国与西洋的复合交错的转型期，两者的共同点显而易见。近代以来，中日两国在西方经济、文化、军事的外部压力下，打开国门并通过改革转型成为现代国家。在这一过程中，鲁文和林纾作为对社会大众理解西方文化、形成现代思想观念等方面的"媒介者"发挥了重要的影响。

一、转型期的文人意识

(一) 江户的遗民——假名垣鲁文(1829—1894)

关于假名垣鲁文，首先被吸引的大概就是这个名字。在日语中，"垣"与"书"谐音，"假名垣"的发音是"かながき"，意思是用日本的文字"假名"来写文章。假名垣鲁文还创办了《仮名読新聞》，"假名读"是一种在汉字旁边标假名的标记法，在明治初期为了便于识字水平较为低下的妇女儿童阅读，常常使用于报刊及绘本等书籍。假名垣鲁文本名野崎文藏，所谓"时令作家"的本质，正如其名。

从江户末期到明治初期，戏作文学界①的大家无疑就是假名垣鲁文。在他的笔下，诞生了诸如《安愚楽鍋》《万国航海　西洋道中膝栗毛》等喜闻乐见的滑稽小说，充分展示了其滑稽小说家的资质。被誉为"最后的江户戏作家"②的鲁文不仅创作了《仮名読八犬伝》《松飾德若譚》《高橋阿伝夜叉譚》等为民众所喜欢的戏作小说；同时也站在时代的最前线，出版了《世界都路》《童絵解万国噺》《通俗窮理話》等开化物语。他创刊了《仮名読新聞》《鲁文珍報》，设置了《猫猫奇闻》《猫洒落志》等栏目，顶着新时代的报人的头衔，写着旧时代的戏作。

可是，鲁文毕竟固守了本国的传统文学，这一点需要留意。他在晚年自称为"猫猫道人"，举办"猫百览会"，沉溺于古董之中。对于《粋の枝折》《毒婦の行末》的撰写者鲁文来说，外国文学或外国文化究竟是什么呢？请看他的告白："邦人据此译书，略知名家趣旨。然，微意之处，如波涛数千里、风土情态甚异，终不能深入佳境而辨别。"③当他看到源源不断被译进日本的外国文学时，敏感地察觉到时代的变迁，便在其中寻求技巧与题材。可是，对于鲁文而言，西方终究是难以理解的事物。

在从幕末到明治初期的文学空白期，活跃文坛的鲁文是一个讴歌文明开化的作家，但是他在晚年时却脱离了"开化"而复归于旧时代，以戏作家的身份关闭了生涯。

（二）清朝遗老——林纾（1852—1924）

近代中国翻译史上有一位赫赫有名的严复，其《天演论》中的"物竞天择，适者生存"的话语不知激励了少热血澎湃的青年。在中国还有一位与其相提并论的小说翻译家林纾。康有为云："译才并世数严林，百部虞初救世心。"④以 200 余部翻译著称的林纾创造了"林译小说"专有名词，这个成就与"严译名著"并行天下。

1899 年，林纾以笔名"冷红生"翻译了小仲马的《巴黎茶花女遗事》（*La*

---

① "戏作"是江户时代发展起来的一种文学体裁，意为"写着玩儿的作品"。
② 兴津要：《仮名垣鲁文：文明開化の戯作者》，有邻堂 1993 年版，第 131 页。
③ 《稗官者流》，《芳譚雑誌》，明治十七年九月第 398 号。
④ 康有为：《琴南先生写万木草堂图，题诗见赠，赋谢》，《庸言》1913 年第 1 卷第 7 号。

Dame aux Camelias)。这是中国最早引进的欧洲名著,[①]震惊了中国的作家与文艺读者。关于严复与林纾在中国翻译史上的作用,正如胡适之所说:"宗教的书是传教士自动的事业,格致的书是当时认为枪炮兵船的基础的,历史法制的书是要使中国人士了解西洋国情的,此外的书籍,如文学的书,如哲学的书,在当时还没有人注意,这也是很自然的。当日的中国学者总想西洋的枪炮固然厉害,但文艺哲理自然远不如我们这五千年的文明古国了。严复与林纾的大功劳在于补救了这两大缺陷。严复是介绍西洋近代思想的第一人。林纾是介绍西洋近代文学的第一人。"[②]此处,胡适指出了当时中国学者对待西洋认识的片面性以及对于本国文学的妄自尊大,正确评价了严复与林纾的贡献。不过,值得注意的是,严复及林纾以不同的方式撷取西洋的哲理与文学。严复 1877 年留学英国海军大学,他站在启蒙家的立场,以翻译赫胥黎的 *Evolution and Ethics*(《天演论》)为起点,介绍了很多西洋近代思想,对晚清变法运动产生了很大影响。林纾与他不同,既没有出过国、留过洋,也不通外语,他是将耳朵里听到的西洋小说落笔成作品的。林纾不似严复那般直接接受了西洋文化的影响,虽然有着救国信念,但受戊戌变法失败之打击,对政治的关心也渐渐淡漠了。

林纾翻译的速度惊人,"运笔如风落霓转",[③]与口述者同步,往往"耳受手追,声已笔止",并且从不加点窜。林纾曾受聘担任京师大学堂译书局的"笔述"。在他的笔下,既有《伊索寓言》、《民种学》(*Ethnology*, Michal Haberlandt)这样的人类学著作,也有如《十字军英勇记》(*The Talisman*, Scott)等历史学著作,还有莎士比亚戏剧的散文本《吟边燕语》(*Tals from Shakespeare*)。在 1903—1919 年,除了 1911 年仅有一部译作之外,每年平均出版十几种,成为近代文化史上的一大奇观。因此,"林译小说"也成为中国文化史、翻译史上的一个专用名词。他的翻译涉及历史、学术、传记、戏剧、故事、寓言、笔记、散文、小说等类型,世界文豪莎士比亚、狄更斯、司各特、笛福、欧文、雨果、大仲马、小仲马、巴尔扎克、易卜生、塞万提斯、托尔斯

---

① 施蛰存:《中国近代文学大系·第 11 集第 26 卷·翻译文学集一》,上海书店 1990 年版,第 4 页。

② 《胡适文集》第 3 卷,载《五十年来中国之文学》,北京大学出版社 1998 年版,第 211 页。

③ 钱基博:《现代中国文学史》,岳麓书社 1986 年版,第 188 页。

泰、孟德斯鸠、柯南道尔、德富芦花的名字由此传入晚清，而且有相当一部分是名著。作品尤以1899年《巴黎茶花女遗事》和1901年《黑奴吁天录》影响最大。值得一提的是，林纾不只是翻译，他还撰写了很多翻译理论，每每见于小说的序跋中，这是解读林纾对西方小说理解的一个途径。

有趣的是，林纾在清末民初的文坛还以古文名世，作为桐城派的大家名噪一时。康有为赠诗称赞其翻译而未提及古文，被林纾批评为"舍本逐末"。[①] 就是这样一位"介绍西洋文学的第一人"，先与提倡魏晋文的章炳麟论战，后又与白话文发生矛盾，[②]坚信"学非孔孟皆邪说，语近韩欧始国文"（《留别听讲诸子》）。林纾究竟是怎样以古文翻译了西文，怎样以传统的中国文人的身份接受了现代西方文明，下文将逐一展开。

（三）立足新时代

1. 假名垣鲁文

鲁文本姓野崎，幼名兼吉，后来取英鲁、钝亭鲁文、假名垣鲁文等笔名，号猫猫道人。幼年爱好戏述，学习俳谐与狂歌，进入了戏作界。[③] 兴津要指出，因其庶民出身而无思想负担，所以能够顺应时势，在明治维新时期顺利转型。[④]

鲁文戏作的最大特征就是滑稽。无论是瓦版还是合卷，开化物或是报刊，一贯描述世态人情的滑稽景象。安政大地震的时候，他花了三昼夜写出了报告文学《安政見聞誌》，获得了好评；万延元年，刊行了他的出世作品《滑稽富士詣》。从中可以察见他的第二个资质，即观察社会风潮的慧眼，有着"时令"的性格。在这部作品中，他以女子被允许攀登富士山为题材，把舞台设置为前一年刚开港的横滨。运用异国风俗为道具，体现出"时令作家"的面目。其后，又撰写了《童絵解万国噺》《万国航海　西洋道中膝栗毛》《安愚楽鍋》《西洋料理通》等作品，接二连三地介绍欧美文化。

另一方面，明治五年，明治政府颁布了"三条教则"。这是在神道思想中

---

① "本末颠倒"，载《林畏庐先生手札》，转引自王运熙、顾易生主编：《中国文学批评通史》（近代卷），上海古籍出版社1996年版，第223页。

② 这个问题比较复杂，樽本照雄《林紓冤罪事件簿》中有详细论述。樽本照雄：《林紓冤罪事件簿》，清末小说研究会2008年版。或参考《林纾冤案事件簿》，李艳丽译，商务印书馆2018年版。

③ 野崎左文：《仮名垣魯文翁の自伝》，载《私の見た明治文壇》，春阳堂1927年版，第206页。

④ 兴津要：《とらわれぬ人》，载《仮名垣魯文：文明開化の戯作者》，有邻堂1993年版。

掺杂了实学思想及合理精神，为废藩置县之后统一的日本国民指示道路的教规。明治初期，人心尚不稳定，发展趋势尚未确定，这样的教令对于一般庶民来说是非常必要的。[①] 当时出现了很多为这一简洁的文言教规进行注释的书籍，可见风潮很盛。明治初期，相对于西洋崇拜的风潮，作为保守主义思想的神道教抬头。不仅是神道家，还增加了佛教家，在全国都有组织地配置了教导职。并且，政府还要利用文艺的力量，对当时的戏作家及戏剧表演家委以教导职位，让他们开启民智。[②] 为了普及教规的趣旨而鼓动文学及戏剧，“对于在江户时代被无视，进入明治时代后亦被视为有害的戏作界来说，是空前绝后的荣誉”。[③] 幕末，精神上、经济上都处于寄生状态的戏作家们，发誓遵循这一教规，从“虚”向“实”的世界前进，提交了回答：《著作道書キ上ゲ》。假名垣鲁文正是代表者。他刊行了宣传文学作品《蛸入道魚説教》《三則教の捷径》，执笔《世界都路》，成为第一个转向的戏作家。他也撰写了描绘佐贺之乱、西南战争的实录《佐賀電信録》《西南鎮静録》，一直到明治十二年基于世间的一桩女子杀人案而创作的《高橋阿伝夜叉譚》之前，鲁文说自己：“回顾八年前，自觉拙笔。断然废架空之业，扔稗史之笔于机上。”[④]抛弃了从前的戏作，面向现实，这正是立身出世的宗旨。

2. 林纾

林纾，字琴南，号畏庐、冷红生等。家境贫寒的他自小便酷爱读书，深受外祖母“孺子不患无美食，而患无大志”的教诲，立座右铭“读书则生，不则如棺”。[⑤] 作为当时的一名读书人，林纾同旁人一样为科举成名而奋斗不息。但他直至31岁才中举，却又“七上春闱、臣位及一第”。最终以教书、作文、翻译、卖画终其一生。

---

① 《宗教篇》，载《明治文化全集》第11卷，日本评论社1992年版，第4页。

② 柳田泉：《明治新政府文芸政策の一端》，载《明治開化期文学集1》，筑摩书房1966年版，第410页。

③ “江戸時代において無視され、明治時代に入っても有害視されてきた戯作界にとっては空前の栄誉だった。”载兴津要：《明治開化期文学集》，载《日本近代文学大系》第1卷，角川书店1970年版，第14页。

④ 《高橋阿伝夜叉譚》序：“回顧すれば八年前。余乎自己の拙筆を覚へ。断然架空の業を廃し。稗史の筆を机上に投棄。”

⑤ “孺子不患无美食，而患无大志”，载朱羲胄《贞文先生年谱》卷一，第3页，载《林琴南先生学行谱记四种》，世界书局1961年版。

与古文相比，林纾的绘画也毫不逊色。[①] 但使他真正立足于当世，为现代人们所谈论评价最多的还是他的翻译。1899年，有一次在与友人王寿昌畅游时，林纾听说了法国的《巴黎茶花女遗事》，深受感动，在友人的鼓励下翻译了这部小说。一出版便风行海内。不少读者为此书题词，热烈赞扬这部西方爱情小说，认识到才子佳人模式的中国旧小说的落伍。这一意外的成功为林纾翻译西方小说的事业创作了契机。

林纾翻译《巴黎茶花女遗事》时正值甲午战争之后，民族危机深重，社会矛盾尖锐，许多爱国知识分子倡导变法新说。林纾认为西方小说"尚足感人"，[②]想多译有益之书为劝喻之助，愿做"叫旦之鸡"。[③] 他翻译《黑奴吁天录》(*Uncle Tom's Cabin*, Stowe)，作诗"依微黄种前程事，岂独伤心在黑奴?"(《醒狮诗》)[④]从此，中国的文坛多了一位"输送西风"的奇才。但是，由于林纾完全不懂外语，无论是英语或是法语，日语的小说，他都是凭借了他人的口述而写成的，这一点成为研究者诟病的源头。

"五四"以后的林纾逐渐被人遗忘，其中很大原因在于他对"新文化"的"抵抗"，似乎是违背了时代潮流。这里面与"新文化集团"为推进新文化运动而精心设置的"双簧"等有很大关联，在此不做讨论。但可以确定的是，林纾虽一腔热血，加入过维新的行列，写过白话新诗，但他始终没有真正地走进"政治"的领域。尽管如此，林纾把握住了翻译西方小说这一当时最热的潮流。后世记住他的名字，比起他的古文，可能更因为那些译作吧。虽然，将林纾与政治联系在一起似乎有点牵强附会，但林纾的立足的确借了小说的政治性、社会性功效，这一点不可否认。

(四) 横跨本国与西洋的"两条腿"

1. 假名垣鲁文——新旧调和

明治维新时，假名垣鲁文已年过40，以一个人的生涯来说，走过了一半。而作为一个成年人，其性格及看待事物的视角已然定型。鲁文虽然没

---

① 龚任界编：《林纾书画集》，中国书店2014年版。

② 林纾：《英孝子火山报仇录·序》。

③ "纾年已老，报国无日，故日为叫旦之鸡，冀我同胞警醒!"载《不如帰》序。

④ "专制心雄压万夫，自由平等理全无。依微黄种前程事，岂独伤心在黑奴?"载醒狮《题〈黑奴吁天录〉后》，首次刊载于《新民丛报》1903年，转引自阿英《晚清文学丛钞·小说戏曲研究卷》，中华书局1960年版，第591页。

有脱离江户戏作家的性格，在明治开化期却相当活跃。本间久雄评论说，他在明治以前的作品都是德川时代的草双纸、滑稽小说，结果不过是三马、一九的末流，至少在文学史上没有能够留下他名字的东西。直到《万国航海西洋道中膝栗毛》《安愚楽鍋》二书，他才成为文学史上应该记录在册的作家。①

诚然，《滑稽富士詣》是鲁文的成名作，但是他生涯中取得重大业绩主要是在明治时期。然而，他的作家资质基本没有改变，作品的种类也依旧是滑稽戏作小说，为什么能够在文学史上占有一席之地呢？正是因为他将戏作的资质与开化的风俗有效地结合在一起，才成为转型期的一个大家。也就是说，他把西洋的知识当成新材料，而沿用了从前的故事叙事方式及写作方法，从而给作品添加了趣味性。自《三条教则》颁布之后，鲁文就开始谋求转向。明治六年，他被神奈川县厅雇佣为职员，②每天上午去县厅上班，下午则在《横浜毎日新聞》写短讯。"这对写作瓦版文章的鲁文而言，是非常熟练的工作，用笔写作也与社会实用性的大义名分很匹配。"③出生于戏作文学最为繁荣的文政年间，对戏作尤为亲近的鲁文，跨过了幕末，迎来了明治开化的新时势。

本间久雄将文学史上的"开化期"定义为从明治维新至明治十七年至十八年为止的期间，并且以西南战争为界，分为前后期。前期，德川300年的文化一朝崩溃，而尚未确立起能够取代它的文化，是只会盲目地模仿西洋文明的皮相的一个时期。后期则是从空虚之中逐渐醒悟，面对所谓自由民权的目标，有意识地模仿西洋先进国家的社会样式的时期。④

明治四年至五年，在政府的奖励下，报刊获得了长足发展。最初是以报

---

① "思うに、写実家としての魯文、滑稽諷刺家としての魯文は、このごろ(万延元年《滑稽富士詣》)、夙く既にその天賦の才を恣にしていたのである。しかし、明治以前の彼れの作は、徳川化政度の草双紙や滑稽本や、並びにそのまがひものであり、化政度の戯作文学をそのままに踏襲したものであり、結局、三馬、一九の末流に過ぎないのであって、少なくとも文学史上、魯文の名をとどめさせるものではなかった。《万国航海　西洋道中膝栗毛》《安愚楽鍋》の二書でるに及びて、始めて彼れは、文学史的に記憶さるべき作家となったのである。"载本间久雄《明治文学史》，东京堂1935年版，第64页。

② 野崎左文：《仮名垣魯文翁の自伝》，第206页。

③ "瓦版の文章を書いていた魯文にとって、これは手馴れた仕事でもあり、筆によって社会の実用的存在となり得るという大義名分にも合致していた。"载兴津要《仮名垣魯文(三)——新聞人として生きた後半生》，《文学》，岩波书店1985年9月版，第48页。

④ 本间久雄：《明治文学史》，第4页。

道事实、启蒙性报道为主要内容，渐渐地趣味发生了改变，庶民对市井发生的事情的热心远超于对政治的关心。于是，以社会性报道为目的的《読売》《平仮名絵入》《東京絵入》等小报发达了起来。[①] 鲁文也早早地将目光投向了反映社会世态的报纸。出于社会性实用的目的，他辞去了县厅的职务，明治八年创刊《仮名読新聞》。以轻妙洒脱的嬉笑为理念，利用鲶（官吏）、猫（艺者）、狐（娼妓）等流行语描写世相。就在这样的庇护之下，鲁文有效地利用了传统与近代，为其新时代的写作提供了条件。

2. 林纾——雅俗折中

戊戌维新时，林纾已经度过了半辈生涯。中国经历了鸦片战争，清政府签订《南京条约》，走向没落。知识分子大力呼吁引进西方的新技术、新科学、新思想，林纾也积极响应，执笔翻译外国小说。然而，依然可以说，在林纾的身上凝聚的是旧时代的气息，他根底里是清朝子民的气质。这一点可以通过他最独特的林式翻译来解析。

林纾由于不懂外语，译书全靠别人口述，因此无法对原著进行选择。他在翻译中也有很多遗憾，比如他很可惜自己年纪老大，“不能抱书从学生之后，请业于西师之门，凡诸译著，均恃耳而屏目”，发出了“真吾生大不幸”[②]的感叹。不过，林译小说得到了广大读者的认可，这是一个公认的事实。他翻译的小说，内容新潮，形式却古色古香。用古文来翻译西洋小说，看似不伦不类，恰恰被新旧两派各取所需。他用“意境”“识度”“气势”“声调”“筋脉”“风趣”“情韵”“神味”[③]8点概括了古文艺术的基本内容和要求，这一主旨也同样贯彻在翻译中。也许，从故事情节的角度来说，古文艺术准则可以套用于西方小说，但是从笔述者的内心来说，林纾如何使读者接受了西方的小说呢？

“小说”在中国向来被士大夫及知识分子轻视为“小道”，林纾也不例外。众所周知，林纾并不是直接阅读原著而进行翻译的。正因为他所面对的并不是文本本身，而是口译者的话，所以减轻了对“小说”的抗拒感。并且，在

---

① 兴津要：《新聞雑誌発生事情》，角川书店1983年版，第19页。

② 《撒克逊劫后英雄略·序》。

③ 《春觉斋论文·应知八则》，载郭绍虞、罗根泽主编：《中国古典文学理论批评专著选辑》，人民文学出版社1959年版，第139—141页。

此之前他从未接触过西洋文学，也就没有先入为主的观念。这种“无知”可能对他不带偏见、自由地感受对象有所帮助。

此外，他受口译者的启发也很大。“小说固小道，而西人通称之曰文家，为品最贵，如福禄特尔、司各特、洛加德及仲马父子，均用此名世，未尝用外号自隐。”①事实上，他最初翻译《巴黎茶花女遗事》是用“冷红生”的笔名出版的，但在之后的译书上均使用了本名。这在当时知识分子对于使用实名还有所顾虑的情况之中，显得特别突出。在他从事译书事10多年后，又出版了自己创作的小说《剑腥录》(1913)。他用“雅”的文体写文章，提高了小说的地位；他将西洋小说视为“雅”，继而将其与中国的古文相类比，对读者产生了不小的影响。

林纾以古文翻译西洋小说，的确有“因文见道”②的习惯，但这种误读却是那个时代调和“雅”（古文）和“俗”（小说），沟通中西之间最适当的桥梁。“林纾翻译小说对中国现代文学的贡献，庶几就存在于他明显的知识和语言的‘保守’，以及由此对西方文学的误读所导致的对‘中西’‘雅俗’的调适中”，杨联芬如此指摘道。③

例如，林纾的翻译如何将充满西方习俗和自由精神的内容——用蔡元培回敬林纾的话说，就是“挟妓通奸争有夫之妇”④——与林纾正统的道德伦理是怎样调和的一问，杨联芬阐述了“林纾对西方文学的误读”：“林纾对西方文学的误读，体现在两个方面：首先是他以中国传统文人文学——具体说是史传和唐宋派古文——作为‘前理解’，在西方小说中寻找审美契合点，以中国经验对西方小说进行类比性审美体验与阐释；其次，他以儒家道德范畴阐释西方文学与西方风俗人情，使中国人在‘共性’上认同了素与中国睽隔的西方人伦风俗。”⑤也就是说，在作品的结构与审美意识上，林纾以中国传统文学为理解的基准，用古文将小说拉进“雅”的范畴；而对于作品的内容及思想，又以儒家道德来解释西洋的风俗人情，每每在小说的序跋中记

① 魏易：《迦茵小传·小引》，载《迦茵小传》，商务印书馆1981年版。

② “每译一书，辄‘因文见道’，于新思想无予焉。”载梁启超：《清代学术概论》，上海古籍出版社1998年版，第98页。

③ 杨联芬：《晚清至五四：中国文学现代性的发生》，北京大学出版社2003年版，第86页。

④ 蔡元培：《答林琴南函》，《北京大学日刊》1919年3月21日。

⑤ 杨联芬：《晚清至五四：中国文学现代性的发生》，第97页。

述自己的思想。如下所示。

《不如归》(德富芦花)序：顾以为家庭之劝诫，其用意良也。

《贼史》(*Oliver Twist*，狄更斯)序：顾英之能强，能改革而从善也。吾华从而改之，亦正易易。所恨无狄更斯其人，如有人能举社会中积弊者为小说，用告当事，或庶几也。

《英孝子火山报仇录》序：独念小说一道，尚足感人。

《红礁画桨录》(*Beatrice*，Haggard)序：西人婚姻之自由，行之亦几百年，其中贞者固多，不衷于礼者亦屡见。谓其人贞于中国不可也。抑越礼失节，逾于中国，又不可也。惟无学而遽撤其防，无论中西，均将越礼而失节。故欲倡女权，必讲女学，凡有学之女，必能核计终身之利害。……倡女权，兴女学，大纲也。轶出之事，间有也。今救国之计，亦惟急图其大者尔。若挈取细微之数，指为政体之瘢痏，而力窒其开化之原则，为不知政体者矣。

《残蝉曳声录》(英国测次希洛)序：此书论罗兰尼亚事至精审，然于革命后之事局多愤词，译而出之，亦使吾国民读之，用以为鉴，力臻于和平，以强吾国。

从这些书序中不难看出，林纾对外国文学或者说西方文明的接受是大度的。他在与中国作品比较时，既能够承认西方的先进之处，也能保持清醒的头脑揭示西方文明的弊陋。时时刻刻将中国的命运与之相联系，以为警戒与鼓励。林纾介绍西洋小说时，努力寻找相似点，常常用中国固有的道德来阐释。比如他将“孝”的概念运用于很多小说的题目，如《双孝子噗血酬恩记》《英孝子火山报仇录》《孝友镜》《孝女耐儿传》，不言而喻，这些当然不是原著的书名。但是林纾用儒家道德的核心概念“孝”将西洋小说进行了解读，将其转换成中国人所能够接受的概念，同时也纠正当时一些西方崇拜者对西方的误解。这些译本的序跋及例言中对原著的阐释，显示出他本人的理解方式，可能与原著的精神并不一致。

(五) 晚年的回归

1. 假名垣鲁文——新闻人士的副业

横跨传统与近代的鲁文，结果到达了哪里呢？在他创刊的《仮名読新聞》新闻报道中，一开始是《官令》《新聞》《寄書》3 个栏目，而后增加了《万国話》《仮名読珍聞》《猫々寄聞》等栏目。乍一看，这样的配置好像很有趣。对此，鲁文的说法是，因为《仮名読新聞》的爱好者是江户时代延续下来的庶民。[①] 明治五年，横滨开设了一个不限时间可以免费阅览国内外各种报刊的报刊阅览室。敏感地捕捉到时代潮流的鲁文，于明治九年在横滨野毛山也开了一家报刊阅览茶室（名为"諸新聞縱覧茶亭 窟螻蟻"），为客人提供茶水及阅览报刊的服务。[②] 同时，在《仮名読新聞》上刊载了他亲自撰写的广告。[③]

广告说明了这是一间游戏风雅、聚集雅友们的茶店，流露出他对面向新时代经营的报刊阅览室的满足感、享受风雅的心境。在明治开化的最盛期，鲁文依旧悠然自得地保持了江户遗风。他从事的现代性报刊事业不过是形式上改变，本质里依旧是江户趣味。明治十五年，鲁文写了一篇题为《社長化して長老と変ず》的文章，表现出创作欲的淡漠。接着，明治十七年，他在《芳譚雑誌》上发表了报道，[④]不仅表现出创作欲的淡薄，更好像是出家人一般开始了平淡平稳的生活。明治十九年儿子熊太郎去世，对他打击重大。

---

① "浄瑠璃や端唄の替え唄は、紙填げで、猫や権妾には解るか知らぬが、賢気な女房、娘や、妾のような頑固には解らぬから廃止ろとのお指揮、然し、当社の新聞は、貴婦方お怜悧様を導く抔と申功能はありません。ホンノ闇愚から明世へ引出す野呂間の案内で有ますから、歌念仏の格で、諸方からお寄下さるのは、他の傍訓新聞に倣って掲ましたが、御意の通りで、諸得意が五承知なら載ないように致しましょう。掲載て可か、不可かは、諸看客に短文投票のお寄書を願いまして、多数の方に定めますよ。おまはん計りが、お客では有りませんから。"载《仮名読新聞》明治九年二月七日。

② 兴津要：《仮名垣魯文：文明開化の戯作者》，第 146 页。

③ "小亭は、背後に隠杉の林を控え、前は芒草従がって涯をなし、四方に老松颯々の音絶えず、秋は月下の門を敲僧俗も稀ながら、鳥は地中の樹に宿り、寂々寥々、殆んど市街の紅塵を脱離るの閑あり。……中興俳優市川団十郎"俳号"白猿なる者、功成田屋と五百崎に草蘆を占め、反古庵と号けて風雅三昧に遊び、その頃の美満寿連"戯場見物社会"大田蜀山、四方真顔、銭屋金埒、式亭三馬、宿屋飯盛、立川焉馬等の雅友を集め、一日、史記の月旦評に倣い、以て虫の評判を綴る物三巻、今に於いて偶々其遺本を看る。"载《○窟螻蟻の評判序言》，《仮名読新聞》明治九年十月二十日。

④ "仮名垣魯文翁は、客月二十七日限り京文社長を辞し、いろは新聞紙面の筆を断たれ、仏骨庵中に隠れて玩仏三昧の人となられし由。その断念の戯詠を得し侭、稗史年代記の因縁に依て本誌の中に記載し、以て江湖の諸君に報ず。魯生、嚢の仮名読新聞社に在て猫々奇聞の別欄を設け、後に、いろは新聞に転じて猫洒落誌と題し、専ら花柳の絃妓等が毀誉褒貶を記載せしも、這般それらの筆を断て、猫々道人の別号を廃せり。　猫の皮弾鳴らす音の善悪を　つぐる間しばし春の夜の夢。"载《芳譚雑誌》明治十七年五月第 377 号。

藤田德太郎评论说:“看到时势似乎也变得不再需要他,人气下滑,机敏的他旋即离开了文笔的世界,随心所欲地写些文章度过余生了。”①这个时期,来自西洋的新文学样式正式引进日本。坪内逍遥、二叶亭四迷开始登上明治文坛,《小説神髓》《浮雲》等相继发表,紧接着北村透谷、国木田独步等浪漫派与自然派也出现了。在这样的形势下,戏作家被置于一个无法转向的立场。明治二十年以后,鲁文几乎没有什么作品,《滑稽各国漫遊記》只是《万国航海　西洋道中膝栗毛》的再版,《粋の枝折》是很多人的歌集,这也的的确确可以说是“随心所欲的文章”吧。明治二十二年,鲁文在《妖狐のお楽》中自称为“昔日的戏作家”。从他翌年引退文坛来看,应该是已经下定决心轻松地度过余生吧。鲁文举行了“名纳会”,将他多年来收集的古董画、书籍、名家的书简、短册等物品,以抽签的方式赠予参会者。从此只冠名“都都逸的选者”,沉溺于古董趣味之中。②

鲁文凭借其长期浸染传统之笔,在幕末至明治开化期的文学空白期中,为文学史作了一些填补。在他担任神奈川县厅职员、从事《横滨每日》短讯记者的 3 年间,借用浅井清的话来说,是一个“雌伏期”。③ 与其说他创办《かなよみ》回归江户趣味,不如说是从这里开始复活更为妥当吧。

2. 林纾——“中体西用”的古文家

林纾也写了不少历史小说,例如《京华碧血录》翔实地记述了庚子之变,被认为是比较忠实于历史的“史传体小说”。然而,研究者指出:“林纾在小说与古文之间所找到的同一性,为他自己既追求‘新’(其中还有巨大的经济收益),又保持古文家尊严,找到了最稳妥的空间。而这样的一种折中、调和,在‘五四’新文化人的犀利目光中,就是最不能容忍的虚伪。”④林纾通过将古文与新(材料)的折中融合,从译书事业中获得了巨大的金钱利益,这本来无可厚非。至于“五四”新文化人所不能容忍的虚伪,未必如字面所示。

面对新思想革命和文学革命的兴起,林纾作守旧小说《荆生》《妖梦》;作

① “時勢はもはや彼を必要としないので、人気が既に下り坂になったのを見て、機を見るに敏な彼は遂に操觚界からも去ってときどき気まぐれな文章を残して余生を送り。”载藤田德太郎《仮名垣魯文研究》,载福田久道:《明治文学研究》,成功馆 1933 年版,第 302 页。

② 野崎左文:《仮名垣魯文翁の自伝》,第 213 页。

③ 浅井清:《仮名垣魯文論》,《国語と国文学》,至文堂 1975 年 4 月版,第 5 页。

④ 杨联芬:《晚清至五四:中国文学现代性的发生》,第 94 页。

《腐解》以示笃志卫道，在他为其子书数帖中说，“一染学生习气，不孝不义，立刻陷入心脾；一味先圣遗言，恶衣恶食，不足伤我体面”“新道德是盗贼的道德，旧学术是保种的学术”。[①] 1919 年 12 月，正志学校的第一批学生将毕业，林纾撰文送行。“今诸生毕四年之力，颇闻古圣人之道，且略窥西人治艺之樊也。或有挟资以西游者，吾又甚愿其勿右西人之艺而左吾道也。”[②]他告诫学生说，学习一点西洋学是可以的，但是只有中国的传统经典才最重要。这一年，林纾画了 40 多幅大型山水图，沉湎在诗画之中。

当西洋文化不断进入中国的时候，西洋文明与中国固有的文化习俗、道德意识之间不可避免地发生了冲突。如何认识这样的事态，如何与本国相融合，知识分子陷入了沉思。关于西洋，首先有称谓的变迁，从“夷务”到“洋务”“西学”“新学”，[③]这体现出中国对西洋文化的理解的进步。晚清文人在把握西洋文化及中国传统文化之间的平衡时遇到了困难，正如费正清所指摘的那般：“即使有时为自己和秉政当局之间的关系感到烦恼，他们之间的文化一体感却是不大会出现问题的。然而，当维新时代开始时，和西方文化的五十年接触已经大大开拓了许多受过教育的中国人的文化视野，同时使他们与自己的传统产生了疏远感。”[④]林纾可以说是一个较好的例子。

面对外来文明，中国提出了一句著名的口号：“中学为体，西学为用。”[⑤]——这就是对待传统文化和西方文化的基本原则。简单地说，“体”指事物的本体或根本；“用”指作用或效用。中学为体，就是以中国传统文化作为治国之本；西学为用，就是以西方近代科技与文化作为治国的辅助物。张之洞《劝学篇》里有云：“夫不可变者伦纪也，非法制也；圣道也，非机械也；心术也，非工艺也。”[⑥]在这一点上来说，林纾正是通过“中体”＝古文・传统

---

① 朱羲胄：《贞文先生年谱》卷二。

② 张俊才：《林纾年谱简编》，载《林纾研究资料》，福建人民出版社 1983 年版，第 51 页。

③ “从最初的无知敌视到羡慕追随，再到批判反省，关键性术语的使用的变化雄辩地论证了在对西方理解过程中的进步。与西方有关的事物在 60 年代以前大体称为‘夷务’，七八十年代称为‘洋务’或‘西学’，而 1990 年代称为‘新学’。第一个词体现了中国中心主义，第二个词颇为不褒不贬，而最后一个词则清清楚楚地含有赞许的意思。”载费正清《剑桥中国晚清史 1800—1911 年》下卷，中国社会科学出版社 1996 年版，第 235 页。

④ 费正清：《剑桥中国晚清史 1800—1911 年》下卷，第 391 页。

⑤ “中学为内学，西学为外学，中学治身心，西学应世事。不必尽索之于经文，而必无悖于经义。如其心圣人之心，行圣人之行，以孝弟忠信为德，以尊主庇民为政，虽朝运汽机，夕驰铁路，无害为圣人之徒也。”载张之洞《劝学篇・外篇・会通》，中华书局 1991 年版，第 191—192 页。

⑥ 张之洞：《劝学篇・外篇・变法》，第 134 页。

道德，“用”西洋小说＝机械工艺，为救国保种展开了活动。林纾在译书中贯彻了古文的精神，又以儒家道德来阐释西洋伦理。严复也是如此。康有为、梁启超、谭嗣同、章太炎等人也是戴着中国文化的有色眼镜来看西洋文化。“以我观物，故物皆着我之色彩”，[①]以我的标准去看待西洋，那么西洋文化中就有很多符合我圣人之道的东西。一边用中国文化看西洋，一边用西洋文化看中国。

以上，对转型期的两个文人的意识可以归纳如下：假名垣鲁文乘着新时代的潮流，在开化期的报纸杂志领域内，创作才华得以开花。但他毕竟心醉于戏作，沉溺于“猫”（艺者文化）。他瞄准了世间的利益，开办报社，却只依赖于江户遗留的固定读者群。从事翻译事业的林纾，通过儒家道德阐释西洋文学，缓和了外来文明的冲突。他亦保持了旧道德，埋头于文言的世界。两者看似一边介绍西洋文化；一边保持了本国传统文化，是“两条腿”走路的成功者。但事实上，如上所述，他们的意识中更倾向于前时代，步履蹒跚。

二、转型期的民众的感觉

（一）世间的威望

1. 文明开化的宣传者——鲁文戏作

正当世间沉醉于“文明开化”之风中时，鲁文早已乘上“文明开化”的帆船，成为开化的宣传者。那么，所谓“文明开化”究竟是什么样的景象呢？开化的“文明人”又是怎样的人呢？原田道义的狂诗集《東京開化　繁昌詩選》[②]序文中，对“文明开化”进行了说明。所谓文明并不是明亮的东西，所谓开化也不是“打开的妖怪”，而是“隔着大山大海却能拜托”的电报，是“将喜欢的人的样子藏在怀中”的照片，是“照射满月之夜”的电灯，是火车、邮政、人力车等。世上所有的东西都变得非常方便，这便是文明开化。

在这般便利的世道中，鲁文便利地“采撷”了福泽谕吉等人的启蒙书籍，

---

① 王国维：《人间词话》，朴社 1926 年版。

② 原田道义：《東京開化　繁昌詩選》，明治七年。

再加上朋友的外航体验，进行了编辑写作。第一部尝试的作品就是《万国航海　西洋道中膝栗毛》，获得了巨大反响。连鲁文自己都说作品的题材“歪打正着”，夸耀自己的成功。[①] 这本书参考了《西洋事情》《西洋旅案内》《舆地志略》等书籍，介绍了国外的情况。

明治三年正月十九，明治政府制定了《航海规则》，庶民虽然容易出国航海了，但旅途的费用依旧十分昂贵。根据福泽谕吉《西洋旅案内》中所写的汇率，对于当时的庶民来说，海外游是梦想的事情。[②] 而帮助老百姓实现这个梦想的，就是鲁文撰写的空想旅行记。《万国航海　西洋道中膝栗毛》给予了读者满足感，又让作者获得了巨大利益，是一个具有重要意义的作品。以大众读者为目标的鲁文的小说是戏作，是用轻妙的文笔撰写的浅近易懂的文章。《万国航海　西洋道中膝栗毛》中收有《訛語雑字俗用集》，用的是老百姓的横滨方言，插图也是漫画类的有趣的图片。以此为开端，鲁文接连不断地发表了《安愚楽鍋》《西洋料理通》《西洋物産西洋器会》等作品。

2. 中国新文化的先驱——林译小说

林式通过口述者的描绘进行的翻译被认为是中国新文化的先驱。从前中国的语言是言文分离的，即书面语言的文言为雅，口语的白话为俗。因此，文人的文学就是文言的文学，而白话文学只能存在于民间，供一般老百姓娱乐。晚清一般士大夫对小说的兴趣及小说观念的改变，应该说与林译小说具有密切的关系。林纾保守的“古文翻译”，恰恰起到了积极的效果。正如施蛰存所说：“他首先把小说的文体提高，从而把小说作为知识分子读物的级别也提高了。”[③]

按照桐城派的祖师方苞的说法，古文的使用有很多限制。白话文自不必说，大部分的文言也被除外。[④] 以“工为叙事抒情，杂以诙谐，委婉动人”[⑤]的林纾的古文，借翻译域外小说，为中国人打开了一扇通往世界的

---

① “拙著の膝栗毛僥倖(さいわい)に時好にかなひて発行部数毎部千に下らず梓客(はんもと)の耳たぶ作者のまぐれ当たり喝采(やんや)々々と讃すべし　是乍而(これしかしながら)　摽目(へうもく)による所敢て作者の功にあらずとせん。”载《八編凡例附言》。

② 浅井清：《仮名垣魯文〈万国航海　西洋道中膝栗毛〉——文明開化への空想旅行》，《国文学解积と鑑賞》，至文堂1997年2月版，第14页。

③ 施蛰存：《中国近代文学大系・翻译文学集・导言》，上海书店出版社1990年版，第24页。

④ 钱锺书：《林纾的翻译》。

⑤ 钱基博：《现代中国文学史》，第192页。

窗口。

其实,林纾翻译中所用的古文已经不是严格意义上的古文了。钱锺书在《林纾的翻译》中曾详细论述明清以来逐渐狭窄的"古文"概念,指出林纾的语言是"他心目中认为较通俗,较随便,富于弹性的文言"。[①] 既有不怎么合适的古文,也夹杂着口语、流行语、外来语。从晚清到民国的转型期,新旧文化、中西文化混杂,语言的使用也是混杂的。正是因为处于这样的环境之中,林纾才有可能考虑接受新事物。尽管如此,用古文翻译真的可行否?钱锺书说:"他认识到,'古文'关于语言的戒律要是不放松(姑且不说放弃),小说就翻译不成。为翻译起见,他得借助于文言小说以及笔记的传统文体和当时流行的报章杂志文体。但是,不知道是良心不安,还是积习难除,他一会儿放下、一会儿又摆出'古文'的架子。"[②]用古文翻译实际上困难重重。林译中虽然有一些因为混用而显得晦涩的内容,不过大多都是流利的笔致。就像钱锺书认为林译比原著哈葛德的文笔要漂亮得多。那么,同是翻译大家的严复怎样呢?为了避免知识分子对翻译文章的抗拒心理,他也是用古雅文体写就的。至于内容,有时候甚至都让人看不明白,却照样成为名译。

另外,说到林译的读者层,如前所述,他的译书具备新旧两派的所需。"旧"式的古文文采与"新"式的近代化启蒙作用。林译小说的读者大多是知识分子。清末民初,林译小说风行于世,为中国人了解西方社会的人情风貌、民俗伦理、西方文学的思潮而助力。

(二) 黑眼睛中的西洋

1. 明治庶民所见的西洋文化

鲁文戏作的一大特色是将大众关心的海外事物及风俗纳入作品之中。可是,鲁文自己没有出外游历的经验,也不通外语,但他却承担起传播外国文化的任务。所以说,鲁文描绘的"西洋"与真正的西洋一定是有差异的,而且与实际上游历了西洋的福泽谕吉、中村正直等人所见到的西洋像也有所不同。通过鲁文的作品,人们对"西洋"获得了怎样的印象呢?

《万国航海　西洋道中膝栗毛》:三世弥次郎兵卫与喜多八是横滨的大商人大腹屋广藏的助手,这部作品描写了他们前往伦敦世博会的

① 钱锺书:《林纾的翻译》。
② 钱锺书:《林纾的翻译》。

途中情形。描绘了主人公在异国他乡遭遇的滑稽的失败经历，讽刺了慌慌张张的开化时势。从亚洲经中近东到达欧洲之旅，通俗地解读了蒲利丹尼、中国香港地区、亚丁、美国、葡萄牙、埃及、中国内地等地的地理风俗。

《安愚楽鍋》：在"开化的西洋料理"牛肉店里，通过各家的说明，鲜明地描绘了开化期庶民风俗。讲述了西洋的肉食、报纸、电报机、火车、赤道、俄国等"大千世界"。

《童絵解万国噺》：借助于当时被广泛阅读的世界地理书，介绍国外事情。

《世界都路》：由亚洲、欧洲、非洲、北美洲、南美洲、澳洲各卷组成。因为刊载了彩色地图，还被地理教科书所采用。作为寺子屋的教材，用大众习惯的七五调，让庶民简单地学习世界地理知识，深受好评。

《西洋料理通》：有一个英国人在逗留横滨期间，为了让日本仆人给他做饭，写了一本料理笔记。将烹饪的餐具、厨房的模样绘制成插图，记录了鱼、牛、猪、羊、蔬菜、点心等详细的制作方法，勉励以人生的健康来报效国家。

《横浜往来》：描绘了开港后的横滨的都市风景。

《倭国字西洋文庫》：以法国、英国为文明开化的楷模，另外配以天主道人、天使、欧式建筑的插图，对基督教也有所涉及。

《万国人物図絵》：这是一本以伟人传为中心的历史书，如美国的华盛顿、英国女王安娜、法国皇帝拿破仑、俄国第一代皇帝等人传记，具有较强的启蒙色彩。

由此可见，鲁文在介绍世界各国的时候，对于首府、人口、面积、历史等方面有所涉及，但基本没有触及精神上的内容。他所描绘的只是一般性的地理文化和社会风俗。那么若说读者可以从中获得什么，自然只是常识吧。而且，作者写得轻松，读者也乐得读得轻松，并没有想要探求什么深刻的意义。正如前文所述，这个时期的鲁文为了获得更广泛的读者群，撰写的是大众水准的作品。其理由之一是，当时的普通老百姓在文明开化的潮流中，对国外的事情特别感兴趣。还有一个理由是，作者可以通过赶潮流获得巨大的经济利益。例如《万国航海　西洋道中膝栗毛》初篇的稿酬是10两，与幕末期的合卷物一编的润笔费3两比较起来，是相当破格的高价了。① 第三个理由是，鲁文创作小说的宗旨并不在于认真介绍西洋文化。如果是那种类型的话，早就有福泽谕吉等大启蒙家充分地进行了介绍，鲁文的兴趣原本也不在于此。他所看中的就像《万国航海　西洋道中膝栗毛》"自序"中所说，本意在创作江户戏作，描写"猫"，卖"笑"。② 关于这一点后文再作讨论。

2. 晚清知识分子所见的西洋的人生

林译小说涉及各种作家与领域，通过这些作品，可以考察晚清中国人(知识分子)对西洋文化的认识。按曾锦漳的划分，林译小说的题材有9种：言情、社会、伦理、侦探、神怪、探险、战争、历史、政治。③ 此外，还有激励人们从事实业的《爱国二童子传》、外国人在北京见闻的《金台春梦录》、提出性病遗传的社会问题的《梅孽》、以鸟兽为主角的《伊索寓言》、讽刺小说《魔侠传》《海外轩渠录》等，题材丰富多彩。以此为媒介，中国人得以了解西洋的风土人情、政界风云、战事、男女情爱、女性解放等社会问题，以作明鉴。

《黑奴吁天录》是一部为受白人奴役的黑人诉苦申冤的名著。原书在美国出版后，造成了强大的舆论，迫使当局不得不颁发解放黑奴的法案。林译在中国出版后，中国读者慨叹非洲大陆沦为白人的殖民地，联系到当时的国运衰败，中国人被卖到新大陆做苦工的情况，激发了国家富强、民族独立的爱国主义思想。④ 各界人士极为重视该书，许多人在报刊上作文写诗，推荐这部小说。有一个读者写道，他到处寻找这本书也没有买到，后来借到一本，连夜阅读，眼泪禁不住涌出来。他说，这本书向中国人敲起了警钟，使人们的爱国精神大为振作。他建议大量刊印这部小说，让家家户户都能看到，把它当作激发人们奋起救国的良方。20世纪初，中国留日学生将这部作品改编成剧本，并在东京公开演出，获得很大的成功。这一年，以要求废止美国政府与清政府签订的《限制来美华工保护寓美华人条约》为契机，中国人民掀起了以抵制美货为中心的反美爱国运动。5月10日，上海总商会召开

---

① 野崎左文：《仮名垣魯文翁の自伝》，第206页。

② "戯作者と娼妓(けいせい)は。処誕(うそ)が誠実(まこと)で。真面目が忘語(うそ)なり不倫(はか)なき草史へ正史の模擬(まごびき)字義の分らぬ漢語の声色解(げ)せぬ唐詩の鸚鵡石(おうむせき)は。"

③ 曾锦漳：《林纾的原本》，(香港)《新亚学报》1966年8月第7卷第2期、1967年2月第8卷第1期。

④ 施蛰存：《中国近代文学大系・翻译文学集・导言》，上海书店出版社1990年版。

特别会议，讨论拒约办法。[①] 林纾致函商会："林肯去后，美人竟以奴虐黑人者处黄种。诸公此举，拔吾同胞于苦海。鄙人喜而不寐，感而欲涕。惟愿诸公力持此议，外示和平，内含刚果，必竟所志然后已。中国再造之机在此，万不可失。"[②]直到20世纪60年代，北京还在上演话剧《黑奴恨》。

《巴黎茶花女遗事》也深受读者的喜爱，《国民日日报》《云南》《春江花月报》等报纸杂志上刊登了读者感想，称《巴黎茶花女遗事》是"外国的《红楼梦》"。至于具有争议的《迦茵小传》在1905年出版后，有人指责林纾翻译此书："传其淫也，传其贱也，传其无耻也。"[③]但郭沫若在《我的幼年》中回忆自己少年时代的感受时说："那女主人公迦茵是怎样的引起了我深厚的同情，诱出了我大量的眼泪哟。"[④]

林纾在翻译中同时也指摘了西方的"弊俗"，提醒国人不要"心醉西风，谓欧人尽胜于亚，似皆生知良能之彦"。[⑤] "鉴者，师其德；戒者，祛其丑"，这样才能保持清醒的头脑。林纾的理论不但具有一定的进步性，而且使他的译作"寓其改良社会，激动人心之雅志""一部有一部之微旨"。[⑥]

1902年，梁启超发表《论小说与群治之关系》，1903年《论文学上小说之位置》、1907年《论小说与改良社会之关系》等论文相继发表。《中国旬报》《觉民》《江苏》等报刊也以连载的形式刊登翻译小说，将其作为政治宣传的辅助。在这个意味上来说，林译小说也实现了一定的政治效用吧。

（三）审美情趣与国民性

1. 江户的遗民读者

鲁文作为三马、一九的后继者，为迎合江户遗民的庶民趣味而创办了《仮名読新聞》《鲁文珍報》，创作了《高橋阿伝夜叉譚》《酌子定妓　芸者の心

---

① 孔立：《林纾和"林译小说"》《风行一时的"林译小说"》，中华书局1981年版。

② 林纾：《山钟集》，《林纾研究资料》，载张俊才《林纾年谱简编》，福建人民出版社1983年版，第29页。《山钟集》："林肯去后，美人竟以奴虐黑人者处黄种。诸公此举，拔吾同胞于苦海。鄙人喜而不寐，感而欲涕。惟愿诸公力持此议，外示和平，内含刚果，必竟所志然后已。中国再造之机在此，万不可失。"

③ 寅半生：《读〈迦茵小传〉两译本后》，《游戏世界》1907年第11期，转引自《林纾研究资料》。

④ 郭沫若：《我的童年》，载《沫若文集》卷六，人民文学出版社1958年版，第113页。

⑤ "英伦半开化时民间弊俗，亦皎然揭诸眉睫之下，使吾中国人观之，但实力加以教育，则社会亦足改良，不必心醉西风，谓欧人尽胜于亚，似皆生知良能之彦，则鄙人之译是书，为不负矣。"载《块肉余生述前编序》。

⑥ 陈熙绩：《歇洛克奇案开场叙》，载林纾《歇洛克奇案开场》卷首。

得》等作品。《仮名読新聞》的卖点是"滑稽",设置《猫猫奇闻》栏,提高了"猫猫道人"笔名的名声,以有限的读者为对象。仔细看一下,这个读者群是围绕鲁文的游戏文艺团体"いろは連"、《仮名読新聞》编辑部的来访者(文人)、美术家、商人、艺人、妓院的老板、帮闲等人。他们通过作品看到的都是江户趣味吧。

(1) 青楼文化

《万国航海　西洋道中膝栗毛》名义上是介绍各国的地理风俗,但实际上以"性"为基调。平冈敏夫说,鲁文创造出一个与现实不同的另一个次元的"快乐"的世界。[①] 例如,"蒲利丹尼屋的女佣"(二编上)、"香港的妓院"(三编上)、"船中私通的过错"(四编下)、"亚丁的烟花柳巷"(七编上)等,都令人联想到花柳地吉原。另外,弥次、喜多因为不懂外国的礼节而犯了很多错误,这些错误正与登上吉原青楼的乡下人的失败经历有着异曲同工之妙。为了让西洋旅行这一空想记具有现实感,鲁文使用了滑稽小说所固有的方式——性的关心与性的描写。

《安愚楽鍋》如各章小标题显示的那般,《堕落個の廓話》《娼妓の密肉食》《歌妓の坐敷話》《芝居者の身贔屓》,明摆着与青楼文化关联。《落語家の楽屋堕》《復古の方今話》中讲述的是旧藩的官吏、武士的御用商人,还有很多谈论明治初期的文人、画家、江户末期的风流、曲艺场的章节。

《河童相伝胡瓜遣》虽说是模仿了福泽谕吉的《窮理図解》,但模仿的只有题目而已,内容完全是风马牛不相及。至于其趣旨,从以下目录中就可以看出。第一章《温気の事》说的"运气"比喻幸运获得利益之人,第二章《空気の事》说的"食气"是食欲,第三章《水の事》说的"狂气水"是喝醉酒的意思,第四章《風の事》说的"浮气之风"指艺人的故事,第五章《雲雨の事》就是嫖妓的意思。

《苦界文尽》也是模仿了福泽谕吉的作品《世界国尽》,但使用了与福泽完全不同的韵文体。描绘了歌妓、茶屋等妓院的情况,将亚细亚洲分类为阿茶屋洲,将中国故事分类为花柳地吉原故事。

---

① "現実とは別次元の〈快楽〉の世界を、魯文が作り出したのであり、そこには〈素町人〉作者にふさわしいぬけぬけとした平然さがある。"载平冈敏夫《日本近代文学の出発》,塙书房 1992 年版,第 41 页。

诸如此般，鲁文的笔下曝光了很多艺妓的私人行为。兴津要指出，这些都是有违人道或者违反了花柳界规矩的行为，因此鲁文的写作带有“笔诛”的性格，而深受读者的欢迎。① 众所周知，江户时代青楼文化发达。西鹤的好色文学、为永春水的人情本、成岛柳北的青楼文学等，一直延续到现代。明治时代，吉原被确定为公共妓院所在地而保留了下来，这说明当时有着那样多的读者与游客吧。

江户时代的青楼，不论是在江户还是在京都，都是时尚的发源地。比如盘发的发型、和服的穿法、带子的形状、有人气的游女的舞台装扮，都会立即对市井产生影响，青楼里编写的歌曲也成为流行曲。市民对很多太夫、游女都很感兴趣，因此诸如介绍妓院的书《吉原細見》很早就印刷出版了。

在严格的身份制度下，处于被统治阶级位置的庶民，通过在俗世中的妓院游逛，回归到人的原点。这正是鲁文戏作的意义所在。在《万国航海　西洋道中膝栗毛》中，主人公弥次北八是商人的助手，出外航行。与被选作视察或者去留学的人不一样，他只是一个非常普通的日本人。尽管身份卑微，但他在外国却一点也没有勉强自己去遵循外国的规矩，相反，他评论老板娘的容貌、调戏女仆、买妓女、去剧院与妓院游玩，惹出了一堆麻烦。自暴羞耻，一曲狂歌，付诸一笑。原本是沮丧的失败经历，却一点也没有给人暗淡的印象，体现出自由自在的性格。

(2) 阴惨的毒妇物语

《高橋阿伝夜叉譚》取材的是一个新闻案件。明治十二年一月，杀害旧货店商人后藤吉藏的高桥阿传被处以斩首的死刑。这个事件引起了社会极大关注，鲁文也非常灵敏地撰写了《高橋阿伝夜叉譚》，广为流行。在劝善惩恶的教训之下，可以窥见戏作小说家们有效结合了娱乐的性格。

明治十一年，久保田彦作《鳥追阿松海上新話》第一篇刊行，反响之大令出版商也大吃一惊。以此为契机，出现了“毒妇物语”的热潮，“毒妇”这个词语也定了型。② 关于高桥阿传的事情，《曙》《絵入》《読売》《仮名読新聞》等报刊竞相连载了传记。大约在明治十一年至十二年时出现了戏作文学的复

---

① 兴津要：《仮名垣魯文(三)——新聞人として生きた後半生》，《文学》，1985 年 9 月，第 54 页。

② 朝仓乔司：《毒婦の誕生》，洋泉社 2002 年版，第 87 页。

兴期，打出了劝善惩恶的标语，以幕末以后出现的很多恶女作为模型。对于此类情痴、阴惨的故事之所以受到读者欢迎的原因，朝仓乔司在《毒婦の誕生》中作了分析。他论述了毒妇物语流行的外部原因，也就是明治初期报刊业的发展。[①] 可是，内部原因是什么呢？笔者想起的是被称为具有“恶魔美”[②]风格的谷崎润一郎。他的《刺青》《春琴抄》《陰翳礼賛》《細雪》等作品被誉为天才之作，他的文学是一种肯定、赞美恶的力量，追求肉体上的快乐与自私主义的文学，所以也被称为恶魔主义、耽美派、艺术至上主义。虽然“毒妇物语”与“恶魔美”具有时代（时间上）的差距，但都是从丑恶、黑暗之中发现日本人的一种美意识。另外，也有研究者从明治时期的性别主义角度对毒妇物语进行了解读。[③]

后来，鲁文还写了一本《妖狐のお楽》（明治二十二年）。不过这并不是《聊斋志异》那种鬼怪类型的故事，而是讲具有魔性的女人。“中兴毒妇”“文政游女”“高桥阿传”“阿乐”四人被命名为“四天夜叉”，是“表面如菩萨，实际奸计不断”的女性。可以说，毒妇物语是有传承性的。谷崎是将“恶魔美”作为文学之美学而追求的，而鲁文更多的是为了给庶民消费，满足他们的好奇心。

（3）滑稽小说的流行

不单单是作品，在报刊《かなよみ》上也有这样的报道。

> 横濱元増徳院といふ寺の薬師堂守の三池安五郎といふ俗名で頭上を丸めてゐる老爺年ハ六十三とやら先月廿九日の夜十二時頃に不図目を覚ますと本尊の方で何かガタ々々音がするゆゑ飛起て看ると六尺計りの大男が仏前の燭台を持ち出さうとする様子偖ハ曲者

① “この時期たてつづけに刊行された毒婦小説は、そのほとんどが新聞の連載記事を基にして、それに肉付けし、ふくらませたものである。つまり毒婦小説は、西南戦争を経ることで飛躍的に部数を伸ばし、底力をつけた新聞の、メディアとしてのエネルギーの産物だった。あるいは、新聞がダイナミックに開拓しつつあった読者マーケットのただなかに打ち上げられた、特大の花火でもあった。”载朝仓乔司《毒婦の誕生》，第 91 页。

② “谷崎が、ことさら自分の抱懐する思想を誇張し、色をつけ、擬悪趣味にひたりながら、名をつけて“悪魔主義”と言っているものに外ならなかった。”载山本健吉《谷崎潤一郎とその時代》，《谷崎潤一郎》，学习研究社 1973 年版，第 192 页。

③ ひろたまさき：《文明開化期のジェンダー——〈高橋お伝〉物語をめぐって》，“そのような虚構の作品を創らせたのは、文明の開化期という時代であり、そしてお伝自身の強い主張があったからだと思われる。お伝は堂々と判事に向かって、社会に向かって自己を語り、殺人の正当性を主張したのである。これは女性が国家や社会に向かって堂々と自己を物語る近代日本における最初期の出来事であるともいえよう。”载《江戸の思想 6》，ぺりかん社 1997 年版，第 80 页。

と行成三方組附と泥棒ハ血気の壮者既に押伏られやうとすると安坊主ハ破鐘のやうな声にて泥棒々々と喚き立るを立ちの巡りが聞つけて直に捕らへに成りましたが年ハ寄ても気の利たきかぬ気の坊さんだ。[①]

使用"假借字"（当て字）的标注假名的方式很特别。虽然受到一些国学、汉学素养高的人的批评，[②]但花魁、閑話休題这种亲近戏作的手法，却让编辑跟读者都非常享受，甚至还为此专门出版了一本《仮名読新聞宛字考》，[③]这是一种戏作的趣味。

有的小说关心的是"学什么"，而戏作关心的是"怎样写"，换言之，是以表现为主的文学。以情绪、构图、类型、戏剧性、表现为第一主义。正如字面所示，戏作指的是"游戏写作""有趣的作品"。所以，关于戏作创作的社会性，正如中村幸彦所指出的那般，戏作家特别容易受到社会氛围的影响，而处于被动的立场。[④] 戏作注重形式，是以游戏态度写成的作品，这也是出于"戏作不过是消闲之物"的社会普遍认识。所以戏作小说家并没有探求文字背后意义的态度，这种性质在鲁文戏作中也有同样的反映。游艺、旅行记、西洋见闻，材料各式各样，但都是以滑稽为卖点。就算写的是西洋的故事，其中的社会、精神气质与日本国内并无二样。《万国航海　西洋道中膝栗毛》就是一个适当的例子。从横滨到亚洲，经中近东抵达欧洲的旅途中，用了中华料理、妖怪故事、猿猴、原住民、释迦传说、拿破仑实录等情节加以点缀。可是见不到一点比较各国的风俗人情的异同，或者探求国民性的意图。毕竟鲁文创作的目的只在于写出笑话供大家笑笑而已。

对于主人公的一些可笑行为，作为读者的笔者来说，常常也不可抑制地发笑，但并没有什么发人深思的东西。不仅如此，很多地方都过于低俗，尽是些不像话的故事，让人觉得很无聊。然而，正是这些内容才让当时的读者有种自由自在、新奇的感觉的吧。洒落本中有很多关于妓院的特殊语言，大部分

---

① 《仮名読新聞》明治八年十一月一日。此处为表现日语的词汇标记，不翻译成中文。

② 《傍訓目的の仮名読にかな違ひ》，《仮名読新聞》（《正誤珍聞》）明治十年三月七日。

③ 《広告》，《仮名読新聞》明治九年六月三十日。

④ "作者もその一員である社会が、不知不識に作者に与えたもの、時には意識的なこともあるであろうが、要するに社会を反映した受動的な心理の所産。"载《中村幸彦著述集》第 8 卷，中央公论社 1982 年版，第 16 页。

都没有注解标记,作者事先预设的读者都是具有鉴赏能力、能够理解这种文脉的人吧。而且,虽然说低俗的故事不少,但也有很多高雅的狂诗与歌。如果将《万国航海 西洋道中膝栗毛》中的狂诗收集起来,就能制作出一本诗集。

戏作是大众文艺,通过洒落本、黄表纸、人情本,在各种语言游戏中表现出庶民社会的自由自在性。深受江户文化熏陶的鲁文与他的读者们,就很享受这样的戏作。

2. 晚清的国民性

林译小说的一大贡献就在于让中国人知道了除了中国文学还有外国文学。"当日的中国学者总想西洋的枪炮固然厉害,但文艺哲理自然远不如我们这五千年的文明古国了。"[①]一语中的,中国人具有多么深厚的老大帝国的思想。郑振铎在《林琴南先生》中说:"中国人关于世界的常识,向来极为浅窄。……对于他们的社会内部的情形也是如此,总以为'他们'与'我们'是什么都不相同的,'中'与'西'之间,是有一道深沟相隔的。到了林先生辛勤的继续的介绍了一百五十余部的欧美小说近来,于是一部分的知识阶级,才知道'他们'原与'我们'是同样的人,同时,并了然的明白了他们的家庭的情形,他们的社会的内部情形,以及他们的国民。"[②]

中国人从前蔑视西洋文化,认为"西学"只不过是"夷狄之学"。明清之际,只有零散的一些西学被纳入《四库全书》的别册之中。19 世纪 90 年代以前,士大夫所受的教育主要是为了科举考试的儒学,并没有接受西洋文明。以出版界为例,19 世纪 60 年代至 19 世纪 90 年代,江南制造局一共只卖出 1.3 万部译书。对比,在日本,1866 年,福泽谕吉的《西洋事情》一出版就卖出了 25 万册。[③] 中国人原本不关心翻译及国外情况,但在 19 世纪 90 年代至 1919 年间却掀起了翻译热潮,这与林译小说的作用不无关联。通过林译小说,中国人了解了欧美的历史、政治、风俗、人情,改变了观念。

(1) 封建的家庭伦理道德

《巴黎茶花女遗事》引起了极大反响,但并非只是"缠绵悱恻,哀感顽艳"

---

① 《五十年来中国之文学》,载《胡适文集》第 3 卷,第 211 页。

② 郑振铎:《林琴南先生》,原载于《小说月报》第 15 卷第 11 号,转引自《林纾研究资料》,第 162 页。

③ 《丸善百年史》上卷,丸善株式会社 1980 年版,第 4 页。

的故事打动了读者的心，更因为它引起了处于专制制度之下婚姻不自由的中国青年的共鸣。所以说，《茶花女》不失为一部顺应潮流的作品。

林纾翻译的日本德富芦花的《不如归》也同样如此，在强大的封建主义家族伦理的桎梏下，一场美好的爱情被摧毁了。

更有《迦茵小传》抨击了恪守妇道的封建道德。该书在林纾翻译之前就已经有了译本，原译者的工笔也相当不错。可惜的是，这个翻译只有上册，所以不能成为完整的译书。于是林纾努力寻找原著并将其翻译了出来，谁知道竟然受到了指责。原来，那缺少的部分是故意没有翻译的，原因是书中的女主角未婚先孕，违背了当时的道德准则，尽管她是一个善良的女子。"吾向读《迦茵小传》而深叹迦茵之为人清洁娟好，不染污浊，甘牺牲生命以成人之美，实情界中之天仙也。吾今读《迦茵小传》而后知迦茵为人淫贱卑鄙，不知廉耻，弃人生义务而自殉所欢，实情界中之蟊贼也。此非吾思想之矛盾也，所见译本之不同故也。"[①]林纾对她也给予了同情。实际上，林纾对待妓女也从未流露出鄙视的情感。他创作的小说《柳亭亭》讲述了一个名妓与公子的婚姻被社会认可的故事，这是当时在中国不可能产生的爱情。在这个时期，林纾是积极支持女性解放的。

(2) 劣根的奴性

《黑奴吁天录》(*Uncle Tom's Cabin*)的时代背景是1887年美国经济危机爆发下的华工的悲惨命运。"因之黄人受虐，或加甚于黑人。而国力既弱，为使者复馁慑，不敢与争。又无通人记其事，余无从得知。""今当变政之始，而吾书适成，人人既蠲弃攻纸，勤求新学，则吾书虽理浅，亦足为振作志气，吾国保种之一助，海内有识君子，或不斥为过当之言乎?"[②]1904年，鲁迅在日本读到此书后，感叹道："满思故国，来日方长，载悲黑奴前车如是，弥益感喟。"[③]《黑奴吁天录》蕴含着反帝反封建主义的思想，契合了中国近代史的主题。

《撒克逊劫后英雄略》(*Ivanhoe*)是与前几部小说截然不同的英雄主义的主题，深受读者的喜爱。郭沫若曾说："我从林译受到的文学上的决定性

---

① 寅半生：《读〈迦茵小传〉两译本后》，载《林纾研究资料》，第131页。
② 《黑奴吁天录·跋》。
③ 《两地书·书信·致蒋抑卮》，载《鲁迅全集》，人民文学出版社1981年版，第321页。

影响为司各特的《撒克逊劫后英雄略》。虽然后来读到原文，发现有误译和省略，但自己确实从这里的浪漫派精神受到了具体的启示。”①

包括其他一些林译的英雄记、战争题材的小说在内，对于当时的中国人来说，无疑是具有刺激意义的作品。中国自古以来就是一个以“仁”“德”执政的国家，在严厉的封建制度的统治下，中国人培养成了忍耐的优秀品德。“忍耐、和平，本来也是美德之一。但是过犹不及；在中国忍辱含垢，唾面自干已变成君子之德。所谓‘相安为国’，你忍我，我忍你，国家就太平无事了。这种忍耐的态度，我想是由大家庭生活学来的。在家在国，同一道理。”②陈子展在“忍的哲学”中说：“道家发明最早……老子的不争主义，就在于能忍。所谓儒家还是贩的佛道两家的货色，即消极的哲学，懒惰的哲学，不求长进的哲学……我虽然不一定要把两千年来受异民族侵略倒霉的责任通通推在道家佛家乃至号为儒家的道学家身上，但这三派思想浸透中国民族的血液，已经久远了，三派所最注重的忍性修养功夫做得愈精进，愈深湛，就愈成为牢不可破的民族性。因此这个在世界上最会忍耐一切的伟大的民族，也就愈成为最适于被侮辱被侵略的民族了。”③他担心能够忍耐一切的中华民族会变成容易被侮辱被侵略的民族。中国人即便被外国列强嘲笑为“东亚病夫”，却也只会默不作答，所以鲁迅“怒其不争”。因此，林译英雄传、战争小说以外国的先例为戒，点燃读者的战斗意识，可以说是改良民族性的良好工具。

(3) 肤浅的科学态度

值得一提的是，林译小说中有相当一部分是侦探小说、科学小说。这对于当时的中国人有何意义呢?

对于积极吸收外来文明、西方文化的中国来说，科学小说的流入是完全适宜的，正应了“赛先生德先生”的时代潮流。可惜的是，“中国人对于科学的态度，有根本不对的两点：其一，把科学看得太低了，太粗了：我们几千年来的信条，都说的‘形而上者谓之道，形而下者谓之器’‘德成而上艺成而下’

---

① “林译小说中对于我后来的文学倾向上有决定的影响的，是 Scott 的《Ivanhoe》，他译成《撒克逊劫后英雄略》。这书后来我读过英文，他的误译和省略处虽很不少，但那种浪漫主义的精神他是具象地提示给我了。”载郭沫若《我的童年》，《沫若文集》卷六，第 114 页。

② 林语堂：《中国的国民性》，载《林语堂文选》上卷，中国广播电视出版社 1990 年版，第 442 页。

③ 陈子展：《说“忍”》，《太白》1935 年 9 月第 2 卷第 12 期。

这一类话……‘中学为体西学为用’。这两句话现在虽然没有从前那么时髦了，但因为话里的精神和中国人脾胃最相投合，所以话的效力，直至今日，依然为变相的存在。”[①]也许，科学小说、侦探小说只不过类似于包公案之类的休闲小说，于中国人心灵的触动不是那么大的吧。

西洋学被定义为“天文推算之密，工匠制作之巧，实逾千古。……而又举三教全非之，变幻之离，莫可究诘，真杂学也”。[②] 既然是杂学，当然入不了士大夫的眼。鸦片战争后，西洋依靠枪弹大炮大肆进攻中国。晚清社会危机四伏，为对抗西方文明而提出的“中体西用”的概念，并非以摄取西学为目的，只是以“实学”的名义接受西学而已。

陈熙绩在《〈歇洛克奇案开场〉叙》中说：“是篇虽小，亦借鉴之？嚆矢也，吾愿阅之者勿作寻常之侦探谈观，而与太史公之《越世家》，《伍员列传》参读之可也。”陈氏之所以推荐这篇小说，并不是想教育国人对待科学分析要有严谨的态度，而是想劝诫，只要有坚韧不拔的意志就能成就一切。从前，科学小说、侦探小说对于中国人来说可能只是消遣小说，林译将科学小说赋予了列传的价值，但依旧与科学精神无缘。

（4）“孝”的主题

林译小说中多以“孝”字命题，这个意义也值得探讨。“忠孝”二字对于中国人具有何等重要的意义无须多说。《英孝子火山报仇录》（*Maiva's Revenge*）序中说：“忠孝一道也，知行孝而复母仇，则必知矢忠以报国耻。”告诫国人要尽忠孝之义、一洗雪耻，这本无可厚非，但是到了晚清，“忠孝”却成为批判国民性的一大课题。因为那不是中华民族美德的“忠孝”而是“愚忠”。“孔子的哲学体系和道德学说，即著名的儒教，能够取代宗教，能够使人们，甚至使大众不再需要宗教。那么在儒教之中，必定有一种东西同宗教一样，能够给人们以安全感和永恒感。这就是孔子在其国教中给予中华民族的忠诚之道——对于皇帝的绝对忠诚。……反映在国教之中孔子的教育体系，其实只包含了两项内容：对皇帝尽忠，对父母尽孝——即中国人的忠孝。”[③]辜鸿铭如是说。

---

① 梁启超：《科学精神与东西文化》，载《饮冰室文集》第14册，中华书局1936年版，第2页。
② 《四库全书总目提要》卷125，中华书局1964年版，第1081页。
③ 辜鸿铭：《中国人的精神》，海南出版社1996年版，第40页。

林纾在译书的标题及序跋中经常倡导“忠孝”。不用怀疑他救国的真情，但对他而言，比起“国家”，“皇帝”更为重要。林纾幼年便诵读《孝经》，婚后舅舅教谕他《呻吟语》（明・吕坤著）、《五种遗规》（清・陈宏谋著）等封建理学。后来他还讲读《理学宗伝》（孙奇峰著），出版了《修身讲义》，可见深受程朱理学之影响。[①] 他之所以成为清朝遗老，其思想上的根源可以追溯至此，这一点后文还将详述。

（四）不同的作品意义

1. 精神解放的戏作家

在日本，把代表了中世文化的能乐及绘画的美称为“わび”“さび”，意思是简朴、淡薄之美。相对于此，近世以东照宫的建筑、歌舞伎等艺能为代表，是一种豪华绚烂的美。在这样的审美意识下，催生了奢侈的消费文化，促生了小说、俳谐、歌舞伎、净琉璃等大众娱乐。

德川时代的政治主体，不言而喻是武士阶级，但是文化的旗手却是町人。能、书、诗文是正统文化，具有严格的道德纲要及规则；而诸如近松、西鹤、歌舞伎、浮世绘等美丽的事物，在当时只被允许存在于下层社会。町人（庶民）的文化是更自由地、放纵地享受生活，吉原文化（风俗业）就是在这种背景下诞生的，让老百姓实现了自我解放。

然而，在町人的娱乐之中还包含了很多道德的因素。德川时代的庶民憧憬而赞美武士道，明治时代也继承了这一传统。在歌舞伎和说书中，大多将义士、烈士、孝子、节妇作为主题，人们以此为理想，在义理与人情的三夹板之中讨生活。[②] 戏作文学就是在这样的空间里诞生的。

假名垣鲁文在《著作道書上ゲ》中将“虚为主，实为客”把握为戏作的本质。作为实践，他在《胡瓜遣》初篇自序中将实学的知识与“河童的屁”等无用的文字相置换，产生了无厘头的滑稽。[③] 正如前田爱所指摘的：“相对于

---

① 张俊才：《林纾年谱简编》，载《林纾研究资料》，福建人民出版社 1983 年版。

② 竹山道雄：《明治精神の变化》，新潮社 1960 年版，第 22 页。

③ “此小冊子胡瓜遣と題号（なづく）る故縁（ゆえん）は福沢先生の窮理図解世に好評の音通（ひびき）を仮用し実学有益の確論を無用の戯論に翻案せる 其条（そのこと） 河童の屁に等（ひとし）類く一度水中に響くと雖水上に浮む 則（ときん） ば 淡（あわ）となりて消るに同じ。”

知识分子的'sense',民众常常选取'nonsense'以作为自我防卫。"[①]戏作只是纸上玩具。不过,纸上所写的文字与嘴上所说的语言不同,它还伴随着一种冒险性。江户时代发生过不少"手铐事件""笔诛事件",到了明治时代,报界遭受限制就更不用说了,可是,"畅销作家"鲁文似乎没有受过这样的刑罚。但是,他表面上是回避政治的态度,实际上表达了对社会的不满与内心的苦闷。

2. 时势翻译者的使命感

1898年,梁启超发表了《译印政治小说序》,这是第一篇明确翻译小说重要性的论文,主张将政治小说作为宣传的武器。"在昔欧洲各国变革之始莫魁儒硕学仁人志士往往以其身之所经历及胸中所怀政治之议论一寄之于小说。于是彼中辍学之子黉塾之暇手之口之下而兵丁而市侩而农氓而工匠而车夫马卒而妇女而童孺靡不手之口之往往每一书出而全国之议论为之一变彼美英德法意日本各国政界之日进则政治小说为功最高焉。"[②]

甲午战争之后,中国面临着国土被分割的灾难。于是,以进化论为灵魂、除旧建新为主题的《泰西新史揽要》(*Mackenzie*, Robert 著,李堤摩太译)成为流行作品;警告亡国灭绝、针砭时弊的《中东战纪本末》传播海内外;呼吁教育振兴的《文学兴国策》(森有礼著)成为维新的参考书。《天演论》掀起了潮流。"盖经政变后之波涛翻变,而国民输入欧美文明之志乃益急",[③]欧榘甲指出了20世纪初中国文化思潮的趋势及时代的特征。

1908年,严复翻译《名学浅说》,自序:"中间义旨,则承用原书,而所引喻举例,则多用己意更易,盖吾之为书取足喻人而已,谨合原文与否,所不论也。"[④]可见,这些知识分子眼中的"西洋"并不是原原本本的西洋,而是以中国学的尺度衡量之后的西洋。他们以中国观念限定西洋;另一方面又以西洋观念来限定中国。不过,在这种二重性的背后起决定作用的依旧是中国

---

① "知識人の〈センス〉に対する自己防衛のひとつとして、民衆はしばしば〈ナンセンス〉の姿勢を選ぶ。"载前田爱《鎖国世界の映像》,第89页,每日新闻社1976年版。

② 梁启超:《译印政治小说序》,载《清议报》第一册,中华书局1991年版,第54页。

③ 欧榘甲:《论政变为中国不亡之关系》,载《清议报全编》卷三,文海出版社1986年版,第63页。

④ 严复:《名学浅说》自序(*Primer of Logic*, Jevons、William Stanley),商务印书馆1909年版。

观。因为“他们的立足点在中国，他们要解决的是迫在眉睫的中国现实问题，他们的中学知识远比西学知识丰富，他们的认知基点建立在中学、中国现实问题之上，他们的情感和立场都是中国的”。① 林纾是应时势而生的翻译家。他所撰写的序跋中含有很多现代性内容，可以强烈感受到他的使命感。

三、转型期的思想潮流中鲁文与林纾的位置及变化

(一)“文明开化”诸相

1. 虚有其表的明治开化

明治政府为了实现中央集权国家，积极引进西洋文明，推进近代化政策。技术、教育、思想自不必说，风俗习惯也一股脑地进入了人们的生活。这被称为“文明开化”。当时，首都东京的文明开化被描写成这般盛况——“维新万岁盛大的东京开化，繁昌繁华，普天之下，可与各国相比几许。即便算上支那的北京顺天府、法国的巴黎、英国的伦敦，俄国美国，也是屈指可数。”②看起来是一派打破旧习、谋求一新的景象。可是，这种西洋模仿是极其幼稚而粗糙的。一直到明治十四年至十五年还残留着旧式的生活样式，庶民生活与文明开化相隔甚远，以式亭三马为代表的文化文政的生活方式，理发店等依旧是从前的模样，在下层百姓的居住区内相当繁荣。③

那么，所谓“文明开化物”是什么东西呢？学制、阳历、电信、铁道等制度性的事物，短发、废刀、阳伞、怀表、西服、人力车、电灯、牛肉火锅等风俗性的事物。④ 在外形上，人们追求这种新鲜的事物，但内心却很难说具有欧化意识。作为交错的文明开化的自画像，《東京開化繁昌誌》中描绘了一只异形“开化鸟”——“身穿洋服：披法国斗篷、穿英国皮靴、不知拐杖是何

---

① 昌切：《清末民初的思想主脉》，东方出版社 1999 年版，第 225 页。

② “維新万歳盛大なる、東京開化の繁昌繁華、普天の下各国に比すべき地幾許かある。支那の北京順天府、仏蘭西の巴里、英吉利斯の倫敦、魯西亜米利堅を算ふるも、五指を屈して止ぬべし。”载荻原乙彦《東京開化繁昌誌》，载《明治文化全集・第 8 卷・風俗篇》，日本评论社 1955 年版，第 183 页。

③ 芳贺登：《東京の文明開化》，载林屋辰三郎《文明開化の研究》，岩波书店 1979 年版，第 244 页。

④ 铃木成高：《日本に於ける伝統と近代》，新潮社 1959 年版，第 38 页。

国所产。戴日本帽，一身数国异服，与大杂烩火锅无二。”[①]将文明开化比喻为“鵺（ぬえ）”[②]。

异形“开化鸟”象征了随着西化而导致价值观混乱的文明开化。之所以生出这种状态，正是因为日本近代化的急剧发展。有的部分过于近代化，而有的部分一点也没有近代化，斑驳不平。不仅是衣食住行等社会风俗，精神观念上也一样杂乱。

虽然“开化”的风潮愈演愈烈，但依旧有很多无视新西洋事物、极端固守旧习的人。有的人早早地剃了头发，穿上了西装与皮鞋，体现出摩登的现代样子；有的人则盘发，穿着长褂，同旧幕时代一般的生活。这便诞生出一个新词语：“半日本人。”池谷观海在《半日本人》中将其定义为：虽身为日本人，但“本国精神薄弱”的人。[③] 当人们的日常生活中大量引进西洋的学术技艺后，便诞生了醉心于西洋文明的“半日本人”。这触发了鲁文身为作家的敏锐的触角。自《万国航海　西洋道中膝栗毛》起，《安愚楽鍋》《新浮世床》等作品都描写了一知半解的翻译、剃了头发的憧憬西洋大都会的庶民们慌慌张张赶潮流的样子。

2. 少年中国的羡慕

西方文化向中国传输时，首先是器物的传入，然后才向其他方面扩展。随之中国的民风也悄悄地发生了变化。这引起不少知识分子的担忧，姚贤镐说：“西人在华旅居日久，华之风土人情，喜怒爱恶，均为所悉，故所造之物，皆揣摩华人之意而来。每来一物，华人无不竞买，竟有日用之物，习以故常，非此不可者。”[④]郑观应在《盛世危言》中谈论商战问题，痛心疾首地历数数十乃至上百种洋货对中国的危害。[⑤]

文化的影响是潜移默化的。随着西方的器物文化的不断输入，洋务活动也开展了 30 多年，人们对外国事物的看法从最初的惊奇到习惯成自然，

---

① “洋服に身を固むれども、仏国の短胴服（まんてる）を着、英国の靴を穿（うが）ち、洋杖（すてつち）何れの国産をしらず。日本帽を戴きたれば、一身数国の異服にて、雑交（しっぽく）煮鍋（なべ）に異ならず。”载荻原乙彦《東京開化繁昌誌》第二编，第 233 页。

② 日本传说中的怪兽。

③ 池谷观海：《半日本人》，《日本人》1904 年 11 月第 3 次 223 号。

④ 姚贤镐：《中国近代对外贸易史资料》第二册，中华书局 1962 年版，第 968 页。

⑤ 郑观应：《盛世危言・卷五・商战》，（台湾）学生书局 1965 年版，第 753—784 页。

有的人甚至产生了崇洋的心理。晚清小说《"慕西"》描写了一种醉心"西化"的人。"慕西者,新少年也。妻曰醉欧女士。两人皆喜作外国装,竞尚华贵。"[①]1876年,李圭写了《环游地球新录》,李鸿章作序,"方今时代'五洲重译,有若户庭'",意思是世界越来越小。同年,中国的第一条商用铁路正式建成通车,这愈发加速了国际间事物、人物与文化的交流。据《申报》记载,普通民众对火车的反响很积极,"坐车者尽带喜色,旁观者亦皆喝彩,注目凝视。"[②]诸如此类,阅报热、学外语热、留学热也在民间形成了新的风尚。

(二) 时令作家

1. 假名垣鲁文——新时代的慧眼

藤田太郎评价:"时令作家,这正是他作家的本质。"[③]模仿福泽谕吉的《胡瓜遣》、描绘博览会的《万国航海　西洋道中膝栗毛》、描写牛肉店流行的《安愚楽鍋》、记录佐贺之乱的《佐賀電信録》等,这些作品都是"时令"之物。

"时令作家"是不追求明确的信念或深奥的思想、理论的依据的,只赶潮流、追随世间的风尚。为了获得读者的人气而忙碌,为了销路而与出版商一同谋划。这是大众作家的共同的弱点,鲁文也是如此。比如《高橋阿伝夜叉譚》,明治十二年一月三十一日,阿传被处刑,鲁文在二月十三日就发表了初篇,反应极为敏捷。在该书的五编里对此有所揭示,[④]其中含有讽刺的意味。作者并非按照自己的想法随心所欲地写作,比起读者,作者更要考虑金钱的利益。

假名垣鲁文是操纵游戏文笔的高手,虚虚实实,劝善惩恶。不过,戏作家也必须响应新时代的要求。《三条教则》颁布之后,艺人纷纷改名,看起来很符合文明开化时代的动向。比如山山亭有人改成条野传平、二世为永春水改成染崎延房、梅亭金鹅改成瓜生政和、假名垣鲁文则改成野崎文藏,之后便撰写与这些名字相匹配的作品。

---

① 1912年5月19日《申报》。

② 1876年7月3日、4日、10日《申报》。

③ 藤田德太郎:《仮名垣魯文研究》,载福田久道《明治文学研究》,成功馆书店1933年版,第293页。

④ "当冊子最初の腹稿には第五編を以て大尾とせんとの約束なりしに殊の外発行大吉利子の盛んなるより版元の慾も又旺んに至り此まで短縮の件々を引延してとの注文あり依て追々引続き出版の積りゆえ左様に御覧下さりませう。"

鲁文对明治维新的新风尚是十分敏感的。参看《明治文献目録》[①]，明治以后，他的作品有《薄緑娘白浪》《万国航海　西洋道中膝栗毛》《安愚楽鍋》《西洋器会》《蛸入道魚説教》《三則教の捷径》《文明捷径　子賓習字章》《横滨往来》《恋相場花の夜嵐》《芸者の心得》《高橋阿伝夜叉譚》《滑稽道中膝車》《毒婦の行末》等。其中既有按照政府的方针指示，顺应时代潮流的作品，也有茶余饭后供人们咀嚼的话题。维新的大变革的确给鲁文提供了开展活动的广阔天地。同样是"时令"，维新与地震不同，如果写作方式不妥则可能殃及自身，有的作家就因为将维新绘制成锦旗而遭到处罚。不过，鲁文非常伶俐。他善于考虑利害得失，所以大多以福泽谕吉的书为范本进行改写。因为他明白，福泽是走在时代前列的先锋，自己应该搭上这班顺风车。就算不能写出真正的西洋启蒙书，只要能够写出受读者喜爱的通俗作品，那么这就是戏作家的价值。

2. 林纾——偶然踏上了潮流

林纾偶然参与的西方小说翻译，没想到竟成为其终生职业。除了他个人的文学趣味外，这与当时中国反帝反封建的历史潮流也紧密相关。林纾一生未曾仕官，靠着文章绘画度过一生，但并不代表他不关心国家盛衰、民族存亡。他也曾与维新人士相交，上书改革。虽不是直接参与政治活动，但也借了这片园地讴歌自己的情怀。如前所述，林译小说涉及各种各样的社会问题，国人由此知道了政治、民主、自由的概念，追求个人解放与国家生存。

关于林纾之所以以古文家的身份翻译了200余部西方小说的原因，杨联芬归纳有三：第一，西方小说在地位上类似中国的文人文学，是上乘。因此，他以古文家的身份翻译并不是丢脸的事，相反是适宜的。第二，《巴黎茶花女遗事》书刊行后，国内开始了小说界革命，一大批文人巨卿从改良社会政治的角度热烈倡导小说，林纾的翻译无意间与时代的潮流合拍。第三，林纾所遵循的古文义法都类似于小说叙述的技巧，他从西方小说中感受到了它与左、马、班、韩文章"蹊径正同"的妙处。[②] 这里面的"顺应潮流"是关

① 高市庆雄编：《明治文献目録》，日本评论社1932年版。

② 杨联芬：《晚清至五四：中国文学现代性的发生》，第91页。

键词。

晚清是中国文化的转型期，借用哈罗德·布鲁姆"影响即误读"的观点，[①]西方现代思想与文化观念对20世纪中国的重大影响，是在一系列的误读中产生的。误读，既包括了无意识的误解，也有有意识的选择与改造。林纾的"误读"，不是说翻译错误，而是指在作品结构与审美观上，他以中国传统文学为理解的基准；在思想观念的层面上，他以儒家道德的观念解释西洋的风俗人情。前者可以《黑奴吁天录》(*Uncle Tom's Cabin*)为例："是书开场、伏脉、接笋、结穴、处处均得古文家义法。"(《黑奴吁天录·例言》)而《斐洲烟水愁城录》(*Allan Quatermain*，哈葛德)的序中称："西人文体、何乃甚类我史迁也。"不过西洋的这些小说本身并不是古文写作的，而是白话。林纾误读的第二点，如前所述，他将原作的题目中插入"孝"字，纳入儒家伦理的范畴。再如《剑底鸳鸯》(*The Betrothed*，司各特)的原著中，主人公的行为往往违背了中国的礼仪，林纾却弹性地进行了解释。

这在当时并不是特别的案例，知识分子往往会从中国的现实需求出发，对西洋思想及文学有所选择地引进。严复的名译《天演论》选择了原著中的生物界进化原理，却舍去了社会伦理学。这是出于"强国保存"的目的。也许林纾最初涉足翻译时并没有意识到自己会一举成名，但在获得成功后，他沿着这条路走了一生。林纾是否存在"投机"的嫌疑无从谈起，但他确实顺应了时代潮流，成为一个应时作家。民国以后，林纾的翻译热情明显减少，译书的质量亦有所下降。钱锺书如是评论，"他的整个态度显得随便，竟可以说是冷淡、漠不关心""译笔逐渐退步，色彩枯暗，劲头松懈，使读者厌倦"。[②] 与此同时，从前很能体现他的想法与热情的序跋，也慢慢地减少了。这个热情的消退中必然有着时代更迭的原因。

(三) 开化者与遗民的两面像

1. 假名垣鲁文

(1) 讽刺与自嘲

明治元年(1868)，鲁文即将跨入人生的第40年，已经不再是轻松适应

① 徐文博译：《影响的焦虑》(*The Anxiety of Influence: A Theory of Poetry*, Harold Bloom)，三联书店1989年版。

② 钱锺书：《林纾的翻译》。

大变革的年龄了,但他的慧眼捕捉到新时代的氛围,巧妙地迎合了大众的趣味,成为明治开化期最受欢迎的作家。可是,这并不能证明他就是一个“开化作家”,相反,他是一个从心底里不能迎合新时代的保守戏作家。本间久雄评论说:“他的文学教养太过于戏作者,他的年龄也太大了些。”[①]

据野崎左文[②]记述,鲁文很崇拜山东京传、十返舍一九、式亭三马等江户戏作家,吸收了他们的风格,成为明治最受欢迎的滑稽小说家,这也是他本人极为自负的一点。藤田太郎说:“如果说鲁文的特长就在于将时代潮流加以滑稽化的话,那么其中不也正诞生了讽刺的意味?将现实的事件滑稽化、讽刺揶揄之处,正是鲁文的看家本领。”[③]诚然,鲁文秉承了江户戏作的风格、发挥了滑稽小说家的专长,然而,在那哄然的笑声中反映出的万千世相不正说明了鲁文对“滑稽”的超越?

《万国航海　西洋道中膝栗毛》讽刺了不懂西方的半吊子的日本人在外国受辱的惨败经历。《安愚楽鍋》以东京繁盛的牛肉店为舞台,上演了一出帮闲、西洋迷、农村武士等各色人等的世间剧。《苦界文尽》模仿了大儒福泽谕吉的作品,既作为花柳界指南,又警诫世人不要放荡。《三則教の捷径》[④]以七五调的文风,通俗易懂地解释明治政府《三条教则》的规定,一边在认真地讲述道义,一边又轻浮地说些妓院花销的事情。《蛸入道魚説教》[⑤]说的是龙宫开设众议院、谋求文明开化的故事,看似异想天开,实则影射了世间追逐欧化主义的热潮。

如上所示,鲁文的滑稽小说都是暴露、嘲弄自身缺点的小说,流露出自嘲的味道。其实,日本的滑稽小说,诸如黄表纸之类,都是江户时代发达的文学形式。其产生的背景,或出于对时事的慷慨,或是将自己的郁闷、抱负寄寓在作品之中,然而更可以从日本人的心理上探求深层意义。南博说,“失败的结果,就是诞生出抢在他者的嘲笑之前自嘲的精神”“日本人的自嘲,伴随着外国人难以理解的日本式笑容。那是对自己的嘲笑,是以内在的

---

① 本间久雄:《明治文学史》,第 64 页。

② 野崎左文是鲁文的弟子,他解释了老师的自传并予以补充,整理了鲁文门人的资料。野崎左文:《仮名垣魯文翁の自伝》《明治初期における戯作者》《私の見た明治文壇》,春阳堂 1927 年版。

③ 藤田德太郎:《仮名垣魯文研究》,第 293 页。

④ 《三則教の捷径》,出版地不详,1873 年版。

⑤ 《蛸入道魚説教》,兴津要《明治開化期文学集》,筑摩书店 1966 年版。

'客我'为嘲笑对象。那不是爽朗的大笑,而是贬低自己、无奈而惨淡的一笑,无力之笑"。① 鲁文戏作讽刺了开化期一知半解的日本人,但为什么含有自嘲的意味?这大概是因为自觉地意识到日本人尽管接受了文明开化,但根本上缺乏自信,只不过是乘"机"而行。

关于自嘲的问题,也许可以从日本文化论的角度作一把握。岛国的日本文化属于从外向内选择吸收型的文化类型。② 事实上,在亚洲没有一个国家比日本对外国文明更为敏感的。和辻哲郎说,"日本的知识阶级的抽象性,原起因于从外部吸收优秀文化时产生的外国崇拜和对本国的蔑视。人们过于尊重新接受的外来事物,而毫不留情地抛弃本国的传统,这种态度正是日本民族传统的陋习",并且指出,"无论追溯多么古老的年代,日本文化中始终打上了外国崇拜的痕迹"。③ 诚然,昔日的中国文明、近代的西方文明,都是日本模仿的对象,摄取以作为本国文明的基础。但是,"外国崇拜"体现了日本民族"敏锐的感受性"和"谦逊的态度",未必就是低劣的东西。但若是过于谦逊,可能就会产生出劣等感。岛国日本认识到自己并非大陆的中心,也不曾处于文明的中心位置。一方面憧憬岛国之外的文明,另一方面不可避免地带来了卑屈之感。

明治时代兴起的两大事物是"文明开化"与"富国强兵"。这是出于摄取西方先进诸国的文明,在经济上、军事上迅速实现近代国家的构想。外交官、学者、技术人员等高级知识分子纷纷来访。面对优秀的西方人,日本人的心理必然会产生自卑感。南博指出,这种羞耻、拘谨的性格倾向与江户时代的身份制社会下培养成的身份意识密切相关。并且,在江户时代,町人(庶民)被武士阶层要求遵守"町人的身份";明治时代,西欧人取代了武士的位置,日本人则渐渐处于町人的位置。④ 鲁文从江户时代走来,带有强烈的身份优劣的感受,而这一感受便在作品中清楚地表现出来。

(2) 无法理解的外国文学

性急的开化期,鲁文嘲弄盲目追随西方的日本人,但对他而言,自己对

---

① 南博:《日本的自我》,岩波书店 1983 年版,第 53 页。
② 萧功秦:《儒家文化的困境》,四川人民出版社 1986 年版,第 13 页。
③ 《和辻哲郎全集·第四卷·続日本精神史研究》,岩波书店 1961 年版,第 307 页。
④ 南博:《日本的自我》,岩波书店 1983 年版,第 96 页。

西方的认识也许如同自述一般，“终究是无法理解的外国文学”，只是模糊的一个影像。

文明开化期是以实学为中心的洋学的全盛时代。鲁文在《万国航海西洋道中膝栗毛》中不仅将英语配以译音，还忠实地模拟出汉语的发音。鲁文探索着从陈旧的戏作世界向近代新文学的发展，但终究是对西方近代文学一无所知的戏作家，咀嚼着苦闷的心情。幕末，他撰写了《童絵解万国噺》①《万国人物図会》②，介绍异国风闻；进入明治以后，介绍莎士比亚的戏剧《葉武列土》(哈姆雷特)，③作拿破仑传记《倭国字西洋文庫》④、美国总统 Ulysses Simpson Grant 传记《格蘭氏伝倭文賞》。⑤ 尽管他对西文一窍不通，却照样热心地著写关于西方的作品。

然而，外国文学终究是无法理解的另一层次。

> 英法两国，小说颇流行，因读者众多而作者也不少。各人磨新砚、炼丹田，其著述甚为有趣。原书既舶来，以我国语翻译出版之，已有几十部。邦人据此译书，略知名家趣旨。然，微意之处，如波涛数千里、风土情态甚异，终不能深入佳境而辨别。⑥

这是鲁文的告白。即便通过翻译了解大概的情节，但因为风土人情的不同，所以无法体会细微之处。所谓“失之毫厘，差以千里”正是这一心情的写照。明治初期，进洋学校学习、去国外留学的潮流风靡一时，对此，鲁文几乎没有采取任何行动。经济上的原因可能不大，也许是鲁文从心底里没有兴趣的缘故吧。外国知识、西方文化不过是创作的材料而已，事实上，在戏作家之中学习洋学的人非常少。野崎左文说，“据我所知，能够读洋书的人只有一人”，此人即三世风来河原英吉。⑦ 也就是说，不光鲁文，基本上戏作家无人对洋学产生兴趣。鲁文的例子是积极附和政府号召、宣传西方知识的；但也有完全逆时而进的万亭应贺的例子。后者著《分限正札知恵秤》斥

---

① 《童絵解万国噺》，锦桥堂，出版年不详。
② 《万国人物図会》，东都地本锦绘问屋山田庄次郎发行，文久元年版。
③ 《葉武列土》，载《明治翻訳文学全集・新聞雑誌篇 1》，大空社 1996 年版。
④ 《那勃列翁一代記》，载《倭国字西洋文庫》，红木堂 1872 年版。
⑤ 《格蘭氏伝倭文賞》，金松堂，出版年不详。
⑥ 《稗官者流》，《芳譚雑誌》明治十七年九月第 398 号。
⑦ 野崎左文：《明治初期における戯作者》，载兴津要编《明治文学全集 2》，筑摩书房 1967 年版，第 409 页。

骂洋学者，在《近世憫虾蟇》中吐露了对旧幕时代的乡愁。另外，还有一个戏作者，他以本名"瓜生政和"创作《西洋新書》《西洋見聞図解》，又以笔名"梅亭金鹅"嘲讽军队。这些都反映了无法坦然适应新时代的戏作家的复杂心境。

（3）戏作三昧

明治五年以后，戏作逐渐消失了踪迹，近代报刊"连载故事"[①]开始流行，可是，在开化最盛的时期，江户末期的戏作又重返文坛。

鲁文号"猫猫道人"，据说是成岛柳北给起的名。[②] 所谓"猫"，乃是戏作界对于艺人的默认代名词。浸染了江户风情的鲁文痴迷于"猫"，倾倒于"粋"，[③]沉溺于特定的读者与戏作三昧，体现出不合时势的倾向。在他主持的《鲁文珍報》[④]上专门出了一号"猫特集"，其中刊登了艺妓书写的诗文，洋溢着传统的江户趣味、花柳情调，深受读者的好评。《鲁文珍報》销量极佳，各篇印刷了5 000部还不够，又再版发行，盛况空前。[⑤] 于是，他在两国的中村楼举办了"珍猫百览会"。其实，不仅是举办特定活动，即便是鲁文创办的"仮名読"报社，其日常生活中也处处体现出江户趣味与花柳情调。

社内因为没有专门设置接待室，从社友、投稿者、文人、美术家、商人、艺人到妓院的老板、召妓酒馆的女主人、帮闲，诸色人等纷涌而至编辑部。有人大声招呼要吃寿司、点心，长话连篇；也有时举行酒宴，鲁文一众记者就在这种环境中，一边与客人对话，一边写着稿子。[⑥]

气氛热烈，难怪鲁文常常写错文章。戏作小说的装帧都非常鲜艳，体现出华丽的江户风情。此外，以鲁文为首还成立了一个游戏文艺团体"いろは連"。[⑦] 根据山本笑月的记载："在新文学尚未发生的明治初年，有一位名叫假名垣鲁文的当今文坛的大人物。稍微能够写点文章的吾辈，仰慕其盛名，

---

① "つづきもの"：明治十年代出现了在小报上长期连载的报道，以《高橋お伝》为代表。

② 野崎左文：《仮名垣鲁文翁の自伝》，载《私の見た明治文壇》，春阳堂1927年版，第207页。

③ "粋"也可译为"意气"，在江户时代被视为风月场所的一种审美意识，体现了江户趣味及情调的审美意识，多见于文政·天保年间(1818—1844)的人情本。具体而言，是指一种即具有美丽纯真，语言行为、服饰装扮均简洁大方的独特气质。

④ 《鲁文珍報》(胶卷)，ナダ书房1993年版。

⑤ 兴津要：《仮名垣鲁文：文明開化の戯作者》，有邻堂1993年版，第164页。

⑥ 兴津要：《仮名垣鲁文：文明開化の戯作者》，第164页。

⑦ "いろは連"："いろは"是伊吕波歌，共有47个假名，多用于排列顺序。此处指以鲁文为中心的文艺团体，原本打算组成47人的规模，中途因鲁文退出文坛而解散。

纷纷拜其门下，以被授予'垣''文'的戏号为荣。明治二十年前后，其人数达30多名，因此称为'いろは連'。"①

"いろは連"网罗了风格特异的各色人等，漆匠、草席店老板、投稿人、玩具博士、绘画家、狂言作者、印刷所老板、酒店老板、藏书家、考证学者、报社记者、演员等，他们无一不是平凡百姓，在他们的身上，充满着江户末期的情趣。

2. 林纾

(1) 维新党

青年时期的林纾有写照："愤世嫉俗，带剑狂侠，被酒行吟，旁若无人，尽倾侠肠义胆，狷狷狂气。"②这与后来在光绪帝坟前痛哭流涕的老者判若两人。林纾早期倾向新政，关心国事，因而他所译介的外国小说也志在维新，一再主张翻译作品要"有益于今日之社会"③，以"振动爱国之志气"④。他着重介绍那些反对封建礼教、倡导反帝爱国、抨击社会黑暗的作品，为现实的政治维新服务。他在《黑奴吁天录》跋中明确指出，翻译小说是有意识地配合当时反美华工的运动的政治斗争，"为振作志气，爱国保种之一助"。事实上，这种情况在林纾的许多作品的序中都有体现。例如，《埃司兰情侠传序》(*Eric Brighteyes*)中："顾余之取而译之，亦特重其武概，冀以救吾国种人之衰？而自历于勇敢而已。"在《利俾瑟战血余腥录叙》中："是书果能遍使吾华之人读之，则军行实状，已动然胸中，进退作止，均有程限，快枪急弹之中，应抵应避，咸蓄成算，或不至于触敌即馁，见危辄奔，则是书用代兵书读之，亦奚不可者？"⑤在《雾中人·叙》中说得更为明确，"余老矣，无智无勇，而又无学，不能肆力复我国仇"，⑥表达了救国信念。

可是，他又恪守忠孝节义、礼义廉耻的传统道德。庚子年间的空前的混乱令林纾深感悲愤。

(2) 白话诗集与上书事件

1884年中法之战爆发，清朝惨败。10月，当左宗棠钦差大臣入城时，林

---

① 山本笑月：《明治世相百話》，第一书房1936年版，第352—353页。
② 王旸：《箫卷西风·林琴南别传》，华夏出版社1999年版，第31页。
③ 《鬼山狼侠传·叙》(*Cetywayo and his White Neighbours*)。
④ 《爱国二童子传·达旨》(*La Tour de la France Par Deux Enfants*)。
⑤ 《利俾瑟战血余腥录·叙》(*Histoired' unconscritde*)。
⑥ 《雾中人·叙》(*The People of the Mist*)。

纾在街头举状拦钦差。1895年4月《马关条约》签订，1897年德国强占胶州湾，康有为等人“公车上书”，林纾与友人高凤岐等也3次上书御史台，强烈抗议，并陈述筹饷、练兵、外交、内治4项建议。不过，林纾不赞同废除帝制。

林纾凭借文学及时走进维新派的行列。1897年，《闽中新乐府》诗集刊行。这部诗集是在维新运动的背景下写成的。“每议论中外事，慨叹不能自已”，喊出了“变法救国”的呼声，可以说它是林纾走向维新派的标志。时过5年，他还说：“每闻青年人论变法，未尝不低首称赞。”①

《闽中新乐府》是仿照白居易的讽谕诗，以儿童为对象写作的启蒙通俗歌诀，具有鲜明的时事性、政治性和现实性。其中，《兴女学》《小脚妇》《落花》，为裹足、卖淫、溺婴、虐婢等女性所受到的欺凌鸣屈喊冤；更有痛愤国仇，讥讽守旧的一些诗歌，传诵一时。如，《村先生》（讥蒙养失也）、《渴睡汉》（讥外交者勿尚意气也）、《五石弓》（军备的落后与陈旧）、《破蓝衫》（当政官僚的腐朽）、《饿隶》（司法）、《杀人不见血》（西医）、《谋生难》（经济）等，涉及教育、女权、向西方学习、发展工商业及破除迷信等变法。以下摘录几段《闽中新乐府》诗，看看林纾的进步性与幽默感。

> 《村先生 讥蒙养失也》：“村先生，貌足恭，训蒙大学兼中庸。古人小学进大学，先生躐等追先觉。古人登高必先卑，先生躐等追先知，童子读书尚结舌，便将大义九经说。……今日国仇似深海，复仇须鼓儿童心。……强国之基在蒙养。”
>
> 《兴女学 美盛举也》：“兴女学，兴女学，群贤海上真先觉。华人轻女患识字，家常但责油盐事。夹幕重帘院落深，长年禁锢昏神智。神智昏来足又缠，生男却望全先天。……学成即勿与外事，相夫教子得已多。……母明大义念国仇，朝暮语儿怀心头。儿成便蓄报国志，四万万人同作气。女学之兴系匪轻，兴亚之事当其成。”
>
> 《破蓝衫 叹腐也》：“破蓝衫，一着不可脱，腐根在内谁能拔。案上高头大讲章，虚题手法仁在堂。子史百家在杂学，先生墨卷称先觉。……堂堂中国士如林，犬马宁无报国心。”

郑振铎对这本诗集评价很高：“在康有为未上书之前，他却能有这种见

---

① 《美洲童子万里寻亲记·序》(*Jimmy Brown Trying to Find Europe*)。

解,可算是当时的一个先进的维新党。”[①]林纾不仅翻译小说,还写了很多小说。他的第一部长篇小说《剑腥录》(后更名为《京华碧血录》)就是以庚子之变与良友阖门殉难为主题,客观记载了戊戌事件和庚子事变。

(3) 坚守传统道德与文化

尽管林纾曾经走在维新队伍的前列,可他的终身之志仍在古文。在他的心目中,翻译毕竟不能与古文等同,尽管他的翻译成就比他的古文更为后世所称道。1919 年 2 月起,《新申报》特辟《蠡叟丛谈》专栏,专门发表林纾的文言短篇小说。

林纾翻译了大量的西方小说,在潜移默化中接受了新的外来思想。但是,他从小所受教育的影响是莫大的。林纾曾撰《读列女传》,一方面认为古礼中对妇女的要求繁缛苛刻,另一方面又不满于当时妇女解放的一些现象。“古礼虽不之行,而廉耻存即礼义存。咸同之间,妇人之车必帏,出入必裙,外言弗入,内言弗出,男女之限截然。至于今日,则女子咸急装缚绔,为武士服。王莽之妻,衣不曳地。今则短不及脐矣。名曰文明,而尚武耶?妇人既可以亵服过市,则此外又何所不可?礼防既撤,结婚离婚均可自由,则男子所恃以成家者,乃日不测。妇人之用心狷薄者,稍有外昵而内旷,至有入宫不见其妻者,则夫妇之伦废矣。”[②]所以说,林纾的开放度与保守度是成比例的。

林纾在翻译《迦茵小传》(*Joan Haste*, Haggard)的时候受到了很多攻击。因为他明知道女主人公失了贞洁,却依旧将全书翻译了出来。这是不是因为他被作品所感动了呢?面对批判,他选择了沉默。有学者推测说:“处处不忘‘守礼’的林纾,是否也会惭愧自己不小心失了一回‘贞’。”[③]民国以后,林纾在他自己创作的小说中愈发强调男女之间的“礼防”。

1912 年 2 月 12 日,清帝被迫退位。林纾郁郁寡欢。在《畏庐诗存·自序》中说:“是岁 9 月,革命军起,皇帝让政。闻闻见见,均弗适于余心。”[④]他决定效仿明末遗民孙奇隆,并誓以清举人终其身。1916 年,袁世凯为借林

① 郑振铎:《林琴南先生》,第 156 页。
② 《读列女传》,载《畏庐续集》,第 7—8 页。
③ 杨联芬:《晚清至五四:中国文学现代性的发生》,第 105 页。
④ 《畏庐诗存》,第 1 页。

纾的名声笼络人心，特请人聘其为高等顾问。林纾坚决拒绝，说："将吾头去，吾足不能履中华门也。"[①]溥仪结婚时，林纾进献四镜屏。帝感其"忠"，颁赐"贞不绝俗"匾额。林纾伏地顿首，呜咽不止，作《御书记》表示死后要在坟前立碑"清处士林纾墓"。

寒光评论说："不过他守旧，把礼字看得很重。他的这种思想，也不尽出于迂谬和顽固，大半还是那种'嫉恶之心过严，服善之情逾笃'的误症投药呢。"[②]笔者以为这个评价很中肯。林纾自小受传统礼仪道德的教化，父母病重时，祈祷自己以死替代，非常孝顺。他成名之后，经济富裕了很多，不仅热心慈善事业，甚至还将文名借给别人用。另一方面，林纾性格易怒，会严厉地斥责别人。"五四"新文化运动兴起后，他对那些粗鲁的白话文章意图打倒"孔孟""伦常"而有所不满，他的这种性格只能说是太认真了。

(四) 假名垣鲁文与林纾的思想

1. 假名垣鲁文

(1) 锁国下的文人——昙花一现

假名垣鲁文是最后一个江户戏作家。他最大的特色就在于报人型的潮流写作。在幕末向明治维新转换时，机智地转向，创作了许多开化作品。

出身贫寒的他，依靠赞助者过着犹如帮闲的生活，但在新时代，却迎合政府的主旨而奔走。没有思想包袱的鲁文，具有强烈的现实意识。兴津要说："仅靠一支笔不能生存的年代，他寄生于赞助者，其服务的姿势相当卑微。"[③]这不仅是鲁文一个戏作家的姿态，也是封建时代下努力挣扎的文人的共同命运。

鲁文创刊《かなよみ》《鲁文珍報》，成为一个成功的报人，但报刊始终不是他的兴趣所在。明治十七年，鲁文辞去京文社的社长职位，废弃了自《仮名読新聞》以来畅销的"猫"的戏文与戏号，在明治二十三年举办了盛大的聚会，宣布引退。因其盛名结合的文艺团体"いろは連"被迫解散。鲁文的引退，大约是由于爱子的突然过世而看破红尘的缘故。这位撰写滑稽小说的作家树立起"谈笑讽谏滑稽道场 御誂案文著作所 钝亭鲁文"的广告牌，可谓

---

① 张俊才：《林纾年谱简编》，载《林纾研究资料》，第 43 页。
② 寒光：《林琴南》，载《林纾研究资料》，第 196 页。
③ 兴津要：《仮名垣魯文》，《国文学解釈と鑑賞》，1979 年版，第 86 页。

19世纪前半卖文度世的江户戏作家的典型。[1] 重视喜剧性与表现主义的戏作家，描绘着可笑的世间、引起世间滑稽的笑声，但那笑声背后却传来了不可抑制的叹息。正如山口刚所说，“文内文外的矛盾冲撞，既非苦笑，亦非嬉笑，但也只能一笑抹之。这就是戏作、戏文之所以横行的原因”。[2]

然而，无论包含了多少江户趣味，既然生逢明治维新，就必须迎合新时代、必须转向。心中的苦闷就如永井荷风在《冷笑》中创作的人物一般。在西方游历6年后归国的永井荷风，于1909年写了《新帰朝者日記》。他斥骂明治“破坏旧态之美，一夜间造就了杂乱粗恶”，在这样的“明治”中，唯一保留下旧态之美的就只有花柳界。而在《冷笑》中，则更露骨地批判文明开化，描绘了憧憬江户情绪的人物。

> 红雨从心底里不满欢迎自己的新日本。新时代所有的新事物都是模仿西方而永远不能及得上的伪物，毫不留情地斥责其愚劣、丑恶，绝望于东洋之土上永远开不出艺术之花。半年、一年后，他回想起明治二十年代，沉溺于难以割舍旧物的怀念，崇拜于民族的特色。这绝不是老人的古董趣味，而是对现代失望的梦想家正常的美丽憧憬。[3]

红雨被视为荷风的分身，他怀念着近代化之前的时代、缅怀古老的美丽的往昔。同样，鲁文回归旧时代也正是出于对明治的失望，美丽憧憬的幻灭。尽管他是成功的江户戏作家，是明治初期活跃的报人，但“过于沉醉于文明、过于开化”，[4]终究随着肤浅的文明开化的逝去，昙花一现。

(2) 町人的消闲文学

200年间的锁国中，江户时代诞生了百年戏作这一久远的文学样式。对于其风潮的性质，杉浦日向子指出：“即便采用了滑稽、讽刺的形式，也没有针砭世事、有意义的‘目的’。既不批判，也不受任何限制，完全的不负责任，自始至终的漠不关心。”[5]文政年间出生的鲁文，就从这里起步。

戏作是消闲文学。近世民众生活水平逐渐提高，旅行也随之兴盛，尤喜

---

① 兴津要：《仮名垣鲁文》，第86页。
② 山口刚：《仮名垣鲁文と成島柳北》，载《山口剛著作集6》，中央公论社1972年版，第292页。
③ 永井荷风：《冷笑》，筑摩书房1956年版，第130页。
④ 山口刚：《仮名垣鲁文と成島柳北》，第283页。
⑤ 神保五弥、杉浦日向子：《江戸戯作》，新潮社1991年版，第4页。

欢名胜古迹的巡游。出现了浅井了意《東海道名所記》[①]之类的纪行作品，十返舍一九的《東海道膝栗毛》[②]之类的"膝栗毛"，[③]鲁文《万国航海　西洋道中膝栗毛》也是此脉的派生。那么，为什么"膝栗毛"这么受大众的欢迎？麻生矶次精辟地分析说，其中既蕴含着机智、诡辩、讽刺、喻示、潇洒，也包含了误会、不合理、愚昧、幼稚、夸张、性的暴露、积习、卑俗化等性质。[④] 可见，戏作家不关心政治，戏作文学不对任何事有用，不过是供人消遣的无用的奢侈，是享乐的主流。如果要探求鲁文戏作的意义，除了一些暴露表面的社会现象与增加一些时事知识以外，就只有愉快了。那么，究竟是什么东西这么令人愉快？杉浦日向子说："江户戏作愉快的真髓就如无情无义却又无法自拔的男女一般，是因果的，受虐的。"[⑤]江户人既不对未来抱有希望，也不绝望于现实，而是自然地、原原本本地、全部接受了。[⑥]

文学史研究者将戏作定位为"虚"的文艺、"游戏"的文艺。[⑦] 虽然随着时代的推移，社会情况与读者群都会发生变化，戏作家描写的对象自然也有所改变，但根本上，"游戏"的书写态度从未改变过。鲁文和他的读者永远都在其中悠然自得。

2. 林纾

(1) 儒家文化下的文人

林纾的一大功绩在于告诉中国人，欧美的发达不仅仅依赖于枪炮理化之学，根本的原因在于文化的发展。

以往中国人比较蔑视小说及小说家，这一点因为林纾而得以改变。小说的价值与小说家的身份，因为林纾而得以提高。中国的文学界因为他，将目光投向世界。他所翻译的小说又促进生成了若干新的小说类型，比如科

---

① 浅井了意：《東海道名所記》，平凡社 1979 年版。

② 十返舍一九：《東海道膝栗毛》，大学馆 1907 年版。

③ "栗毛"指栗色的马，"膝栗毛"指用自己的膝代替马的徒步旅行。

④ 麻生矶次：《膝栗毛研究：洒落及び滑稽の構成に関して》，岩波书店 1932 年版，第 29—54 页。

⑤ 神保五弥、杉浦日向子：《江戸戯作》，新潮社 1991 年版，第 6 页。

⑥ 神保五弥、杉浦日向子：《江戸戯作》，第 7 页。

⑦ "知識人として、本来第一文芸こそ筆を染めるはずの彼らは、半ば言いわけめいた言葉として、自分たちの作品を"戯作"と称した。もともと儒教的な世道人心を益することを第一義とする彼らは、かかる戯作の存在意義を"慰み"に求め、"虚"の文芸、"遊戯"の文芸として、戯作の存在理由づけることになる。町人作者が登場し、寛政改革後、職業作家があらわれるにいたっても、この姿勢はそのまま踏襲され。"载神保五弥《近世日本文学史》，第 8 页。

学小说、理想小说等，成为批判国民性的工具。

林纾性格正直善良而疾恶如仇。他对新文化之所以不满也是出于这个原因。作为介绍西洋文化与文学的著名翻译家，他根底里不接受西洋文明的原因也在于此。林纾恪守忠孝节义，礼义廉耻的传统道德。晚清的遗老并非少数，其根本原因正是千百年来中国传统的忠君意识。渡边秀方在《中国国民性论》指出，中国人计君恩之轻重而报之以忠义，不同于日本武士为忠义的忠义。[①]

儒教对中国社会影响根深蒂固，不可轻易动摇。到了晚清，在内忧外患之中，国民性批判成为主题之一。梁启超在《积弱遡源论》中将中国的"风俗"(指国民的普遍心理与习惯)归纳为奴性、愚昧、为我、好伪、怯懦、无动6点。[②] 其中值得注意的是引用了福泽谕吉的观点。福泽谕吉曰："支那旧教，莫重于礼乐。礼也者，使人柔顺屈从者也；乐也者，所以调和民间勃郁不平之气，使之恭顺于民贼之下者也。"[③]梁启超指出中国国民奴性的根源在于儒家的道德教化，虽然不至于将林纾的遗老思想归结为奴性，但不可否认其历史局限性。

林纾亦有进取之志。1902 年，梁启超发表了著名的《新民说》，认为现代理想国民应当具备若干品质，如进取心、冒险精神、自由主义、尚武精神等。该文论述欧洲的尚武精神和日本的"好武雄风"，历数中国与他族相遇"无不挫折败北"的历史，认为"欧洲民族之所以优强于中国者"的重要原因在于"富于进取冒险之精神"。[④⑤] 而这些内容可以说在林译小说中都得到了很好的介绍，林纾传播西方文明的同时促进了中国国民性的批评。

(2) 士大夫的政治性文学

中国的知识阶级曾经是统治阶级中的一员。《诗经》中就描述了文人从事政治活动的情形，传统的"文以载道"精神贯穿了每一个朝代。士大夫是一个很特殊的阶级，它由知识分子组成，具有怠惰性和依赖性。田中忠夫是这么分析的："士大夫的生活在于取得政治性地位。其方法在古代是依靠贵

---

① 渡边秀方：《孝道を論ず》，载渡边秀方《支那国民性論》，大阪屋号书店 1922 年版，第 32 页。
② 梁启超：《饮冰室文集》第 2 册，《饮冰室合集》第 1 册，第 18—27 页。
③ 梁启超：《饮冰室文集》第 2 册，第 29 页。
④ 梁启超：《新民说·第十七节论尚武》，中华书局 1936 年版，第 182—185 页。
⑤ 杨联芬：《晚清与五四文学的国民性焦虑(一)》，《鲁迅研究月刊》第 10 期，2003 年，第 61 页。

族的支援，在后世则是仰仗于帝王的知遇，在乱世只有依靠军事集团。”①这明确表现了知识分子与政治的关系。在中国，成为资本家的一个最重要的要素就是其家族中有人做了大官，②这个家族中的某个人首先通过读书出人头地，然后成为官吏，为整个家族带来金钱的利益。

清末民初，翻译文学盛行。以樽本照雄的统计，1902—1908 年，翻译小说的数量多达 4 974 种。③ 虽然实学比文学早先进入中国，但中国的文人向来夸耀自己悠久的文化，而基本不在意外国文学。直至甲午战败，中国人才开始觉醒。如前所述，林纾就是在这样的背景下开始翻译西洋小说的。他对时势的关心正是知识分子的一种使命感。就像高凤谦在《翻译泰西有用书籍议》中说的那样，“中国之患，患在政治不立，而泰西所以治平者不专在格致也”，④《天演论》应运而生，《论小说与群治之关系》提出了小说的社会性功能。1898 年 12 月，《清议报》上刊载了梁启超翻译的日本政治小说《佳人奇遇》。政治小说先于言情小说及科学小说进入了中国。梁启超在《变法通议・论幼学》中说：“上之可以借阐圣教。下之可以杂述史事。近之可以激发国耻。远之可以旁及彝情。乃至宦途丑态。试场恶趣。鸦片顽癖。缠足虐刑。皆可以究极异形。振励末俗。其为补益。岂有量耶。”⑤严复也是使用文言文进行翻译的一位。用文言文翻译小说是非常费力的事情，为什么要这么做呢？严复说是要追求“雅”，但其实如同他的自白“当年误习旁行书，举世相视如髦蛮”⑥是有着深刻关联的。章太炎曾讥讽过严复的西洋游历、国学知识浅薄。严复用文言文翻译西洋书籍，格调就不会粗鄙，读书人也就会阅读了。林纾虽不是投身于一线政治界，但林译小说与中国的政治却有着不可分离的关系。

---

① “士大夫の生活は、政治的地位の取得にあるが、その方法は古代においては貴族の援引に依り、後世においては、帝王の知遇に依ったが、乱世においては、軍事集団に依る外はなかった。”载田中忠夫《支那の士大夫階級》，东亚研究会 1929 年版，第 10 页。

② 内藤湖南：《支那論》，文会堂书店 1914 年版，第 134 页。

③ 樽本照雄编：《新編清末民初小説目録》，清末小说研究会 1997 年版，第 9 页。

④ 高凤谦：《翻译泰西有用书籍议》，载《皇朝经世文统编・第一卷・文教部六・译著》，文海出版社 1980 年版，第 192 页。

⑤ 梁启超：《变法通议・论幼学》，载《饮冰室文集》第 1 册，第 54 页。

⑥ 严复：《送陈彤卣归闽》，载《严复集》第 2 册，第 361 页。

四、小结：介绍西洋文明的“跛行者”

以上，对近代初期的两个文人的精神轨迹及其背后的国家、民族、时势的情况进行了考察，对中日两国的社会文化及国民性进行了探求。

假名垣鲁文是江户最后的戏作家。他根本的性质是一个新闻界的时令作家。在幕末至明治维新的转型期，灵敏地转向，接连不断地创作时代流行的开化物。可是，他最终对明治失望而失去了美丽的憧憬，回归了旧时代。

林纾是在近代文学和文化史上创造了“林译小说”奇迹的翻译家。因为他的贡献，以往轻视小说与小说家的陋习得以革新，小说的价值与小说家的身份得以提高，文学界将眼光投向了世界。他正直善良而疾恶如仇，因此对新文化有所不满，更倾向于传统道德。

这两个人物都是一世英才。可是，无论是“报人”还是“翻译家”，都不是他们的居所。随着肤浅的文明开化的消逝，昙花一现。在传统与近代、本国与西洋相碰撞的交错的转型期，两人的共同点显而易见，而且可以看出异文化培育下的不同的文人意识与心理，咀嚼内心苦闷的传统文人形象跃然纸上。

归纳一下，传统文人鲁文与林纾有以下共同点：一、生存于维新转型期的文人。二、没有出访西洋的经历，不通外语，却依靠外界的助力展开文学活动。三、向本国人介绍西洋文明，积极宣传。四、晚年回归传统文化。五、运用“和魂洋才”或“中体西用”的文化折中主义。

然而，鲁文与林纾具有立场上的重大差异。也就是说，由于戏作家与士大夫知识分子的身份，从一开始就决定了二者的活动。鲁文是戏作小说家，因此重视游戏性，为读者提供休闲文学。林纾是知识分子，因此重视小说的内容与理念，为知识分子提供载道文学。所以，他们虽然都是文人，但意识观念却是有很大的不同。另外，加上中日文学的文体与趣旨本来也不同，这一时期的中日两国的文化性要素也是原因之一。需要考虑两国的时势不同：一方是被锁国的江户文化熏陶出来的悠然自得的氛围与庶民谋求自我解放的意识；另一方则是处于晚清没落的氛围中，在被列强瓜分侵略之际涌起的救国保种危机意识。

明治开化期的日本人面对西方文明作出的反应,未必就是积极肯定的态度,他们大力宣扬的是依据传统精神支持的"和魂洋才"的折中主义。鲁文以西方文化为素材,写了一部又一部作品。与其说他通过日本人的眼睛看到了不一样的西方,不如说看到了日本人的精神世界。因此,从这个意义上来说,他也贡献了"和魂洋才"的一分力量。但是,他却从未学习西学,不曾理解西方文明的真谛。在维新转型期,对于撰写了开化小说、发展了新闻事业、介绍西洋文明的鲁文来说,独特的日本传统文学与西洋的近代之间,果真能够两立吗?如前所述,鲁文写的是当时的日本人,他的趣味是江户文化,他的本质是江户戏作家。所以他并不是平衡地在日本与西洋之间迈步的,而是跛行的。

另一方面,与西洋文明交锋的中国提出了"中体西用"的近代文化观。研究认为,在中西文化结合的层面上具有一定的合理性,但是割裂了"体用"之间的关系,所以制约了近代西学的吸收,并且难以脱离保守性。林纾以中国的古文翻译西方小说,以传统的儒家道德阐释西方的伦理。他更高明地使用了"中体西用"的哲学,实现了翻译文学的社会性、政治性价值。但是,林纾不能称为开化主义者,而是近代保守主义者。林纾晚年被视为反对新文化运动的遗老,沉浸于旧文化的世界中。康有为在辛亥革命之后鼓吹"以孔教为国教"。严复在民国以后,尊孔讲经,称"吾国旧法断断不可厚非"。[①] 梁启超在《欧游心影录》中描绘了战后欧洲萧条的经济情况与恐慌,批判由科学引起了"纯物质的纯机械的人生观"。

这种情况并不能简单地用个人品性或者思想的倒退来解释,而是一种深刻的社会现象。晚清新学的代表人士的背后是浓厚的传统文化的背景。他们"不中不西,亦中亦西"的矛盾心情,可以说是心底里民族文化与自尊的体现。

向哪个国家学习、本国应该怎样定位,对于近代初期的知识分子而言,是个很大的难题。近代初期,欧化与国粹形成相克的循环,为政治史思想史刻上了时代的烙印。关于西洋文化接受的问题,并不是接受与否的问题。文化是自然地从优位向劣位移动的,因此,问题在于怎样接受。

---

① 严复:《与熊纯如书》,载《严复集》第3册,第690页。

加藤周一提出的"日本文化是杂种文化"的论断，表现出日本文化的多重构造。但是，事实上，世界上的任一国家何尝存在完全的纯种文化？东西交汇、文明交换，固有文明与他国文明的区别，是性质上的差异而非量上的差距。假名垣鲁文与林纾既非盲从，亦非排外，尽管他们是跛行的西方文明的介绍者，也在自己的人生、文学史、社会史上留下了应有的意义。

以往，有关转型期中日文化的比较研究大多集中于历史、政治、经济方面，本文从文人或文学的一个侧面做了些许补充。另外，关于鲁文与林纾的研究，分别都只局限于本国，故笔者想将其放置于同一舞台。可是，本文在对假名垣鲁文与林纾进行比较时，为了描绘较为完整的文人形象，做了概观叙述，进行了综合考察。这也因此导致了在作品分析上的不富裕、不充分。此外，在对维新转型期的传统文人的考察时，很少涉及周边的作家群，但笔者认识到这其实是非常好的参照对象。有关本文中未能展开的部分，将作为今后的课题继续探究。

参考文献

一、日文文献

(一) 假名垣鲁文的著作

《万国航海　西洋道中膝栗毛》，日月堂 1885 年 7 月版。
《安愚楽鍋》，载《明治開化期文学集》1，角川书店 1970 年 12 月版。
《胡瓜遣》，载《明治開化期文学集》2，筑摩书房 1967 年 6 月版。
《西洋料理通》，载《明治文化全集》8，日本评论新社 1968 年版。
《高橋阿伝夜叉譚》，载《明治開化期文学集》2，筑摩书房 1967 年 6 月版。
《三則教の捷径》，1873 年 3 月版。
《西南鎮静録》，名山阁 1876 年 1 月版。
《葉列武士》(《明治翻訳文学全集》《新聞雑誌篇 1》)，大空社 1996 年 6 月版。
《新浮世床》(《芳譚雑誌》第 135 号起连载)，爱善社 1880 年版。
《仮名読新聞》(复刻版)，明石书店 1992 年版。
(＊以上资料收藏于东京大学)
《横浜往来》，新闻会社 1873 年 7 月版。
《倭国字西洋文庫》，红木堂 1872 年版。
《世界都路》，万笈阁 1872 年版。

《子宝習字章：文明捷径》1873年10月版。
《百猫画譜》，合同开珍社1878年3月版。
《滑稽各国漫遊記》，三友社1891年12月版。
《粋の枝折》，桐叶社1888年3月版。
《妖狐のお楽》，文势堂1889年5月版。
（＊以上资料为微缩胶卷，收藏于日本国立国会图书馆）

（二）其他著作

朝仓乔司：《毒婦の誕生》，洋泉社2002年版。
麻生矶次：《膝栗毛研究：洒落及び滑稽の構成に関して》，岩波书店1932年版。
阿英著，饭塚明、中野美代子译：《晚清小説史》，平凡社1979年版。
伊藤弥彦：《維新と人心》，东京大学出版会1999年版。
兴津要：《仮名垣魯文：文明開化の戯作者》，有邻堂1993年版。
兴津要：《新聞雑誌発生事情》，角川书店1983年版。
兴津要：《江戸戯作の末路》，载《明治文学史8》，岩波书店1958年版。
兴津要：《転換期の文学》，早稻田出版部1960年版。
加藤周一：《加藤周一著作集7》，平凡社1979年版。
加藤周一编：《日本近代思想大系》，岩波书店1988年版。
木村毅：《明治文学を語る》，恒文社1982年版。
神保五弥、杉浦日向子：《江戸戯作》，新潮社1991年版。
铃木成高：《日本に於ける伝統と近代》，新潮社1959年版。
高市庆雄：《明治文献目録》，日本评论社1932年版。
竹山道雄：《明治精神の变化》，新潮社1960年版。
多田道太郎：《日本人の美意識》，载《多田道太郎著作集4》，筑摩书房1994年版。
田中忠夫：《支那の士大夫階級》，东亚研究会1929年版。
鹤见和子：《土着文化と外来文化》，讲谈社1973年版。
永井荷风：《永井荷風集1》，载《現代日本文学全集》，筑摩书房1956年版。
中村幸彦：《中村幸彦著述集》第八卷，中央公论社1982年版。
中山泰昌编：《明治編年史》，林泉社1936年版。
西山松之助：《近世風俗と社会》，载《西山松之助著作集》5，吉川弘文馆1985年版。
本间久雄：《明治文学史》，载《日本文学全史》卷10，东京堂1935年版。
平川祐弘：《和魂洋才の系譜》，河出书房新社1987年版。
古田晁：《近代化と伝統》，载《近代日本思想史講座Ⅶ》，筑摩书房1959年版。
前田爱：《鎖国世界の映像》，每日新闻社1976年版。
松尾正人：《明治維新と文明開化》，吉川弘文馆2004年版。
南博：《日本人論》，岩波书店1995年版。
南博：《日本的自我》，岩波书店1983年版。
山本笑月：《明治世相百話》，第一书房1936年版。
山本干夫：《国家倫理の構造》，目黑书店1941年版。
吉川幸次郎：《日本文明に於ける受容と能動》，新潮社1959年版。
吉田茂：《激動の百年史》，白川书院1978年版。
吉田精一：《和魂洋才》，载《日本文学の歴史》10，角川书店1968年版。

吉野作造:《明治文化全集》,日本评论社 1928 年版。
渡辺秀方:《支那国民性論》,大阪屋号书店 1922 年版。
和辻哲郎:《続日本精神史》,载《和辻哲郎全集 4》,岩波书店 1962 年版。

(三) 论文

浅井清:《仮名垣魯文〈万国航海　西洋道中膝栗毛〉——文明開化への空想旅行》,载《国文学解釈と鑑賞》,至文堂 1997 年 12 月版。
浅井清:《仮名垣魯文論》,载《国語と国文学》,至文堂 1975 年 4 月版。
浅井清:《仮名垣魯文と近代》,载《国文学解釈と教材の研究》,学灯社 1973 年 12 月版。
兴津要:《仮名垣魯文》,载《国文学解釈と鑑賞》,1979 年 8 月版。
兴津要:《仮名垣魯文(二)——その時勢順応主義》,《文学》1984 年 7 月。
兴津要:《仮名垣魯文(三)——新聞人として生きた後半生》,《文学》1985 年 9 月。
兴津要:《仮名垣魯文——その開化主義》,《文学》1983 年 12 月。
兴津要:《明治初期戯作界と仮名垣魯文》,载《明治開化期文学集》,筑摩书房 1966 年版。
坪内逍遥:《新旧過渡期の回想》,载《明治開化期文学集》,筑摩书房 1967 年版。
野崎左文:《仮名垣魯文翁の自伝:明治初期における戯作者》,载《私の見た明治文壇》,春阳堂 1927 年 5 月版。
藤田徳太郎:《假名垣魯文研究》《假名垣魯文研究補遺》,载福田久道编:《明治文学研究》,成功馆 1933 年版。
山口刚:《仮名垣魯文と成島柳北》,载《山口剛著作集》6,中央公论社 1972 年 3 月版。

二、中文文献

林纾的著作

《林译小说丛书》,商务印书馆 1914 年版。
《畏庐文集・畏庐续集・畏庐三集・畏庐诗存》,上海书店 1992 年版。
《畏庐文集・诗存・文》,文海出版社 1973 年版。
《春觉斋论文》,人民文学出版社 1998 年版。
朱羲胄述编:《春觉斋著述记・贞文先生学行记・林氏弟子表》,上海书店出版社 1992 年版。

第二部分

第二章　令人憧憬的“意气”之姿

——以为永春水《春色梅児誉美》的女性形象为例[①]

江户后期，文政初期(1819)至天保期(1830—1844)，“人情本”迎来了繁荣期。这种文学体裁以写实性的会话体、描写庶民社会的恋爱与人情为特征，通常也被称为“泣本”。天保三年至四年(1832—1833)，人情本最成功的作品《春色梅児誉美》(略称《梅暦》)[②]出版，在女性读者中引起了强烈反响。

该作以深川[③]的花柳界为舞台，围绕男主人公丹次郎描写了一出风尘女子的恋爱故事，刻画出江户后期颓废的痴情世界。令人费解的是，作品中的女主角都是风月场所中的女子，这本书却在民间广为传阅，读者大多是普通的庶民之女。为什么这部作品能够获得普通女性的认可呢？艺妓与庶民之女之间具有什么样的关联呢？近世的日本社会奉行严格的儒教伦理，女性向来处于被轻视的地位。《梅暦》的问世将识字水平较低的女性纳入读者群，在文学史和文化史上写下了重要一笔。

可是，尽管《梅暦》取得了极大成功，因受严格取缔奢侈之风与风俗之乱的天保改革之影响，天保十二年，春水被处以“手铐”[④]50 天的刑罚，这就是春水的笔祸事件。春水人情本之所以获得女性青睐，最主要的原因就在于描写华丽的恋爱。但是这种描绘以及绘制了恋爱情形的“口绘”[⑤]成了政府风纪取缔的目标。[⑥] 翌年，春水病逝。刑罚所带来的精神压力想必很大。

---

① 本文写于 2002 年。作为日本传统文学脉络中重要的一环，江户文学中的人情本具有承上启下之意义。

② 《梅暦》的主要内容及主要角色介绍，详见本文文末。

③ 深川，地名，东京都江东区西北部。

④ “手铐刑”是江户时代对庶民处以刑罚的一种。根据罪行轻重，有 30 天、50 天、100 天之分，在这期间必须戴手铐。

⑤ “口绘”，指卷首插图、卷头画。

⑥ 大曾根章介(等)编：《研究資料 日本古典文学④近世小説》，明治书院 1983 年版，第 371 页。

在天保改革中，不仅是《梅曆》受到了处罚，歌舞伎也受到打压、曲艺场遭受限制、出版物归于统管，大众的普通娱乐都成为取缔的对象，这体现出江户末期严格的伦理意识。但是，要说春水的小说有损风纪却很牵强。在实际阅读之后，可以发现，与现代小说相比，这部作品不仅没有特别艳情猥琐之处，反而给人纯爱物语的感受。可是，即便人情本遭受了取缔，在现实生活中，花柳界的"通"[1]文化依旧发达，花柳地、游女[2]文化延续至明治时代。幕府一方面维系着游女文化，一方面对江户的风俗风纪、人情本进行打压，看起来很矛盾。

春水的着眼点是当时人气的花柳地——深川，以此为舞台，描绘一出"一男多女"的女性风俗、男女恋爱。事实上，读者的关心也正在于此，尤其是涉及男女艳情的性交场面，描绘之多几乎到了每卷必出的地步，赢得了很多人气。[3]《梅曆》的结局是"一夫多妻"的"大团圆"，这在现代人的眼里属于不道德的婚姻观，但在近世却司空见惯，也似乎没有受到女性的谴责。江户末期的女性抱有什么样的爱情观，女性的实际生活状态究竟如何，这是本文所要探讨的问题。

被称为人情本元祖的为永春水，至今也没有很好的声誉，关于春水的先行研究及评论也都比较缺乏。其原因在于，一方面很多学者认为春水及人情本不具备较高的研究价值，而倾注于江户文学最耀眼的大家西鹤[4]、近松[5]的研究；另一方面，马琴[6]曾经斥骂过春水"无知"。或许是承袭了这一观念，春水人情本一向遭受学者的蔑视。然而，不可否认的是，春水文学确确实实对日本近代文学的成立产生了重大影响，尤其可以从尾崎红叶及砚友社、永井荷风等"艺人文学"(风俗文学)中看出影子。[7] 诚然，人情本的作

---

① "通"，指精通某种趣味、艺能、娱乐、赌博，尤其是熟悉花柳界的情况。

② 游女，指艺人，也指江户时代公认的妓女或者驿站的娼妇。

③ 大曾根章介(等)编：《研究資料日本古典文学④近世小説》，第 371 页。

④ 井原西鹤(1642—1693)，江户前期的浮世草子作家、俳句世人。确立了日本最初的现实主义市民文学，对近代作家产生了深远影响。著有《好色一代男》《日本永代藏》《本朝二十不孝》等。

⑤ 近松门左卫门(1653—1724)，江户中期的净琉璃、歌舞伎作家。代表作《国性爺合戦》《曾根崎心中》等。

⑥ 泷泽马琴(1767—1848)，江户后期的读本作家。师从山东京传，以史传著作为特色。代表作《椿説弓張月》《南総里見八犬伝》等。

⑦ 神保五弥：《日本的古典 18 京伝・一九・春水》，集英社 1980 年版，第 164 页。

者、作品、读者，在文学性与文学觉悟上并不具有较高的水准，但正如坪内逍遥[①]在《小説神髄》中所阐述的那样："小说的首脑在于人情，世态风俗次之。"对于以春水为代表的江户末期的人情本是否应当给予再评价呢？

《梅暦》的走红使得春水一举成为人气作家，奠定了文坛位置。完整的情节、通俗易懂的文体、漂亮的插图，再加上名人逸闻、流行潮流的介绍等，无一不为读者所喜爱。作品中执着追求爱情、英姿飒爽的女主人公展示了一种崭新的女性形象，可以说是作品获得成功的最大原因。女主角有 4 人：阿长、米八、阿由、此系，其身份分别是净琉璃解说者、独立艺人、美发师、游女。每一个的身份都不是寻常百姓，但《梅暦》的读者却是以普通大众、一般女子为对象的，这个落差令人好奇。本文以《梅暦》为文本，试对"意气"的女性形象做一分析。在探求作品魅力的过程中，考察江户末期女性的生活实态。

一、《梅暦》中的"意气"

（一）江户的审美意识——"意气"

在江户时代，"意气"被视为风月场所的一种审美意识，[②]体现了江户趣味及情调，多见于文政及天保年间的人情本中。具体而言，指既具有美丽纯真的性格，而语言行为、服饰装扮、住房装置又十分简洁大方的独特气质，与近世前期上方[③]的"粋"[④]相对应。[⑤]

根据现代日常使用的国语辞典《新明解》（第 4 版）的解释，日语"いき"所对应的词语有"意气"与"粋"两个。前者指的是积极做某事的心情或气质，后者指的是穿着打扮令人赏心悦目的样子，也指惯于游乐、精通花柳界的意思。按照这一分类，《梅暦》中所描绘的"意气之女"大概更符合后者的

① 坪内逍遥（1859—1935），评论家、小说家、剧作家。发表文学评论《小説神髄》、小说《当世書生気質》，提倡写实主义。

② 大曾根章介等编：《研究資料日本古典文学④近世小説》，第 369 页。

③ 上方，指皇宫所在之地，京都及其附近，广义指京阪、关西地方。

④ "粋"由"意气"一词转化而来。除了指气质、态度、服饰上洒落、艳丽之外，也指精通人情，尤其是男女关系，熟悉花柳界。

⑤ 大曾根章介等编：《研究資料日本古典文学④近世小説》，第 369 页。

意味。

此外，九鬼周造[①]在《“いき”の構造》(《“意气”的结构》)中阐述了“意气”具备媚态、自尊、彻悟3个因素，将其定义为“东洋文化，更确切地说，是大和民族鲜明地表明自我的一种特殊的存在样态”，[②]并列举了为永春水《春色辰巳園》《春色梅暦》《春告鳥》《英对暖語》等作品。以下就以《梅暦》为文本，参照九鬼氏的阐释，分析《梅暦》中“意气”的女性形象。

《梅暦》中有4个女主角。阿长秀丽、米八飒爽、阿由温柔、此系包容，各有各的美。永井荷风[③]评：“一个(指阿长)是可爱的情窦初开的女孩，一个(指米八)是伶俐好胜、爱管闲事的女子。一个(指仇吉)是任性不服输却又有点怯懦。”[④]个性虽不同，“意气”却相通。

(二)“意气”的女性形象

《梅暦》中最先出场的“意气”是——“府中有一位美丽而意气的夫人”，[⑤]用以形容阿长的美貌。中村氏在《梅暦》的原注释为：“俏丽而带着春情，是时下的一种审美观念。”[⑥]春水对《梅暦》的4个女主角作了高度评价：“卷中虽多艳语，然男女之志清然无污浊。此系、蝶吉、阿由、米八女流四人，风姿各异，贞烈不耻于大丈夫。且看大结局，妇德端正，守护其男，未有错失。”[⑦]

1. 美人媚态

春水精心刻画的女性形象，生动而艳丽地跃然纸上。自古以来，才子佳人的故事不厌其烦地拨动女性读者的心弦，《梅暦》也毫无例外地塑造了美丽动人的人物形象。华丽的辞藻，堆砌的美文，不胜枚举。且看阿长。

“珍珠无价玉无暇，月明胜雪映梅花。”[⑧]

---

① 九鬼周造(1888—1941)，哲学家，京都大学教授。留学欧洲，学习实存哲学，用解释学的方法来阐明日本文化。代表作《“いき”の構造》《偶然性の問題》等。

② 九鬼周造：《“いき”の構造》，岩波书店1967年版，第12页。

③ 永井荷风(1879—1959)，小说家。师从广津柳浪，受左拉的影响发表《地獄の花》。耽美派中心人物。

④ 丸山茂：《春水人情本の研究》，樱枫社1978年版，第123页。

⑤ 中村幸彦校注：《春色梅児誉美·初编·卷之一·第一回》(古典文学大系)，岩波书店1962年版，第49页。

⑥ 中村幸彦校注：《春色梅児誉美》，第49页，注18。

⑦ 中村幸彦校注：《春色梅児誉美·三编·卷之七·第十三回》，第148页。

⑧ 中村幸彦校注：《春色梅児誉美·初编·卷之一·第一回》，第45页。

“三五之月貌，樱唇如花。”①

15岁的阿长简直像满月一般光彩照人。春水不仅对女性作了栩栩如生的容貌描写，还刻画出其性情性格，这便不只是一个纸上美人，而是有感情的人了。

阿长与丹次郎一家离散之后，偶然在寂静的本所河岸街上相遇了。互相牵挂的两个人，在生离死别之后重逢，看到对方平安无恙，一时欣喜得竟然泣不成声。更巧的是，阿长的情敌、丹次郎的恋人米八也出现了。丹次郎慌慌张张地想要将米八的事情搪塞过去，阿长却直言不讳地发起牢骚来。此处体现出她可爱的少女媚态。

丹：“哎呀，你这个孩子哭什么啊？”

长：“我哪里哭了。”

丹：“你可真是奇怪。快把泪擦干。”丹次郎递给她手绢，阿长擦擦眼睛，怨恨地盯住丹次郎，孩子气地看着这个青梅竹马。

丹：“好了好了，太晚了就不好了。”

长：“什么好了好了。要是你觉得我打扰了你，那我现在就走。”阿长板起了脸。

丹：“这孩子，真是太久不见了，竟不知道变得这样别扭。”

长：“对对，是我对不起。不管怎样，明天我再来拜访哥哥。”②

这是一个情窦初开的女孩的“意气”。阿长很不喜欢丹次郎与米八的关系，可是，她知道不能惹丹次郎生气，便硬生生地收起了自己的嫉妒心。所以她今天不去，而是明天再去拜访丹次郎，到那时两人想必已经忘了前日的不快吧。虽然有点任性，却是一个少女应有的媚态。

一般来说，美人往往会与“无知”“可怕”等负面印象挂钩，如果《梅暦》的描绘仅仅止于美貌的话，那便真的是“名副其实”的消费品了。可是，春水对女子性格刻画亦做出了相当大的努力，塑造出气节高尚、高雅的形象，这才是令读者真正认同之处。

根据神保五弥的指摘，有色情而不水性杨花，有气概而不死板，有达观

① 中村幸彦校注：《春色梅児誉美·初编·卷之三·第六回》，第83页。
② 中村幸彦校注：《春色梅児誉美·初编·卷之三·第六回》，第88页。

而不卑屈，俏丽而不花哨，这才是理想的“意气”。人情本以好色为基调，故多有男女之间的情事，也有很多艳情的插图。黄花闺女的恋爱可能有点土气，所以人情本大多选择艺妓、游女为对象，体现出她们对男子的妖艳的媚态，这也是被称为淫靡之作的原因。然而，作者的目的并不在于“为赚钱而色情”，而是在于描绘出与庶民女子不同的具有同情心与意气的女性。虽然这种故事常常会使用一男多女的套路，但无论多么复杂的纠葛关系，归根结底都是为了表现出媚态。因为单纯的男女关系是不需要过多强调性的魅力的，而“意气”却带着某种色情，并且会在竞争之中体现浓郁的媚态。

2. 聪明伶俐

《梅暦》的四个女子中，对米八的描写笔墨最多。可以说，米八的肖像就代表了“意气”的女性。

> “心系流行，精通著名书画之花押[①]，被邀请至风流雅苑，合着一中节[②]的曲调，成为当时大流行的小曲。”[③]

聪明的米八在丹次郎受恶人奸计而陷入窘境之际，甚至想出了改换雇主的办法以救助丹次郎。在第一回中，米八第一次来到位于本所的丹次郎家时，看到落魄的丹次郎，她心里十分难受，想着无论如何都要为他做点什么。

> “那个，在我下次来之前，要是有什么不方便的地方，你可以随时随便吩咐。我肯定要换个雇主的，事情一定能够办成，所以你绝对不要担心。我心里有数。”[④]

> “你什么都不要担心，情况会随时变化的。心里面即便有些不怎么好的方法，为了你，我粉身碎骨也在所不惜。”[⑤]

为了解救穷困潦倒的丹次郎，米八早早便想出了一个办法。那就是她所谓的“心里面的想法”——更换雇主。“更换雇主”的意思是，艺妓或娼妓等更换包养的主人或雇主。米八自恃貌美，与主顾（藤兵卫）关系交好，便想通过这个关系给丹次郎提供一个妥当的住所。可是，无论是多么漂亮、多么

① 花押，指用笔代画的署名。
② “一中节”是净琉璃的流派之一，17 世纪末由京都的都太夫一中创建。
③ 中村幸彦校注：《春色梅児誉美・后编・卷之四・第七回》，第 94 页。
④ 中村幸彦校注：《春色梅児誉美・初编・卷之一・第二回》，第 58 页。
⑤ 中村幸彦校注：《春色梅児誉美・初编・卷之一・第二回》，第 58 页。

聪明的女子，如果没有一颗坚贞的心，那么"更换雇主"只不过是一种赚钱的方式、一种圆滑的待客方式罢了。米八虽然接受了藤兵卫的恩惠，却并不依赖于他。事实上，藤兵卫也试探过她的内心，正是因为确认了米八坚贞的心，藤兵卫才出手相助的，后来又帮助米八成为丹次郎的侧室。所以，在米八的"意气"中凝聚了聪明与贞洁。

3. 奉献于男性

因为丹次郎，阿长与米八成了情敌关系。两个女子都为丹次郎不惜献身的场景，春水做了对比。比如，二人都向观音菩萨祈祷。

米八："哎呀，我一直到中午都禁盐的，什么都不能吃。"①

"禁盐"是指在一定期间内吃的东西都不放盐，是一种向神灵祈愿的方式。米八祈祷能够早日与丹次郎相会，平安相会。

阿长："我真是觉得好恐怖、好可怕啊。辩天神②、祖师爷③，千万要保佑我实现愿望啊，你一定要记得我啊。"④

阿长："即便如此，倘若一定要用钱的话，你可怎么办呢。我就是死也可以的。"⑤

为了爱人，甚至可以献出自己的生命。可是，对于女子的一往情深，落魄的丹次郎自私地依存于两个甚至三个女子的爱与献身，丝毫看不出有坚强面对生活、面对人生的勇气。

再看一例。米八通过更换雇主为丹次郎筹谋钱财，阿长还嘴道："我年纪虽不大，但也有爱的意气。我一定要为夫婿帮上忙的，你可要当心点。"⑥为此，阿长当了一名净琉璃说唱者。阿长年纪虽轻，但为了心爱的男子勇敢而坚贞，有种侠气。尽管如此，当她从庶民的身份转变成艺人时，没有丝毫的犹豫，而是非常轻易地就决定了。那时候的艺人不是令人轻蔑的娼妇吗？作为高级游女的花魁，拥有平凡女性所憧憬的华丽美貌，是能够自由恋爱的理想形象吗？这样的转变在现代似乎是很难让人理解的行为。

---

① 中村幸彦校注：《春色梅児誉美·初编·卷之一·第一回》，第53页。
② 辩天神是印度神话中的河川女神，集音乐、财福、智慧于一身。在日本被视为财福之神。
③ 祖师爷，指禅宗达摩、日莲宗的日莲、净土真宗的亲鸾等。
④ 中村幸彦校注：《春色梅児誉美·初编·卷之三·第六回》，第85页。
⑤ 中村幸彦校注：《春色梅児誉美·后编·卷之五·第十回》，第117页。
⑥ 中村幸彦校注：《春色梅児誉美·后编·卷之五·第十回》，第99页。

4. 不妥协的魅力

九鬼周造说,“意气”具有一种反抗的气概。[①] 人情本特别喜欢描写具有自尊而又有张力的女子,米八与阿由就是代表。对于自己决心做的事情就一定要贯彻到底,而讨厌的事情就绝不妥协,这种态度被视为花柳界女子的“意气”。像这般具有高度自尊与优越感的女性,与百依百顺的庶民女子是截然不同的,这也恰恰是小说的魅力所在。

《梅暦》中登场的女子,身份显然不同于一般的庶民。她们从事着隐蔽的职业,素来与庶民女子没有接触,是普通老百姓好奇的对象。作者显然是有意地创造这样的女性形象。不过,在这四个女子(净琉璃说唱者、独立艺人、美发师、游女)之中,美发师阿由最受瞩目。阿长离家出走的途中遇到恶汉袭击,美发师阿由便登场了。

> 豪侠气概,月夜寂静,一素颜意气之女子,月影之下,发髻上斜插着梳子,梳子用秋田能代产的柏树制作,嵌着玳瑁,真乃一副飒爽之旅装姿态。[②]

侠骨气质的阿由,在月色的照映之下愈发显得美丽。救阿长于危难之际的阿由,以女性的身份惩戒男性(云助)的场面甚为有趣。虽然春水常常免不了苦口婆心地讲述“劝善惩恶”的道理,但是他毕竟塑造了一个具有女侠风范、怒惩恶者而保护弱者的高扬的意气。向来作为弱者代名词的女性读者,或许能感受到一种自立自主的意味吧。

5. 看淡男子的见异思迁

围绕一个男子(丹次郎),几个女子(阿长、米八、仇吉)竭力展示自己的爱慕与媚态,产生了恋爱纠纷。这几个女子既然生存于风月场里,某种意义上来说,她们也非常了解男子心理的细微之处。在风月场,她们经历过男子的背叛,尝尽了不为人知的苦楚,也获得了一种达观:不再纠结于男子的见异思迁、拈花惹草;不会幼稚地抱怨,也不会嫉妒;自力更生,没有依赖于男子的心理,自然也就能够保持淡泊之心。当然,在近世这个时期,未必就有“妇女解放”的先进意识,封建的“妻妾”观念依旧占据了主流。尽管如此,争夺爱情的人情本的女子,最后都能够以妻妾的身份同居、和睦相处。这种结

---

① 九鬼周造:《“いき”の構造》,第 23 页。

② 中村幸彦校注:《春色梅児誉美・初编・卷之二・第四回》,第 73 页。

局之所以能够达成，想必与其淡泊心很有关联吧。

米八："怎么可能有那种事嘛。阿长，你要知道男人都是靠不住的。啊，是吧，丹次郎？"似乎有点揶揄丹次郎的味道。[①]

丹次郎与阿长在酒楼遇到米八，丹次郎在阿长的面前故意表现出不认识米八的样子，米八才这么说的。怀着点嫉妒，米八嘲讽了丹次郎。这背后应该就是她所拥有的妓院经验。米八比阿长年长，又很了解世事，她非常清楚自己与阿长的位置。当初米八得知阿长与丹次郎订有婚约，她便立刻明白阿长将来是做正妻的，所以即便她与阿长有些磕碰，但从来都会把握住自己的位置。

米八不仅有美色，还有意气。其实米八还有一个情敌仇吉，[②]但是当仇吉陷入困境时，米八抛弃了往日的好胜心，甘愿让出爱情。这种侠义与淡泊，可谓是《梅暦》之所以成就大团圆结局的前提。

6. 女人之间的理解

"意气"是一种志气、魄力、好胜心，如前所述，有时候还会转义为宽容与同情心。阿由、此系对待阿长及米八尤为厚重，最能反映出这一点。

年纪虽轻，却事事精明伶俐。内外考虑周全……行为端正，妓院里首屈一指的气量，尤其温柔真情。[③]

游女屋的花魁此系帮助离家出走的阿长，照顾其生活起居。对于将自己当母亲一般敬仰的阿长，此系很可怜她。下面这一段便描写了此系的温顺与善良。她同情阿长与米八，庇护着二人。

此系："我这都是什么因缘啊，照顾一个不够，还要照顾两个人，真是不厌其烦。"

阿长："哎，怎么不是一个人而是两个呢？"

此系："还不是你跟公子啊。"她支支吾吾地擦干眼泪。[④]

其实此系说的"两个人"并不是阿长与公子，而是阿长与米八。此系非常清楚阿长、米八与丹次郎的三角关系。但是，在阿长的面前，如果自己说

---

① 中村幸彦校注：《春色梅児誉美・后编・卷之四・第七回》，第 97 页。
② 在《梅暦》的续集中，仇吉成为主角。
③ 中村幸彦校注：《春色梅児誉美・初编・卷之二・第三回》，第 62 页。
④ 中村幸彦校注：《春色梅児誉美・初编・卷之二・第三回》，第 66 页。

也同样地照顾米八，那么阿长势必会对米八产生嫉妒之心，甚至有可能会产生憎恶之情，所以此系才搪塞说是照顾丹次郎了。

阿长听到此系温柔的话语，不由自主地哇的一声，颤抖着抬头说："姐姐你这么说，让我想起了妈妈，感觉好悲伤。"[①]

另外，美发师阿由也曾救过阿长，后来两个人还结为异姓姐妹，相互照应。

7. 贞节节义

有不少人批评《梅暦》一书中的性描写，对此，春水以"看似淫荡女子然非也""唯有贞节节义之深情"[②]作为自辩。诚然，登场的女子无论其身份是艺人或是美发师，甚至是游女，都坚守贞操，一心一意地爱着一个男子。这里面没有"不伦之恋"。[③] 而颇费笔墨刻画的米八，她虽然在接待客人，却没有失去半分自尊，保持了坚贞。

阿长："米八平日里不总说讨厌男人，要坚持啥的嘛。"[④]

虽然有时花言巧语地欺骗，轻薄地说些甜言蜜语，但发誓坚守贞烈节操，维持着温柔与美丽，这个妓女诚然是个美女。[⑤]

出入客人的坐席之间，心却从未离开。[⑥]

再看看美发师阿由。阿由为了不知道何时才能相会的藤兵卫，放弃了独立艺人的职业而当上了美发师。一干就是7年，保持了贞节。后来，因为与阿长结为异姓姐妹的契机，终于与藤兵卫得以重逢。可见，春水说教的是女性应当坚持贞节。

家道中落，今日比昨日更加贫困时，更可见诚心。……男人一旦衰败，就如秋日的红叶一般，变了颜色，好似田野边的杂草，即将枯萎。[⑦]

接着，春水又引用了《后汉书》里孟光[⑧]的典故，感慨现世的不尽如人意。

唉，近世的女孩们连这一半都做不到。就算违背了义理与道义，也

① 中村幸彦校注：《春色梅児誉美·初编·卷之二·第三回》，第66页。
② 中村幸彦校注：《春色梅児誉美·三编·卷之七·第十三回》，第148页。
③ 丸山茂：《春水人情本の研究》，樱枫社1978年版，第127页。
④ 中村幸彦校注：《春色梅児誉美·初编·卷之二·第三回》，第65页。
⑤ 中村幸彦校注：《春色梅児誉美·初编·卷之一·第一回》，第44页。
⑥ 中村幸彦校注：《春色梅児誉美·后编·卷之四·第七回》，第99页。
⑦ 中村幸彦校注：《春色梅児誉美·后编·卷之四·第七回》，第92页。
⑧ 《后汉书》卷113《梁鸿传》。孟光，字德曜，东汉扶风人，梁鸿之妻。与梁鸿为同乡，相貌丑陋，以德行见称，是中国历史上有名的丑女之一。

要身着华服而炫耀。即便不是想要飞黄腾达,也想凭借着花容月貌度过一段荣华时光,并不愿虚度平凡浮生。[①]

春水创作的女性形象是坚守贞节、敢于献身而又盲目地倾注一生的爱情的深情的女子。虽不见得各个都非常可爱,但她们即便有些嫉妒之心,也依旧为帮助心爱的男子费尽心血。可以说,她们为了实现自己的爱情,选择了自己的生存方式,从而"自立"了起来。然而,如果按照现代人的价值判断,这些女子恐怕都是为了爱人而自我牺牲的形象吧。比如,阿长为了丹次郎主动成为净琉璃说唱者,米八也同样竭尽全力。"阿蝶……为了钱而卖身,为了男子而守贞。如此看来,年纪虽小,心却贞勇,当称为侠气女儿。"[②]再有,"系竹是歌女,有贞节不易折"。[③]世人往往看到艺人华美的外表,觉得她们不一定能够保守贞节,但其实这些女子的内心都是非常坚定的。她们唯一的爱情是奔放的、盲目的,其中蕴含着纯洁纯粹的东西。而一心一意的无偿的爱,正是《梅暦》这部作品最大的特征。

《梅暦》以恋爱为中心,将"恋爱的忧伤"以"贞节""诚"的内涵,刻画出"意气"的姿态。围绕着同一个男人丹次郎,展开了几个女子为爱相争的好胜,以及因此相纠葛的义理人情的画卷。丸山茂在《春水人情本の研究》中指出,"'意气'是一种楚楚动人的容姿,是不卑躬屈膝的坚贞,是对爱情执着奔放的追求,是体会他人立场的侠气与宽容"。[④]

《梅暦》中的女子虽出入风尘,成为男性游乐、世人好奇的对象,但她们的内心流露的是与平常人不二的真情。《梅暦》不仅描写了男女恋爱之情,还有女性之间的关爱之情、母女亲情、男女友情。在这些"人情"中,《梅暦》圆满地画上了句号。

春水的女性观,与捕捉女性粗鄙滑稽的一面的十返舍一九[⑤]不同,与以高高在上的贤妻良母价值观俯视女性的马琴也不同。渡边健司说,《梅暦》特别迥异之处就在于作者与读者的关系非常密切。[⑥]

---

① 中村幸彦校注:《春色梅児誉美·后编·卷之四·第七回》,第 92 页。
② 中村幸彦校注:《春色梅児誉美·四编·卷之十二·第二十三回之下》,第 233 页。
③ 中村幸彦校注:《春色梅児誉美·后编·卷之四·第七回》,第 102 页。
④ 丸山茂:《春水人情本の研究》,第 14 页。
⑤ 十返舍一九(1765—1831),江户后期的戏作家,擅长滑稽小说。代表作《東海道中膝栗毛》。
⑥ 渡边宪司:《国文学解釈と鑑賞》,1994 年 8 月版,第 124 页。

二、"意气"在江户末期的魅力

纵观近世小说史，春水人情本是一种很可贵的"为女性而描写女性的文学"。[①] 在西鹤的好色物语及近松的殉情物语中，尽管也有很多女性的登场，但是依旧如《好色一代男》之类所见的那般，重点是描写男主人公。对此，《梅暦》虽然也是围绕着一个男性而展开的故事，但着重的却是女性的恋爱观及人生观。《梅暦》以平实的文章及会话体构成了一个恋爱小说，开拓了女性读者的市场。

《梅暦》流行于严格的父系家族制的近世社会。在当时，女性处于卑微的从属地位，不仅需要胜任家务责任者的知识与技能，还需要具有咏和歌、赏风花雪月之才能。可是，矛盾的是，女性所具有的教养绝不能在社会上表露出来。女性的自我表现，无论在政治上还是在文化上均受到舆论的谴责。从福泽谕吉称近世是"女性的地狱"这一表现上，不难想象江户末期深受压抑的女性形象。[②] 比起夫妻爱情，继承"家风"得到了更多的重视。作为女性最重要的任务就是相夫生子，哪里有什么恋爱的机会。她们顶多就是看看《源氏物語》、洒落本、人情本，幻想爱情罢了。在这样一种缺乏爱的环境下，《梅暦》所塑造的"意气"的女性形象是如何打动普通女性读者的心灵的，也就不难理解了。

（一）当世流行风尚

从发型到服装、化妆品、饭馆、酒店、名人逸闻、广告、流行歌曲、流行语等，《梅暦》中充满了时尚的气息。其通俗性令人感受到作品与读者之间的亲近。从某种意义上来说，《梅暦》可等同于现代的时尚杂志，为了不被时代潮流所淘汰，大家便人手一册地传阅开来。《梅暦》的装帧很像合卷[③]，插图绘制了人气演员的肖像，获得了好评。在卷首插图中，人物角色的分配如

---

① 中村幸彦：《近世作家研究》《為永春水小論》，三一书房 1961 年版，第 346 页。

② 林玲子编：《日本の近世 15》，第 6 页。

③ 合卷是江户后期，文化年间（1804—1818）以后流行的一种插图小说，以书册合订为一册。内容有教训、怪谈、复仇、情话等，深受妇女孩童及成年人的喜欢。

下。阿长：人气女形[1]六世岩井半四郎（1799—1836）、[2]米八：人气女形五世濑川菊之丞（1802—1832）、[3]藤兵卫：七世市川团十郎（1791—1859）、[4]丹次郎：演员三世尾上菊五郎（1784—1849）。[5] 这些人物肖像，尤其是女性肖像的"意气"风尚特别受到了女性读者的青睐。比如阿长改名为蝶吉，带着一种凄艳的气质，犹如从画中走出的一般美丽。[6]

这一形象深深地打动了读者的心。不仅是阿长，对米八、此系、阿由的描绘也是如此。介绍了岛田髷[7]、流行的颜色等时尚，在作品中出场的名人不胜枚举。例如，银座的宫芝（当时著名的女义太夫[8]竹宫芝）、[9]樱川善孝（太鼓持[10]）、[11]司马龙蝶（落语[12]家）、[13]丽丽亭柳桥（初代落语家柳派元祖）、[14]清元寿满太夫、[15]西川善藏（西川流舞蹈之祖师）、[16]初代琴通舍英贺（狂歌的评判者）、[17]织田有乐斋旧藏（著名的风流人）、[18]濑川菊之丞（人气女形浜村屋）[19]；流行语"茶番"，指的是当时江户地区流行的业余即兴短剧"茶番狂言"。[20] 这种滑稽短剧发源于江户歌舞伎的剧场后台，在18世纪中叶流传开来。另外，诸如武藏屋、松公园的向导广告、道明寺的牡丹饼、花街中流行的歌曲新句也常常出现。[21]

不难想象，《梅暦》的通俗性加深了读者的亲近感。联想现在的时尚杂

---

① 女形是歌舞伎中扮演女性角色的男演员，旦角，在江户初期女歌舞伎被禁止后出现。
② 中村幸彦校注：《春色梅児誉美》，第44页，注58。
③ 中村幸彦校注：《春色梅児誉美》，第44页，注3。
④ 中村幸彦校注：《春色梅児誉美》，第45页，注13。
⑤ 中村幸彦校注：《春色梅児誉美》，第44页，注14。
⑥ 中村幸彦校注：《春色梅児誉美・后编・卷之六・第十二回》，第134页。
⑦ 岛田髷是日本代表性发型，最先由游女开始流行开来，主要是未婚女性使用。
⑧ 义太夫第一代是竹本义太夫，"义太夫节"的始祖，创建人形净琉璃。
⑨ 中村幸彦校注：《春色梅児誉美》，第84页，注6。
⑩ 太鼓持，以出入宴席，为客人娱乐助兴为职业的男子。帮闲。
⑪ 中村幸彦校注：《春色梅児誉美》，第132页，注13。
⑫ 落语，单口相声。
⑬ 中村幸彦校注：《春色梅児誉美》，第133页，注16。
⑭ 中村幸彦校注：《春色梅児誉美》，第133页，注17。
⑮ 中村幸彦校注，《春色梅児誉美》，第133页，注19。
⑯ 中村幸彦校注：《春色梅児誉美》，第133页，注21。
⑰ 中村幸彦校注：《春色梅児誉美》，第154页，注3。
⑱ 中村幸彦校注：《春色梅児誉美》，第51页，注25。
⑲ 中村幸彦校注：《春色梅児誉美》，第102页，注6。
⑳ 中村幸彦校注：《春色梅児誉美》，第74页，注3。
㉑ 中村幸彦校注：《春色梅児誉美》，第168页，注3、9、10。

志，想必可以体会江户人情本的趣味吧。在这个意义上来说，当时的大众为了不被时代淘汰、为了赶时髦而争相阅读《梅曆》，大概就成为一种风气了吧。

春水自己也有点得意，自称："我写的人情本，可以让各地的女孩们学习当世的江户语。"[①]通过人情本的传阅，江户语在地方之间得到了流通，人情本可谓是一种江户方言教科书。而当米八和仇吉的锦绘[②]制作以后，名古屋的有的艺人便将名字改成了米八，深川的艺人们在谈话中会说"哦哟，好像米八一样"，诸如此类，《梅曆》的女子走出了文本。[③] 比起美男丹次郎与藤兵卫，庶民女子更愿意看、更被吸引的应该是米八等人"意气"的风姿。

（二）追求爱情的理想形象——读者与女性形象之间的落差及融合

在日本历史上，有名的女性并不多。在上代和中世，有紫式部[④]、清少纳言[⑤]、北条政子[⑥]、日野富子[⑦]等杰出女性。可是，到了近世，大概只有德川家茂的妻子和宫[⑧]以及出云阿国[⑨]还算有点名气。[⑩] 女性就像是从社会舞台上消失了一般，"近世没有女性"这句评价似乎并不非常过分。然而，天保三年至四年间出版的《梅曆》，却成为为了女性而写的作品，生动塑造了贞节而勇于献身，为了爱而一往情深、健壮、好胜而又美丽的女性形象。在这里寄托了近世女性所憧憬的理想的女性形象。不过，《梅曆》的对象是那些流行的辰巳艺人，[⑪]在她们的身上寄托了"意气"，倾注了人情的真情，塑造出封建伦理范畴内的理想化的娇艳的女性形象。研究者评论该书的"流行"并不止于皮相，而深入人情的真实。[⑫]

读者一般会将目光集中于阿长与米八的三角关系上，但是支撑她们的

---

① 中村幸彦校注：《春色梅児誉美》，第 21 页。

② 锦绘，用木板印刷的漂亮的浮世绘。

③ 中村幸彦校注：《春色梅児誉美》，第 14 页。

④ 紫式部（约 973—约 1014），平安中期的女性作家，《源氏物語》作者。另有《紫式部日記》等著作。

⑤ 清少纳言（生卒年不详），平安中期的女性作家，著有随笔《枕草子》等。

⑥ 北条政子（1157—1225），源瀬朝的正室，女性政治家。

⑦ 日野富子（1440—1496），室町幕府第 8 代将军足利义政的妻子，女性政治家。

⑧ 和宫（1846—1877），仁孝天皇的女儿，孝明天皇的妹妹，第 14 代将军德川家茂的妻子。

⑨ 出云阿国（生卒年不详），出云大社的巫女出身，阿国歌舞伎的创始者，被视为歌舞伎始祖。

⑩ 林玲子编：《日本の近世 15》，中央公论社 1993 年版，第 9 页。

⑪ 中村幸彦校注：《春色梅児誉美》，第 44 页，注 2。"辰巳"是江户深川的花街。

⑫ 丸山茂：《春水人情本の研究》，第 147 页。

并不是男人丹次郎，而是阿由、此系这两个女子。她们的形象与现实生活的落差越大，就越能获得读者的喝彩。近世的女性通过《梅暦》究竟看到了什么？游女的形象与庶民读者之间的落差怎样获得了平衡？

1. “女大学”与教训书籍

中国自古有云：“女子无才便是德。”[①]深受中国文化影响的江户时代，女性接受了怎样的教养与文化呢？当时女性教育的范本主要是《女大学》，[②]记述了道德观念是如何对女性做出了严格的规制的，鼓吹“三从之教”“七去之事”。贝原益轩[③]指出：“侍奉公婆与夫婿，制作衣服，料理饮食，修内持家乃是其业。切勿夸耀自身，不可恃贤举外事。不可违背丈夫而多嘴，不可随心所欲做事。此乃女子当谨慎之事。”[④]也就是说，女性必须处于从属的地位、位于丈夫的背后，若要在政治界或者文化界里活动，将会受到道德的谴责。而且，女性不仅要承担家政主责，还要有欣赏风花雪月、咏歌的风雅教养。[⑤] 可是，矛盾的是，女性具备的这些素养决不允许在社会上展露，女性的自我表现、通过自我教养而对社会有所作为的行动都是被抑制的。

在这样的现实面前，《梅暦》中的女子通风雅而艳光四射。比起庶民女子，她们拥有一定的自由，可以发挥自己的音乐及绘画等才能，也能通过愉悦客人而获得自我满足感。这意味着庶民女子通常被限制的自我表现，在《梅暦》的世界中得以“实现”。这可以视为《梅暦》之所以受到大众女性支持的一个原因。

2. 家庭的媳妇

近世女性的社会地位之低与武家社会的家父长制度具有密切关联。福泽谕吉所说的“女性的地狱”概括了江户女性被压抑的命运。在家父长制度

---

① 福地重孝：《近代日本女性史》，雪华社 1977 年版，第 10 页。福地重孝说：“在儒教道德中重视主从关系，倡导服从的道德。尤其是为了让女性服从家与家长，轻视知识教养的学习，而鼓吹女性‘无才是德’，强调三从、四行、七去的道德。”

② “女大学”，指对于女子教育的书籍或封建女子教育。江户时代，日本从中国引进书籍进行翻译，作为对封建时代的武家社会中的女性进行教育的书籍，贝原益轩进行了整理。

③ 贝原益轩（1630—1714），江户前期的儒学者、本草学者，学习药学，奉朱子学。著有《益軒十訓》慎思录《大和本草》。

④ 林玲子编：《日本の近世 15》，中央公论社 1993 年版，转引自贝原益轩《和俗童子訓・卷之五・女子を教ゆる法》，第 12 页。

⑤ 林玲子编：《日本の近世 15》，第 203 页。

中，继承家风比夫妇爱情更受到重视。作为一家之主的妻子，最重要的事情就是生育男子继承人，当不能实现这个任务时就必须接纳小妾。她们大多没有恋爱的机会，所以阅读《源氏物語》、洒落本、人情本这些小说，可以丰富对爱情的想象。不难想象，在制度严格、缺乏爱情的环境之下，《梅暦》中勇敢追求爱情的女性形象是多么地打动人心啊。《梅暦》的女性正因为不是普通的家庭的媳妇，所以在一定程度上具有选择客人（男人）的自由。她们在接物待客之际所受到的赞美与支持，满足了女性的虚荣心。即便被说成爱慕虚荣，对于女性来说，这也是非常令人开心的事情。

在出版业兴盛的江户时代，出现了很多家政书。以宝永2年（1705）出版的贝原益轩《万宝鄙事記》[①]为例，可以看出女性家政教育的大致情形：衣服类、营作类、器材类、笔墨纸砚类、文字类、刀胁差[②]、收种法、花、香、火、纸艺品、印染、去虫鼠、杂类、占天气、月令（每月的政务及仪式）、养气、食禁、用药、灸治等，对女性在家庭内所要做的事务提出了诸多要求。这远远超出了家务的范围，还需要学习农学、医学、裁缝学、天文学等知识，简直就像百科词典一般丰富。这些被要求遵从义务与妇德的女性，后来就成为国家倡导的"贤妻良母"的原型。可以想见，女性很少有自由支配个人的时间与空间，可是，每个人都有追求爱情的梦想，希望有这么一个空间。于是，春水的人情本便发挥了重要作用。毕竟能够掌握丰富的知识与素养的女子是少数的，大部分庶民都是普通女子。以"琴棋书画"为招牌进行商业活动的游女，她们既没有被烦琐的家务所束缚，又有足够的风雅。这是吸引庶民女子的一个原因。

3. 游女文化的认可

"游女"究竟是怎样的一种群体？在一般老百姓的认识中，游女处于什么样的位置？在考察《梅暦》的女性形象与读者之间的关系时，必须考虑到风尘女子（艺妓）在近世社会的地位，或者说人们对于艺妓的认识。事实上，当时人们的认识与现代很不相同。近世日本，商工业的繁荣促进了都市文化的蓬勃发展，女性在都市娱乐文化中发挥了重要的作用。所谓歌舞伎、净

---

① 贝原益轩《和俗童子訓・卷之五・女子を教ゆる法》，转引自林玲子编：《日本の近世 15》，第192页。

② 腰刀，是一种小型刀，多插于腰际。

璃璃、游女三大文化成为都市文化现象，江户、大阪、京都的都市化发展迅速，吉原、新町、岛原等风月场所也受到了政府的允许而合法化。在文学作品中频频出现的妓院与艺妓并不是现代观念中卑贱低俗的代名词，相反，在游女风俗文化的影响下，能歌善舞被定为普通女性的素养，可见艺妓对于普通女性的风尚具有深刻的影响力。《梅暦》因此也成为女性获取流行知识的一个有效手段。

不能跨越强大的"家"的桎梏的近世女性，和《梅暦》描绘的艺妓之间存在着巨大的反差。但正是在《梅暦》的女性身上寄托了普通女性对于美丽容貌、飒爽风姿和勇敢追求爱情的向往。二者就这样找到了平衡点。

以上就是庶民女子之所以陶醉于《梅暦》的原因所在。上述三点清楚地表现出无法跨越"家"的庶民女子的姿势，刻画出她们与《梅暦》中的女性形象之间巨大的裂缝。也就是说，在二者之间，存在着美貌的身姿、飒爽的气概、自由勇敢的精神的差距。在"家"的巨大势力之下，庶民女性憧憬拥有一定自由的妓院女性，也就不足为奇了。与封建道德相抗衡的女性的结局，不外乎被逐出家门、断绝亲子关系、自杀、殉情的悲剧，反映出深刻的义理与人情的矛盾，近松《曾根崎心中》[①]就是一个代表案例。所以像春水《梅暦》这种迎来大团圆的幸福结局的故事是非常少见的，哪怕是现代人认为不道德的妻妾同居，江户女性也会顺然接受。

三、男性书写的"意气"

《梅暦》被称为"为女性而描写女性的文学"，却并非出自女性之手，这似乎有点不可思议。春水的个人经历中有很多尚未辨明的地方，从他的出生到结婚、家庭生活的情形都不是很清楚。关于春水创作"人情本"的意图，先行研究从文学的基础、作品的意图及构思、人物形象、小说史的角度进行了把握，[②]不过并没有很好地解释为什么这样受女性欢迎的作品是由男性作家创作出来的。笔者认为至少有两点值得注意。第一，春水对于市场的敏锐察觉，即他很清楚什么样的作品是时代所需求的，什么样的题材为世人所

① 《曾根崎心中・净琉璃》，元禄十六年(1703)在大阪竹本座初次上演。
② 丸山茂：《春水人情本の研究》。

喜爱。第二,《梅暦》不只面向女性读者,也反映了男性理想的"意气"的女性,从而虏获了男性读者。

(一) 敏感的经营眼光

春水的代表作《梅暦》脱离了以往的歌舞伎趣味与传奇趣味,倾注了女性喜欢的恋爱情调而深受欢迎。可是,在春水创作《梅暦》之前,上田秋成[①]的教养启蒙小说、山东京传[②]的洒落本、泷泽马琴的劝善惩恶小说、十返舍一九的滑稽本等都相当流行。人情本何以从中脱颖而出呢?

江户时代出版业繁荣,随着百姓的经济能力的提高,各种各样的书店及小说样式也相继出现。洒落本[③]、滑稽本、人情本、黄表纸[④]、合卷[⑤]、切附本[⑥]等品种丰富多彩,春水准确地把握住时代的潮流。在成为独立作家之前,春水曾经在式亭三马[⑦]、柳亭种彦[⑧]的门下学习。不仅磨炼了写作的技巧,更使他有机会观察"市场动向"。此外,春水还经营过"青林堂"书店,对于读者的嗜好及书店的运营掌握了一定的知识。他尤其敏感地捕捉到女性读者的心理,将以往不曾重视的女性读者纳入新的读者群。与所谓正统派的汉学不同,根据书商的商业主义成立的人情本在插图等方面花了很大功夫,力求吸引女性的注意力。如前所述,人情本为了取悦新的女性读者群,从发型到服装、名人逸闻到插图、风俗都颇费力气,可谓"广告文学"。[⑨]

出版商遵循利益至上的准则,作者必须对书商及读者的需求进行充分的考虑。春水有书店经营的经验,想必对此是有一些心得的。[⑩] 在"道中膝栗毛"[⑪]系列的十返舍一九、大量创作言情风俗小说的为永春水的作品中都

---

① 上田秋成(1734—1809),江户后期的读本作者、和歌家、国学者、俳句诗人。代表作怪异小说《雨月物語》。

② 山东京传(1761—1816),江户后期的浮世绘画师、戏作家。代表作《江戸生艶気樺焼》。

③ 洒落本,江户中期的戏作文学之一,大多描绘风月场所的故事。

④ 黄表纸,江户中期1775年以后流行的一种绘本。黄色的封面,多为花柳界、滑稽、讽刺小说。

⑤ 合卷,草双纸的一种。以前每册书为5页,将其合起来装订成较厚的一册为合卷。

⑥ 切附本,内容多为评话、军事物语、实录。

⑦ 式亭三马(1776—1822),江户后期的本土作家。代表作《浮世風呂》《浮世床》。

⑧ 柳亭种彦(1783—1842),江户后期的戏作小说家。代表作《偐紫田舎源氏》。

⑨ 中村幸彦:《近世作家研究》,第345页。

⑩ 神保五弥编:《近世日本文学史》,有斐阁双书,1978年,第4页。"创作转化为有偿行为,其结果是,作家按照出版商的要求,在一定的时间内完成一定的页数,同时还要迎合希望获得更大利益的出版商的期望,不得不撰写更多数的读者(大众)喜欢的作品。所以,近世的小说除了极少数优秀作家外,常常都会流于通俗。"

⑪ "膝栗毛",原意为用膝盖代替栗色的马行走,指徒步旅行。

可以看到文学作为"消耗品"的一面。

（二）春水工作室[①]的功劳

春水曾号三鹭、二代目振鹭亭，创作、编写传奇性的人情本与读本合卷，他与泷亭鲤丈[②]、驿亭驹人、鼻山人[③]的合作或者代写的作品也不少。春水的门人还组成了一个"为永连"，促进了人情本的量产与发展。

人情本为了取悦女性、收获女性读者群花了很大精力。关于女性的化妆品、饭店、名人逸闻等消息的搜集，仅靠春水个人的力量是不可能完成的，在他的身边聚集了一帮非职业写作者。这些协助者被称为"春水工作室"，也就是春水门人的意思。翻开名册，可见：为永春晓（狂咏舍·滑稽短剧及三弦的专家）、为永春莺（芳训亭·尾张名古屋人）、为永春蝶（狂花亭·尾张一宫人、汉学生）、为永杜蝶（小川町人）、为永春英（青训亭·伊予宇和岛人）、为永春友（笑训亭·武藏川越的俳人）等成员，精通和歌、俳句、落语，才华横溢。这些业余作者来自各地，所以对各个地方的喜好与风流都很了解，为春水的人情本创作做出了重要的贡献，同时又将《梅暦》传播到了全国各地。

至于《梅暦》的创作，门人中的为永津贺女立下了汗马功劳。她很早就辅助春水，后来取名为永津贺女，成为"为永连"中的一员大将。在《梅暦》第三编《竹里序》中记："近来春水连门人都不用，功拙只赖一支笔。不过这本书却有一个协助者，清元延津贺进行了校勘。"[④]像男女的衣裳、流行的风姿、流行音乐、花柳界与江户市井的女性语言，想必是借助于为永津贺女之力。作为一个普通女子，她非常了解庶民女性的心理。所以可以说，《梅暦》中所描绘的充满魅力的女性形象，是以为永津贺女为代表的庶民女子对游女所产生的憧憬而诞生的吧。

然而，无论为永津贺女对春水作品做出了多少贡献，后世并没有留下什么署名的著作，就算有才华，在儒教伦理统治下也不能轻易地抛头露面。

---

① 长谷川强编：《近世文学俯瞰》，汲古书院，1997年，第373页。"考虑下春水实现的功效……第三个作用就是采用了春水工作室这一分工制。像这般细致地实行分工的作者，是非常罕见的。通过这个方式，让地方上的戏作志愿者得以参与戏作创作。"

② 泷亭鲤丈（？—1841），江户后期的滑稽小说家。

③ 鼻山人（1790—1858），江户后期的人情本、洒落本作家，山东京传的门人。代表作《籬の花》《花街鑑》。

④ 中村幸彦校注：《春色梅兒誉美》，第21页关于清元延津贺的说明。"其中，有的地方甚至令人怀疑完全是她写作的，至少以下部分绝对不是土包子的春水所能了解的地方，必定是借用了她的知识。第一是关于男女衣裳等流行风姿，第二是音曲，第三是花柳界以及江户市井的女性细腻的语言。"

(三)男性读者群

春水的贡献在于“开拓了女性读者群”。[①] 但是,《梅暦》的读者并非只有女性。精练、文雅、艳丽的“意气”虽然强烈地反映在女性身上,但是书中的流行风俗与语言绝不只是针对或适用于女性。尽管春水借助于女性门人的力量,但依旧是他自己、一个男性作者完成了全书的写作。这应该说在一定程度上反映了近世的男性所追求的“意气”之女的心理吧。在江户的审美意识中,除了“意气”还有“通”,两者可以说是相辅相成的关系。所谓“通”,指的是精通艺能、花柳界、趣味、赌博。与“意气”之女相对应,“通人”是针对男性使用的词汇。实际上,在《梅暦》中,关于通人的传闻、男性的发型等描写也比比皆是,丹次郎与藤兵卫都是人气男演员的肖像。庶民女子通过《梅暦》了解了流行风俗,追求自我个性;而庶民男子同样通过《梅暦》获得了通人的诸多知识。不仅如此,“意气之女”也是男性理想的女性形象。

可是,以《梅暦》为代表的人情本真的是痴情的言情小说吗?三个女子一心一意地将爱奉献给丹次郎,丹次郎对她们的爱也是均等地全盘照收。自古以来,日本文学传统中有一个“好色”的美德,也因此诞生了巨著《源氏物語》。但《源氏物語》毕竟是宫廷贵族的享受之物,对于民间来说,在封建制度的禁锢之下决不允许有动摇家族制度的自由恋爱。平民的感情被牢牢地束缚,根本没有恋爱生存的空间。可是,随着近世百姓的经济能力的增长,妓院繁荣,艺妓文化合法化,男性出入于风月场所也变得十分平常。于是,男性用金钱买得艺妓去娱乐,可以说情感得到了很大的释放。不过,男性一旦失去了经济能力,与之相好的女性(艺妓)就会挥袖而去,毕竟风月场所的特性就在于“逢场作戏”。在这样的环境下,春水推出的《梅暦》大力倡导了女性的“忠贞节义”,使得男性与艺妓的爱情得以维系。这一点大概就是男性从《梅暦》中获得的满足感吧。

《梅暦》对于男性读者也是极有魅力的,因为里面有春水提倡的一大主题“人情”。春水对“人情”做了这样的解释。“人情不只有恋爱,只是男男女女常常会愚蠢地感慨无常的痛苦。不要嘲笑世上众生的迷恋,任何事都设身处地为他人考虑,亲切地了解别人的哀伤,这才是真正明白人情之人。若

① “人情本的作者大多都会留意女性读者,但是没有一个人像春水这样彻头彻尾应女性嗜好而创作的。”载长谷川强编《近世文学俯瞰》,第 373 页。

能明白此心，那么鄙人之拙作也就略有可取之处了。”[①]不言而喻，春水所指向的“人情”主要是指恋爱的爱情，但还有女孩的人情、母子亲情、男女友情等人类普遍的爱情。近世庶民（男性）的经济力得到了很大提高，他们接下来要求的就是精神上的满足，《梅曆》正好符合他们的需求。

四、小　结

春水的个人履历至今尚不明晰。在经过长期的摸索之后，凭借《春色梅児誉美》一举成为人气作家，确立了其人情本元祖的地位。他以女性与儿童为对象创作的人情本，是一种平易的会话体，附有美丽的插图，介绍了艺人的传闻、流行时尚，受到了读者的喜爱。不过，这部作品成功的最大原因在于描绘了具有江户审美意识“意气”的女性为爱奋斗的崭新姿态。《梅曆》中纯真美丽的“意气”的女性形象，并不仅仅是普通女性的向往，其中的流行时尚也不单是女性的专利。从某种意义上来说，《梅曆》也反映了近世男性对于“意气”的女性的追求心理，这也是他们理想的女性形象。

作为花柳界的审美意识，“意气”是一种既具有美丽纯真的性格，而语言行为、服饰装扮、住房设置又十分简洁大方的独特气质。九鬼周造在《“いき”の構造》中归纳了“意气”具备媚态、自尊、达观三要素；丸山茂在《春水人情本の研究》中解释为“一种楚楚动人的容姿，是不卑躬屈膝的坚贞，是对爱情执着奔放的追求，是体会他人立场的侠气与宽容”。阿长、米八、阿由、此系四人，分别以净琉璃说唱者、独立艺人、美发师、游女的身份，体现出“意气”的风姿，在《梅曆》中表现为媚态的姿容、为男子献身的精神、不妥协的魅力、对男子见异思迁的达观、女人之间的理解、贞节节义的精神。

一个深川艺人恋爱的故事，一个江户后期颓废的情痴世界，却在庶民女子之间引起了极大反响。乍一看，读者与作品的女性形象之间似乎存在着很大的落差，但是在通过对近世女性的生活状态的考察之后，可以辨明两者之间取得平衡的可能。即被设置为低微的从属地位的女性，一方面被要求

---

① 为永春水：《春暁八幡佳年・第一编・卷之二・第四章》，转引自《中村幸彦著述集》第四卷，第464页，中央公论社1987年版。

承担家政、学习风雅教养；另一方面又被禁止在政治文化层面抛头露面。《梅暦》所刻画的勇敢地追求爱情、忠贞不渝的女性，无疑成为普通女性所向往奔放爱情的最佳代言人。

春水成功地塑造了江户时代"意气"的女性形象，深深打动了读者的心。而且，《梅暦》所开创的通俗易懂的会话体与提倡的"人情"之理念，对于后世的近代文学产生了重要的影响，"意气"的女性形象也对近代文学的女性命题具有深刻的意义。东洋文化的精髓——"意气"，包含了一种对于命运适从的恬淡理念。江户末期的女性通过《梅暦》的小说空间，实现了理想中的"意气"的风姿。这一融合了日本文化特色的审美意识，及充满了"意气"的女性随着时代的变迁不断发展下去。

附：《梅暦》梗概[①]

丹次郎原本是吉原游女唐琴屋的养子。他与这家的女儿阿长订下了婚约。不料，阿长父母双亡后，坏工头鬼兵卫使奸计，将丹次郎送去一个破产的人家做养子。果然，破产后，丹次郎负债累累。穷困潦倒的丹次郎为了避人耳目，搬到了江户本所中乡一个偏僻的地方，还生了病。

有一天，丹次郎从前的恋人，艺人米八突然找来。看到丹次郎的窘状，米八心中不忍，便借助于花魁此系及其主顾藤兵卫，费尽心血，为丹次郎安排了妥当的住处。

另一方面，唐琴屋的女儿阿长，在父母与丹次郎都不在之后，好不容易逃脱了恶人鬼兵卫的魔爪，却在离家出走的途中遇到恶汉骚扰。正在危急时刻，美发师阿由挺身相救。有此缘分，二人结拜为姐妹，在本所小梅住下。一日，阿长上完净琉璃的学习课回家，偶遇丹次郎。两人一起吃饭，又遇到了米八。米八对阿长说自己像妻子一般精心照顾丹次郎，阿长很嫉妒。于是，为了对抗米八，表现自己的"诚心"，阿长去唐琴屋媒婆的家里当佣人，改名为蝶吉，成为一名净琉璃说唱者。在经历了千辛万苦之后，被藤兵卫救下。

丹次郎受着阿长与米八的照应，却并不是在两个女性之间选择一个，而

---

① 丸山茂：《春水人情本の研究》，第 98 页、第 136 页。

是均等地爱护。另一方面，藤兵卫遵循本田次郎的命令，寻找武士遗落的私生子，才发现原来就是丹次郎。同时，也发现阿长是本田次郎近常之子，丹次郎便继承了家名，娶阿长为妻，纳米八为妾。

另外，阿由因为救助了阿长，才终于与相别7年的藤兵卫重逢。阿由19岁的时候是旅行艺人，在佐贺的旅馆里结识了藤兵卫。后来她丢弃了三弦，成了美发师，就是为了藤兵卫而保持了贞操。其间，5岁时便离开阿由的母亲前来寻访，才知道米八原来是她的妹妹。母亲其实是藤兵卫的父亲的爱人。后来，藤兵卫的母亲到访，将阿由娶作儿媳。

与藤兵卫关系良好的此系，在刚刚当上游女的时候，与照顾她的半兵卫相好。半兵卫出于“义理”而隐居，却因为父亲与兄长的突然离世而继承了家业。与此系结为夫妇。

以上各对恋人都非常和睦而幸福地开始了生活。

主要角色介绍：

阿长——15岁，（镰仓北部青楼）唐琴屋的女儿，与唐琴屋的养子丹次郎订婚。受鬼兵卫馋涎而逃往金泽。途中，获侠气的美发师阿由救助。后来偶遇僻居的丹次郎。于是，为了丹次郎，阿长帮佣，成了净琉璃说唱者，吃了很多苦。她与丹次郎的恋人米八起纠纷，最后成为丹次郎的妻子。

米八——22岁，唐琴屋的独立艺人，为了让丹次郎有一个适当的住所费尽心血。与顾客藤兵卫亲近。藤兵卫用话语试探她的内心，米八果然固守贞操。藤兵卫确认了她的贞节，便多加帮助，最后帮助米八成为丹次郎的侧室。

此系——23岁，唐琴屋的花魁。帮助阿长离家出走，怜悯将自己视为母亲的阿长。与藤兵卫关系良好，但真心倾慕于半兵卫。半兵卫患病而隐居，后来继承了家业，与此系结婚。

阿由——26岁，7年前还是旅行艺人的时候与藤兵卫相恋。为表明贞操，辞去艺人，当了美发师。因为救了阿长，得以与藤兵卫重逢。忽然生母出现，才知道自己与米八是姐妹。藤兵卫的母亲看中她良好的性格，娶为藤兵卫妻子。

丹次郎——唐琴屋的养子，与阿长订婚。与唐琴屋的艺人米八相恋，同时与深川的艺人仇吉也是恋人。仇吉21岁，是米八的情敌，在《梅暦》中分量不是很重，但在《梅暦》的续篇《春色辰巳園》中成为女主角。

藤兵卫——常常去唐琴屋，是此系的熟客。精通娱乐界。与美发师阿由幸福地结婚。

第三章　近代文人意识中“道德”的理想主义

——尾崎红叶的“女性物语”①

1902年，梁启超提出了“小说界革命”论之后，中国近代小说揭开了帷幕。带有功利主义色彩的小说理论及实验作品、政治小说的宣扬，在中国引起了极大的反响，最直接的就是促发了谴责小说的兴盛。然而，政治救国的受挫、过分注重小说的政治功利性而抹杀文学性毕竟不能违背小说自身的特性，在短暂的低潮之后，以创作《二十年来目睹之怪现状》而闻名的谴责小说家吴趼人高举“写情小说”的旗帜，1906年由广智书局印行《恨海》。这距离“小说界革命论”的提出只有短短的4年。写情小说的热潮无疑是对政治功利论的突破，可是，中国的写情小说被称为“无情的情场”。然而，在租界开放的城市里，外来文化的冲击与政治革命的退潮都促进了写情小说的“情”的增加，甚至在辛亥革命之后，演变为炽烈的鸳鸯蝴蝶派。可是，此期的写情小说并非单纯的男女之间的恋爱故事，而是附加了种种“正名”与“道德”。尽管如此，它饱含了作者真挚而深切的情感。写情小说虽然漫溢着“无情”的泪水，却依然执着地追求“有情”。

无独有偶，日本近代小说的出发始于明治十八年(1885)坪内逍遥的《小説神髄》及其理论的完成者二叶亭四迷《小説総論》。可惜，坪内与二叶亭的创作生涯都很短暂，并未实践自己的理论。出于对江户时代以来的儒学劝善惩恶的批判、对于欧化主义的抵抗而提出的“人情”，由于过分注重写实人的心理，反而缺乏探求社会的意识。逍遥受自身的文学限制和西方理论的影响(主要受18世纪英国的常识主义、应用文学理论)，仅仅4年便停止了

① 本文的部分内容于2008年7月，在东北师范大学历史学院“东亚思想史国际学术研讨会”上做报告。

创作。贯彻其《小説神髓》之精神的二叶亭四迷，也很快转向俄国文学的翻译。事实上，明治二十年代至三十年代，文坛完全被另外一种风格所垄断，那就是以尾崎红叶为主将的砚友社。砚友社创作的是一种流利的辞藻、奔放的情绪、充满着江户趣味的"人情文学"。尽管在很长的一段时期，砚友社被责骂为"低俗"的江户戏作，但其更有文学家悲叹，自明治末期自然主义文学兴起之后，日本文学就消失了。

砚友社的地位与遭遇与晚清写情小说很相似。一般将 1919 年新文化运动视为现代文学的开端，而非 1902 年梁启超提出的"小说界革命"的理论。直到 20 世纪 90 年代才开始重新审视这一问题。其原因就在于——梁氏强调的文学的功利性与教化作用是符合"五四"新文化运动的宗旨的。可是在梁启超提出这一理论之后出现的小说繁荣局面，并非归功于政治小说，而更多在于写情小说等通俗小说。尽管写情小说在 20 世纪初的文坛占据了很大的分量，出现了痴情、艳情、言情、苦情等各种以"情"字为关键词的小说类型，但依然被称为"晚清小说的末流"，评价很低。到了 20 世纪 10 年代，鸳鸯蝴蝶派又将这一风格延续了下去，风靡一时。由于鸳鸯蝴蝶派构成复杂、良莠不齐，"写情小说"的积极意义也就被否定了。

中日现代文学的最初的出发点是不同的，但在其发展的早期，不约而同地出现了"重情"现象。在政治小说、谴责小说之类的功利教化主义理论之下，在对抗欧化主义、国粹主义之下，写情小说的兴起正反映了民众真正的心理需求与品位。低俗、媚俗的名称并不是其真正的评价。在重新思考写情小说的意义时，也会发现社会伦理关系、伦理观念的演进。

"红露时代"的尾崎红叶几乎垄断了整整 10 年的明治文坛。红叶作品无一不描写女性，因而被冠以"女性物语"的称号，出世之作《二人比丘尼》自称是"一字一泪的大著作"。果然，红叶的小说大都以悲剧结局收尾，罕见大团圆的欢喜。红叶一流，曾经被称为江户戏作式的小说，这显然有极大误解。红叶作品中那些生僻的汉语词，使得文章显得流丽风雅，又以对话或微妙的情节使得文章生动活泼。

明治的恋爱小说多三角关系，重在对妻子的尊重、强调妻子对家庭的责任、对女性刚强纯真的赞美。可是，强调"妻"的目的在于对"妾"的包容，衬托出男性风流与权力欲望。红叶小说的女性可归纳 4 个特点：良妻、刚强、纯真、忠贞。前三者与“妻妾制”相关,后者则代表了武士道精神。因此,尽管红叶不是一个擅长描写男性的作者,但在他多面描绘的女性身上却衬托出这一时代的男性形象。

一、“粹之女”与江户复古

(一) 红叶小说之“粹”的精神

尾崎红叶与幸田露伴这两个作家经常被相提并论,占了明治时代四文豪“红露逍鸥”中的两席,但两者风格却是迥异。正如世人所评价的那样:“一个拥有众多男性读者群,一个则拥有从街巷到花街的绝对女性群。”[①]红叶文学就是“女性文学”。以精雕细琢的文章、纤细入微的人情为两大特征。红叶之描写女性的艳笔,在正宗白鸟看来,是“用传统文学的丰艳文字装饰的浮世绘”。而所谓“纤细入微的人情”指的是描绘命运坎坷,处于绝望处境之中的女性的悲剧。但是,尽管说是女性的悲剧,却并非凄苦。其原因之一就在于红叶虽同情为封建制度所束缚的女性,但根本无意图去质问这一制度或男性社会。而且,他还借助于封建制提倡女性某种特殊的精神风格。简而言之,即塑造日本独特的“粹”的女性形象。北村透谷如此评论红叶——“逆当今欧化主义之势”“日本文坛纯粹的日本思想者”,[②]即追求与时而背的往昔。“粹之女”诚然是前时代的产物。

“粹”即“意气”,在江户时代被视为风月场所的一种审美意识,体现了江户趣味及情调的审美意识,多见于人情本。具体而言,是指一种美丽纯真,语言行为、服饰装扮均简洁大方的独特气质。日本著名的文艺理论家九鬼周造在《“いき”の構造》一书中阐述了“意气”具备媚态、自尊、彻悟 3 个要素,将其定义为“东洋文化,尤其是大和民族凸显自我的特殊的存在样态”。[③] 根据这一解释,红叶小说中“良妻”“刚强”“纯情”“忠孝”的女性形象,无疑正是“粹之女”。

然而,红叶在追溯往昔日本时,竟舍弃人情本的始祖为永春水而选择了

---

① 秋声:《露伴翁》、伊狩章:《紅葉の女》,《国文学解釈と教材の研究》19(3),1974 年。
② 佐藤毅:《北村透谷の尾崎红叶評価》,《国学院雑誌》87(9),1986 年,第 35—36 页。
③ 九鬼周造:《“いき”の構造》,岩波书店 1987 年版,第 17 页。

元禄时代的西鹤。尽管在描写花柳界人物之"粹"的精神上两者相通,但正如北村透谷指出的那样,决定性的差异就在于《好色一代男》中的男性对女性是积极而主动的,《梅暦》中的男性则极为被动。[①] 也就是说,红叶的"粹之女"是男性本位,女性的"意气"并非独立的个人的,而是针对其对男性的态度而获得的评价。"粹"原指男女之间发生的精神活动,但在红叶的笔下,美丽的女子、高雅的服饰、江户的洒脱的语言虽是特色,却不敌女性对"夫"的宽容、承担家庭一切的"家的美德"。这才是红叶真正意图的"粹"。丸山茂在《春水人情本の研究》一书中指出:"意气是一种楚楚动人的容姿,是不卑躬屈膝的坚贞,是对爱情执着奔放的追求,是体会他人立场的侠气与宽容。"[②]正如贯一(《金色夜叉》的男主角)所说:"你以何为乐? 依何生存? 没有男人,女性何以立身。所以,将一生的苦乐依赖于他人,女性之宝岂非丈夫?"[③]《三人妻》《多情多恨》《巴波川》《二人女房》中的女性也都是以男性为依赖,红叶的女性观从中可以一窥。

值得注意的是,红叶的女性物语的确令人感慨女性波折的命运,却不让人感受到"悲剧"。为什么这样说呢? 首先因为女性自身从不抱怨悲苦的命运。岂止是不抱怨悲愤,她们淡泊而顽强地生存着。因此,即便说红叶同情女性,却并不一定主张女性解放、提高女性的社会地位的。准确地说,红叶的女性观是旧道德之上的女性观。《恋愛問答》[④]里清楚地说:"要说教育,无论是理学教育还是文学教育、家庭教育,只要是能写信,写的字还不太差,能看不是假名写的报纸就可以了。戴着金边眼镜,穿着披风的女子是不会料理家务的。从前有人说女子无才便是德,其实没有一点才的女子实在令人头痛。男子若是有点扭捏,毕竟是要在社会上打交道的,多少有些锻炼的机会。但女子却是从女儿直接转为妻子的,真是那么朴素的话岂不令人为难。容颜易改,精神不变。"这个态度表明:知识女性成不了主妇,但男性需要的恰恰就是"家庭的主妇"。伊狩章说,红叶维持了儒教与封建家族制旧秩序,是生活在义理人情世界里的传统主义者。[⑤]

---

① 佐藤毅:《北村透谷の尾崎紅葉評価》,第 35 页。
② 丸山茂:《春水人情本の研究》,樱枫社 1978 年版,第 14 页。
③ 尾崎红叶:《金色夜叉》,《紅葉全集》第七卷,岩波书店 1993 年版,第 69 页。
④ 伊原青青园、后藤宙外编:《唾玉集》,春阳堂 1906 年版。
⑤ 伊狩章:《紅葉の女》,《国文学解釈と教材の研究》19(3),1974 年。

可是，为什么“粹之女”多是游女（风尘女子）的形象，既不是一般庶民，也不是贵族之女呢？原来，淡泊、爽直、潇洒、高雅的女性形象是有历史传承的。

（二）游女像的历史传承

首先，“游女”这个词语似乎不是什么高雅的名称，但它并非“受男性玩弄的女性”的意思，现在被视为世俗的“性”原本是“神圣之物”，她们原是与诸神游戏的女子。这个说法几乎颠覆了现代人的常识。佐伯顺子在《遊女の文学史》一书中追溯了日本文学中的游女形象的系谱，辨明“神游”背后的“神圣性”逐渐丧失，提出“游”的低俗性与高尚文化的背离概念。①

佐伯指出，《万葉集》中最早出现的游女，跨越了歌谣的时代，跨越了《梁塵秘抄》《閑吟集》的中世，成为近世文学中不可或缺的部分，并被近代文学所延续。红叶通过对井原西鹤这位作家的再发现，对近世的世界充满了憧憬。在这个世界里，游女精通艺能，被奉为恋爱的女神，“太夫”（游女的最高级别）尤其受到了神化。西鹤、近松、春水三大作家就积极地活跃在“游女”文学之中。

这里需要确认游女在实际社会与百姓心目中的地位。近世以后，商业工业的发达促进了都市文化的繁荣，女性在都市的娱乐文化中发挥了重要作用。江户、大阪、京都划出了吉原、新町、岛原等官府公开许可的狎妓场所，游女风俗对世俗文化起到了重要的引领作用。以妓院、游女为素材的文学作品频频诞生，游女的文化修养影响了庶民女子的风尚。大受欢迎的春水的作品《春色梅児誉美》正是庶民女性获得流行风尚、风雅人物传闻的重要手段之一。不能越出“家”的门槛的女性与洒脱、自由、勇敢的游女形象之间产生了巨大的裂差，而这恰恰是庶民憧憬游女之原因所在。

以《源氏物語》为代表的“好色”美德在各个时代被延续了下来，但是，对封建家族制度有动摇之危的恋爱受到严格禁忌。庶民情感受到压抑。因此，当游廓（妓院）成为公开的娱乐场所，男性可以根据实力购买游女时，“游女”便成为理想的女性伴侣，游廓成为理想的情爱的公共场所。

元和三年（1617）吉原游廓、宽永十七年（1640）岛原游廓相继建立。不

① 佐伯顺子：《遊女の文化史》，中央公论新社2003年版，第4页。

过，因受各种制约，江户时代的公娼并非最盛，明治维新以后，随着全国行政机构的统一，公娼才迅速扩展开来。明治五年，政府颁布了娼妓艺妓的人身买卖禁止令，规定无论什么情况也不能以金钱买卖人身。但实际上，正如明治二十九年伊藤博文对日本公娼制的批评一般，“因为贫困、服侍双亲而卖身是为崇高之举”。[①] 废藩置县后士族没落，出现了卖女或让妻子卖淫的情况，根本不曾考虑为维护“父母”“家”而丧失人身权利的女性。红叶小说中便出现了很多这样的女性形象，一切尽在情理之中。

政府既然承认强势的家族制，必然造成有地位者在法律上道德上的免责。明治的高官成为游荡的典范，很多人娶花柳界女子为妻。妾、权妻（“权”即第二、妾的意思）的一夫多妻制公然实行。游女绝不是低俗之女（尽管是以金钱购买而来），而是出入上流社会的女性；能与游女相交，成为政界、财界人士的炫耀标志。公娼制成为游女从妓院进入“家”、成为“家族”成员的保障，游女形象因此不再是游离于世俗的女性而是进入世俗的妾的形象。明治三年公布的新律纲领，将“权妻（妾）”视为与“正妻”同等地位的二等亲，承认其作为配偶的地位。

姑且不论权妻是否符合道德，社会为什么会追求“意气”之女？关于这一点，田原八郎有一段关于“美女信仰”的评论。美女信仰源自巫女等农耕民族的宗教信仰，与士农工商的社会体系的细胞“家”密切相关。即当时未婚者被禁止情爱体验，但已婚男性在事实上又无缘情爱。美女崇拜与金银崇拜同样，都隐藏于人性的深处。无生命的金银不会背叛，而活生生的美女会移情别恋。但就是因为有这样的风险，才更促发了占有欲的高涨。德川家的将军热衷于搜罗美女，世间更是为出人头地、积聚财富而搜罗美女（献给德川以换取功名）。美女信仰由此传播开来。[②] 红叶小说触及了人在“金银”与“美女”上的本性。

（三）明治复古

明治维新后，日本以文明开化、富国强兵为两大口号，谋求在先进诸国中占有一席之位。于是，技术、教育、思想与习俗等各方面的西方文化都蜂拥而至。但是，在近代化早期的激变中，这些只是虚浮的开化，不仅在衣食

---

① 《婦人新報》明治二十九年九月第 20 号。

② 田原八郎：《渡世民俗の精神・第二章・金銀と美女》，燃烧社 2002 年版。

住等社会风俗上“四不像”，在精神观念上也十分纷杂。日本文坛一般将坪内逍遥《小説神髄》出现之前定为开化期，在经历了开化物、开化期小说、戏作小说复兴、翻译小说、政治小说之后，明治二十年前后终于进入了“黎明期”，却又出现了某种复古倾向。

从红叶登台的明治二十年前后到二十四年至二十五年间，小说界与诗坛一样，摸索着形式上的创新与内容上的变革。该时期的小说，被本间久雄称为“草创时代”。[①] 小说的形式与表现受到了极大重视，“西鹤体”成为这一时期的特色，文坛主将红叶和露伴都倾倒于西鹤。不过，一般认为，红叶仅在技巧上模仿探求，而露伴则更深入于西鹤对于社会认识的犀利。红叶继承了西鹤的才，即“形”；露伴继承了西鹤的气，即“相”。两者的文章，其精妙与内容的生命力，很多都是在对元禄时代的西鹤的再发现中而获得，延续了文艺复兴般的精神与气魄。至于文体方面的复古，则以森鸥外为代表。在对言文一致体的探索中，鸥外抛弃了德川的戏作，从更遥远的古典日本文学中捕捉“雅”。

明治前期的小说，本间久雄将其划分为“现实派”“理想派”“复古派”。以《小説神髄》为准则的写实主义系统是现实派，以二叶亭、红叶、美妙等为代表。所谓理想派，是指作品中揭示某种人生理想的，比如露伴、矢崎嵯峨屋、矢野龙溪等。第三派复古派即物语派，类似于江户时代的读本、草双纸等奇异的故事，非探求人性。如饗庭篁村《胜哄》(《勝鬨》)、齐藤绿雨《弓矢神》、村上浪六的任侠故事。明治三十年代，深受儿童喜爱的图画书店渐渐消失，但画中的美女、武者的人物像却在文学世界里被重新塑造、复活。

为什么会兴起模仿德川时代甚至更古老时代的作品呢？日本主义或复古倾向可以说是明治黎明期的一大特色，出于对现实社会的不满而向往昔寻求慰藉。明治十年代中期开始，传统艺术能乐、寺庙神社等文化遗产得到大力发展。从封建国家转型为近代国家的日本，需要向世界展示值得夸耀的资本——“传统”，因此需要将国民进行文化统合。明治二十年代的复古潮流同政治层面上的国家主义一样，可称为文学上的国家主义。可是，在对抗鹿鸣馆的欧化主义、对抗政治小说的同时，对于开化的明治也失去了某种

① 本间久雄：《明治文学史》下卷，东京堂1964年版，第185页。

憧憬。像鲁文这样的戏作小说家是从德川时代进入明治的，在情感上大概更靠近前时代而与明治有些不相容，这是可以理解的；那些与明治一同生长起来的明治人，为何也是翘首前时代呢？

在西方游历6年后归国的永井荷风，于1909年写了《新帰朝者日記》。他斥骂明治"破坏旧态之美，一夜间造就了杂乱粗恶"，在这样的"明治"中，唯一保留下旧态之美的只有花柳界。他在《冷笑》中更露骨地批判文明开化，描绘了他所憧憬的江户风情的人物。"红雨从心底里不满欢迎自己的新日本。新时代所有的新事物都是模仿西方而永远不能及得上的伪物，他毫不留情地斥责其愚劣、丑恶，绝望于东洋之土上永远开不出艺术之花。半年、一年后，他回想起二十年代，沉溺于难以割舍旧物的怀念，崇拜着民族的特色。这绝不是老人的古董趣味，而是对现代失望的梦想家正常的美丽憧憬。"[①]

明治元年出生于江户芝中门前町的红叶，受到了洒脱高雅的审美熏陶，敏锐地捕捉到大都会的风俗。他在旧幕时代的江户出生，在明治初年的东京的平民街区度过了少年时代；他有着一个江户庶民"帮闲"[②]的父亲，具有"江户子"的气质。其实，不仅红叶，这个时期的文人几乎都爱读马琴、春水、三马的作品，深深沉浸于江户戏作的趣味之中。

二、"侠之女"与明治金本位

"侠"是红叶小说的另一个重要的主题。其实，"侠"是与"粹"相呼应的一种特质，可以说是一种审美意识，也可以说是一种道德。探讨"侠"相对应的具有武士气质的文人，就如同探讨"粹"相对应的意气的游女一般。

在一般人的印象中，"侠"代表了男性的一种精神，但在日本小说中常指代游女气质，即相当于"意气"。九鬼周造说，"意气"具有一种反抗的气概，[③]人情本最爱描写勇敢、矜持的女性，认为她们具有高度自尊心与优越感，有着游里女性的"意气"。九鬼说因为它（"意气"）鲜明地反映出江户文化中道德的理想。

---

① 永井荷风：《冷笑》，筑摩书房1956年版，第130页。
② 帮闲，指陪着贵族、富人消遣玩乐的人。
③ 九鬼周造：《"いき"の構造》，第24页。

(一) 新明治女性的否定

“刚强”是红叶女性的一大特征。然而，是为他人的坚强还是为自己的坚强，是需要区分的一个重点，因为这表示了作者的一种价值观。

《金色夜叉》中的“宫”的形象无疑具有很大的争议性。一个因为婚约而毁掉自己终身幸福、终日郁郁寡欢的女子，苦苦哀求情人的原谅，背负着深重的“罪”意识。这一定是能够博取同情心的形象，以至于无论她曾经多么无情，也只被认为是“头脑简单”“一时糊涂”，读者更多地关注她悲苦的婚后生活和心灵的炼狱。可是，为什么不能深究她曾经的过错呢？无论她有多么充分的理由，为了金钱而随意抛弃恋人，就是对爱情的亵渎。如果说宫的打算是想在获取财富之后再与情人相会、对其相助，那就更令人鄙视了。男主角“贯一”生性善良，节气傲然，对于被玷污的爱情“宁为玉碎不为瓦全”。即便他成为高利贷者，也没有“成功”地转型为狠毒报复的冷酷之人。相对于这样的男人，宫的形象完全就是对立面的。她在耀眼的钻石面前迷失了自己，贪婪地想要获得更大的财富。她为了自己将来的自由和体面不惜背叛丈夫，从而也注定了一世深重的罪恶感。的确，这是不同于江户时代的新女性，她的行为在某种意义上也是想凭借美貌去对抗财富拥有者。对于这种以人性交换财富地位的女性，红叶给予的是一个悲惨的下场。森鸥外说：“宫的性格虽不啻于爱慕富裕，但更清醒地知道‘自己的好色’，而试图获得越发大的荣华，其思想整体都是高利贷的性质。”[①]这可谓一语中的。所谓“明治的妇人”才是红叶的真意。

《三人妻》中的才，成为小妾之后竟大胆地“红杏出墙”，设计与情人幽会，几乎漠视了丈夫的权利与金钱。可是，她用于约会的钱还不是来自丈夫？理所当然，这种类似养小白脸的女子得到的是被驱遣的下场。可见，对所谓独立、自主、重金钱、崇洋风的明治新女性，红叶的态度是否定的。因为，这绝对不符合他所持有的女性道德观。虽然红叶是一个对外界影响甚为敏感的作家，善于吸收西方文学的写作技巧，但是，这并不等于说他也接受了明治开化以后新型的女性思潮。那么，为什么红叶还会塑造这样的一个女性形象呢？其实，综观红叶小说，很多人物都和金钱打交道。例如，《む

① 前田爱：《〈金色夜叉〉の宫》，《国文学解釈と教材の研究》25(4)，1980年，第33页。

き玉子》(意为全裸女子)中为了生计当模特的女儿,《おぼろ船》(《朦胧的船》)中同样也是为了金钱的"妾奉公",《三人妻》中被金钱买断的"妾",《二人女房》中拜金的姐姐,《伽羅枕》中充满金钱与情欲诱惑的妓院,《巴波川》中挥霍金钱享乐的男人,《心の闇》(《心暗》)中旅店老板的女儿与官员的结婚被视为理想婚姻。也就是说,除了金钱,还有一条并行的主题路线——官员。这两样事物在明治时代的意义,直接促发了红叶创作的动机。

在福泽谕吉"天不在人之上造人,也不在人之下造人"(《学問のすすめ》)的平等主义号召下,明治十年代出现"立身""出世"的风潮。专为青少年发表文章的杂志《頴才新誌》创刊,主张立志苦学、勤勉忍耐的精神,促进了全国的小学校教育。此时已进入学历时代。1886 年,东京大学改制为帝国大学,东京大学预备门改制为第一高等中学校,由此建立了从一高到东大的精英培养体系;政府也期待将帝国大学建成为政府精英的培育产地。明治新时代出现了各种各样的职业,但是人们并不重视经商及手艺等工作,而非常看重官途。官员也被视为女性理想的丈夫形象,在红叶小说中这种情节极多。

这一时期的精英群体的主力并非"农工商",而是前一时代的士族。对于明治维新后的士族,人们多持有"没落"的印象。然而就园田、滨名笃的研究[①]来看,全国 40 万户士族之中大约 33%为中等以上生活,41%的"公务员"都是士族。十几年前的江户时代里,占据着"士农工商"中最上位的优越的士族,在明治官尊民卑的风潮中依旧保留了体面。佐佐木克指出:"士族这一意识与明治官吏的精英意识相融合,成为支撑明治国家一个支柱。"[②]

然而,有意思的是,明治小说时常以没落士族家庭的子女为主人公。也就是说,小说中描绘的大多是明治维新后全国士族中占比 70%的下层贫困士族。失去了特权的士族,也就失去了经济实力。《二人女房》中的父亲是领 13 日元工资的下级官员,姐姐的丈夫是满身佩戴黄金饰物的某省会计科长,工资 100 日元。不同于美貌的姐姐,平凡的妹妹嫁给了自力更生的手艺人丈夫。美貌与金钱,似乎建立起一个等式。《金色夜叉》中大资本家富山

① 园田英弘:《国民文化の形成・宮中席次の思想》,筑摩书房 1984 年版。滨名笃:《近代日本の歴史社会学・明治初期階層構造の研究》,木铎社 1991 年版。

② 佐佐木克:《日本近代の出発》,集英社 1992 年版,第 63 页。

戴上价值300日元的钻石戒指向世人炫耀，向宫求婚。宫的父母由此解除了十多年来与贯一的婚约。他们又冠冕堂皇地鼓励贯一勤学、出人头地，显得何其伪善。贯一明白了："他不厌其烦地卖弄口舌，只不过为掩饰一个利字。世人多以为偷盗乃是贫寒者的陋习，不料，不贫者依旧偷盗。"贯一最终接受了宫的父母的"学习支援"，悲愤地"卖妻买博士"。因为收了钱，所以不得不放弃爱情。尽管后来贯一试图洗刷这莫大的耻辱。终究，在资本家与知识分子的较量中，知识分子落第了。[①] 那么，这闪闪发光的金刚石（钻石）对于明治人究竟意味着什么？

金刚石代表着新时代的货币。明治四年（1871）五月，《新货条例》颁布，采用了纯金 1.5 克＝1 日元的金本位货币制度。在此之前，江户时代以来的旧货币、藩札[②]还在使用，新政府为解决财政问题发行了大量的不兑换纸币金札[③]等，货币制度极为混乱。欧美早已确立了金本位制，但亚洲依然还处于银货圈的时代。在这个背景下，日本果敢地成为金本位国，并且十分顺利地建立起新货币制度。日本及早地与以欧美为主导的世界资本主义体制相对接，并试图表现东亚通货的实力。货币金融制度的近代化过程，也被明治的作家深刻地意识到，并被实践于文学创作之中。"对金钱执拗的追求"[④]是红叶小说的一大特色，冈保生指出："它最清楚地反映了当时资本主义国家形成过程中的国情。"[⑤]

将这些具有黄金（货币）意识的明治小说与晚清小说相对照，差异显而易见。即便在近代资本主义发达的"黄金之地"上海，小说中描写处理金钱、黄金问题的为数很少。在晚清写情小说中，虽然父母嫌贫爱富，但相恋男女从来没有因为金钱而分离的。这有点出人意料。想来，除了文化的原因以外，这大概与中国金本位制确立的滞后有关。中国迟至 1933 年才颁布《银本位币铸造条例》，建立起以元为单位的现代货币制度。

（二）顽强的生命力

为自己打算的坚强，得到的后果是被唾弃。因为丈夫而坚强的女性，不

① 尾崎红叶：《金色夜叉》，第 47 页。
② 藩札，各地发行的纸币，最早发行的是 1661 年福井藩札。
③ 不兑换纸币金札，相对于具有保障性的"本位货币"金货与银货，"不兑换"则是无保障性的。
④ 冈保生：《尾崎紅葉の生涯と文学》，明治书院 1868 年版，第 69 页。
⑤ 冈保生：《尾崎紅葉の生涯と文学》，明治书院 1868 年版，第 69 页。

折不扣地得到表彰。同样是《三人妻》中被纳为小妾的艳，因为遵循了“妻”的道德，最终被接纳为家中一员。不论丈夫在世时花天酒地还是其过世之后，正妻始终保持了主妇的端庄，维系了一个家。《二人比丘尼》中的两个尼姑没有追随战死的丈夫，而是选择了一生与青灯做伴的孤寂的“生”。当然，在其后漫长的岁月里必定蕴含着无尽的生命的可能。《多情多恨》里的种，因为刚强能干而招致了柳之助无尽的厌恶，但也因为主妇的道德而受到敬佩。同是刚强却引起了不同的反应，只因为对象不同。她是与自己毫无关联的女强人，还是为自己着想的亲人？当种劝解柳之助要保重身体，温柔的话语中透出令人无法抗拒的威严，深深地打动了柳之助偏执而单纯的心。而红叶笔下最具有“侠气”的女性，莫过于《伽羅枕》中的佐太夫。她进出于金钱与肉体交易的妓院，却从没成为金钱的奴隶。不畏权势、不亲财势的精神，维护了一个武士之女的尊严。

村上信彦将明治女性归为两种类型：忍耐与刚强。即大部分被动的女性与少数自我觉醒、冲击社会厚重壁垒的女性。[①] 然而，果真能一分为二？村上认为，受过良好教育的女性“不满于同性的懦弱，不屈于社会的压迫、因袭与偏见，因而奋起开拓新女性的道路。”[②]这也就是他所说的少数自我觉醒的女性，是很“刚强”的。可是，另外一种生活在贫穷家境中的女性，因为要应对自己所处的环境，而不得不拥有“优秀的才能与刚强的意志”，[③]为了一家而工作，甚至不乏卖身举孝的行为。这是村上所认为的大部分被动的女性，也就是“忍耐”的那一类。可见，两种女性具有相同的刚强的特点。于是，作为女德教育的“忍耐”的性格与本来就流淌于身体内部的“刚强”一同构造了明治女性。

严本善治在《理想之佳人》中这么论述“佳人的勇气”。“常有战死沙场、毙于阵前马头、垂名青史之古今壮举，然除此之外，未必没有勇者。在那没有战场勇者的家家户户，在那不被知晓的地方，有这样的女子：她们哄着小儿，微笑着为丈夫扣上纽扣，在深夜孤灯下，似醒非醒地听着远处的剑声炮声。她们不也是勇士？佳人饱含真切的爱情、刚强的勇气，犹锻

① 村上信彦：《明治女性史》上卷，理论社 1975 年版，第 101 页。
② 村上信彦：《明治女性史》上卷，第 101 页。
③ 村上信彦：《明治女性史》上卷，第 101 页。

铁千金，裹以棉纱。所谓含威，而柔有德。”[①]那真情中蕴含着的勇气塑造出女性形象。至于花柳界、妓院的女性，她们与普通女性不同，生活在更为恶劣的环境之中。正如田原八郎所说：“身虽不能自保，但精神为自有。身体的不自由与精神的自由，若不能互补，长年累积下来的艰辛势必导致身心崩溃。在这样的岁月流逝中，精神逐渐磨炼得十分坚韧。因此，除了束缚身体的借款之外，没有任何能够束缚她们的东西。”[②]这便是游女的刚强与忍耐。

自古以来，“侠”“妓”“官”以其趣味性成为中国小说的主题，但在明治时代，为何需要宣传侠义精神？明治前期有一种小说叫“拨鬓小说”，洋溢着江户时代的任侠情趣，这或许是一个很好的参考。此类小说以村上浪六为代表，是与红叶小说同一时期的“复古派”小说。在艺术上未必优秀，但引起了大众高涨的热情，原因何在？惩恶的侠客故事，无论在什么时代都不会令人觉得突兀。它们在明治时代的兴盛，大概是出于对权力及金钱支配的社会的不满，因此有必要呼吁道德。有如星野天知在《侠客論》中所述：“当今社会，无侠风而卑鄙不德者横行，金钱与权力控制着正义之口。手腕与威严凌驾于弱者，媚强欺弱。从前的壮士乃是侠客，今日的壮士已变为不义暴徒。”[③]就在天知激愤的明治时代，元年，红叶出生。其父为帮闲，也算是一个艺术家，母亲早在其6岁上便过世了。红叶的父母并没有正式结婚，在暧昧关系之中生下了“不义之子”。这对红叶的一生投射了巨大的阴影。

三、刚强的良妻[④]

晚清写情小说基本上都是“一男一女”的故事，而红叶笔下多复数的男女故事。在女性形象的塑造上具有鲜明的特点：良妻、刚强、纯真、忠贞。

(一) 良妻

看似与中国“贤妻良母”相同而又不同的一个名词“良妻贤母”，其实蕴

---

① 严本善治：《理想之佳人》，载笹渊友一编《女学雑誌・文学界集》，筑摩书房1973年版。

② 田原八郎：《渡世民俗の精神・第七章・家の女とあばずれ》，第84页。

③ 星野天知：《侠客論》，载笹渊友一编《女学雑誌・文学界集》。

④ 本小节内容收录拙著：《晚清日语小说译介研究・第九章・晚清日语小说中的砚友社系小说》，上海社会科学院出版社2014年版。

含着深刻的意义。“良妻”是为了侍奉丈夫,“贤母”是为了教育子女。以忠良照顾好男人及其周围的人,以聪慧培育明治新国家需要的栋梁。这一点也不自觉地也反映在红叶小说中。

大作《多情多恨》描写了大学教授柳之郎在深爱的妻子病故后发生的故事。柳之郎性格孤僻,平生只有两个喜欢的人:妻子和朋友叶山。失去了妻子后,终日以泪洗面,无法解脱。经过叶山的劝解,搬到叶山家居住。可是,柳之郎十分厌恶叶山的妻子种。不料,在日常生活中,他对种逐渐产生了异样的心情,甚至深夜闯入种的卧房。最后,在叶山巧妙的周旋下,柳之郎搬了出来。

性格古怪的柳之郎对种的态度转变并非突兀。他最后按捺不住自己,两次夜闯种的卧室并非图谋不轨。在搬出之后,墙上挂着妻子的大幅油画,桌上摆着种牵着小儿的照片。欣然微笑,而不是令人疑惑或担忧的情绪。这也就说明了柳之郎对于种的感情是十分纯朴的,它不是一般意义上的男女恋情,而是淡淡的介乎于家族与知己之间的感情。原因很简单,柳之郎最初的变化缘起造访叶山,是叶山不在的一个深夜。孤寂难耐的他,为“等待丈夫的女人”而心动。次日得知种得了感冒,他十分不安,因为妻子也是患了同样的毛病,后来疏忽治疗而死。这首先使他在妻子与种之间找到了某种相似。其次,在叶山家中,耳闻目睹种操劳一切,敬佩之情油然而生。更感受到种对待每一个人的真诚。饮食起居、心情杂谈,几乎事事都依赖于种。这无疑是具有母性情结的。与风趣的叶山相比,种不会开玩笑,显得十分木讷而认真。这一点,笔者以为正是一个“良妻”的突出特点。柳之郎与种之间的感情,是出于对“家”的眷恋,对于“妻”(这一职位)的依赖。

《三人妻》以报纸上的新闻为题材,创作了一个举世无比的大富翁利用“金钱”的力量获得想要的一切的故事。3 种类型的女子,纷纷落入其手成为三妾。美丽出众的才(艺妓),与情人旧情复燃;从生意伙伴家的妾转变为富翁的妾,红梅争宠施展离间计而不成;单纯的乡村女子艳,老实本分,怀孕生子。在富翁过世后,唯有艳被正妻留下,一同持家。4 个女人组成的“一妻三妾”的格局,在男人退出后剩下“一妻一妾”。因之,这两人才是符合“良妻”标准的。正妻从前是游女,但很讲义气,曾经在富翁年轻落魄时对其相助。因此,富翁发迹后没有抛弃她,而给与她一个“妻”的地位。妻也表现出大家之妻的风范，干练持家。富翁虽然纳妾，却不见得很喜欢她们的样子。使用计谋与情人相会的才、使用离间计争宠的红梅都没有得到男人甚至妻的欢心。本分、持家、传宗接代，这才是“良妻”。

红叶笔下很少看见嫉妒心很重的女性，不像中国有各种严重的“妒妇”。虽然，古代一直存在着“三妻四妾”，甚至近代以后也不乏纳妾，妻妾之间的相处常常令丈夫焦头烂额。而这一点似乎没有体现在日本小说中。女性之间的宽容，当然是出于对丈夫的协助，无论丈夫是为了私欲还是为了传宗接代。这就是明治政府对女性所灌输的“良妻贤母”教育，并审定了法律，保障了“妾”的权益。

明治三年(1870)制定了新律纲领，规定妾是相等于妻的“二等亲”，承认其作为配偶的地位。据此，浅古弘指出：“这将妾与接受经济援助、维系秘密情交的女性加以区别。”[①]并且，根据明治四年的户籍法，明治六年的户籍记载顺序以户主的妾位于户主妻之后、父亲的妾位于母亲之后的顺序为准，这证明了“妾并非仆人而是配偶”。[②] 另外，明治七年颁布的法律规定，无论是否进行婚姻登记，通奸罪同样适用于妾。[③] 这些规定，出于对丈夫利益的维护而保护了妾的贞操；妾遵从了规定，而获得保障。明治十五年刑法废除了妾制度，次年家族法否定了妾的身份，但是户籍上的“妾”字直到明治三十一年户籍法修改才消失。这些法律上的保障助长了男性蓄妾的主张。

(二) 刚强

红叶未完的大作《金色夜叉》实在很长，角色很多而性格鲜明，令人爱憎分明。一介书生贯一自信开朗，笃学正直。他与养父之女宫，青梅竹马，定下婚事。可是，当巨富看中宫之后，父母竟然轻描淡写地解除了十年来的婚约。贯一伤心悲愤，走上了一条改变人性的“金色夜叉”——高利贷者之路。宫婚后深深思念贯一而郁郁寡欢，请求贯一的宽恕而不得。直到一次贯一偶然救助了一对意图情死的恋人，才在梦中原谅了宫。

在书中，贯一转变为世人唾弃的高利贷，嫁入豪门的宫不也是一个“金色夜叉”？青梅竹马的感情在一念之间消失，只为了更富有。有学者分析，

---

① 《法律時報》，1975 年 11 月。
② 大竹秀男：《〈家〉と女性の歴史》，弘文馆 1977 年版。
③ 明治七年八月十日司法省指令。

宫结婚是带有企图的，就是在获得财富后与不爱的丈夫离婚，带着金钱与心爱的贯一再续前缘，共度美好生活。① 事实上，在小说中，通过艺妓爱子的话已经暗示了宫的打算。② 这种新时代的女性，无疑受到红叶无情地批判。可是，另一方面，不也塑造了一个具有独立个性的新明治女性形象？无论宫的价值观是否正确，她力图通过自己的美貌去交换财富，通过经济独立而获得以后的自由，都是具有一种刚强的气质在内的。在这里，她绝对不是一个良妻，而是辜负了丈夫的恶妇。反面角色的背后，是宫的单纯。如果她没有企图，至少也会试图和丈夫过一段美好日子；如果丈夫对她不好，那么她再悔恨自己的错误。恰恰相反，两者都不是，所以宫根本就是出于简单的想法和一种义气而结了婚，以至于悔恨终身。

《三人妻》中的大富翁明确树立了依靠金钱为所欲为的"男人的理论"，并如其所愿。可是当这种权力满足之后，他并没有珍惜所获得的女子，故事的重点放在了女性身上。才的"红杏出墙"，是因为原本就是活生生被拆散的鸳鸯；红梅的挑拨，是因为唯恐被抛弃，而想巩固地位所出的下策。这些都是不忠的体现，却也是对男性理论的挑战。女性不是男性的附属品，更不是金钱的囚徒。在富翁病逝后，这样一个大家庭的维持靠的是发妻。凛凛端正，一个女人照样把没有男人的大家庭管理好，并留下忠贞的艳，延续了后代。艳的忠贞是与她刚强的性格相符合的。因为家境贫困而陷入了卖艺的境地，但气质高尚有如大家闺秀。无论是正面或是反面角色，在不受男人重视、在没有男人的世界里，这些女子并没有悲天悯人的哀叹，也没有对今后生活无着落的颓唐，有的只是积极生存的意志。

红叶笔下最令人称道的女性，可数《伽羅枕》中的太夫（艺妓）。这篇模仿了西鹤文体的小说，也模仿了《一代女》描绘了一个女人的一生。艺妓佐太夫并不是绝代美女，但在她的身上融合了"粹"与"侠"的江户气质。热情洋溢又豪爽多情，不拜金钱不畏权势。作为武士的女儿，身上流淌着武士道的侠气。为了寻找生父而委身老人，甘愿做妾，从京都寻到陌生的东京；得知生父过世的消息，虽然同父异母的姐姐愿意资助，却不愿输给她，宁可做风姿绰约的太夫，也不愿做碌碌无为的庸妇；宁可将亲生儿子送回故乡托人

① 胜本清一郎：《〈夏小袖〉について》，《明治大正文学研究》1952年12月第9期。
② 尾崎红叶：《金色夜叉》，第447页。

抚养，自己也要在江户过得风光；遇到被通缉的志士，勇敢地伸手相助，善待遗孤；被官府传话审问(藏奸)，正气凛然相答。这实在是太特别的女子，她的价值观也许不能被平民女子所理解，但是她那种为了目标孜孜不倦地追求的精神令人敬佩。这也许就是身上流淌着“武士”的血的缘故。

(三) 纯真

与《金色夜叉》中为金钱所趋的宫、《二人女房》中朝暮富贵的银、《三人妻》中争风吃醋的红梅、为了跟情人相会而百般设计的才相比，《おぼろ船》《むき玉子》的女性表现了冷酷的现实中可贵的纯真。

《むき玉子》描写了一个因为贫困而为西洋画家工作一个月的美女。那不是一般的端茶倒水的工作，而是当裸体模特。未经人世的女子羞愧难当，甚至逃回家中。但在与画家的接触中了解他端正的人品后，羞涩地合作了。画作后来获得了大奖。作品细致地刻画了女子“静如处子，动如脱兔”的灵动，安然恬静的形象跃然纸上。在现代，人体艺术已经充斥着电视、电影、网络、报刊，不存在道德审问的问题，但在一个半世纪以前，一个未经人世的年轻女子为了解救家庭贫困而做模特，这需要付出多大的勇气？幸好，对象是一个认真笃学的画家，两人在“模特生涯”后走到了一起。尽管这篇小说读起来有些虚假，带有美丽的理想色彩，但是读者还是欣慰这种以纯真的心灵而获得幸福的故事。

《巴波川》讲述一个外出游玩的青年男子，在得了疟疾之后受到借宿旅馆家的女儿的精心照料。于是，青年与美丽的女儿之间产生了恋情，一再延迟归家的日期。等到钱财用尽时，青年与女子不得不分别。当夜，他控制不住自己，与女子发生了关系。却在第二天发现女子留下了遗书：原本具有麻风病的血统，一旦与男子发生关系就会变得丑陋不堪，因此女孩选择了自尽。为了一夜情奋不顾身的女孩，傻得令人痛心。她并非不知道自己的病根，却宁愿获得刹那间的璀璨。可是，那个为了自己一时的欢愉而不顾他人的青年，自私得令人唾弃。钱财花尽就要回家，意味着享乐游戏的结束。深山之中的女孩并不知道青年所在的繁华都市，但她有一颗纯真透明的心。

女人的纯真正衬托出男人的自私与欲望，无论他们是否正派，他们的出发点和终点都不是为了女人，而只是自己。

(四) 忠贞

通常与纯真相对应的美德就是忠孝贞节。明治的人情小说中,不论是良家女儿或是艺妓,都很突出地反映了这一点。也许有人不理解,流落风尘的艺妓卖笑陪唱,有什么忠贞可言?这就大错特错了。日本的艺妓,当然也有和中国妓女相同意义的女性,与客人发生皮肉生意。但是,艺妓更多的是依靠技艺与客人交流,维持着女性的尊严与矜持。另一方面,作为家里的女儿,她们对待父母十分孝顺,几乎没有一点违抗之意义。

《二人比丘尼色懺悔》中若菜的丈夫留下遗言,不要她追随自己而去,劝她在自己死后改嫁。若菜以为丈夫是因为结婚仅仅半个月,对自己不信任才这么说的,十分伤心。小四郎出征时呵斥若菜,作为武士的妻子要坚强,其实他是不愿意妻子做无谓的牺牲。小四郎的自尽是出于对主君的忠诚,主君既败,自己断不能苟且偷生。这种武士的义理决定了他没有选择的权利。这也是他之所以背弃养父之恩、解除婚约的无奈。从战场上回到养父家中养病的小四郎受到原来的未婚妻芳野的精心照料,但也经受了芳野严肃地质问,"一女不事二夫",何况一个武士?芳野指责的是他对女性的失贞。小四郎身为武士,在他的面前,"忠"超过了"孝"。但在他临死时,却与妻子定下来世之约。他的心里是亏欠妻子的,可难道就不愧对未婚妻吗?这一点小说中没有提到,我想那是因为妻子是明媒正娶的,是有位置的;而未婚妻,只是曾经有过的感情,随风而逝。小四郎的决定或许是正确的。

《拈華微笑》虽然短小,描绘却很细腻。一个青年在上班路上遇见一个美丽女子,十分心仪。每天见面却没有一句话的交流。直至在遵守礼教的规则下,生出误会,贻误终身。这种只有心理上的思念爱恋,发乎情止乎礼的态度,几乎令人以为是中国小说。

《伽羅枕》讲述了一个太夫一生辗转的经历。幼年时,她因为养父家道落败而过继给别人,却十分依恋养父母,终于逃回了家。但为了还债,不让养父母背上不义的名声,她进了游艺界,签下 15 年的合同。虽然她曾经做过两次妾,16 岁时被一个 60 岁的老头赎身,不幸老人不久去世;其后,又做了一个武士的临时妻子。佐太夫的理论是:"妾"只对一个男人忠实,那就是保持了贞节,而且还可以有财力尽孝道。21 岁时生下一个孩子,为了孩子的生存,佐太夫毅然决然地再进妓院,将幼子送回故乡抚养,直至成年后继承武士家号。佐太夫不爱金钱不爱美男，她从28岁守寡直到62岁，度过了女人的青春年华。对于这个人物，很难用中国的道德标准去评判，因为我们信奉的是“宁为玉碎不为瓦全”，更有“从一而终”的荣辱观。佐太夫的亦正亦邪，是因为她注重的不是个人的名誉，而是对他人的义务责任。

在以上4个特点之中，“良妻”与“刚强”尤为突出，相比之下，“纯真”与“忠贞”比较薄弱。进一步地说，良妻、纯真、忠贞都与妻妾制相关，而刚强代表了一种武士道的精神。因此，尽管红叶不是一个擅长描写男性的作者，但通过对女性多方面的描绘，衬托出这一时代的男性的特点。

四、小　　结

红叶出身于町人阶层，红叶文学被称为具有大众通俗性的町人文学、市井文学。然而，成长于大都市的他，浸染了江户气质。红叶小说不仅写町人故事，也常常涉及没落士族的子女。平冈敏夫一针见血地指出，越是内心执拗于“町人”，就越是想要超越“町人”而寻求“武士”精神。可是，毕竟是无法超越的。[①]《金色夜叉》的贯一，同他的亡父一样拥有强烈的武士意识。因此，对于变了节操的宫，对于背信弃义的义父，他可以毫不吝惜地抛弃，毅然走上高利贷者的不归路。对于他的转变，恨者少而同情者多。平冈说：“贯一心里存在着强烈的‘士族’意识，这份强烈迫使他彻底选择成为‘町人’中最为卑贱的高利贷者。”[②]这样的评价可谓透彻至极。在明治新时代为了获得“士农工商”中“士”的位置，就必须成为“学士”，继而成为官吏。封建时代的武士系谱，就这样被近代知识分子延续了下来。

正面描写町人，实则以武士意识为参照。即便是俗世的游女，也以做公务员的父亲为夸耀的资本。《おぼろ舟》中做临时小妾的女儿如是说：“不是经商的，父亲在印刷所工作。”红叶的理想正隐藏其中——忠诚、贞洁、忍辱负重、勇敢、纯情的武士道精神。北村透谷关于红叶有一篇著名的评论《论〈伽羅枕〉中的“粹”》。“粹与侠，自古以来就是文人的理想。今日红叶执鞭推进了这一问题。红叶并非德川时代的所谓好色文人，与其说他刻画好色，

---

① 平冈敏夫：《紅葉における〈町人〉》，《国文学解釈と教材の研究》19(3)，1974年，第51页。
② 平冈敏夫：《紅葉における〈町人〉》，第51页。

不如说他是在粹与侠之中凝聚出狭义的理想。”[①]并且认为，评论《伽羅枕》的价值不如更重于其著书的精神，[②]两者在“美”上获得了统一。

红叶笔下有肆意行使金钱与权力的男子，有享受一时欢愉的男子，有出于私欲操纵女性的男子，但看不出作者对他们有什么谴责之意。这既非对男性立场的庇护，也非居高临下于女性，只是将道德寄托于女性，将道德置换为某种审美情趣。通过“粹”与“侠”的女性形象，红叶刻画了激荡的明治近代社会的世相，试图在町人与武士之间塑造起接受新式教育的明治新知识分子的理想。

① 北村透谷：《粋を論じて伽羅枕に及ぶ》，载星野天知《透谷全集》，博文馆 1902 年版。
② 北村透谷：《粋を論じて伽羅枕に及ぶ》，载星野天知《透谷全集》。

第四章 “恶”与“肉感”

——对日本自然主义文学的再解读[①]

引言：近代中国文坛“滞后”的日本自然主义文学

近年来，关于中国现代文学发源的讨论已被推前至晚清，当时发达的日语小说即是明证。可是，在迅速引入晚清的流行小说样式中唯独缺了自然主义。中国文坛对日本自然主义文学的关注是在比较迟的时候，主要代表人物是茅盾。[②] 但他开始的态度也是矛盾的摇摆的，[③]后来在胡适、周作人的建议下才一转为推崇自然主义了。[④]

另一方面，晚清正是周氏兄弟获取域外文学资源的最重要的时期，但是鲁迅对日本自然主义文学“不甚感兴趣”，[⑤]周作人在 1921 年秋天写给沈雁冰的一封信中也说过：“专在人间看出兽性来的自然派，中国人看了，容易受病。”[⑥]尽管鲁迅是否接受了自然主义的风格，或者说他的写作中是否带有自然主义文学的色彩需要仔细甄别，而“自然主义”与“写实主义”风格之接

---

① 本文最早的雏形是 2003 年东京大学黑住真先生的“明治文化史・思想篇”课程报告。

② 最早自觉、明确地主张和提倡自然主义的是陈独秀（《现代欧洲文艺史谭》，《青年杂志》第 1 卷第 3 号，1915 年 11 月），但是陈只是讨论了欧洲（法国）的自然派，并未涉及日本。

③ 冰：《我对于介绍西洋文学的意见》，《时事新报・学灯》1920 年 1 月 1 日；沈雁冰：《为新文学者进一解》，《改造》1920 年 9 月第 3 卷第 1 号。

④ 据胡适 1921 年 7 月 22 日的日记，《胡适的日记》（上），中华书局 1985 年版，第 156—157 页。周作人：《三个文学家的纪念》，1921 年 11 月 14 日《晨报副刊》。详见旷新年：《自然主义的沉浮》，《文学评论》2013 年第 3 期。

⑤ 周作人在《关于鲁迅之二》中指出，鲁迅留学东京时，“对日本文学当时殊不注意，森鸥外、上田敏、长谷川二叶亭诸人，差不多只重其批评或译文。……至于岛崎藤村等的作品则始终未曾过问，自然主义盛行时亦只取田山花袋的《蒲团》，佐藤绿雨的《鸭》一读，似不甚感兴趣”。（周作人：《瓜豆集》，河北教育出版社 2002 年版，第 167 页）。但是，在 1925 年 10 月 30 日发行的《莽原》周刊第 28 期上，刊登了鲁迅翻译的《思索的惰性》，在 11 月 29 日上刊登了鲁迅翻译的《自然主义的理论及技巧》。这两篇都是从片山正雄《最近独逸文学の研究》（博文馆 1908 年 12 月初版）中所选译的，后收录在《壁下訳叢》。

⑥ 沈雁冰：《自然主义的怀疑与解答》，《小说月报》1922 年 6 月第 13 卷第 6 号《通信栏》。

近也需要另外讨论;周作人亦提倡"以自然主义的技术药中国现代创作界的毛病",这也就是说,周氏兄弟对日本自然主义文学的文学性并不欣赏。事实上,日本自然主义文学的诞生中有一个条件就是因为具有接受原产地法国自然主义文学的"基础"——尼采思想。鲁迅在日本留学时正是尼采大流行的时期,但是鲁迅对尼采的把握只是尼采"积极的哲学"一点,远离了尼采的"本能主义",这个本能主义大约可以同周作人所说的"兽性"相连接。鲁迅在日本文学中似乎只爱读夏目漱石与森鸥外,前者在英国留学,郁郁不得志而归国;后者在德国留学,因政界仕途而归国。两者被称为"余裕派""高踏派",也被称为"反自然主义文学作家"。①

日本自然主义文学兴起于明治三十年代②中后期,即 1906 年前后达到高峰,是日本近代文学史上最重要的文学现象。因其主要特点是发掘人性的丑恶,所以也称"自我的文学"或"告白的文学"。研究者对此发表了数以百计的论文,从哲学、美学、文艺的角度评价了自然主义文学的主张及观点。③ 其中,最有力的理论体系架构论文被认为是岛村抱月《文芸上の自然主義》,④它"图示了自然主义文学的构成论,作为'描写的目的——真'列举了社会问题——个人解放——根本道德问题、科学、现实的三项,并在现实一项中列举了赤裸裸——兽性——丑、肉感的、卑劣的、平凡的、自然物的。可是,我国的自然主义大多只热心于择取现实一项。"⑤

这段评论立刻就让人联想到《蒲团》⑥的作者田山花袋和被誉为"美丽的女性的美丽的肉体"文风的谷崎润一郎,当然还有永井荷风。明治的自然主义文学之后出现了很多享乐派、耽美派、颓废派的作家,时至今日,在日本大众文学中依旧可以看到传承(如渡边淳一《失楽園》等)。于是乎,"赤裸裸的兽性""丑""肉感的"便成为日本自然主义文学的关键词。

那么,日本自然主义文学在近代中国文坛的"滞后"是否在于这样的关

---

① 需要注意的是,这里的"反"并非"反对"的意思,而是"不同"的意思。

② 对于近现代文学来说,"时代""年代"具有标志性意义,故本文中多使用日本年号,明治时代为 1868—1912 年,昭和时代为 1926—1989 年。

③ 如岩野泡鸣的《神秘的半獣主義》、长谷川天溪的《論理的遊戲を排す》、片上天弦的《人生観上の自然主義》、岛村抱月的《序に代えて人生観上の自然主義を論ず》《今の文壇と新自然主義》等。

④ 载《早稲田文学》明治四十一年一月。

⑤ 川副国基:《自然主義の成立と分化》,载川副国基编《文学・一九一〇年代》,明治书院 1979 年版,第 12 页。

⑥ 田山花袋:《蒲团》,《新小説》明治四十年九月号。

键词呢？“肉感”的文学是否一定是“丑恶”的文学？日本自然主义文学中还有一类清新的“浪漫的自然主义”，为什么没有被重视？以下将围绕这些问题，并在追溯日本文学史上“恶”与“肉感”传统的基础上，对日本自然主义文学进行再解读。

一、“丑恶”的日本自然主义文学？

（一）并不“兽性”与“肉感”的日本自然主义文学

日本自然主义文学常常被诟病的“肉性”“兽性”，在中国人的眼中显然是不美观的，是“丑恶”的。由于日本自然主义文学是在法国自然主义文学的影响下产生的，①评论者常常以波德莱尔的《恶之花》来举一反三永井荷风的《地獄の花》。

《恶之花》是一部诗集，在 1857 年出版之际受到了很大的争议。法庭认为伤风败俗，波德莱尔被罚 300 法郎，并被勒令删除诗集中的 6 首。作者继承了生父 10 万金法郎的遗产而过起了浪荡生活，他在《恶之花》的清样稿上注明“病态的花”。本意指：“这些花可能是悦目诱人的，然而它们是有病的，因为他们借以生存的土地有病，滋养它们的水和空气有病，它们开放的环境有病——总而言之，社会有病，人有病。”②这部诗集也被视为作者的自传体作品。变态的性爱、对上帝的怀疑、身首异处的女尸，是对社会一切龌龊的谴责。

《地獄の花》是一部中篇小说，发表于明治三十五年（1902）。这是永井荷风受了左拉主义影响后写作的作品，奠定了他新进作家的地位。作品描写了教育家（小学校长）的丑恶行径，揭露了接受宗教洗礼的文学家的表里不一，批评了女性的外遇及其获得不义之财的家族被社会唾弃的事实。

富有的黑渊一家过着隐居般的生活。妻子曾是洋人的小妾，自己同她发生了婚外情而最终继承了洋人的大笔遗产。尽管黑渊怀抱着赎罪的心情，却不能改变社会对他们的唾弃，女儿与年幼的儿子深受其害。园子是一

---

① 代表作家田山花袋主要受莫泊桑的影响，岛崎藤村主要受福楼拜的影响，正宗白鸟受莫泊桑的影响。

② 任子峰、王立新主编：《弹拨缪斯的竖琴：欧美文学史传》（下），山西教育出版社 2011 年版，第 722 页。

名女教师，被黑渊聘为家庭老师。她年轻貌美而善良，获得了黑渊的信任。最终，为了赎罪，为了儿子能够过上正常的生活，黑渊枪杀了与文学家发生婚外情的妻子，而后自杀。园子继承了部分遗产，照看着黑渊的幼子；她同时也背负了社会对“同流者”的猜疑与抛弃。

作者的“跋”体现了左拉的观点：遗传与境遇。[①] 他认为，若想造就完美、理想的人生，就要对人的阴暗面进行特别的研究。所以，在小说的最后体现出一种积极的向上的精神。其实，就作品的风格及内容而言，《地獄の花》并不给人以黑暗、龌龊的感觉，但也许这是今天的读后感。而被誉为日本自然主义文学奠基之作的田山花袋《蒲团》(《棉被》)也是如此，平淡而带有淡淡的哀愁。

一个对平凡的日常生活产生倦怠感的作家，因为一个年轻的爱好文学的女性重新产生了热爱之情。他们成为师生，他以“老师”的名义关心、照顾、爱护着她；而她毕竟年轻，与年轻的大学生相恋了。于是，老师出于“公私”的道德，干涉了这段爱情。最终，女学生与大学生分离，回到乡下；老师重回寂寞空虚的日子。他嗅着女学生用过的发带，尽情闻着她盖过的棉被里的发油味与汗味，抑制不住地哭了。

《蒲团》被视为田山花袋的自传体小说，评论家认为他重视人类的兽性与本能，爱写人生丑陋的一面。然而，以今天的阅读经验来说，除了对伪善的文学家、道貌岸然的小学校长有所批评外，并不觉得《蒲团》中的兽性与丑陋。这与我们看了那些评论文章而“想象”的日本自然主义文学之间产生了落差，是不同于《恶之花》那种赤裸裸的、血淋淋的畸形之爱的。

(二)“清新”的日本自然主义文学

日本自然主义文学之所以成为近代日本文学史上划时代的文学现象，成为思想史上讨论的重要问题，是因为其内涵复杂，涉及的作家、评论家众多的缘故。自昭和三十年代起，关于日本自然主义文学的讨论便极大丰富，观点却未必一致。日本自然主义文学一般被认为有 3 种主要类型：本来自然主义(Naturalism proper)、浪漫自然主义、印象主义的自然主义(Impressionism)。但是各种类型的写法、作家的想法相互渗透，而且一个

① 见左拉的名著《卢贡·马卡尔家族》。

作家的思想在前后期可能有所改变。虽在对抗前代文学(类型化、劝善惩恶主义、技巧主义,极尽功利主义、“出世”主义,开始反省日本近代化中的个人、社会的问题)的基础上兴起,却也在前代文学的基础(衍变、衍生)上产生;同时代的“反自然主义”虽然与其观点不合,创作中却多相似之处。

代表作家国木田独步(《武蔵野》),重视自然与人的连续关系,主张在自然中吸收自我而获得一致。岛崎藤村(《破戒》)认为自然主义不为社会、道德、宗教所束缚,也不是病态的,而是人最自然的充实的生命状态。岩野泡鸣认为,灵肉一致的原始的世界才是最自然的。田山花袋认为,自然就是本能,从万物流转之中看自然。

所以,必须澄清的是,日本自然主义文学还有一个“清新”的类型:浪漫自然主义。即写作手法是自然主义,而其内容即所反映的情感是浪漫主义的。

国木田独步于明治三十年发表处女作《源をぢ》,明治四十一年一月发表《二老人》,活跃文坛10年。这个阶段是日本高唱日本主义、世界主义、个人主义的时期,也是夹杂日俄战争的时期,是明治文化史中最曲折的阶段。独步的风格也随之发生了各种变化,简而言之,前期他是浪漫自然主义,后期他是印象主义的自然主义。

他的浪漫自然主义指的是在日常生活中、在平常的家常便饭中体现一种“惊异”的心情。这种心情就是浪漫主义的心情,受的是英国诗人华兹·华斯的影响。独步著名的《牛肉と馬鈴薯》并没有什么故事情节,就说的是几个朋友聚集在一起,讨论人生问题。其中有一个名叫冈本的,他最大的愿望就是“想吃惊”。不是想要知道宇宙中的神秘,而是想对神秘的宇宙吃惊;不是想了解死的秘密,而是想对死的事实吃惊。为了这一念头,可以做强盗、可以杀人放火。这样的“想吃惊”的心情其实是一种怀疑主义。是对生活倦怠而引起的怀疑、懊恼的情绪,而爱好神秘。其技巧是平实、自然无任何夸张的,语言也是极其平常的日常生活的语言。

明治三十年代初期,抒情诗、叙事诗向象征诗发生转变,表明了浪漫派诗歌的衰落,很多浪漫诗人都抛弃了诗,如国木田独步、田山花袋、岛崎藤村、岩野泡鸣。而他们的转向都是自然主义小说家,这是一个世代的问题,打破了他们浪漫的世界的是现实的变化。甲午战争之后,社会问题加剧,社会主义运动开展,作家不得不直视严峻的社会现实及丑陋的人心。明治三十七年九月，岛崎藤村将其年轻时的4册诗结集成《藤村詩集》，这也可以视为他与作为诗人的自己的诀别，从此转身为写实主义的近代小说家。

浪漫主义的自然主义作品主要有：后藤宙外的《大作と田園生活》（明治三十三年）、国木田独步的《今日的武蔵野》（明治三十一年，后改名为《武蔵野》）、德富芦花的《自然と人生》（明治三十三年）、岛崎藤村的《千曲川のスケッチ》（明治三十三年左右撰写）等以田园为素材，以写生为叙述方法的作品。

明治三十三年八月，德富芦花《自然と人生》出版。之后的3个月内重版了3次，其后不断再版，至昭和三年五月已出373版，发行数量超过50万部。明治三十年代之前，最畅销的书是福泽谕吉的《学問のすすめ》，发行数百万部。《自然と人生》取代《学問のすすめ》，可以说是一个历史事件。因为“文学”取代“实学”，自然与人生取代了政治、社会、成功。

《自然と人生》还有一个重要的划时代的意义，它超越了日本近代小说论《小説神髄》所主张的“小说的主脑在于人情，世态风俗次之”。人情与世态描写当然是小说，但是，文艺中不只有小说稗史。没有离开自然的人生，没有离开花鸟风月的诗词，《自然と人生》中最受欢迎的是《湘南雑筆》。

可是，关于日本自然主义文学的讨论往往不会注重这一分支，自然主义为什么不能有愉悦的一面？片上天弦认为：“自然主义的文艺拥有不可动摇的威严。这个威严就是自然主义的人生观。若要探求文艺上呈现出来的感伤的根源，就将直接冲向现实人生的根底。所以文艺上的自然主义派即人生观上的自然主义派。不言而喻，上述这个要求如果立即贯彻于日常实践的话，结果就是生的破灭。生的破灭与生的树立，是一组矛盾的事项，至少在我们的思想领域内是赤裸裸的相斗。……将这相斗的两者合并为一，并创建新的生命来，正是自然主义努力之所在。”①

二、“丑恶”的焦点在于“肉感”？

（一）夏目漱石被莫泊桑激怒，坂口安吾对夏目漱石愤怒

尽管日本自然主义文学重视文体及内容，提出了“何谓人？何谓人生？”

① 片上天弦：《人生観上の自然主義》，《早稲田文学》1907年12月。

的重要问题，确认了表述自我之中所隐藏的秘密具有重要的意义，具有近代进步性，但是这一“自我”当中为什么只看出了“恶”与“兽性”呢？

中国哲学中“人之初，性本善”是一般常识。孟子提出的“性善说”认为人的本性是天赋的东西，是善的，提倡以此为基础的道德政治。即便荀子提出了反论“性恶说”，认为人的本性是粗恶的一种状态，需要通过后天的文化与教养的综合礼仪来进行引导，才可能维系社会秩序。也就是说，可以通过后天的教育转化成善。在中国小说的传统中，向来有“劝善惩恶”的主题，虽然有教训，但提倡人、人生之善美，本没有错。“孟子所注重的，是性须扩充；荀子所注重的，是性须改造。虽然一主性善，一主性恶，其实亦并非完全相反。”①

孟子以为性中有仁义礼智四端，是人之所以异于禽兽之特殊特征，日本自然主义文学显然背离了中国哲学。作为鲁迅钟爱的为数不多的日本作家之一的夏目漱石，善汉文，其名亦取自唐代《晋书·孙楚传》中的《漱石枕流》，意为“隐居生活”。夏目漱石是日本近代文坛最重要的作家之一，1900年官费留学英国，却因为身体衰弱，对英国文学亦不适应而于1902年末归国。撰写了《吾輩は猫である》《虞美人草》《ぼっちゃん》《三四郎》等名著。夏目漱石也被称为“高踏派”“余裕派”。“高踏主义”指的是19世纪实证主义时代，浪漫主义及象征主义之间兴起的法国诗歌的一种文学现象；而“余裕派”意思是希望对人生持有余裕，以高迈的态度看待事物。

夏目漱石与森鸥外被评价为写“善”的文学。尤其是夏目漱石被莫泊桑《项链》激怒，是很有名的事情。漱石对莫泊桑的态度，简单地说，就是“讨厌”。这可以从漱石山房藏书中的3册英译莫泊桑的笔记中看出。

莫泊桑著名的短篇《项链》惹怒了夏目漱石。他说：“我讨厌这个结尾的‘包袱’。此前的好感，却在这里被全部毁灭。莫泊桑为什么要这么写？如果没有这一段，那么，夫妇的辛苦就全然是重义的美德，虚荣的妻子也因为这件事成为真正的人，读者也会非常同情地读取这一点。可是，因为结尾的这一段，将夫妇变成了傻瓜。也就是说，制造了毫无意义的美德。所谓天下什么最愚蠢？再也没有比将人变成傻瓜，为了‘善’而徒劳的更愚蠢的事

① 张岱年：《中国哲学大纲》，江苏教育出版社2005年版，第191页。

了。……莫泊桑何苦要抹杀这对夫妇的美德呢？这是因为，生存于法国的现代社会，在其冷酷的讽刺的氛围之下，他自己变得腐臭了。”①

写作并非只是技术的问题，“审美”“道德”也是重要的内涵。莫泊桑是日本自然主义作家学习的对象，但漱石不能认同这样的道德观。有趣的是，另一个作家坂口安吾却对漱石的“道德”感产生了不满。

坂口说，夏目漱石的作品中“全部都是男女之间的关系，却全然没有肉体生活”，着实令人吃惊。而相信“轻薄的知性虚伪，是一种深刻而诚实的东西。对于将其视为第一流的文学而毫不怪异，感觉非常愤怒。愤怒却并不能开始，所以只能自己撰写。漱石只不过是轻薄的虚伪，这一点若不能通过我自己的作品来证实，那我就是不行的人。所以我开始构思一对夫妇的心灵契合，心与肉体当然走着应当有的姿态”，这是他创作《女体》的原因。② 第二次世界大战后，坂口安吾的代表作《堕落論》风靡一时，针对日本混乱的社会，冷静地解剖了伦理观。

（二）为什么突出“肉感”？

日本自然主义之所以突出“肉感”，与作家的战争体验具有不小的关联，日本自然主义文学的兴起兴盛正处于甲午、日俄两大战争期间。

明治二十年代之前，日本全国焦急地学习并实施西方的行政、司法、立法等诸体制及军事、生产组织与技术。所以明治二十年代前可以称为政治、经济、实学的时代。物极必反。三宅雪岭、志贺重昂、杉浦重刚等人于明治二十一年发行《日本人》，倡导国粹。明治二十年代，对日本的精神界来说，是“疾风怒涛”的时代。迟缓于明治维新 20 多年的精神、文化、文学变革发生了。经过了欧化主义、外部的改良运动，逐渐转向内省的时期，讨论起“内部生命”。③ 明治二十七年至二十八年甲午战争之后，国民自尊开始觉醒，对日本的国内情况及国内生活状态开始重新审视，对以往的社会制度、生活样式等进行清算。出现了泉镜花、广津柳浪等带有问题意识的作品，这种倾向是酿成自然主义的一个社会原因。换言之，对自己及周围开始审视。

---

① 《漱石全集》第 27 卷，岩波书店 1997 年版，第 181—200 页。

② 坂口安吾：《肉体自体が思考する》，《読売新聞》1946 年 11 月 18 日。

③ 北村透谷：《内部生命論》，《文学界》1893 年 5 月。因与山路爱山的争论而撰写，相对于肉体的（外部）生命，透谷主张人特有的精神的（内部）生命。

日俄战争是明治日本经历的最大的考验，作家也受到了严峻的考验。田山花袋作为第二从军写真班主任，在战地度过了半年。岛崎藤村以“人生的从军记者”的理念热心于创作。原本是感伤风格的田山花袋在战场上，“尽量冷眼看着人倒下死去，看着他们如同猫狗的尸体一般被扔在路旁，”他明白了，“在战场上，人类身上用以遮蔽的虚饰的衣服终于被脱下扔掉。”[①]浪漫之梦破灭，他只能凝视现实中的生存。在高山樗牛主张的尼采思想的影响下，逐渐与日益高涨的个人主义思潮相结合，文学的关心转向自我的生的问题。国木田独步在日俄战争中虽然没有参军，但是他作为《戦時画報》的编辑直面战争，在《号外》(明治三十九年)上表现了独特的战争观。正宗白鸟作为报社职员，也具有极其敏锐的关心。与谢野晶子为出征日俄战争的弟弟写诗《君死にたるふてとなかれ》(明治三十七年)、大塚楠绪子写给出征日俄战争的丈夫的厌战诗《一百次参拜》(お百度詣で)(明治三十八年)，森鸥外也作为军医从军，出征甲午战争、日俄战争。日俄战争的影响，直接或间接地渗入到作家的思索中。

明治三十六年十月，砚友社的主将尾崎红叶去世。他是花袋的恩师。明治二十年代后半起，花袋从砚友社起步，但不久就对砚友社文学的前近代性感到不满，想要脱离其束缚。他的《露骨的描写》排斥砚友社文学的形式主义、技巧主义，主张自然的描写、露骨的描写。对于因《破戒》的成功而占据文坛地位的岛崎藤村，花袋羡慕而焦虑。但是以他的资质，写不出这样的一种文明批评社会批评的小说，所以他向莫泊桑学习描写人类的兽欲。[②]

日俄战争后，《破戒》《蒲团》等日本自然主义文学将近代写实主义中最重要的特质——小说的虚构性——视为“捏造的浪漫主义”而否定，认为以作者自己体验的事实、实感，尽量原封不动地表现出来才是真正的写实主义，以此方法写作的“心境小说”才是“文学的本道”。这种方法其实是在对欧洲自然派文学的重大误解之上形成的，是“以写实主义伪装的浪漫派文学”[③]。

再有一点，日本自然主义突出“肉体”与作家所受基督教信仰有关。文

---

① 田山花袋：《小説作法》，博文馆 1909 年版。
② 川副国基：《自然主義の成立と分化》，载川副国基编《文学・一九一〇年代》，第 9 页。
③ 中村光夫：《風俗小説論》，讲谈社 2011 年版。

学与宗教的课题，是贯穿了文学家一生的纠葛而难以剥离的问题。值得注意的是，日本自然主义文学的作家受了基督教的洗礼，而后又与这一信仰发生了背离。基督教倡导"博爱""理想"，人们向牧师倾诉忏悔，以消除自己的罪恶。这与自然主义文学中具有"忏悔录"性质的表述、暴露自己内心黑暗的丑陋面具有相通之处。岛村抱月的《序に代えて人生観上の自然主義を論ず》明显是一篇忏悔录，岛崎藤村、国木田独步、德富芦花等人亦深受卢梭、尼采思想的影响。"明治三十年代中叶以后，宗教上的需求显得极为突出，这显示了这一时代的苦闷。"①

（三）丸山真男：从"肉体文学"到"肉体政治"

对于日本文学中的"肉体"做出深刻批判的是丸山真男，他最早一篇论述文学的论文是《肉体文学から肉体政治まで》。② 这篇论文对日本文学及政治根基处的"精神"作了考察，对以非日常性生活为题材的肉体文学及扎根于市民日常生活的私小说进行了比较。

孙歌指出，丸山对肉体文学的命题有五点，其中第一点：狭义的"肉体文学"指表现男女情事的文学作品，特别是战后日本文坛以肉体表现颓废情绪的风潮；而广义的"肉体文学"，它们的共同特点在于"精神不能从感性的自然——所谓自然当然包括人的身体——中分化独立出来""作家的精神紧贴着感性的（自然的）所与物，想象力缺少真正的自由的飞翔"。③

这段话澄清了"肉体"的概念是广义的自然，其中包含了人的身体。如前所述，日本自然主义作品中的"肉感"与我们想象中有所落差，即"日常性"也是"肉体文学"。这里面的战后日本文坛的颓废情绪，就是上文所述以坂口安吾《堕落論》为代表的文学思潮。

孙歌还指出，在文学领域，日本虽然没有走出"肉体"的束缚，"但丸山独具慧眼地看到，肉体文学并不是日本文学自家的问题，整个日本精神的内核恰恰就在于这种'肉体性'。"④丸山真男是从文学的角度切入，来论述他的政治思想史的基本立场的。本文虽不讨论日本的政治，但诚如丸山的指摘，

① 高坂正显编：《思想言論篇》，载《明治文化史》第4卷，原书房1980年版，第312页。
② 发表于1949年10月《展望》，后收录在《丸山真男集》第四卷，岩波书店1995年版。
③ 孙歌：《丸山真男的两难之境（代译序）》，载丸山真男《日本政治思想史研究》，王中江译，生活·读书·新知三联书店2000年版，第14—15页。
④ 孙歌：《丸山真男的两难之境（代译序）》，第16页。

整个日本精神的内核——文学上的精神的内核——就在于"肉体性"。

江户时期著名的国学家本居宣长(1730—1801)认为,歌(指文学)与"修身齐家治国平天下"无关。文学应该是"在人情之中,没有比好色之事更深的东西了",文学不能以道德来评论。① 其实在他的年代,主要的文学作品是《春色梅兒誉美》(1832)、《偐紫田舎源氏》(1829)、《浮世風呂》(1809)。江户时代盛行儒学,劝善惩恶的主题性明显。本居的观点却打开了"恶"的文学之路,这其实是排斥教条主义,认为只要是真情实感就什么都可以描写。这一点与后来的自然主义、私小说具有相通之处。

三、日本文学史上的"恶"与"肉体"

岛崎藤村的《破戒》是一种文明批评、社会批评,而田山花袋的《蒲团》是一种人类的兽欲描写。花袋学习的对象是法国的莫泊桑,可是他说:"读了莫泊桑后,我才了解西鹤。"②井原西鹤是江户时代的小说家,代表作有《好色一代男》《好色五人女》等作品。

如果说,自然主义是一种外来的文学,那么它若要在日本的土壤中扎根生长,就必须要有相应的土壤才行。发现人的肉欲、人性之"恶"的日本自然主义文学就可以在日本的传统文学中找到呼应。

(一)"好色物语"的系统

日本文学史上的杰作《源氏物語》被视为世界上最古老的长篇小说,1008年左右成立。因其描写了源氏与多个女子的性爱、私通,曾经被批判为"诲淫导欲之书"。但自从本居宣长以文学自律驳斥了这一批判之后,基本都沿袭了他的观点。这部作品以母系制度色彩浓厚的平安朝中期为舞台,以作为天皇的亲王出身的光源氏为主角。光源氏相貌秀美,亦有才华。作品描写了他的荣华与苦恼的一生及其子孙的人生,是一部长篇言情小说。

至近世,受《源氏物語》的影响,井原西鹤的《好色一代男》(1682)成为浮世草子、好色物语的嚆矢。作品模仿《源氏物語》一书,分54章描绘了世之介的好色一代记。其后,出现了很多模仿之作,如柳亭种彦的《偐紫田舎源

① 本居宣长:《あしわけおぶね》(《排芦小船》)。
② 转引自川副国基:《自然主義の成立と分化》,载川副国基编《文学・一九一〇年代》,第9页。

氏》(1829—1842),歌川国贞配图。该书以室町期足利义政时代为舞台,对源氏物语进行了改写。不过,在天保改革(1841)中,受风俗取缔的影响遭受了绝版处分。

江户后期,戏作家为永春水开创了"人情本"的小说样式。如其代表作《春色梅児誉美》(1832)显示的那样,浓郁地描绘男女的恋爱,尤其是以"游里"(花柳界)的女子为主角。为永春水作品的流行,带来了诸多的弟子及衍生作品。不过,同样也是在天保改革中,人情本被视为内容淫乱,春水受到了手铐50日的刑罚。

然而,被取缔的《春色梅児誉美》讲述了落魄公子丹次郎与艺妓、与未婚妻之间的爱情故事,并没有什么淫秽的情节。事实上,在江户时代的艺妓、花魁是气节比较高尚的女子,其服饰风尚也引导着社会潮流。

(二) 自然主义与西鹤复兴

吉田精一认为,自然主义文学的兴起标志着与古典的传统决裂。自然主义之后,不再需要有意识地与古典文学决裂,于是,古典文学成为学校的教材,仅仅作为一种习惯保留着。昭和十年代才开始出现古典文学复兴的呼声。即自然主义之前,日本文学是与古典文学相传承的;自然主义之后,是与古典文学断裂的;昭和十年前后,古典文学复兴。①

大约从明治二十三年至二十四年起,文坛兴起了西鹤热潮。当时的文坛主将尾崎红叶、幸田露伴,红叶著名的弟子樋口一叶及其他门人,都很青睐于西鹤的文风。不过,这股潮流一直延续到自然主义时期。事实上,包括田山花袋在内,很多自然主义的作家都接受了西鹤。其共同点第一即对西鹤的再认识是由于西欧近代文学的触发;第二,这个认识是以"人"与"人生"为主轴展开的。明治二十年代开始元禄②复兴,抱月、花袋等自然派的作家都读了一些西鹤。不过,自然派对西鹤的复活大约是在明治三十一年的时候。花袋对西鹤的重读,抱月、白鸟等对西鹤的合评等,至明治四十三年,自然派及其同伴大约写了100篇关于西鹤的文章。

岛村抱月认为,井原西鹤思想中的很多地方与近代欧洲文艺思想相通。

---

① 吉田精一:《現代文学と古典》,《吉田精一著作集》第23卷,樱枫社1981年版,第47—48页。

② 元禄是日本的年号之一,指1688—1704年。该时期有井原西鹤、松尾芭蕉、新井白石等名人。

如个人的寂寞、感情不满、快乐的悲哀，然而这却是人生的真相。西鹤是哀诉、疑惑、绝望、自暴自弃的“我们”(明治作家)的文艺意识的代言者。[①] 田山花袋在阅读莫泊桑时觉得与西鹤相似，于是重读了西鹤全集。他写了很多关于西鹤的文章，其中最主要的评论是《西鶴小論》(明治四十年)。重视对如实描写性欲的“好色物”及“真正的金钱”的“町人物”，但更重要的是，他提出西鹤超过了莫泊桑，是日本民族的实力派作家的观点。然而，事实上西鹤对他的创作影响似乎很少。尽管如此，从西鹤文学中看出爱欲与金钱是人生的根本，这是对西鹤理解的一大变革。正宗白鸟也开始重读西鹤，发表短篇《塵埃》(明治四十年)，确立了自然主义作家的地位。他在《西鶴と近松の比較》一文中指出“永代藏”简洁无比的写实，“一代男”“一代女”之“阴暗的厌世情绪”就是自然主义的观点。[②]

(三) 日本学者眼中“恶”的中国文学

尽管“善恶”是相对的概念，“肉感的”未必就是“恶的文学”，但在中国文学的审美看来，日本自然主义文学的风格是“丑恶的”。

在西方，包含了“恶”的思想的“恶”的文学，其出现的背景中有笛卡儿(Descartes)的诞生、以合理主义为基础的近代科技的诞生与发展。法国哲学家Georges Bataille的论文集《文学与恶》中说：“文学想要表现的东西，正是恶。这个恶，才是对我们有着至高价值的东西。”[③]他所举的例子是艾米莉·勃朗特(Emily Jane Brontë)、波德莱尔、儒勒·米什莱(Michelet)、威廉·布莱克(William Blake)、萨德(Marquis de Sade)、马塞尔·普鲁斯特(Marcel Proust)、卡夫卡、尚·惹内(Jean Genet)，从这些人名中我们大致就可以明白其轮廓了。另外，还可以加上陀思妥耶夫斯基、尼采等“恶的文学”作家。

柳田国男在《不幸なる芸術》中说自己彻夜沉浸于一本书中，这本书“复杂而富有变化”，描写了“善于使用‘恶’的智慧”。这本书就是《左传》，柳田国男称之为“恶的艺术”。“《左传》是那个时代的贤人为了引导世道而撰写

---

① 岛村抱月：《“五人女”に見えたる思想》，载岛村抱月《近代文芸之研究》，早稻田大学出版部1909年版，第296—309页。

② 详见竹野镜雄：《自然主義文学と西鶴》，《国文学研究》1977年10月第63期，第35—47页。

③ 转引自桑原武夫：《文学の中の悪》，载桑原武夫《文学序説》，岩波书店1977年版，第240页。

的历史书。可是，我读了之后，对那些不可思议的恶人的奸计产生了兴趣。后世的曲亭、马琴之类劝善惩恶家们，只会削尖了奸恶之徒的下颚，赋予大塚蟇六之类无意义的名字，最终其插画的面容不得不被我们揉碎。与此相比，《左传》具有令人惊异的雅量，还有一种古风的趣味。”①

可是，日本虽然有描写“恶”的文学，但几乎没有以“恶”为主题的文学。在柳田国男看来，这是因为“日本比起中华民国来，原本是幸福得多的国家。很早以前起，就减少了对于恶的奸计的需求，所以在这方面，显然技术很差”。②

《左传》是历史事件而非虚构小说。不过后来中国的“恶”的文学并没有繁荣起来。汉代初期，儒教成为国学，统治了思想。吉川幸次郎认为中国代表性的“恶”的文学是《金瓶梅》。对此，研究者说：“小说（指《金瓶梅》）的作者认为，世道中再也没有比人心更坏的东西了。这可以看作对儒教性善说的对立，但仅此而已，没有扰乱善恶秩序的意图。相反，在历史上有汉高祖时期的吕后‘人彘’，武则天的为权力而杀害自己女儿的事件，《金瓶梅》中出现的恶人都只是小人物。”③

(四) 日本文学中的“恶”

根据桑原武夫的整理，日本的古代也有各种残暴的故事，但在文学史上，“恶”的文学并没有兴盛过。奈良朝以后，日本维系了单一民族的闭锁而安定的社会，200多年来都没有过死刑。所谓“恶源太义平、恶七兵卫景清、恶左府赖长”等恶人，其“恶”指的是他们具有超出常人的能力，但他们并不是反道德的人。而且，日本文学比较“脱政治性”“脱思想性”，江户时代社会安定，文学繁荣，恶的文学也很少。直到末期，鹤屋南北、河竹默阿弥的文学才被评价为“恶”的文学。两者都是歌舞伎、狂言的作者，鹤屋南北多描写另类的颓废、怪谈；默阿弥创造了很多以盗贼、强盗为主角的故事。不过，他们的作品中做坏事的人，在思想根源上并没有想作恶的念头。④

明治初年，假名垣鲁文被称为最大的戏作小说家。他在1879年撰写了

① 柳田国男：《不幸なる芸術》，《文芸春秋》1927年9月第5卷9号。
② 桑原武夫：《文学の中の悪》，载桑原武夫《文学序説》，第230页。
③ 桑原武夫：《文学の中の悪》，第229—230页。
④ 桑原武夫：《文学の中の悪》，第230—233页。

《高橋阿伝夜叉譚》,引起了轰动。其中的主角高桥阿传,因强盗杀人的罪名被斩首。其实"毒妇物语"原本是歌舞伎中的剧目,在明治初年,随着报刊连载小说的流行,又一次引起了反响。

近代的自然主义文学、私小说中虽多暴露人性丑恶、社会弊病,但里面出现的人物也基本都是好人。

四、小　结

善恶之区分是一个复杂的问题,具有相对性。日本自然主义文学中所体现"肉感"与"兽性",换一个角度来说的话,是相对于封建主义的自我的释放,是相对于前代文学的形式主义、技巧主义的朴素的写实,是相对于明治前期急功近利的实学的"文学",因此,"恶"的判定也将发生变化。

其实在文学批评上,批评者往往会带有自己的伦理标准去衡量。日本自然主义文学有其自身形成的基础及深厚的文学传统、审美情趣,更有其特定时期的特征。从明治三十年代起,经过了明治末期、大正、昭和,作家们对现实的抵抗、从现实中的逃离、自我异化(孤独感)、发生了种种变化。尽管有各种变化,但他们都是通过人的主观与努力,无论多么困难的现实,都冷静地观察,在这一点上是相同的,而被称为"自然主义"。但是,另一方面,追求超自然的东西(如"没理想论争"),在根底里流淌着痛苦与烦恼,最后产生了虚无感。

在当时急速爆发的个人主义思潮中,尼采对因袭的道德与宗教、愚民政治进行了彻底的痛骂,鼓吹个人权利与个人价值,影响了很多日本作家。其中,高山樗牛于明治三十四年八月在《太陽》上发表了著名的论文《美的生活を論ず》。"究竟为了什么目的,我们来到了这个世上,这一点我们不知道。然而,出生之后我们的目的,就是追求幸福。何谓幸福?只有一点,即满足本能。何谓本能?就是人性的本然要求。满足人性的本性的要求,兹称为美的生活。"这一"幸福生活本能说"充满了激情,深受当时的青年喜爱,也对那些被因袭道德、社会制度所束缚的人们提供了启发。

德国柯亚(Coar John Firman)的名著《十九世纪德国文学研究》(*Studies in German Literature in the nineteenth Century*, 1903)说,

1890年左右年轻的文学家都倾向于自然主义，主张精确地描绘人生。可是，心里面并不认为如照相或机械般地直写的就是文学。也没有忘记感动我们的重要的东西。所以，根底里希望开发超越的意义即理想。自然主义的目的是理想。[①] 日本自然主义显然偏离了“理想”，也偏离了中国人的趣味。

至于日本自然主义文学进入“五四”新文学的视野之后的情况，虽然是另外的课题，但其意义及重要性得到了真正的认识。“自然主义在中国经历了一个世纪的曲折旅程，从五四时期的大力提倡自然主义到中华人民共和国成立后的全盘和彻底否定自然主义。……20世纪80年代，随着新写实小说的兴起，自然主义以一种正面的姿态进入了中国文坛。”[②]

---

① 白松南山：《哲学上の自然主義》，《早稲田文学》1908年1月。
② 旷新年：《自然主义的沉浮》，《文学评论》2013年第3期，第59页。

第五章 兰姆版《莎士比亚物语》在明治前期的译介与传播[①]

兰姆版《莎士比亚物语》(*Tales from Shakespeare*)是兰姆姐弟将莎士比亚的20个戏剧作品进行改写的面向青少年的故事书,查尔斯翻译悲剧,玛丽翻译喜剧,自1807年出版后便在世界各国广为流传。明治四年至五年(1871—1872)出现了大量的莎士比亚翻译作品,其中多取自兰姆版,到了明治十六年至二十年左右,介绍莎士比亚的作品主要都是依据兰姆版进行改写翻译的。

查尔斯·兰姆是英国文学史上首屈一指的散文家,留下了《伊利亚随笔》(*Essays of Elia*, 1823)及《伊利亚续笔》(*The Last Essays of Elia*, 1833)等杰出作品。日本对于散文家兰姆的兴趣,大约始自20世纪20年代,主要研究者有平田秃木、户川秋骨、石田宪次,他们都是明治前中期出生的。但是在明治前期,日本便对兰姆版莎士比亚显示出了极大的热情,这大约不能归结到兰姆的个人魅力吧。都说兰姆版的翻译数量众多,但究竟有多少、刊登在什么刊物、有哪些翻译者、为什么受欢迎,情况却是非常不清晰的。并且,值得注意的是,兰姆版甚至可以说莎翁作品在日本的流传,基本都是依赖于报纸杂志。其中既有政论性的"大报",也有娱乐性的"小报",这清晰地体现出精英知识分子与普通民众接受莎士比亚的两条路径。然而,需要注意的是,这并非意味着在政论报刊上刊登就是出于政治的目的,而小报上刊登就是为了娱乐。事实上,这两个要素在译者的写作中、在读者的解读中,经常是纠缠在一起的,这也体现了转折期明治文学的特点。

① 本文于2017年10月在浙江大学"转折期的早期英国文学研究"国际会议上做报告,收录在《中世纪文艺复兴》,浙江大学出版社2019年版。

一、预出发——幕末明治初期莎士比亚的传入

"莎士比亚"的名字最早见于天保十二年(1841),幕府的天文方[①]见习。涩川六藏根据 Lindley Murray 的 *Grammar of the English Lanugage*(1795)翻译的英文语法书《英文鑑》(《英文鉴》)下编中记:"Shakespear[②]シャーケスピール。"其后,嘉永六年(1853),津藩·荒木謇的《暎咭唎紀略》(英吉利纪略)中出现了"莎士比阿"。文久元年(1861),《英国誌》(英国志)(*The History of England*, Thomas Milner)第5卷[③]中出现了"舌克斯毕"。有学者认为,这三个译名都是通过兰学翻译过来的,"シャーケスピール"就是按照荷兰语的发音翻译的日文。[④] 然而,《暎咭唎紀略》乃是:"陈逢衡记,荒木謇训点。"陈逢衡(1778—1855)是江苏江都人,《暎咭唎紀略》刊行于1841年[⑤]。而《英国誌》原本是为了将 Tomas Milner 的英国史传道而前往中国的传教士慕维廉(William Muirhead)的汉译,后来经日本的长门温知社翻刻而成。1856年,上海墨海书院刻印《大英国志》,其中的译名为"舌克斯毕"[⑥]。所以,这两个译词应该说是沿用了中文。

此外,关于江户时代的戏剧所受莎士比亚的影响,有说法称近松门左卫门的《釈迦如来誕生会》(1695)、近松半二的《妹背山婦女庭訓》(1771)的故事情节与莎士比亚作品相近;1810年,江户市村座上演的《心謎解色糸》(四世鶴屋南北与二世櫻田治助合作)的故事情节与《罗密欧与朱丽叶》相似[⑦],但这些说法都未获得确证。

明治四年,中村正直翻译了 Samuel Smiles 的 *Self-Help*(1859),译名

---

① 天文方是江户幕府设置的关于天体运行及日历的研究机构。

② 此处依据石塚伦子:《明治期の〈ハムレット〉受容——翻訳と翻案》,《英語英文学研究》2004年第10期;及桃山学院大学2016年"莎士比亚诞辰400年纪念特别企划展"(《シェイクスピアと桃山学院》)。莎士比亚的名字拼写错误不知是原文如此,还是引用者的笔误。

③ 该《英国誌》是日本人翻刻的,也是8卷本,研究者记为"第5卷末",并不是指中国的版本。

④ 石塚伦子:《明治期の〈ハムレット〉受容——翻訳と翻案》,《英語英文学研究》2014年第10期,第35页。

⑤ 据于桂芬:《西风东渐 中日摄取西方文化的比较研究》,商务印书馆2001年版,第152页。

⑥ 据大岛田人:《明治初期に於けるシェークスピア》(译名为"千克斯"),《明治大学人文科学研究所紀要》1955年第3期。

⑦ 吉武好孝:《明治·大正の翻訳史》,研究社1974年版,第5页。

为《西国立志篇》。其中收录了关于莎士比亚的短评，并引用了《哈姆雷特》第一幕第三场中的一段，里面将莎士比亚的名字翻译为“舌克斯毕”。

明治七年，《哈姆雷特》第一次从莎士比亚原文翻译过来，题为《ハムレットの独白》（哈姆雷特的独白）[①]，刊登于日本最早的漫画杂志 *The Japan Punch*（ジャパン・パンチ）[②]1 月号上。译者是《伦敦新闻画报》（*Illustrated London News*）的日本特派员 Charles Wirgman（1832—1891），他的这段翻译是用罗马拼音拼成的日语，被认为翻译得极为幼稚，讽刺了当时面向外国人的日语学习书。

明治时期外国文学的传入，是在西南战争（明治十年）之后逐渐开始的。也就是在明治十一年的时候开始兴起了翻译文学，主流是英法文学。英国不仅在欧洲具有重要的位置，随着其在亚洲势力的扩大，也对日本产生了很大的影响，英国文学尤其是莎士比亚与利顿（E.R.B. Lytton）是最受欢迎且翻译最多的作家[③]。利顿的政治小说契合了明治十三年左右兴起的自由民权运动的热潮[④]，而对于莎士比亚的接受也含有类似的因素。

二、兰姆版的各种改写本

日本国立国会图书馆收藏了 18 种兰姆版[⑤]，当然这并不等同于明治当时的情况，可能有的书是后来收录的，也可能有一些现在没有收录的版本。笔者根据先行研究以及关于莎士比亚在日本传播/翻译的文献[⑥]，将明治的兰姆版整理如下：

---

① 即著名的“To be or not to be”，原文 12 行半。

② 这是一份面向居住于外国人居留地——横滨的外国人读者为刊物的月刊漫画杂志。

③ 至明治二十三年，莎士比亚译书出版了 27 种。明治十一至二十三年左右，主要的外国翻译小说 62 册，其中英国文学 28 册，法国文学 20 册。吉武好孝：《明治・大正の翻訳史》，第 51—52 页。

④ 例如，明治十一年丹羽纯一郎翻译的《欧州奇事　花柳春話》（*Ernest. Maltravers*，1837）获得了极大好评。

⑤ 可通过日本国立国会图书馆主页 www.ndl.go.jp 检索获取。

⑥ 主要参考论文：大岛田人：《明治初期に於けるシェークスピア》。富原芳彰：《〈該撒奇談〉に関する覚書》，《一橋論叢》1963 年第 7 期。石塚伦子：《明治期の〈ハムレット〉受容——翻訳と翻案》；以及柳田泉：《随筆　明治文学：文学篇・人物篇》，平凡社 2005 年版。川户道昭、榊原贵教：《明治翻訳文学全集新聞雑誌編 1・シェイクスピア集 1》，1996 年版；《明治翻訳文学全集新聞雑誌編 2・シェイクスピア集 2》，1996 年版；《明治翻訳文学全集新聞雑誌編 3・シェイクスピア集 3》，大空社 1997 年版。

1. 明治十年十二月三日,《民間雑誌》第 98 号、第 99 号连载,《胸肉の奇訟》,即《威尼斯商人》。[①]

2. 明治十二年,�莊居士译《李王》,未刊,收录在早稻田大学戏剧博物馆。

这是东京大学的在读学生和田垣谦三以汉文翻译的《李尔王》。当时他跟从 Houghton 学习莎士比亚,同时跟随中村敬宇学习《左传》,于是便尝试了这种翻译。

3. 明治十三年,《伊勢古事記日曜叢誌》第 17 号,《泰西奇聞愛姫譚》,似乎是通过兰姆版 *Cymbeline* 改写。[②]

4. 明治十六年三至六月,《郵便報知新聞》,翠兰生(藤田茂吉)译《春宵夜话》(ゼ・ウイントルス テール、アズ ユー ライク イト、ヴェロナの二紳士、ハムレット),后改题《閑話》,即 *Winter's Tale*; *As You Like It*; *Hamlet*(作为《仏国某州領主麻吉侯情話》,同年发行单行本)。

根据樽本照雄指摘,《緒言》(1883 年 3 月 14 日)中记:《ゼ・ウイントルス・テール》(3 月 15—28 日)、*As You Like It*(4 月 5 日—5 月 1 日)、*The Two Gentlemen of Verona*(5 月 3—24 日)、《ハムレット・プリンス・オフ・デンマーク》(6 月 2—21 日)[③]。

5. 明治十六年(1883),井上勤译:《人肉質入裁判》,即《威尼斯商人》,今古堂出版。[④]

6. 明治十六年七月,翠岚先生(藤田茂吉)译述《(西基斯比耶叢書 No.1)*As You Like It* 仏国某州領主麻吉侯情話全》,春梦楼。[⑤]

研究者富原芳彰认为,上述 2、4、6 的译者应该是阅读了莎士比亚的原著的,但基本上他们都是以兰姆版为底本翻译了梗概。[⑥]

---

① 被视为根据兰姆版进行的翻案小说。平辰彦:《〈ヴェニスの商人〉と〈何桜彼桜銭世中〉——その台本と上演をめぐって》,《英学史研究》1994 年第 27 期,第 166 页。

② 大岛田人:《明治初期に於けるシェークスピア》,第 110 页。

③ 樽本照雄依据川户道昭、榊原贵教编:《明治翻訳文学全集新聞雑誌編 1・シェイクスピア集 1》。

④ 井上勤是日本外国文学翻译先驱者,擅长英语、德语,译著有凡尔纳《月世界旅行》、笛福《鲁滨逊漂流记》等。不过,这一篇研究者认为是以兰姆版为底本的,如柳田泉:《随筆　明治文学: 文学篇・人物篇》,第 24 页;平辰彦:《〈ヴェニスの商人〉と〈何桜彼桜銭世中〉》,第 166 页。

⑤ 樽本照雄注:单行本未见。樽本照雄:《漢訳ラム〈シェイクスピア物語〉の序——"区别がつかない論"再び》,《清末小説から》2017 年第 124 期,第 13 页。

⑥ 富原芳彰:《〈該撒奇談〉に関する覚書》,第 45 页。

7. 明治十七年二月,《函右日報》,菊亭香水(佐藤藏太郎)译,《政治奇聞 花月情話》,即 *Romeo and Juliet*。

8. 明治十七年十一月,《郵便報知新聞》,九皋山史(藤田鸣鹤)译,《花間一夢》,即 *Cymbeline*。

9. 明治十八年四月至六月,《郵便報知新聞》,藤田鸣鹤译,《落花の日暮》,即 *Romeo and Juliet*;《栄枯の夢》,即 *Macbeth*;《雨後の花》,即 *All's well that Ends well*。

10. 明治十八年,仁田桂次郎(业菊野史)译,《冬物語・因果物語・泰西奇談一》,即 *The Winter's Tale*; *Measure for Measure*。

11. 明治十九年,竹内余所次郎译,《シェキスピーヤ筋書:一名・西洋歌舞伎種本.第1冊(リヤー王)》,即 *King Lear*,博文社。

12. 明治十九年,品田太吉译《セキスピア物語》,包括 *Hamlet*; *King Lear*; *Two Gentlemen of Verona*; *Macbeth*; *Cymbeline*; *The merchant of Venice*。

13. 明治二十年,《中央学術雑誌》,《カゼリン婚姻奇談(梗概)》,即 *The Taming of the Shrew*。

14. 明治二十一年,井上勤译《幽霊》,即 *Hamlet*。

15. 明治二十一年,仁田桂次郎译《泰西奇談・二 女房持虎之巻》,即 *The Taming of the Shrew*;《嵐の巻》,即 *Tempest*;《智孟物語》,即 *Timon of Athens*,盛进舍出版。

16. 明治二十一年一月至三月,《学芸世界》,鲭江小渔译《豪華之夢》,即 *Timon of Athens*。

17. 明治三十七年,小松月陵译《沙翁物語集》,日高有邻堂。

18. 明治四十年,小松月陵译《沙翁物語十種》,博文馆。

三、为什么是莎士比亚？为什么是兰姆版？

莎士比亚作品属于英国古典文学,在阅读理解上具有较高的难度,但在明治开化期便一举占领了外国文学中的高地,深受广大民众的欢迎。明治时代,国民教育力度加强,1872 年颁布的教育法《学制》以"国民皆学"为第一目的，识字率很高。但当时开国未久、外国文化浸染尚不充分，直接翻译原著，对于广大的民众来说可能并不一定合适。而面向青少年的改写版的兰姆作品通俗易懂，自然受到了青睐。在旧学制时代（1947年以前），兰姆版《莎士比亚物语》是中学生与高中生的教科书或辅导读物，被广泛使用。

关于英国文学受欢迎的理由，研究者已作了充分讨论。代表性的有柳田泉，他的观点主要有以下三点：第一，对西洋的"人情"感兴趣，无论是与日本相同还是不同的人情，都是日本人感兴趣的地方；第二，成为理解英国历史、地理、习惯风俗等具体情况的辅助手段；第三，介绍西洋的好作品，将促进日本文学及戏剧的进步，继而提高日本文化。[①] 可是，在西洋诸国之中为何选择英国，以及较难阅读的莎士比亚？在明治初期，莎翁作品的数量绝对性地压倒法国、德国作品以及其他英国的近代小说。这个热度自然是与莎士比亚传记及其作品在日本的介绍有关的，更与明治初期官立学校中外国教师讲授英语、英国文学、古典文学、戏剧尤其是莎士比亚作品有关。

柳田泉（1894—1969）是日本近代文学研究家、英文学者，在和、汉、洋学方面具有深厚的造诣，为实证性明治文学研究做出了巨大贡献。他的上述三条指摘是很正确的。结合明治前期文学及社会文化的特点，可想而知，翻译英国文学有助于民众了解其所模仿的先进国对象——英国文化，从而提高日本文学的水平。而聘请外国教师讲授英国文学、莎士比亚，在学校课程中设置英文科、莎士比亚文学，对推动莎翁作品的译介也功不可没。

英国文学在日本文化接受史上实现了主导性作用，作为正式的课程设置始于明治二十年。不过，早在明治八年，在东京开成学校（东京帝国大学前身）便已经有外国人讲师开设以莎士比亚为中心的英国文学课程了。另一方面，明治八年，这个时间点也是日本第一次翻译《哈姆雷特》之年。译者是明治时代最重要的戏作小说家假名垣鲁文，他翻译了《葉武列土》[②]。自此之后，日本持续而大量翻译了英国文学。明治二十年东京帝国大学设置英文科、明治二十一年成立国民英文学会、明治二十三年东京专门学校（早

---

① 当然，这三点并不只适用于英国文学，事实上，对于所有的西洋文学，明治开化期的大量引进都出于相同的文化心理。柳田泉：《随筆　明治文学：政治篇·文学篇》，平凡社2005年版，第276页。

② 明治八年（1875）九月七日、九日、十日，三次连载于《平仮名絵入新聞》。鲁文本人不通外语，必然是借助于别人的翻译，但目前尚不知底本是什么。

稻田大学前身)设置英文科、明治二十六年杂志《文学界》创刊、明治二十八年东京高等师范学校设置英语科、明治二十九年正则英语学校建立、明治三十年东京外国语学校设置英语科。

明治六年至九年,在东京开成学校[①]担当英文学讲座的教师是 James Summers(1828—1891),他的后任于明治十年至十五年在该校执教的是耶鲁大学的助教授 William A. Houghton(1851—1917),这两位老师开创了日本的莎士比亚研究的先河。明治十年至十三年,Summers 在大阪英语学校教书,明治十三年至十五年在札幌农学校,明治十八年在东京筑地开办了"欧文正鹄学馆"(英语学校),培育了很多人才。[②] 在他的弟子中有很多名人,例如坪内逍遥、井上哲次郎、冈仓觉三、天野为之、头本元贞、志贺重昂、加纳治五郎、内村鉴三。查看当时 Summers 使用的讲义有[③]: Marsh: *History of the English Language*; Morley: *History of the English Literature*; Underwood: *Manual of English Literature*; Bain: *Rhetoric*; Shakespeare: *Hamlet*。Houghton 则注重对莎士比亚作品进行解读、分析剧中人物性格的细致的内容,他的讲义主要有以下这些[④]: Craik, George L: *A Manual of the History of English Literature and of the History of English Language*; Spraque, Homer B.: *Masterpieces in English Literature*; Craik, George L.: *The English of Shakespeare illustrated in a Philological*[⑤]; *Commentary on his Julius Caesar*; Shakespeare, W.: *Hamlet*; Shakespeare, W.: *King Lear*; Shakespeare, W.: *Merchant of Venice*; Shakespeare, W.: *Richard II*; Spenser, E.: *The Faerie Queen*。

显而易见,莎士比亚占了绝大比重。除了这两位教师以外,自明治二年起,东京开成学校大约聘请了 20 名外国教师,重点都是教授英国文学。在这两位老师的弟子中,最先翻译莎士比亚的是和田垣谦三,他用汉文翻译了

---

① 明治十年,东京开成学校改称东京大学。

② Summers 在去日之前曾长期滞留中国各地,精通中文。1853 年回英国后在伦敦 King's College 任中文教师,撰写了很多关于中国及中文的书籍。亦精通日语。

③ 资料见于明治九年东京开成学校一览,转引自大岛田人:《明治初期に於けるシェークスピア》,第 100—101 页。

④ 引自大岛田人:《明治初期に於けるシェークスピア》,第 104 页。

⑤ Philological 是形容词,句子似未结束。但囿于资料,笔者无法查阅《东京开成学校一览》,此处依据大岛田人。不知是原本记录有误,还是引用者的笔误。

《李尔王》。最早教授莎士比亚的是山崎为德,他从京都同志社大学毕业后留校任教,讲授莎士比亚、Milton、Tennyson。而大名鼎鼎的坪内逍遥在东大毕业后,在东京专门学校讲授英国文学。如此济济人才,为下一代学习莎士比亚打下了扎实的基础。

虽然莎士比亚作品尤其是《哈姆雷特》往往被解读为契合了自由民权运动,含有政治性而深受关注;并且事实上很多莎翁作品都刊登于政论性报刊,翻译者中也有政党系人物。不过,这并不是因果关系。明治十四年至二十年,文坛上随着翻译文学的兴盛,自由民权运动迎来高潮,也出现了政治小说的高潮。但是需要注意的是,日本政治小说具有“人情”的特点,这也印证了柳田泉所分析的第一点:对“西洋人情”的感兴趣。

四、戏作与政治共同推动的莎士比亚

“人情”在明治文学中具有重要的意味。近者来说,从江户后期以为永春水(1790—1843)为代表的“人情本”到明治初期的戏作小说,再到明治二十年代至三十年代以尾崎红叶为代表的“砚友社”成为文坛的主流。并且这一脉还延续至后来的永井荷风、谷崎润一郎的耽美风。明治十八年至十九年坪内逍遥创作的小说《当世書生気質》及文学理论《小説神髄》发表,被誉为日本现代文学的奠基之作。然而,《当世書生気質》中蕴含了旧时代的人情特点,这并不一定都是日本传统文学的影响,也与他学习莎士比亚有关。而《小説神髄》的撰写,据称外国教师 Summers 所使用的 Bain 的著作 *Rhetoric*,后来成为坪内逍遥撰写《小説神髄》时的有益参考书。

在前文的论述中,需要留意的是,作为英国文学名著的 *Hamlet*,它的第一个翻译者并不是当时众多的英国留学者、国家精英知识分子,而是承担了大众娱乐功能的戏作小说家,一个创办、参与了数种小报的报人——假名垣鲁文。

明治时期报刊发达,通常分为大报和小报两种。所谓大报,即报道以政论为中心,以汉文调书写,而不使用日本人自己发明的表音符号“假名”。在江户时代,学习汉字(汉文)的都是武士知识分子阶层,老百姓只能看假名书写的文章。所以大报一般是将老百姓隔离了出去的。小报则不同,不仅使用假名，还有绘图（插图），文章平易。明治时期，主要的小报有《読売新聞》《仮名読新聞》《東京絵入新聞》《絵入自由新聞》，大阪方面的大报是《大阪日報》，小报有《浪花新聞》《朝日新聞》。

假名垣鲁文的《葉武列士》（*Hamlet*）就刊登于《平仮名絵入新聞》[①]，多年后，他的第二次翻译[②]刊登于《東京絵入新聞》[③]。《葉武列士》采用了歌舞伎剧本的形式，将人物、时代、舞台都彻底日本化，故事情节也完全设置于江户时代的儒教道德伦理的文脉之中（如自杀赎罪）。不过，假名垣鲁文这篇翻译仅仅登了两回便因为读者不喜欢不接受而不得不中止。11 年后他进行了改译，将题材改成了日本人熟悉的"院本调"（净琉璃），获得了好评。当然，获得好评并不仅仅因为这个，更应该看到，在这十年之间，英国文学在日本的译介与传播得到了发展，日本民众对英国文化的熟悉与接受，以及当时文坛如坪内逍遥等人倡导的戏剧改良运动[明治十七年坪内翻译了莎士比亚《自由太刀余波鋭鋒》（*Julius Caesar*）]都是有关系的。明治十一年以后，利顿、狄斯累里（Benjamin Disraeli）等政治小说相继被翻译，一直到明治二十年左右翻译小说都非常流行。鲁文第二次翻译莎士比亚也是应和了这一潮流。

明治十八年，大阪《朝日新聞》连载了[④]宇田川文海《何桜彼桜銭世中》（*The Merchant of Venice* 的翻案作品）[⑤]，同年在大阪戎座（五月十六日至六月五日）歌舞伎上演。内容虽然是《威尼斯商人》，但形式是"正本"（即歌舞伎、净琉璃的台本、院本），舞台则搬到了东京，固有名词全部改成了日本名，插图也完全变成了江户的武家与町人的样子。这场表演也获得了满堂喝彩，观众认为它完全没有舶来品的味道，情节又非常有趣。[⑥] 同鲁文一样，宇田川也是向一般读者提供娱乐的小说家。他在 1875 年创刊《浪花新聞》，后来加入了《大阪日々新聞》《朝日新聞》《大阪毎日新聞》。

对于宇田川的这个作品的出处，研究者平辰彦提出了质疑，认为是河岛

① 1875 年 4 月，高畠蓝泉与落合芳几创刊的小报。
② 自明治十九年十月六日起断断续续连载 22 回。
③ 1876 年 3 月，由《平仮名絵入新聞》改名。
④ 4 月 10 日（第 1838 号）至 5 月 20 日（第 1872 号），连载 35 回。
⑤ 同年 12 月，文宝堂出版单行本。
⑥ 川户道昭：《明治のシェークスピア》，大空社 2004 年版，第 166—167 页。

敬藏根据莎作原本进行了翻译，然后小宫山天香进行了翻案改写，再将材料交给了宇田川，他再按此改写的。[①] 然而，据铃木邦彦的调查，改作的底本是此前刊登于《民間雑誌》上的《胸肉奇訟》，而《胸肉奇訟》据平辰彦调查是依据了兰姆版的，这样一来，平成彦认为《何桜彼桜銭世中》的底本是莎作原本就发生了自相矛盾。这个问题本文暂且不论，假定平辰彦的说法成立，那么这里面的人物转承倒是很有趣。河岛敬藏是英文学者，学习于立教大学。1883年2月27日，《日本立憲政党新聞》（《毎日新聞》前身）上连载河岛敬藏翻译的《欧洲戯曲ジュリアス・シーザルの劇》（《裘力斯・凯撒之剧》），这被视为日本第一个根据莎士比亚原作进行逐字逐句翻译的作品。他还翻译了《露妙樹利戯曲 春情浮世の夢》（《罗密欧与朱丽叶》）、《沙吉比亜戯曲羅馬盛衰鑑》（《裘力斯・凯撒》）。小宫山天香是报人、小说家，1882年在《日本立憲政党新聞》上连载他翻译的 *Émile Erckmann and Alexandre Chatrian*, *Madame Thérèse*, 1863（《革命余闻　勇妇特蕾丝传》）。

明治三十四年，戏剧《該撒奇談》（坪内逍遥翻译，畠山古瓶脚色）在东京明治座上演，这是莎士比亚《裘力斯・凯撒之剧》在日本的第一次上演。至此，莎士比亚戏剧的职业演出在日本一共有4次，前三次上演的剧目都是宇田川的《威尼斯商人》改写版《何桜彼桜銭世中》（分别是明治十八年五月大阪戎座、明治十八年六月大阪朝日座、明治二十六年十一月大阪弁天座）。逍遥的《該撒奇談 自由太刀余波鋭鋒》出版于明治十七年[②]，时隔17年突然上演，其契机是当时政界发生的一个事件。[③] 尽管坪内逍遥翻译《該撒奇談》的时间确实契合了自由民权运动，但他本人并没有从这个意识出发去翻译，而纯粹是出于艺术的关心。只不过，多年之后，他的翻译被搬上舞台恰巧又是出于政治的机缘，这种解读与巧合是需要从莎士比亚作品本身进行探讨的。

在前文所述作品中，可以清楚地看到，莎士比亚作品翻译的大部分都是以报纸杂志为媒体：*The Japan Punch*、《民間雑誌》[④]《伊勢古事記日

---

① 平辰彦：《〈ヴェニスの商人〉と〈何桜彼桜銭世中〉——その台本と上演をめぐって》。

② 由东洋馆出版，这是东京专门学校的创建人之一的小野梓创办的书店。

③ 明治三十四年六月二十一日，政界怪杰星亨在东京市参事室被四谷区学务委员伊庭想太郎刺杀身亡。

④ 1874年由庆应义塾出版，1875年5月废刊。这是一份关系自然科学、社会科学、文学、宗教的学术综合杂志，是明治时代初期评论界的主要刊物。

曜叢誌》[①]《郵便報知新聞》《函右日報》[②]《中央学術雑誌》[③]《学芸世界》[④]。除此之外，如果不局限于兰姆版的话，还可以整理出如下这些刊登于报刊媒体的莎翁作品：[⑤]

1.《(ロミオ)ト(ジュリエット)ノ話》(《罗密欧与朱丽叶》)，《喜楽之友》，明治十二年四月至八月。

2."《ハムレット》中の一段"(《哈姆雷特》中的一段)，矢田部良吉译，《東洋学芸雑誌》，明治十五年三月。

3."高僧ウルゼー·《ヘヌリー第四世》中の一段"(《亨利四世》中的一段)，外山正一译，《郵便報知新聞》，明治十五年三月至四月。

4.《甸国皇子班烈多物語》(《哈姆雷特》)，坪内雄藏译，《中央学術雑誌》，明治十八年七月。

5.《人肉質入裁判》(《威尼斯商人》)，岩本善治译，《文学叢誌》，明治十八年十月至十一月。

6.《理想佳人伝》(《李尔王》)，译者不详，《女学雑誌》，明治二十年一月。

7.《海外情譜》，译者不详，《大阪日報》，明治二十年七月至八月。

8.《三人の姫》(《李尔王》)，岩本善治译，《女学雑誌》，明治二十年八月至九月。

9.《転合笑話》，译者不详，《土陽新聞》，明治二十年八月至十月。

10.《情天恨地-志しりい物語》，架空道人译，《学芸世界》，明治二十年十月至十二月。

11.《妙縁奇遇-白金の指輪》，菅城子译，《土曜新闻》，明治二十年十二月—明治二十一年一月。

12.《正本はむれッと》(《哈姆雷特》)，山田美妙译，《以良都女》，明

---

① 据《东京日日新闻》明治十三年四月二十七日广告，可知是大众通俗的文艺杂志。

② 1879年6月，由平山陈平、矶部物外、广濑重雄等于静冈创刊，属于改进党系的民权派日刊。

③ 这是《早稻田文学》创办之前第一份刊登真正的文学批评的杂志，是坪内逍遥、高田早苗等"同攻会"的机关刊物。

④ 教育相关杂志。

⑤ 根据川户道昭、榊原贵教编：《明治翻訳文学全集新聞雑誌編1·シェイクスピア集》(大空社版)整理，但不知7、9、10、11、13莎士比亚原著名。

治二十一年五月至九月。

13.《活人形》,架空道人译,《日本大家論集》,明治二十二年四月。

这里涉及的刊物有《喜楽之友》[①]《東洋学芸雑誌》[②]《文学叢誌》《女学雑誌》[③]《大阪日報》[④]《土陽新聞》[⑤]《以良都女》[⑥]《日本大家論集》[⑦]。既有大众通俗刊物、娱乐杂志,也有文学刊物、政党报刊、学术杂志、教育杂志。

值得一提的是,刊登了很多莎作的《郵便報知新聞》是一份民权派政论报刊。明治五年,由前岛密等人创刊,拥有栗本锄云、藤田茂吉、犬养毅、尾崎行雄等论客,是明治前期东京发行的有力的政论报刊。回溯一下,前文中在这份刊物上发表莎作译文的译者有:井上勤、菊亭香水、藤田茂吉、和田垣谦三、仁田桂次郎、竹内余所次郎、小松月陵(即小松武治)。藤田茂吉是《郵便報知新聞》的主笔与社长,也是政治家(立宪改进党)、众议院议员,著有《文明東漸史》《済民偉業録》等。菊亭香水(即佐藤藏太郎)是报人,先后加入《郵便報知新聞》《大阪每朝新聞》《神戸新報》等报社。他的代表作是《惨風悲雨　世路日記》,这部作品被视为《小説神髄》出现之前的新小说,同时也是政治小说的先驱。

五、小　　结

从明治四年至五年起到明治十六年至二十年左右,介绍莎士比亚的作品主要都是依据兰姆版进行改写翻译。可以认为,初期因为兰姆版通俗易懂,更容易让民众接受;而中期则契合了自由民权运动的高潮与政治小说的流行。在转折期的明治,莎士比亚作品的进入与传播有着历史性的机缘,也有着外国教师的努力,培育了日本的莎士比亚研究者。在明治前期,文学尚带有前近代重"人情"的风格,在接受莎士比亚的悲喜剧时,不仅出于对外国

---

① 竹村正路于1879年4月10日创刊的游戏杂志,似乎是同人杂志,仅发行了8号,综合文艺杂志。据近藤宏幸:"日本最初のロミオとジュリエット——雑誌《喜楽の友》と小栗貞雄。"

② 1881年10月,由东洋学艺社创刊的月刊,也是日本最早的学术综合杂志,致力于科学启蒙。

③ 创刊于明治十八年七月,至明治三十七年二月,计548册,是日本最早的真正的女性杂志,岩本善治任主编。

④ 明治九年二月创刊,后来被日本立宪政党(自由党系的地域政党)收购。

⑤ 明治十三年创刊的立志社的机关报。

⑥ 创刊于明治二十年,最初提倡良妻贤母的理想女性,是一份具有保守主义色彩的启蒙杂志。

⑦ 由博文馆发行,明治二十年六月创刊,明治二十七年十二月废刊,是综合杂志《太陽》的前身。

风土人情的感兴趣,也契合了转折期的日本作家所具有的戏作人情及参与政治的双重性格。而这些译者所翻译/改写的莎士比亚作品刊登于政论性大报与娱乐性小报、游戏杂志、文学杂志、学术杂志、教育杂志等多种媒体,其刊行的数量及传播的范围相当广泛,可以认为莎士比亚在精英知识分子及普通大众之中得到了很高的认知度。

明治后期、大正时代[①],在少男少女杂志的风靡之下,日本出现了很多面向青少年的改写翻译。以《哈姆雷特》为例,自明治二十年到昭和的少男少女杂志中,少女杂志上刊登的《哈姆雷特》有 13 篇,少男杂志上有 1 篇。这些少女小说反映了大正时代纯情的同性爱小说的流行。[②] 同时,随着兰姆版的引进,英国的儿童教育观念也进入了日本社会。

① 大正时期为 1912 年 7 月 30 日—1926 年 12 月 25 日。

② 三浦誉史加:《日本における子供向けシェイクスピア翻案物の研究》,《真宗総合研究所研究紀要》2012 年第 31 期,第 208—209 页。

第三部分

第六章 “德”“情”之间的浮沉

——作为写情小说家的林纾的肖像①

林纾是中国近代翻译史上与严复齐名的大家，林译小说对中国文学产生了极其重要的影响。他不通外语，却以优雅的文言翻译了180余部外国文学，创造了翻译史上的奇迹。

林纾为人多愁善感，正直，疾恶如仇。不仅擅长文学绘画，甚至还精通剑术。戊戌变法时，曾三次上书，是一个先进的维新派人士。然而，晚年的林纾以“抵抗新文学”而被批判为封建复古派。笔者以为，林纾虽自称清朝遗民，但他拥护旧道德的忠诚不能简单地定论为“封建”。他对新文学的反感，也并非保守旧文化的顽固。他那对清帝强烈的感激之情，民初的军阀混战、社会道德的败坏、鱼目混珠的文坛，这才是他所反对的“新文化”的对象。

有关林纾的研究在20世纪80年代就已经开展了很多，大多集中于资料的收集、文学特点以及对林纾封建性的批判。20世纪末21世纪初，重新检讨了林纾在翻译史上的地位，尤其注目于外国文学的翻译。然而，有关林纾翻译的爱情小说对于晚清写情小说的影响，论述却很少。林译小说中最多的是英国小说家哈葛德(Haggard)的作品，而哈葛德的特点就在于制造浪漫的爱情与冒险相融合的趣味性。进一步地说，林译小说中最多的就是爱情小说。此外，林纾自创的4部长篇小说与大量的短篇小说均与爱情有关。事实上，清末民初的该时期，文坛最流行的也是写情小说。因此，考察两者的关联就显得十分必要。

---

① 本文的日文版《〈德〉と〈情〉の間を浮沈——写情小説者としての林紓の肖像》，发表于[日本]日本思想史・思想论研究会《思想史研究》2007年第8号。

此外，以往成为定论的林译小说的错误，经过樽本照雄的考证被全面推翻。[①] 即被视为误译、大量删除、改译、不辨题材的林纾的任意性翻译，根本是没有根据的错误批判。通过翻译底本的追溯，樽本洗刷了林纾的冤案，还原了忠实翻译的林纾的原貌。这对于林纾研究具有极其重要的意义。因为它不仅仅是翻译与译本的问题，林纾"忠实"的翻译态度表现了"读书人"的率直的性格。因此，在社会上引起巨大争论的《巴黎茶花女遗事》与《迦茵小传》(*Joan Haste*, Haggard)，未必能够与林纾自由开明的道德观挂钩；因此，林纾强调的女德、贞节，也未必与《巴黎茶花女遗事》《迦茵小传》相矛盾。

另一方面，林译小说的标题中明显地带有"孝"的字眼及香艳的煽情文字。这些译题与原著是否相同(这里的原著并非指当代阅读的原语言的著作，而是经过其他语种翻译之后林纾使用的底本)，首先需要确认。其次，林纾为译作所写的序跋等文章，自然成为探求林纾思想的重要资料。这是本论把握林纾思想的一个尝试。

另外一个尝试是重视林纾的自创小说。分析林译写情小说、自创小说的主要特点，探求其与晚清小说家及社会的影响。例如，徐枕亚自称为"东方的仲马"。即便不能明确这一影响力，至少也可以探讨林纾思想中"情感"与"道德"的纠葛。

一、"叫旦之鸡"与逸致的"写情"

林纾的文学生涯是诗、画、译、论并重的一生。然而，自从1899年《巴黎茶花女遗事》风靡海内之后，林纾主要的文学活动集中于小说翻译(更准确一点地说，是人们都将目光集中于他的小说翻译)。由于翻译使用的是文言，而使林纾桐城派古文大家名扬天下。[②] 因此，很多时候，林纾作为一个小说家、外国小说评论者、古文评论者、逸闻笔记者的多重写作性格就被忽

---

① 樽本照雄：《林紓冤罪事件簿》，[日本] 清末小说研究会发行，2007年版；李艳丽译：《林纾冤案事件簿》，商务印书馆2018年版。

② 其实林纾本人一直否认自己是桐城派，但他在古文流派的论述中又体现了与桐城派的一脉相承。这一矛盾此处暂不讨论。

视了，至于他的绘画艺术谈论得就更少。① 而且，即便是对林纾的翻译，也多集中于几部著名的小说。诚然，作为名著的原著、有名的林译小说的确值得探讨，然而，毕竟林译小说拥有 180 余部的数量，是不能忽视其他所谓原著是二流、三流的作品的。无论是政治小说、战争小说、民族解放小说、英雄主义小说，还是言情小说、侦探小说、神怪小说，都融入了林纾与口译者的思想。更不要说，林译小说之中最多的就是言情，还有很多侦探和神怪。

按理说，在戊戌变法之后，对政治最直接的回应可能就是为国事担忧、强国健民的议论，最直接的文学响应，大概就是梁启超等政治理想浓厚的政治小说或者李伯元、吴趼人的谴责小说吧。可是，林纾的翻译似乎并没有遵循这一原则，他并没有有意识地选择译本——尽管林纾不通外语，不了解外国文学的情况，但完全可以通过合作的译述者"有意识"地为国家、为民族翻译。然而，正如现在的评价那般，林译小说中很多是国外二流、三流的作品。这对于当时救国保种的愿望可能起不到很大的作用，却偏偏吸引了众多的读者。需要注意的是，林纾的作品都是用文言写成，无论是桐城派古文或是加入了"新元素"的新古文，毕竟不是直白的白话文，所以，林译小说的读者是具有较高文学水平的知识分子。而这样的一批知识分子都非常欣赏林译小说，甚至"五四"时期与林纾发生冲突的新文学家们也毫不例外。这就似乎产生了一个"矛盾"关系：一方面是为了改变中国的命运，向西方吸取优秀的东西（"中体西用"或"以夷治夷"）而大力发展的文学翻译活动；另一方面是不择译本，翻译了大量的言情小说、侦探小说等娱乐性较强的小说。虽然，不能排除资本主义经济已经在上海萌芽的影响，然而作为"知识分子"的翻译与阅读，这其中所蕴含的关系值得探讨。

（一）翻译上附加的"使命"

林纾的成名在于一部《巴黎茶花女遗事》，其翻译的成就在于提高了小说和小说家的地位，其翻译的特点在于优雅的文言，故而被评价为"近世介绍西洋文学的第一人"。

可是，这样一个不通外语的人物竟然走上翻译家的道路，其契机原本偶

① 近年新出版了龚任界：《林纾书画集》，中国书店 2014 年版。其后，对林纾绘画的相关研究得到了开展。关于林纾书画的研究成果主要出现于 2013 年之后。

然。虽然，戊戌变法之后，中国的知识分子积极宣传维新思想，介绍西方文化。如康有为的《日本书目志》，近代报刊如《清议报》《新民丛报》《时务报》《国闻报》，小说翻译越来越受到重视。1897年，夏曾佑和严复在《国闻报》上发表《本馆附印说部缘起》，大力倡导欧美小说的译介；梁启超的《论小说与群治之关系》引发了翻译小说的热潮。在这样的情势下，任何一个怀有救国热情的知识分子都会感受到时代的氛围。林纾在这样的时刻步入先进的文学行列，不能不说是大气候使然，不过，其偶然性更大。因此，是否可以说，从译述事业的初始，林纾就是因着一个性情中人的性格呢？其后，文学翻译事业如日中天，名声远扬。按照一般理解，林纾应当以国家为重，选择直接促进国家强盛、启蒙民众的作品，虽然不是单调枯燥的政治小说（其实林纾也可以将之妙笔生花），但也完全可以实践他以前的初衷——翻译拿破仑传、俾斯麦全传[①]来鼓舞士气。恰恰相反，当林纾翻译事业如火如荼地开展时，他的笔下越来越多地是娱乐性较强的小说；进入民国之后，他的笔下不仅有“以史为经、以情为纬”的长篇小说，更多的是民间逸闻的笔记小说和古文评论。这固然有林纾对民国虚伪的“共和”的反感以及与对前清的怀念，但是否也表明了林纾作为“文人”的根本位置。比如，前期翻译的作品都比较对应当时中国的所需（这自然与原著本身也有关系），林纾在译作的前后所写的序跋最直接地表现了他的爱国热忱。有一些原本并非救国保种、宣扬启蒙或道德的作品，林纾几乎脱离原作而大抒己见，或者直接改写题目。[②] 但是，这样的序跋在后期翻译中几乎都看不见了。林纾似乎没有再阐述己见、教育大众的意愿。难怪钱锺书说，林纾后来的翻译“粗制滥造”。[③] 其实，林纾后期的翻译笔墨依旧不错。这一明显的差异，并非是林译水准的下降，而是“救国志”的减少。可是，不写序跋能否说明翻译热情的减退？否则，后期这么多的作品诞生又说明了什么？

---

① 邱菽园：《客云庐小说话·挥麈拾遗》：“闻先生宿昔持论，谓欲开中国之民智，道在多译有关政治思想之小说始。故尝与通译友人魏君、王君，取法皇拿破仑第一、德相俾斯麦全传属稿。草创未定，而《茶花女遗事》反于无意中得先成书，非先生志也。”（《拿破仑本纪》，林纾译，1905年版。）阿英：《晚清文学丛钞·小说戏曲研究卷》，中华书局1960年版。

② 不过这不意味着林纾在翻译的时候是随意的，序跋作为译者自己的文章，当然可以表达己见。至于作品题目的翻译与原著的出入，后文将作分析。

③ 钱锺书：《林纾的翻译》，商务印书馆1981年版。

具体而言，林译小说的主题大致可分为醒世救国、伦理道德、写情趣味三种，[①]关于醒世救国一项，向来是被论述最多的，此处不再多述，仅简单举例。该主题不仅包括政治小说，种族革命、历史战争、实业教育等也算在此范围之内。例如，在《黑奴吁天录》(*Uncle Tom's Cabin*, Stowe)的序和跋中称赞日本人敢于同美国抗争。《贼史・序》(*Oliver Twist*, Dickens)称赞迭更斯揭露下等社会之积弊，促进英国改革，对李伯元之类的谴责小说家表示肯定。《残蝉曳声录・序》(测次希洛著)描述罗兰尼亚的革命、议院争斗、人人逞才、人人牟利。呼吁中国以之为鉴，力臻和平以强。《撒克逊劫后英雄传・序》(*Ivanhoe*, Scott)评价伏笔、接笋等用笔的精妙如同中国的古文家，但更督促黄种人生"畏惕之心"。《滑铁庐战血余腥记・序》(*Watweloo: suite de Conscrit de 1813*，阿猛查登原著)描述滑铁庐战后，联军占据法国首都，但是人人致力学问，人人都知国耻，终于将联军赶出城外。用以鼓励中国人将八国联军驱逐出境。《金风铁雨录・序》(*Micah Clarke*, Conan Doyle)描述英国皇宫王族谋反，王以兵力自雄。林纾批评这种错误的想法，提出"立国者不恃兵力与淫刑"，止乱在德在政不在兵，反映了林纾重民的仁政思想。《玑司刺虎记・序》(*Jess*, Haggard)讲述英国与非洲某国的战事，英人骄傲而败。林纾认为庚子事变之后，中国教育不普、内治不精、兵粮，应引以为鉴。此外，大量的英雄主义、战争小说的序跋中也蕴含了同一思想。

然而，有趣的是，与明显的救国题材不同的是，对于一些探险小说、幽默小说、爱情小说，林纾依旧在序跋中倾注了救国思想。1905—1906 年，林纾翻译了不少探险小说而被人指责为猎奇。其实，不仅林纾，整个中国当时正饥不择食地翻译西方小说，不能简单定论。而且，如同林纾《雾中人・序》(*People of the Mist*, Haggard)所告诫的那般，白人能够吞并非洲也可以吞并中亚，中国人应严防灭种危机。《不如归》(德富芦花《不如归》，盐谷荣・E.F. Edgett 的英译本 *Nami-ko*)明明是一部爱情小说，只因书中对甲午战事叙述详细，林纾便在序中大抒"怨抑之情"，强调培养海军人才。并愿做"叫旦之鸡，冀吾同胞警醒"。《埃司兰情侠传・序》(*Eric Brighteyes*,

① 曾锦漳在《林译的原本》中将其分类为恋爱、社会、伦理、侦探、神怪、探险、战争、历史、政治小说 9 种。曾锦漳：《林译的原本》，香港《新亚学报》1966 年 8 月第 7 卷第 2 期、1967 年 2 月第 8 卷第 1 期。

Haggard)承认这是一部爱情小说，却因为林纾自己重视其中的“侠”，也借此报国。《伊索寓言·识语》(Aesop 著)写“怀国家之想者，视国家之事，己事也”“欧洲种人，从无助他种而攻其同种者；支那独否，庚子以后，愚民之媚洋者尤力矣”“告我同胞，当力趣学，庶可化其奴质；不尔，皆奴而驴耳”。《鬼山狼侠传·叙》(*Nada the Lily*, Haggard)记，“此书多虐贼事，然盗侠气概，吾民苟用以御外侮，则于社会又未尝无益”“脱令枭侠之士，学识交臻，知顺逆，明强弱，人人以国耻争，不以私愤争，宁谓具贼性者之无用耶？若夫安于奴，习于奴，恹恹若无气者，吾其何取于是”。诸如此类，林纾借译述感怀的作品比比皆是。

这正应合了梁启超在《译印政治小说序》的主张，即强调翻译小说的重要性，将政治小说的翻译作为宣传武器。因此，“特别是外国名家写的与中国时局密切相关的作品，都被翻译过来了”，[①]中国的翻译者怀着“国破家亡”的危机感，涌起了强烈的救国保种的使命感。

(二) 扩大的“伦理道德”

伦理道德包括忠孝、女德、大义等传统道德，关于这一点也是很多研究认为林纾所具有的保守性、封建性的依据。然而，仔细辨别，其中还包含了很多进步的“近代意识”、人生哲理、人性善恶的教诲。

例如，《英孝子火山报仇录》(*Montezuma's Daughter*, Haggard)的《译余剩语》记，墨西哥亡国的原因在于君权尊、巫风盛。孝子身受数刑而凛凛不可侵。“题词”赞其勇武。“序”则纠正中国人认为西洋人没有父亲、不知孝顺的错误观念，用以提醒“知行孝儿复母仇，则必知矢忠以报国耻”。《鹰梯小豪杰·叙》(*The Dove in the Eagle's Nest*, Charlotte Mary Yonge)描述了日耳曼古代轶事，书中所言所行皆孝悌言行，“余译时，泪泚者再矣”。“讵在狉獉中能敦忠孝友悌之行，亦后来作者救世之心醲”，这才是林纾所看重的。《英国大侠红蘩蕗传·序》(*The Scarlet Pimpernel*, Baroness Emma Orczy)斥责流血牺牲、呼吁人类和平，暗指激进的革命派将导致双方的牺牲。《离恨天·译余剩语》(*Paul et Virginie*, Bernardin de Saint-Pierre)指出，该书虽是“怨女旷夫”的故事，为“情”而殉，但宗旨并不在于爱情

---

① 梁启超：《译印政治小说序》，载《清议报》第一册，中华书局 1991 年版，第 54 页。

而是人生哲理。《孝友镜·序》(*De arme edelman*, Hendrick Conscience)称赞父亲重“义”,女儿重“孝”,为人伦之至。《拊掌录·跋尾》(*The Sketch Book of Geoffrey, Gent*, Irving)记《耶稣圣节》《圣诞夜宴》短小而意义深远,“欧西今日之文明,正所谓花明柳媚时矣。然人人讲自由,则骨肉之胶质已渐薄,虽佯欢诡笑,而心中实有严防,不令互相侵越,长日为欢,而真意已漓”“须知天下守旧之谈,不仅出之顽固,而太初风味,有令人寻觅不尽者,如此类是也”。这不仅是清末民初时的林纾的担忧,也在现代社会中得以印证。《耶稣圣诞前一日之夕景》中所写“吾中国百不如人,独文字一门,差足自立,今又以新名词尽夺其故,是并文字而亦亡之矣”,流露出对中国文字——文言消亡的担忧。其实,众所周知,林纾后来为“五四”新文学家攻击的一个原因就在于固守旧文字。这里面的荒谬与冤枉暂不论述,[1]事实上,当时中国大量引入外国新名词尤其是日本词语,来套用于中国的各种事物、各种文章,显得不伦不类,文理不通。严复为了避免遭到知识分子的拒绝,在翻译时也使用桐城派古雅的文体,尽管内容不甚理解,但依旧被世人所接受为名译。

那么,比较有争议的林纾的女性观——女德、女权、女贞——是否就是封建的?

《红礁画桨录·序》(*Beatrice*, Haggard)指出,提倡女权并不意味着举国妇人皆贤淑,西方开化300年来也还有守旧之人。比如该书中的婀娜利亚是贤内助,对丈夫的情人也很礼貌。林纾认同婚姻自由是仁政,但应当律之以礼。无论中西,越礼而失节。所以倡女权,首先要讲女学。《蛇女士传·序》(*Beyond the City*, Conan Doyle)揭露了所谓“女界”“女权”的弊端。林纾认为倡女权的根本在于女学、母教,而非表面的言行举止的自由开放。《脂粉议员·序》(司丢阿忒著)批评了议员稿件原出自女性之手,鄙美国女子伧荒,又批判英国女子过于文明;褒扬爱心诚意、恪守妇道。《彗星夺婿录·序》(却洛得倭康、诺埃克尔司著)指出两种女权说,一种是尊美人如天神;另一种是极其丑诋。该书叙述英国之败俗,女子鼓煽男子的用心险恶,告诫读者应引以为鉴。《深谷美人·叙》(倭尔吞著)指出小说对读者影

---

① 详见樽本照雄:《林纾冤案事件簿》。

响巨大，因此在女界评论上尤其要慎重。“虽婚姻出于自由，而在在伸以礼防，未尝有轶出范围以外者”，女主人公慎守礼防、孝其孀母、事其羸姊、导其弱妹、力崇俭约，这简直就是集中国传统女性美德于一身的“茹百苦而安义命，罢四肢而勤职役”形象。《露漱格兰小传・序》写到林纾为茶花女曾三次掷笔痛哭，以为天下女子性情坚于士夫，不料该书描写的女子露漱险恶卑鄙，颠覆了他一贯的主张。《梅孽・序》(*Gengangere*，Henrik Ibsen)劝告少年勿作浪游，否则身患疾病，还会遗传给后代。“梅”即梅毒。《花因・题端》(几拉德著)写的是温柔乡里事(妓院)，对“咸老于花中，生死亦犹花之开落”的女性给予了同情。

由此可见，林纾并非一味强调女子贞节、礼防、勤劳的美德，也并非一味贬低女子地位的封建人士，而是倡导女子教育、自由婚姻，对深受封建制度压抑的女性寄予了深切的同情。他之所以揭露西方丑陋的女权女界的行为，目的在于让世人真正辨明是非，而不是盲目地追随推崇西方文明。

另外值得一提的是，像这种倡导忠孝节义道德的小说在中国文学中虽然比较普遍，但是林纾的很多序中都批判“钱虏”，鼓励忠厚、公益的人性，这在吝于谈钱的中国文人中就显得很特殊了。《橡湖仙影》(*Dawn*，Haggard)的主角是美丽如仙女的女子安琪拉，但林纾的序却是为其父、一个守财奴而作。中国有爱财如命之人，西方也有不知廉耻之人。林纾认为“钱”本身是好的东西，人人需要。但成为“钱奴”则丧失人性，更“愤公益而不立”。从该序中不仅可以窥见清末民初道德观念的弱化，金钱社会中人们为利益所驱的社会现象，更可以看出林纾具有的先进的公共道德意识。

(三) 文人的写情趣味

这一类包括爱情、探险、侦探、神怪小说。尽管林纾在很多译书的序跋中都着重救国与伦理，这是符合时代的需求的，但也不乏言情、趣味的心迹流露。

在他翻译的唯一一部日本小说《不如归・序》中，林纾写的第一句就是“小说之足以动人者，无若男女之情”，尽管他后面写的尽是甲午战事。《红礁画桨录・译余剩语》中高度评价了谴责小说，但在题词 4 首中充满了闺情、哀怨、春愁的情绪，文辞柔媚。“情海生波、情丝牵旁愁边岸。恹恹抱梦坠梨花、梦带梨花颤。恨事填胸渐满，数今生，伤心未半。寄怀何许？画里鸥波，绿漪风善。”《玉雪留痕·序》(*Mr. Meeson's Will*, Haggard)写到鲸墨本是刑，但鲸刑不用于女子，尤其在西方。该书中的美丽女子有才有义有情，别人立遗嘱时因没有纸张，便在其背上刻下，后因此获得财富与爱情。此等义心侠骨的女子，乃万古美人所不能及。为情甘死，更何况割皮代纸？这令林纾感叹："三千世界，情种弥天。"《恨绮愁罗记·序》写到唐人宫怨诗中多描写"望幸"女子的凄苦命运，17 世纪的法国宫廷更甚。专制暴戾，为获得美女而滥杀无辜。林纾批评"视民轻者亦不国"，但又后附 6 首宫词，对望幸女子寄予了无限同情。"帘外飞泉落碎瑛，羊车久罢此间行。个人不解侬悽咽，错道琼窗鹦鹉声。"《橡湖仙影》的 3 首题词也充满了闺情的情趣。"践破门前一道苔。入门闻笑语，燕归来。玉簪花碎美人怀。东风峭，还忆去时栽。琴调几分谐，新人兜不住，旧人猜。一腔花气展书才，争知道，花底有人挨。"《剑底鸳鸯·序》写荷兰人尚武，国力因此强盛。但尚武的西人唯独拜倒于石榴裙下，这样的"媚雌"为中国所不解。书中写一女子与青年情投意合，却被青年的叔叔强聘。后来叔叔出征 3 年，留下的二人虽心中有情却礼不乱。叔叔最终解聘并促成二人婚姻。这样的故事明显是违背了中国的礼教传统的，但林纾认为"有情可辨"。《红罕女郎·序》写道，10 年前译《茶花女》，去年译《迦茵小传》，今年译《红罕女郎》都是爱情小说。林纾在序中写了一大段关于"心""相"的晦涩的文章，驳论这些翻译"又干涉众生甚事耶"？学者不能"固其妙明心，宝其妙明性，与畏庐居士何干涉之有"，似乎当时林纾因为这些写情小说受到了指责。但是，林纾认为，读者若心正则不会有邪念。《云破月来缘·序》(鹏刚伟著)写该书情迹离奇，言情婉媚，令人心醉，但是林纾年老不喜言情。只是 300 年前的《诗经》开篇就是《关雎》，因此，只要言情"正"便无妨。这带有"辩解"意味的"情德说"，大约可以和吴趼人的"写情说"相比。

可是，值得注意的是，在上述爱情小说的例子中没有提到影响巨大的两部小说：《茶花女》和《迦茵小传》。原因在于，林纾在这两部书的序中都回避了"情"。作为第一部引进的外国小说，甚至还是一部讲述妓女爱情的《茶花女》，林纾没有表示任何自己的观点与想法，只是简单地提及原著者。这当然是出于提高小说和小说家在中国的地位的目的。换句话说，即证明自己翻译小说的进步性。可是，《迦茵小传》时隔 8 年后译出，其间林纾已出版了很多言情小说，也写了很多关于"情"的论述，但在该书序中，林纾没有提及一句爱情，甚至对翻译全书显出有些畏缩的态度。个中奥妙值得推敲，关于这一点将在后文展开。

与言情不同的是，很多译书还涉及神怪，充满了诡秘感。《英国诗人吟边燕語・序》(*Tales from Shakespeare*, Charles Lamb, Mary Lamb)写哈葛德、莎士比亚都是文明大国英国之士，可是哈氏书中常常可见禁蛇役鬼，莎氏之诗虽能与杜甫相比，然而立意遣词往往托象于神怪，莎氏之诗甚至还在梨园传唱。这在西方并不矛盾，因为政教分离，文章是用来愉悦心目的。《蛮荒志异・跋》(*Black Heart and White Heart, and Other Stories*, Haggard)写该书无他长，但在蛮俗描绘上令人耸目。翻译此书，"雪止酒熟，梅花向人欲笑，引酒呵笔，书此数语"，显得心情十分愉快。

如上所述，在救国保种的题材中明显看出林纾强烈的爱国正义感与社会责任感，因之他走进了晚清最为先进的翻译文学的阵营；在伦理道德的题材中，明显看出林纾对传统道德的维护，这使得他后来成为新文学、新文化攻击的目标；在写情趣味的题材中，明显看出林纾对爱情的真挚追求、对趣味逸闻的津津乐道。然而，正是在传统道德的维护与爱情追求之间发生了矛盾。是礼防还是自由？是忠孝还是爱情？林纾对女性怀有同情心，提倡女学教育与婚姻自由的论述时有所见，可林纾坚持女性贞节、男性遵守礼教而不乱的论述也从未间断过。前者是被称颂的"先进"，后者是被打击的"顽固"；进而言之，前者表述的是"情"，后者表述的是"德"。原本在前社会可能遭受责骂的奔放的情怀，在清末民初受到了褒扬；原本可能是受表彰的贞节牌坊、君子礼仪，却受到了唾弃。"情""德"的位置，在时代的更替中发生了逆转。

二、林译、自作恋爱小说中的"爱情"与"道德"

林纾的翻译之所以常常被人说"误译"，大约有两个原因。第一个是林纾不通外语而依赖于口译者所造成的翻译错误；第二个是林纾经常根据自己的意愿，将原著擅自改写的问题。这两点已经通过樽本研究得以澄清，然而，如前所述，林纾确实在一些序、跋中抒发了与原著无甚关联的意愿。本论尤其关注“情”“德”两方面，因此将视点集中于“伦理道德”。倡导“忠孝”的意义在于对中华美德的继承，更有一个意义是林纾作为晚清“遗民”的忠君思想的反映。这一点其实不仅在于林纾，很多晚清的文人都具有浓厚的“前清遗民”的意识。即便不是“遗民”意识，在晚年时从一个积极的启蒙者、维新者转变成保守主义者的也大有人在。他们的保守，即在于对前清或古代文化、文学、道德的提倡。而林纾的自创小说中除了忠孝以外，还有一个色彩浓重的“坐怀不乱”，也就是礼防的道德。以下，通过写情小说题材的林译、长篇、短篇来考察林纾思想中的“情”“德”位置。

（一）果真是“中体西用”的道德阐释？

《巴黎茶花女遗事》描写了西方的个性解放、人格独立、男女平等的性爱意识，对中国人的恋爱婚姻观产生了巨大的影响。使中国人明白了妓女的纯洁可爱，家长专制的可恶。然而，这样的话题真的就是新鲜吗？中国古代小说中多的是这种品格高尚的妓女、无情的男性、狠毒的父母，为什么从前没有重视呢？

《迦茵小传》是一部攻击所谓女性应当严守封建规范的作品。其实，在林纾翻译之前，该书已经有了下册译本，文笔很不错，只是因为缺少上册而不成为足本。林纾找到原著并翻译出来，不料受到了责难。欠缺的上册写的是女主角未婚先孕的事，尽管她是个善良的女子，但因为违反了道德规范，所以译者故意没有翻译出来。林纾将之全盘托出，便受到了这样的责骂：“吾向读《迦茵小传》而深叹迦茵之为人清洁娟好，不染污浊，甘牺牲生命以成人之美，实情界中之天仙也。吾今读《迦茵小传》而后知迦茵为人淫贱卑鄙，不知廉耻，弃人生义务而自殉所欢，实情界中之蟊贼也。此非吾思想之矛盾也，所见译本之不同故也。”[①]但是，郭沫若称自己为该书深深感动，[②]据说当时中国的很多读者都接受了迦茵。[③] 被认为经常改译的林纾为什么如此忠实于《迦茵小传》呢？他完全可以稍加改写或删节，避免遭受非议。笔者以为，首先是林纾的读书人态度，即严格翻译。其次，迦茵的未婚

---

① “传其淫也，传其贱也，传其无耻也。”载寅半生《読〈迦茵小传〉两译本后》。原载《游戏世界》1907 年第 11 期，转引自蒋绥之、张俊才编《林纾研究资料》，福建人民出版社 1983 年版，第 131 页。

② “那女主人公迦茵是怎样的引起了我深厚的同情，诱出了我大量的眼泪哟。”载郭沫若《沫若文集・卷六・我的童年》，人民文学出版社 1958 年版，第 113 页。

③ 曾锦漳：《林译的原本》。

先孕，也许在林纾的眼里并非非常严重，这样的故事在中国古代文学中也并非没有。事实上，林纾对待妓女，也不曾表现过鄙视的情绪。他所写的《柳亭亭》讲述一个受到了世人认可的名妓与公子的婚姻故事，描绘了当时中国不太可能有的爱情。

然而，这就能够说林纾积极地支持女性解放吗？在受到众多责难时，林纾似乎没有任何反击。并且，他在《迦茵小传·小引》中写道，“向秀犹生，郭象岂容窜稿；崔灏在上，李白奚用题诗！特哈书精美无伦，不忍听其沦没，遂以七旬之力译成，都十三万二千言；于蟠溪子原译，一字未敢轻犯，示不掠美也。佛头著粪，狗尾续貂。想二君都在英年，当不嗤老朽之荒诞也”，既表示对前译者的尊重，也揣测青年之辈能够理解全书中反传统道德之处。那么，作为前译者的包天笑对此反应如何？包天笑说自己和杨紫麟翻译的这第一本外国小说颇受人爱读，“当时我们还不知原书著者是谁，承林先生告知：原著者为英人哈葛德，曾印有全集行世”，[①]并没有对迦茵行为表示惊异或批评。林纾在小引中没有为迦茵辩护，在出版后也没有为自己辩护。这一沉默是否表明内心的矛盾，因为他对迦茵的同情远远超出了礼教，但他又不能公开宣扬。虽然没有在序中辩护，但林纾有一题词《买陂塘》，“倚风前，一襟幽恨，盈盈泪珠成瘿”，刻画了一个幽怨的女子形象。

德富芦花《不如归》根本是一个凄美的爱情故事，林纾在序中竟可以漠视这份感情而大谈甲午海战。可是，林纾的译笔却将浪子与武男真挚热烈的爱情淋漓尽致地表现出来，那些只有在闺房里对夫君的表述，明明白白地在表现了浪子的“大胆”。可是，武男对母亲过于孝顺，虽不满（而非怨恨）又心痛（而非伤心欲绝）地将浪子休了，却没有采取任何行动，只有选择远离母亲奔赴战场，逃避去了。对患病的浪子也不曾有礼节上的看望，甚至在偶遇之后也没有进一步去看望她。这就令人不解，甚至让人气愤了。武男是一个出色的将军，却只会逃避；浪子的父亲是德高望重的中将，却因为女儿患病不能培育家族的继承人而无言地接受“被休”的命运。是他们的懦弱造成了浪子婚姻的悲剧，而他们的懦弱又正是出于对“家”“家长”的尊重。林纾的笔锋，已经不自然地将心情清楚地表现出来。

---

① 包天笑：《钏影楼回忆录·译小说的开始》，（香港）大华出版社 1971 年版，第 172 页。

再比如前文提及的《红罕女郎传·序》，林纾认为自己翻译写情小说并无过错，学者之所以对这些书的"情色"进行非议，是因为自己心中不能把持。这似乎为一年前出版的《迦茵小传》作了辩解。《红礁画桨录·序》批判了英国女子的骄纵，因为威胁丈夫而导致丈夫发生了外遇。可是，情妇深于情而恪于礼，爱而不乱。这样的故事显然违背了中国的道德，林纾为之辩解："爱而至死，而终不乱，谓非以礼自律耶？"他还举例文君相如的故事，"人振其才，几忘其丑"。这个历史上著名的私奔故事，却也是千百年来爱情忠贞的范例。

（二）"历史"的陪衬——长篇小说的"写情"

林纾的长篇小说在很多研究书中都有较详细的评论，[①]研究视角多从写作手法上进行分析、从历史记录的角度评价其价值。这对于林纾作品收集、丰富林纾形象来说具有重要的意义。然而，仅仅依靠故事梗概是无法探求林纾思想的。正如很多研究所指出的，林纾的长篇小说具有一个基本特征"以史为经，以情为纬"，这正是研究的一个重要途径。因为，无论穿插得多么不成功，林纾试图将爱情贯穿于小说、作为穿针引线的脉络的努力是值得探讨的。而他之所以未能成功，其原因在于更注重"史"和"德"，这代表了林纾关注社会、重视伦理道德的意向。

《剑腥录》（又名《京华碧血录》）。"剑腥录"的名字在林译小说中也常常出现，给人以血腥的憎恶感。此书依据了林纾（林纾幼名秉辉，发妻刘琼姿）自身的经历及友人（修伯符、修仲符、高凤岐）在庚子之变中的遭遇而写，意在表彰修伯符一家的忠贞，贯之以青年邴仲光（邴荟）与刘丽琼的爱情。相较于林纾的其他长篇，故事最为完整，而非历史事件的连缀，男女之情也贯穿得比较好，有始有终。虽然对爱情并没有很多描写，而是点到即止，但读者可以感受到情深意切。文章写得也很漂亮，几十年后风靡大陆的金庸武侠中就带有这样的一些风范。

故事的主人公邴生，是一个清秀少年，偶得宝剑并得到高人指点，精通剑术。出于对母亲的孝顺而外出寻找良伴。在杭州偶遇美丽女子梅儿，又因为拾金不昧而结识一老人古梅，正是女子的父亲，因此得以与梅儿再次相

① 张俊才：《林纾评传》，南开大学出版社1992年版。韩洪举：《林译小说研究》，中国社会科学出版社2005年版。

会。随着与古梅一家的交往，在庚子之变的乱世中，邴生与梅儿的命运连接到一起。

作为邴生最大的特点，无异于对母亲（及刘夫人）孝顺、对梅儿有情而尊重。邴生将自己与梅儿的相遇都在家信中一一告知母亲；北京城中大乱，邴生重情义，毅然留下照顾梅儿一家。对刘母的"义"超出了对自己母亲的"孝"；端午节，仲光为过世的刘母祭拜，令梅儿感动不已；婚后，二人都为年迈父母牵挂，协商各地居住半年。在受到刘父邀请时，邴生"进身有阶，乃噤不能答"，既稳重又患得患失；拜访刘母与梅儿时，礼节憨厚，"不敢正视"；在梅儿读书的桌上书写，心神荡漾；刘母病逝，梅儿悲痛欲绝，几次累醒累晕。在古梅的劝说下，邴生才救女危急，抱入室内。寥寥几笔，却勾画得活灵活现。另一方面，梅儿的最大特色无异于美丽、端庄、孝顺，落落大方，无扭捏姿态；刘母病重，梅儿割臂肉做药引；细腻的闺情诗，透露了女儿心。

林纾处处强调礼节，知书达理，这不仅是古代文人的理想，也是现代人的理想。当代社会充斥着"利""欲"交易、世风日下，站在现在的节点也完全能够理解林纾的心情，道德、礼防的倡导并不过分。

《金陵秋》。辛亥革命后，林纾"以卖文卖画自给，不求于人，人亦以是厌薄之"，教授林述庆"论文不论时事"（《金陵秋·缘起》），明显体现出林纾在辛亥时期对世俗的厌恶与反感。此时，依靠翻译和卓越的画技，林纾在生存环境改变的上海已经获得了生活的保障。然而，就是这般不求于人的刚毅性格，使得他心中时时刻刻担忧着国家大事。此书就是一部叙述国事、政事、军事，以及为林述庆作传的小说。为避免过于枯燥，贯之以爱情故事。诚然，作为"小说"来说的确有些单调。即便战事描述，也缺乏三国、水浒般的趣味，而重在历史记述。儿女之情、夫妇之情没有过多渲染而显得有点淡泊。但是这种淡泊，可能才是最能长久的感情，朴素和谐，细水长流。中国人说的"君子之交淡如水"，就体现了朴素、平和的美学特点。

该书最大的特点可能就在于国事时局的谈论。例如有关国会的议论，武昌历史、地理、军政府的机构设置，上海战事、镇江战事。这样的叙事模式导致结构分散，唯有几次仲英与秋光的书信，才重新提起读者的兴趣。其次，一般小说中较少谈论的女界运动，在该书中却有较浓厚的笔墨。这有益于了解当时女界运动的情况、社会对此的看法以及林纾对此的认识。

书中写道，当时的女界组织各种集会与经武练习队，成为革命军之后劲，似乎搞得轰轰烈烈。然而，仲英顾虑女性身体纤弱，认为女性不应作战，而宜做红十字护士。这一关心却被认为轻视女性而引起女革命人的大怒。秋光落落大方，与仲英的交往并不是谈情说爱，而是表述对女界革命的心愿；但是，对于世人高喊女界革命、女权主义，实质“好名不审大体”，秋光很是反感，她认为“群阴大煽”不过是“令人增笑”。这表明了秋光的看法，也是林纾对女界革命的反对态度。其实，秋光大论时局，关注国家命运，做的是女性所能够做的实事（护士就是“辅助”），而不是喧哗的新女性；仲英与秋光谈论女子本有“职分”，说得有道理。如此女界革命，必将导致国会危机，影射了辛亥政权的危机；江南盛名的新女性贝清澄，其实是个女色鬼；上海女界龌龊，仲英与秋光不同流合污。这些场景写得都十分有趣。女学生在酒楼请求赞助，与客人调侃。仲英不堪此种丑态，转身离去。又遇街上女子北伐队，“急装短发，与男子联臂过市”，仲英感叹礼防溃败，没有廉耻。女学生闹革命而言语轻薄，确实不是良好的风俗。至于“与男子联臂过市”，本来男女同行并不是什么大不可的行为，不过林纾依旧持否定意见。由于女界运动情况复杂、良莠不齐，林纾的反对不能一概视为封建意识。

除去上述两个枯燥的特点之外，小儿女之情的第三个特点或许是读者最喜欢的。仲英第一次见秋光，为其美丽而动心。秋光温柔有加，庄严并重。可是，原本两人在谈论革命的事情，秋光突然问一句“先生曾至西湖乎”，文脉有点奇妙。后文虽然将此话题岔开，却可见女子有“心”。秋光每次见朋友，必问及仲英，“其视若有同戚畹”，可见女子主动而男子被动。仲英在战争中左臂中弹，脑海中旧事翻腾。只有当迫不得已离开“国家”时，仲英才能想到自己的儿女情长。仲英后来转入秋光所在的红十字队接受治疗，他与秋光的爱情这才慢慢升温。谈论辞章，诗情画意，仲英的负伤反而成就了“世外桃源”。可是，仲英更挂念军务，他虽然对秋光也多有不忍，但依旧制定了三日期限。秋光很伤心，只能认可。这有点像名妓霍小玉曾经以 8 年的欢娱为限的故事。心里面清楚爱情的未来不可预测，所以只抓住眼前也是好的。世人都为名利所趋，仲英之志受挫，于是干脆脱离世俗。两人在张园内文明结婚。

书中除了男女“发乎情止乎礼”、孝顺父母的道德外，值得一提的是对王朝的“忠贞”。仲英的父亲虽是布衣，但品学高尚。祖辈均仕清廷，家世忠厚。王父无法劝阻儿子投身革命，明知清朝将亡也不能说出“革命”一词。他只能告诫儿子“勿仇视少帝”，对清朝满怀感恩，又对亡朝痛楚万千。这其实就是林纾内心的写照。林纾一生不曾为官，但格外尊重清帝，以 70 岁高龄还十谒崇陵，对少帝溥仪感恩不尽，身后树“清处士林纾墓”。自小就深受传统礼仪道德教育的林纾守旧重礼，这并非是迂腐与顽固，而是出于“嫉恶之心过严，服善之情逾笃”的性格。而这一点，可以说是“读书人”的一个特点。

《劫外昙花》。1913 年林纾辞去京师大学堂职务，“长日闭户，浇花作画，用消闲居清况”，可是海内很多人都想请林纾翻译，经常寄信问他为何不出书。林纾“怃然”：“年垂古稀，而又嗜画，日必作山水半幅，遂无暇及此。”这体现了林纾对画画的爱好本心，但并不意味着对译述失去了热情。1912 年 2 月，清帝被迫退位，林纾精神抑郁。他对新共和制虽然有点担忧，但也寄予了希望。此时的林纾，心情复杂可想而知，1913 年的译著仅有一册《离恨天》。

同《金陵秋》一样，林纾创作《劫外昙花》的初衷出于正直的“侠气”，为赵勇略作传。全书以两条线索展开：一写赵勇略（康熙年间，吴三桂叛乱事件中的大将军赵良栋）之冤抑，一写陈畹芬（名妓陈圆圆，吴三桂的夫人）之智慧。在历史事件之间，“纬以美人壮士”。不过，在赵的传略描述上显得极为薄弱，多写吴三桂谋反经过，陈畹芬的重情明理。其实，该书是以楚英一家的遭遇为线索的，儿女之情虽不太多，但故事比较完整，情感真实，较之《金陵秋》要自然很多，这个部分也是比较能打动读者的地方。

吴三桂的侍从孙世渭，正直勇猛，其女楚英风姿绰约，精诗词，工书画。夫人性格直爽，女儿聪慧英气。孙夫人有一侄子阿龙（曹壶），双孤，从小生活在孙家。文武全才，尤好孙武兵法，剑术精良，性格耿直。阿龙与楚英青梅竹马。该书中的“道德”也同其他长篇一般，不外乎忠孝礼防。阿龙之所以能够获得楚英的欢心，除了自身的文武才能，正直以外，很大程度上也在于阿龙对待楚英父母如同亲人，孝顺至极。至于小儿女之间的款款相待，此处不再赘述，仅举一例。阿龙从小住在孙家，但在成婚之前从未进过楚英闺房，这间闺房后来竟成了婚房。

《巾帼阳秋》（又名《官场新现形记》）。本书由苦海余生作序：“藉美人之口吻，而月旦政客之得失，于六年来朝野隐病，洞如观火，庶若照妖之镜，魑魅魍魉，无所遁形。”该书主要讲国事，作为引线的小儿女，谈论的话题总是离不开议院等政事，常常给读者以错愕之感。主人公阿良，风貌魁伟而文武双全。表妹素素，美丽博文。这一对小儿女之情的描写大约有两处不错，但缺乏整体连贯性，完全是历史事件的堆砌。该书的一个特点是对所谓的民国伟人、革命新志士给予了严厉的讽刺。

素素的亲戚郑应元是某党派人，就读于东洋法政速成科，实为投机取巧、争功名利禄之人。应元喜欢素素，而蔑视阿良，自视为民国伟人。其所结识的所谓当世伟人是白天搓麻将、晚上狎妓之流。林纾描写了一出议院选举的闹剧，竟有选妓女、选“忘八”的，还有议院内的炸弹事件。阿良性格爽朗，对此闹剧笑不可抑，而新式议员胆小如鼠，“面无人色”。林纾笔锋轻妙，令人喷饭。阿良讽刺议士能屈能伸，实则是没有骨气的孬种。更有趣的是，书中还描述了妓院的另一用途——被政党利用为捕捉青年的场所。当时“侦探”之风大炽，甚至还有女侦探出没。伪装成甲党的侦探，为讨伐袁军而招兵买马，实质是为袁所派，用来清除对抗势力的。该书生动地体现了民国初年新共和的混乱状况、新式知识分子的虚伪与堕落，这令刚正不阿的林纾如何不失望与愤懑。

书中阿良与素素经常“大笑”，显得置身局外似的。面对议员的丑态，阿良的“大笑”一如林纾的性格。这其实与林纾在序中所写“时局混乱，枯坐一榻，不敢问及外事”相一致，“不敢问”，但以“局外”的身份嘲弄。

围绕着新式产物议院、议员，林纾借助于阿良批判今人的道德沦丧。“仁”：古今中外，无论信仰不同，都尊重先人先圣。但是当今中国的议士不如蛮人。“义”：时人对新贵程公子趋炎附势，唯独阿良拒之。这与林纾坚决拒绝袁世凯的高官聘请的态度相同。还有一例很有意思。阿良论时政，讲拿破仑用人。因对人有利，人跟他。利尽时，人贪诈，不知义而反，拿破仑兵败。“礼”：素素早起，听到阿良在屋内读《史记》，隔窗相问。两人谈论《史记》兴趣浓厚，却不进屋或出屋面谈。二人清晨观日出，因风寒相偎相依，但更在“意”上相恋，给人以醍醐之味。“孝”：夫人病重，二人照顾倍加，素素甚至割臂奉母。割股奉母的故事流传久远，影响很大，不过在现代却常常被视为愚昧的行为。

（三）“坐怀不乱的柳下惠”[①]——短篇小说的“道德”

柳下惠的故事可谓流传已久，原出自《孟子》。讲的是一个寒冷的冬夜，柳下惠收留前来投宿的女子。由于怕女子冻坏，就解开外衣让其坐在怀中。一夜，相安无事。作为君子应当具有的崇高的道德观念，“坐怀不乱”成为自古以来道德教育的良好教材。林纾的短篇小说里讲得最多的就是这一点。

《柯红豆》中的徐周量夜下偶得一只女鞋，并且与鞋子的主人柯红豆相遇。红豆乃是一女鬼，为徐与妹妹做媒。但因有缘，“来生或践今宵约”。月黑林青，男女相语而秉礼。徐婚后，供奉鞋，称“来生聘约红姨”。《吴生》中的吴道素的邻居是一个绝色女子叶韶兰。深夜，叶女造访，谈论诗学，指点吴生。后发现此女是狐狸所变，却“为情来而不为欲染”。《裘雅兰》中的吕秋士在街上偶拾美丽女子裘雅兰的领巾，此后，每至深夜总有人从院外飞传礼物，食物、烟台、玉箫等。吕生不为心动，一一退还。《赵倚楼》中的游然，亢侠好友，遇年轻妓女赵倚楼。赵女心属于游氏，但是游氏以 40 岁的年纪拒绝，并赠金相助赵女脱离妓院，后赵女就读女校。《薛五小姐》中的徐用中在旷宅中读书，遇见女鬼薛五小姐，二人相对谈论文章。在薛女的指点下，徐氏考中举人。薛女还为徐氏做媒，并赠金。为答谢女鬼，徐氏立女鬼为正妻。这种“能节欲”的薛女，“虽鬼犹人”。《玉格》中的韩子馥因为医治好主母之病，而居住其家。家有女玉格，丰艳异常。二人对谈诗歌，情意相投，但是一直恪守礼节，相见必在主母屋内。《鬌云》讲青年陆元业偶然拾到一张鬌云的照片，对其一见倾心。陆氏持照而不轻亵，交与母亲收藏。后巧遇鬌云，将照片归还，结下姻缘。《藕茜》中的柯玉是一翩翩公子，由父亲做主娶刘女。刘女强悍，柯玉的婚后生活十分痛苦。柯玉外出读书借宿何家，为何女藕茜的美丽而动心，但始终不乱。直至柯妻因偶发事件而死，柯玉奔丧之后才娶藕茜。《谢兰言》中的韩子羽留学英国，遇女子谢兰言，二人情投意合。回国途中遇海难，漂流孤岛。韩氏乞求自由结婚，但谢女以名教为重。二人最终渡过难关，正是“虽情胜于义，然礼重于生”。《朱廓》中的朱廓在张家教私塾。学生乃一幼子，父已过世，其母三十许，美丽善文。母经常写书

① 《荀子·大略》、《孟子》。

信给朱廓，交流诗文，并在生活起居上对朱氏关怀备至。母在红罗巾内藏戒指以传情，不料朱廓为此辞职(与《玉梨魂》何其相似)。《渚莲》中的渚莲母亲去世后，父亲再婚。不料后妻强悍，父不堪忍受而出走。渚莲遭受继母百般虐待，幸得邻居西苹庇护，二人逃离。相处3年后才得知，西苹原是男扮女装，恪守礼防至此地步。

除了上述这些小说外，值得一提的还有《秋悟生》，这篇明显带有林纾自传的情绪。秋生不曾做狭邪游，任侠而雅谑，善作言情小说。偶遇名妓谢娘，谢娘钟情于秋生并设法接近，但是秋生妻刚过世，还留有子女，秋生不愿子女受后母之苦而婉言拒绝。3年后，秋娶某妾，谢娘郁郁不乐地嫁人。又三年，谢娘去世。秋失声痛哭，作诗吊唁。这与林纾本人的经历何其相似。为了家庭和睦、子女幸福，秋生牺牲了自己的爱情，“身不近谢娘，而心固已娶之矣”。梦醒时，一句“梦魂惯得无拘检，又踏杨花过谢桥”，令人叹息。

这些小说，因为篇幅短小而愈发凸显了“德”，然而，另一方面，小说中还有很多反传统的女子形象，更有执着追求“情”的直白。纤琼、柯红豆、桂珉、赵倚楼、薛五小姐都对所爱男子积极表达了爱慕之情，而男性却显得胆小畏缩。身世畸零、空怀绝技的裘雅兰，更会大胆地飞檐走壁赠送情物。尼姑庵的蓄发女尼盈盈与一少年相互钟情，她让少年拜见师父以获得理解。伪装成大家闺秀的狐女虽是冒名，但文才出众，鄙弃八股。她看了吴生的文稿后，面生倦容，劝告说，“书生长此不已，将终身为腐朽之人”“吾有书一卷，当熟读之，艺业必且大进”，原来是晏几道的《小山词》。晏几道是北宋词人，工于言情，清丽婉妙。这几乎可以说是林纾心声的代言。朱廓的学生阿良，父亲早逝，母亲美貌能文。此女送美食良服于朱廓，甚至用红罗巾裹了戒指放在朱廓的被子中，这是多么大胆的表白啊。最有意思的是《胡燕玉》中的女主角，美艳而奇悍。薛生为其美丽而动心，娶胡女。谁料动不动便遭到责骂鞭打，但薛生毫无怨言。他生活谨慎，不游兴而忠于妻。胡女中年病殁，薛生悲痛万分，令人称奇。本来，像这种“阳蚀而阴张”的婚姻是不符合中国的婚姻规则的，但薛生认为“妇人纵暴，必含一种柔婉之质”。事实证明，胡女的强悍本出于爱夫之心，人前背后自有小夫妻的恩爱，这是无关他人之事的。

《桂珉》曰：“究之男女之爱，全球皆然。”《鬈云》曰：“小说一道，不述男女之情，人亦弃置不观。”可是，在男女之情的上面，林纾还附加了一层道德规诫。《吴生》曰：“为情来不为欲染。”《薛五小姐》曰：“女言不能节欲，则虽人实鬼；能节欲，则虽鬼犹人。”前出《桂珉》的后半句是“须有学问为之界域，或不至乱也”。《鬟云》的后半句是“于叙情处，得情之正”。“情欲”的隔离正是“情德”的相克。《柳亭亭》的故事情节明显模仿了《茶花女遗事》，但结局是青年的父亲接纳了亭亭，是一个喜剧。但这并非表示父亲从心底接纳一个妓女儿媳。他之所以成全，原因在于“凡人义方之训，往往不善于驾驭，必以强力拂逆其爱子之性以为贤，至于相思瘦损，戕其生命，为悔晚矣”，也就是说是出于保全儿子的考虑。《娥绿》的故事堪比《罗密欧与朱丽叶》，同是宿怨的两家，雅典的故事中彼此消亡，中国的故事中冰炭仇融。其中的天缘在于君子光明磊落，不趁机报复，也是从男性的“德”的角度出发。《洪嫣篁》曰：“为小说者，惟艳情最难述。”大仲马与司各特的描写反差太大，既不能捧得太高亦不能贬之太低，关键在于平常之中见“人情”。这进一步证实了林纾崇尚“真与平”的美学、以“德”主“情”的生活理念。

然而，有趣的是，林纾在写情小说的创作上的这一主张，却与他撰写的大量的小品、琐记大相径庭。《践卓翁短篇小说》[①]是林纾短篇小说的代表作，原是1913年7月《平报》上设置的林纾专栏。其后，林纾将之与未发表短篇小说整理为3种小说集，共收录了101篇。这些基本上都是根据传闻而创作的幻想小说。人、事、地名均为虚拟，好比《剪灯新话》《聊斋志异》《阅微草堂笔记》之类神怪鬼狐故事。《畏庐琐记》是林纾将1912—1913年发表在《平报》上的短小文章结集而成，在234篇中，除了语言、方言、诗作之外，多是民间逸闻、笑话、游记风俗和鬼故事。虽然里面不乏传统道德的论述，但更多的是趣味与通俗。林纾以介绍外国文学的翻译家闻名，有意无意之间向中国人传播了西方的文化，可称为先进与开化的知识人。但是，另一方面，林纾以坚守传统道德的古文家也赫赫有名，被称为封建遗老。其实，无论中国或西方，在传统道德的认识上很多时候是一致的，并不能简单划分为文明与野蛮。而通俗趣味的也正是充满了人情味的作品，也正是入世的表现。

---

① 1913年11月、1916年3月、1917年6月，由都门印书局出版了第一、二、三集，1922年由商务印书馆再版为《畏庐漫录》。

三、文人的“香艳”趣味与士大夫文学

如前所述，林纾后期翻译了很多艳情、探险小说，如《香钩情眼》(*Antonine*, Alexander Dumas)、《血华鸳鸯枕》(*L'Affaire Clémenceau*, Alexander Dumas)、《恨缕情丝》(托尔斯泰著)、《痴郎幻影》(赖其镗女士著)、《玫瑰花》(*The Rosary*, Florence L. Barclay)、《柔乡述险》(利华奴著)、《鬼窟藏娇》(武英尼著)、《牦贼情丝记》(陈施利著)，这似乎与林纾“德高望重”的身份不符。[①] 林纾凭借着多项文学绘画活动收入颇丰，还经常资助他人，因此，翻译之举绝不是单纯的利益行为。那么，如何解释这些书名呢？何谓“香艳”？“香艳”是否就是低级粗俗？“香艳”本指花草芳香鲜明。唐代诗人许浑有句“柳滴圆波生细浪，梅含香艳吐轻风”，[②]后常用于表现女性生活的诗歌或小说。中国文学中艳诗佳话不计其数，其作者为著名的文人、文学家、士大夫的占了绝大多数(这令人联想到日本明治的政治小说，本是严肃话题，却偏偏冠之以人情本的书名)，关于这一点，或许可以从文人趣味中进行探求。

（一）“香艳”的林译小说的书名

不通外语的林纾无法选择原著，因此译了很多所谓二、三流作品。因为原著就是二、三流的，所以诞生了香艳的书名——不少人的这种想法，其实是很强的先入为主观。以下，列举部分林译题目、原书题目、直译/其他译本题目进行对照，其间的差异一目了然。

林译题目	原书题目	直译/其他译本题目
剑底鸳鸯	*The Betrothed*, Scott	未婚妻
冰雪姻缘	*Dombey and Son*, Dickens	董贝父子
玉楼花劫	*Le Chevalier de maison-Rouge*, Alexandre Dumas, pèfe	(罗玉君译)红屋骑士

① “林纾后期译作还有一些属艳情类、探险类或论理小说，他在译序中声称译书之旨正大光明，其实并非全部如此。……德高望重的林纾竟是用如此香艳肉麻的字眼。”载韩洪举《林译小说研究》，第90页。

② 《酬杜补阙》，载《丁卯集》上。

续 表

林译题目	原书题目	直译/其他译本题目
香钩情眼	*Antonine*, Alexandre Dumas, fils	安东妮
血华鸳鸯枕	*L'Affaire Clemenceau*, Alexandre Dumas, fils	克列孟梭的事业
人鬼关头	*The Death of Ivan Ilyitch*，托尔斯泰著，英译本	(某译本)伊凡·伊里奇之死
铸情	*Romeo and Juliet*, Shakespeare	罗密欧与朱丽叶
鬼诏	*Hamlet*, Shakespeare	哈姆雷特
仙狯	*A Midsummer Night's Dream*, Shakespeare	仲夏夜之梦
婚诡	*Twelfth Night*, Shakespeare	第十二夜
林妖	*The wife of Bath's Tale*, Shakespeare	巴斯妇的故事
埃及金塔剖尸记	*Cleopatra*, Haggard	克里奥佩特拉
钟乳骷髅	*King Solomon's Mines*, Haggard	所罗门王的宝藏
古鬼遗金记	*Benita*, Haggard	贝妮达
铁匣头颅	*The Witch's Head*, Haggard	女巫的头
炸鬼记	*Queen Sheba's Ring*, Haggard	示巴女王的戒指
鬼山狼侠传	*Nada the Lily*, Haggard	百合姑娘娜达
蛇女士传	*Beyond the City*, Conan Doyle	域外
魂灵附体	*The Squire's Tale: Cambuscan*, Geoffrey Chaucer	侍从的故事
神枢鬼藏录	*Chronicles Of Martin Heweitt*, Arthur Morrison	马丁·海威特记事
木马灵蛇	*The Fall of Troy*,包鲁乌因	德罗业之灭亡
厉鬼犯跸记	*Windsor Castle*, William Harrison Anisworth	温莎城堡
妖髡环首记	*Carnival Of Florence*, Marjorie Bowen	佛罗伦萨的狂欢节

相比之下，林译显得标新立异，而其他译本的书名，或者按照原著直译的书名则显得平实无奇。但这不能简单地说，林译的“香艳”就令人反感(虽然，并没有论者说反对这样的译题，但评论的语气其实已表明了态度)。有

研究认为，林纾是受到传统小说观的影响，也就是把小说仅仅看作是“消闲解闷”的清谈资料，从而强调小说的娱乐性、消遣性和趣味性的。尽管梁启超等人将小说的地位大大提高，将其视为“文学之最上乘”和“改良群治”之利器，但在大多数人的心目中，小说的地位和作用并没有得到真正的改变。笔者认为，每个时代都有各自的审美，每个读者的审美更是不同的。从一方面说，可能奇特的新颖的题目会使人感兴趣，反之也有人厌恶；但平实的题目可能根本就吊不起读者的兴趣。至于林纾，与其臆测，不如看他自己写的话。林纾几次说过，自己的译述原本出于端正态度，却不为世人所理解。林纾从艳情中看出的是人生哲理、救国理论，而世人只将之视为清谈、解闷的茶资。

例如，《深谷美人·叙》：“余老矣，羁旅燕京十有四年，译外国史及小说可九十六种，而小说为多。其中皆名人救世之言，余稍为渲染，求合于中国之可行者。顾观者以为优孟之言，不惟不得其二三之益，而转以艳情为病，此所谓买椟还珠，余亦无所伸其辩矣。”《古鬼遗金记》是哈葛德的作品，哈氏言鬼事甚详。林纾序：“仆才薄文劣，虽时时以译述醒我同胞，恒以语怪之书视之，用为谈资而已。”而且有趣的是，林纾的友人梁启超正办《庸言报》，此书正是附于梁文之后。《离恨天》本为怨女旷夫而言，但是，林纾认为当知作者之意“不为男女爱情言也，实将发宣其胸中无数之哲理，特借人间至悲至痛之事，以聪明与之抵敌，以理胜数，以道力胜患难，以人胜天，味之实增无穷阅历”。

真是仁者见仁，智者见智。林纾的心态其实并不复杂，诚如他在《髯刺客传·序》(*The Refugees*)所写：“此书殆为拿破仑之外传，其以髯刺客名篇，盖恐质言拿破仑遗事，无以餍观者之目，标目髯客，则微觉刺眼。译者亦不能不自承为狡狯也。一笑。”《英国诗人吟边燕语·序》中写道，收录的20篇都改成了新名，“以标其目”。《英孝子火山报仇录·译余剩语》写：“小说一道，不着以美人，则索然如嚼蜡。然汤麦司身为孝子，使俪之以荡妇，则作者必不至有此文心。哈先生不知作何幻想，乃觅取节烈二妇为孝子偶。”这恰恰表明了林纾创作、翻译的一个基本理念。即文章必须要有趣味性，同时要以学问去端正它。首先通过趣味性促使读者阅读，其次才能让读者从中获得知识。如果读者没有悟性，那么林纾的序跋将为之作导引。的确，无论在翻译或创作中，林纾的笔下虽多女、艳、情，但丝毫没有“淫”“污”，或者“浓艳”之感，外表的华丽恰恰反衬了朴实无华的内质。诚如《红礁画桨录·译余剩语》所指摘的那样，“天下至恶毒之笔，非至忠恳者不能出。忠恳者综览世变，怆然于心，无拳无勇，不能制小人之死命，而行其彰瘅，乃曲绘物状，用作秦台之镜。观者嬉笑，不知作此者揾几许伤心之泪而成耳”，意思是读者的理解往往与作者的初衷相差甚远。林纾比起他的老友梁启超来，在文学领域取得了较大的成就。他不似梁氏前后期在文学上表现出巨大差异，因为梁氏以特殊的政治人物身份，在“传世”与“觉世”的文学创作上做到了一分为二；林纾婉转地将之融合于一体，林译小说既受到了小说的政治功利的影响，也因其优美的文采超出原著而受到广泛的欢迎。

（二）“香艳”的文人趣味

那么，林纾的这种对“香艳”的嗜好是否具有普遍性？以林译小说的畅销情况来看，答案是肯定的。而文言小说又限定了读者的身份是知识分子，因此可以说中国文人对于“香艳”的爱好源远流长，比较明显的从唐代传奇、唐代诗词起就已经开始了。对这一问题的探求当从社会学、女性史、中国文学史、文人审美等角度来考察，本论仅以清末民初的香艳文学为例，稍作分析。

1909—1911年，上海国学扶轮社出版了虫天子编辑的《香艳丛书》，共20集80卷，以女性题材为主，包罗了隋代至晚清1 000多年间有关女性和艳情方面的文言小说、诗词曲赋等，共收书335种。上海国学扶轮社是当时印书颇多的出版社，此后该丛书又多次重印，到1914年8月印了5版，[①]可见受欢迎程度。

虫天子宣称，选录的标准是“足以醉心荡魄者”，可是“所收录者也不是全都那么‘香艳’——事实上，‘香艳’本是一个相当模糊的概念，它的大体涵义虽如上述，但人们对其性质和程度仍可有大不相同的理解。最后，该丛书所收篇章，是否真能或都能令读者‘醉心荡魄’，也是很可疑问的”。[②] 根据董乃斌的分析，一个原因是编者本来确实是有此打算的，再有就是跟宣传推销有关。

---

① 出版发行者改为上海的中国图书公司“和记”，由商务印书馆及各省分馆代售。

② 虫天子、董乃斌：《中国香艳全书·前言》，团结出版社2005年版。

那么,"香艳丛书"究竟描写了什么样的故事呢?试看:化妆品胭脂的制作方法、名妓的骗局、才华女子遭人忌恨而死、钱谦益与柳如是的生活琐事、狐仙谈美人、忍辱负重的女侠、"黑美人"鸦片、豪爽的女盗侠、义和团女侠、妇克夫、女侠斩蛇、妻妾和睦、大家闺秀的堕落、狐仙的一夜风流、拘于辈分婚姻而自杀的女子、女鬼害人、"十八娘"荔枝、火灾中逃生的忠厚守节人的后人、"虞美人"丽春花、黄竹子、贞烈婢女、妓女的不幸、才子佳人的有情无缘等,多讲述妓女故事,也有一些平民小妾的故事。然而,所谓"香艳丛书"并非情色小说,有的颂扬女子坚贞道德,最多的是对"美人薄命"的哀叹。因为"美人"几乎可以看作士人的"知己",这其实表达了清末民初被边缘化了的文人的不遇心情。因此,虽然香艳丛书与林纾的写情小说的内容并不相同,但在志趣上具有一定的相似性。这也就表明,至少在清末民初之际的"香艳",并非现代人们理解或想象的浓艳的情色,甚至还有可能寄予了其他意思。例如,两宋诗人晏殊和辛弃疾,位居高官,却过着音乐歌舞的生活,但这并没有与他们宰辅国家的成就相矛盾。晏殊的艳情词寄托了贬职的失意,辛弃疾的艳情词中明晰地表达了抗金复国的愿望和愤懑的心情。

那么,如何理解林纾的香艳趣味?这大概可以用一种"逸趣"——雅致、情趣来说明吧。林纾在《橡湖仙影》序中有一段话写得很有趣:"宋儒嗜两庑之冷肉,宁拘挛曲踽身,尽日作礼容,虽心中私念美女,颜色亦不敢少动,则两庑冷肉荡漾于其前也。"这尽情地嘲讽了威容端坐的宋儒理学。男子爱美女乃是天性(其实女性又何尝不喜爱美女、美男),那么就将之表现出来,无须遮遮掩掩;只要行为端正,也就不违反道德。"窈窕淑女,君子好逑",林纾甚至鼓励对美的追求,他的笔下多的是佳人才子,中国传统小说最多的也是这一类型。虽然这种老套的才子佳人故事常常受人诟病,但正寄托了文人普遍的理想与情感追求。如果心中有私念,却故意不表现,或者偷偷地避人耳目地相会,那才是龌龊。这种对"情"的表露既是对人性的肯定,也是对坦荡胸怀的肯定。

明代两程(程颢、程颐)有一则趣闻。"两程夫子赴一士夫宴,有妓侑觞。伊川拂衣起,明道尽欢而罢。次日,伊川过明道斋中,愠犹未解。明道曰:'昨日座中有妓,吾心中却无妓;今日斋中无妓,汝心中却有妓。'伊川自谓不及。”[①]程颢(明道)、程颐(伊川)两兄弟,都是宋代著名的理学家。程颢虽然与妓女游兴,其实“座中有妓而心中无妓”;程颐拂袖而去,其实是因为心有私念的逃避。不与妓同席的程颐反而受到了耻笑,这固然有不解风情的嘲笑,也是对他的逃避态度的讽刺。

再举一例,如《埃及金塔剖尸记》写格鲁亚轶事,是一个崇礼妖神的埃及故事,充满了哀婉之情。林纾在《译余剩语》中哀叹千年古国埃及的沦落,神怪野蛮的描写衬托了文明。对于大量神怪的演绎,林纾认为“神鬼也不害于文明”。也就是说,神鬼与文明并不冲突,这样的“宽容”在他颇有留仙(指蒲松龄)风格的短篇中得以发挥。对于林纾的香艳趣味,评论一般持贬义的态度。这些评论无论是在清末民初、“五四”时期还是20世纪80年代以后乃至21世纪,都是“文学评论”,并不是民间的评论。更直接一点地说,就是所谓“文学界”的评论而不是“大众”的评论。似乎这就将“雅俗”的层次拉开了,可偏偏同一作者在同一时期,更活跃于传统文学的领域。林纾出版的第一部作品是1897年的白话诗集《闽中新乐府》,而他在译述事业的期间从来也没有间断过古文研究,还写了很多修身教育与政事评论。尤其在后期翻译水准被视为大大下降之时,他写了很多评论文章。这无疑是符合传统士大夫的性格的。

(三)儒家文化下的文人

《闽中新乐府》是一部模仿白居易的讽刺诗,为儿童启蒙的通俗歌谣集。不过,因为带有鲜明的时事性、政治性,在社会上产生了很大的影响。其实,早在康有为公车上书时,林纾也曾3次上书御史台,提出筹饷、练兵、外交、内治等建议。有意思的是,林纾在1912年还出版了一部《讽喻新乐府》(白话诗集),这原是他在《平报》上的一个专栏。所写对象大多是民国的新事物,如旅行团、剪发令、拉党人、国庆、礼服、公司、公债票、改革团、恳亲会、买暗杀党、租借、国会、照相、投票等,对民国的乌烟瘴气,尤其对国会议员进行了辛辣的讽刺。

林纾虽然3次上书,但强烈反对废除帝制。他虽然认识到清朝的腐败,但反对革命流血,更要求礼遇少帝。他跪拜在光绪陵前的痛哭,不是年老昏

---

① 《古今谭概·迂腐部》。

庸，正是出于对清朝皇帝的忠诚。他翻译了大量的外国文学，但并不盲目推崇西方文化。林纾虽不曾仕官，但心系国事，情忧国民。自小深受传统教育的林纾，在儒家文化的熏陶下养成了修身、齐家、治国、平天下的素养与理想。

以林纾最擅长的古文来看，从 1902 年至 1924 年的著述有：《明史记事本末详节》六卷、《中学国文读本》十卷、《畏庐文集》(古文集)、《评选船山史论》二卷、《左孟庄骚精华录》(评选古文集)、《韩柳文研究法》(文论)、《修身讲义》(教科书)、《春觉斋论文》、《情深递进国文读本》(为小学生选作的古文读本)、《〈古文辞类纂〉选本》《史记讲义》《庄子浅说》《后山文集选》《嘉祐集选》《虞道园集选》《唐荆川集选》《汪尧峰集选》《谯东父子集》《震川集选》《淮海集选》《欧孙集选》《柳河东集选本》《刘宾客集选》《蔡中郎集》等众多评选古文集，其功力可见一斑。

林纾之所以那么重视古文，不仅是因为文言修辞的优美隽永，更可以寄托道德理想。他在《古文虽为艺学然纯正者乃可载道》[①]中讲述古文的发展源流、作法及如何学习古文，尤其推崇唐宋八大家。因为“此八家者有义法，有意境，入手者正，不至迷惑失次耳”，义法限制了文章的规则、文字的严谨；意境充实了文章的内容，寄托了作者的情怀。这样的古文当然纯正，为文为理，都是有益于社会的。再如，“五四”时期成为与胡适论争之焦点的《论古文之不当废》。[②] 民国成立后知识分子剽窃新学，文章中充斥了新名词。可是，日本人说自己“敝国非新，盖复古也”，重金购买中国的古籍，囊括带走。[③] 林纾担忧废除古文，担忧古文书籍流失后中国文字将亡的命运。他并没有反对新文化的恶言，而是表达了对古文的挚爱，对传统文学的尊重。再有《青年宜尊重国家》[④]论述国家与少年的关系，即只要心怀国家思想，无论生理年纪多大，均是少年，强国在于心术正。“铸炮用机器，铸心用道德。道德安在，即国家之思想”，而国家思想的入手就在于“公”，以公意谋国家之公益。

---

① 原文载《宗圣杂志》第一卷八九号合刊，山西太原宗圣会，1914 年。孔教会 1912 年 10 月在上海成立，次年 9 月总会迁至北京。总会会长康有为，是一个尊孔的社团。1914 年邀请林纾到会讲演。

② 可是，任何资料中都没有收录这么一篇重要的论文，樽本称之为“奇幻的论文”。杨联芬考证该文原题为《论古文之不宜废》，原载于 1917 年 2 月 1 日的天津《大公报》。

③ 1907 年，日本静嘉堂文库经陆心源长子树藩购得藏书。

④ 黄岩柯、璜定楚编：《孔教十年大事》卷五，山西宗圣会 1915 年版。

此外,1912年《平报》开设的专栏《译论》值得一提。这是林纾翻译的时论,计56篇。[①] 其内容为:论法国实力、论中国铁路新政策、论中欧将来之交通、论川粤汉铁路借款事、巴尔干近事类记、法国议员视察团来京、论中国海军、论中国人心、论新希腊对外政策、论中国财政及借款、论德人与中国之关涉、论中国财政、论奥国兵制、论中国更革币制、论日本陆军学堂允许外国士兵参与练习、蒙藏合约、论中国物产及其实业、记飞艇之学风流入中国、论华比银行、论开平煤矿、论中国盐税、论中国宪法……

就以上这些议论的内容来看,已经远远超出了古文家的专长,而几乎使人误以为是一位与时共进的新知识分子、新改革者的近代言论。然而,林纾的这些议论却几乎没有引起研究者的注意,这难道是"五四"时期被视为顽固的腐朽的清朝遗民的形象吗?能够如此广泛地关注外国时事,除了文学翻译带来的影响外,出发点就是儒家文化的道德修养。

此外,以林译小说来看,无论对林纾的翻译存在何种误解,基本上研究者都承认林译小说中有40多部重要的世界名著。这一肯定的基础就在于能够被称为"名著"所具有的社会性。关注下层生活,既是贴近生活的文学创作理念,更是对社会的责任感。

四、小结:林纾性情中的"情"与"侠"

林纾的长篇小说中多塑造文武双全的形象,这个特点在短篇中也尤为突出。其实,在林纾的笔下,女子大多落落大方,男子不好功名,都具有一股侠气。文章更多论诗、书、画、剑,几乎代表了林纾的为人性格与兴趣。例如《劫外昙花》中的兵将马宝,行径卑劣,欲为儿子娶楚英,一直遭到拒绝。楚英匕首不离身,以持清白。马宝为得楚英,派人夜盗,却被阿龙击退。月黑风高下的较量,写得简洁轻妙。像这种英雄美人的格局,正映照了作者本人的吟诗作画、舞剑豪饮的性格。其他,如《榴窝》《醉徐》《柏梵娘》《水先生》中均有出色的武侠描写。这不由得更令人感叹林纾的奇特,文弱书生的形象

① 马泰来在《林纾翻译作品全目》的附注中指出:"林纾自1912年12月至1913年9月在《平报》上的'译论'栏内以'畏庐'名发表过短篇评论性译文,可找到的有56篇。"钱锺书:《林纾的翻译》,商务印书馆1981年版。

在林纾的身上发生了改变，文武双全的理想在林纾的身上得以实现。要知道，林纾翻译的第一部《茶花女》是言情小说，但林纾最想翻译的是拿破仑、俾斯麦的传记。像这样能够将"侠"与"情"在文学与现实中融合，将传统的道德伦理与西方的进步言论统合，将古典文学的精粹与外国文学的精华相比论的例子恐怕并不多见，林纾的一生充满了传奇。

林纾，字琴南，号畏庐，又号冷红生。琴南，充满了诗情画意，应合了林纾善作隽永的文言韵味；畏庐，林纾翻译小说时最常用的笔名，给人以"顺应天命，谨小慎微"的印象；冷红生，《茶花女》译述时的笔名，给人以"冷眼红颜"的印象。

林纾少年时，祖母曾经这样教诲："吾家累世农，汝能变业向仕宦，良佳。但城中某公，官卿贰矣，乃为人毁舆，捣其门宇，不务正而踞高位，耻也。汝能谨愿，如若祖父，畏天而循分，足矣。"[①]此"畏庐"名之由来。后来，林纾在书房后院建筑一室，名"畏庐"。"深知所畏而几于无畏，事不在变而在常，用不在气而在志"，[②]终身畏过自治，终身不为伪，作为一种修身养性的信条，这也可以说是一种侠气。

而"冷红生"一名则更有趣。"家贫而貌寝，且木强多怒。少时见妇人，辄踧踖昔隅匿，尝力拒奔女，严关自捍。"后来，为一名妓欣赏追求，"生逡巡遁去。客咸骇笑，以为诡僻。生闻而叹曰：吾非反情为仇也！顾吾褊狭善妒，一有所狎，至死不易志，人又未必能谅之，故宁早自脱也。"[③]冷红生并非怪僻之人，正是因为情感丰富、矢志不渝而怕不能自拔、不为世人所理解，才选择了远离。心中渴望真情，但生性忠厚倔强的林纾自动疏远了红颜。因为爱，所以惧，所以退，这其实是对自己的一种保护，对他人的一种爱护。

畏庐与冷红生，压抑着强烈的情感，面对尘世表现出严谨与正直。在所有外露的道德志向的深层，潜藏着炙热的"情"；在所有外露的庸俗的艳情之下，支撑着端正的"德"。亦情亦德，亦庄亦谐，亦文亦侠，林纾谱写了不寻常的文艺人生。而在这其中，"情""德"的交汇并非简单地相克而是相辅相成，作为外在支撑点的就是林纾所处的近代文人生存环境的改变，作为内在支

① 张俊才：《林纾年谱简编》，载蒋绥之、张俊才编：《林纾研究资料》。
② 《畏庐记》。
③ 《冷洪生传》。

撑点的则是林纾性情中的"侠"与"情"。林纾的书房被戏称为"造币厂",他在这边的书桌上译述,又在那边的书桌上绘画,既符合了文明启蒙的先觉,又满足了文人墨客的雅兴。7 次科举而不中,林纾的失意可想而知。然而,新兴的外国文学翻译为他不仅带来了声名和财富,更直接抒发了救国醒世之大志,使他本来仕官治天下的官途与经济同时获得了实现。

林译小说中有一部《滑稽外史》,写的是某小学教学荒谬,教师虐待学生,因此作者探访而公之于天下。林纾作《短评》警世佐世,尤其对书中的各种人物进行了分析:老而夫是一个无爱情的冷血动物,视钱如命,人情冷漠。终成"钱虏",终生不幸;力里威克也是逐利之人,但尚有爱情而得以悔改。人但有情,便有良知,便有醒悟之时——这是林纾的真意——从"情"出发,回归于"德"。

参考文献

关于林纾的资料主要参考以下书目,文中所引用的林纾的序、跋、评语、诗等皆出于此,不再另外标注。另外,一部分林译小说的原著者与书名尚不可考,只能沿用中国译名。

《林译小说》(丛书),商务印书馆,民国,时间不详。
《林译小说丛书》,商务印书馆 1914 年版。
《林译小说丛书》,商务印书馆 1981 年版。
刘大櫆、吴德旋:《论文偶记·初月楼古文绪论·春觉斋论文》,人民文学出版社 1959 年版。
李家骥、李茂肃、薛祥生整理:《林纾诗文选》,商务印书馆 1993 年版。
林纾、贡少芹:《畏庐漫录》《畏庐琐记》,载《近代笔记大观》,上海文艺出版社 1993 年版。
《京华碧血录》《金陵秋》《劫外昙花》《巾帼阳秋》,收录在《中国近代小说大系·电术奇谈(合订本)》,百花洲文艺出版社 1996 年版。
《林纾文选》(注释本),百花文艺出版社 2006 年版。
林薇选编:《畏庐小品》,北京出版社 1998 年版。
林薇编:《林纾选集》(小说),四川人民出版社 1985 年版。
林薇:《百年沉浮——林纾研究综述》,天津教育出版社 1990 年版。
许桂亭选注:《铁笔金针——林纾文选》,百花文艺出版社 2002 年版。
冯奇编著:《林纾评传·作品选》,中国文史出版社 1998 年版。
蒋绥之、张俊才编:《林纾研究资料》,福建人民出版社 1983 年版。
陈平原、夏晓虹编:《二十世纪中国小说理论资料》第一卷,北京大学出版社 1997 年版。

第七章 “情”“德”之间的浮沉

——作为晚清写情小说家的吴趼人的肖像[①]

晚清小说被称为“中国小说史上最繁荣的时代”。其中，有一项“晚清小说的末流”即“写情小说”。阿英称：“晚清小说中，又有名为‘写情’者，亦始自吴趼人。此类小说之最初一种，即恨海。中国小说史略谓：‘吴沃尧之所撰著，惟恨海、劫余灰，及演述译本之电术奇谈等三种，自云是写情小说。’”[②]这一类的产物可举出天虚我生的《泪珠缘》、李涵秋的《瑶瑟夫人》、符霖的《禽海石》、非民的《恨海花》等作品。

中国古代小说中很多都是以男女恋爱为描写对象的，事实上，在通俗小说中言情小说一向都是主流。但是，像晚清小说公然强调“情”字却十分鲜见。1897 年，杭州大观报出版的《泪珠缘》的封面上标出“写情小说”，这是历史上第一次为小说贴上“写情”的标签。吴趼人(1866—1910)在创作《恨海》之前，1903 年根据菊池幽芳[③]的作品所演绎的《电术奇谈》，也是不折不扣的写情小说。这距离梁启超提出小说界革命论才仅仅一年。

1906 年后，《恨海》的成功掀起了“写情小说”的热潮，写情小说的再分类也越来越多，诸如“侠情”“苦情”“艳情”“侦探艳情”“哀情”，并在 20 世纪 10 年代发展为鸳鸯蝴蝶派。本文所使用的“写情小说”并不局限于小说自身标注的“写情”，而涵盖了上述诸多的再分类。写情小说成为世间的一大流行，这至少为读者带来了丰富的阅读刊物，为写作者提供了生活保障，为

---

① 本文以《“情”“德”之间的浮沉——作为晚清写情小说者的吴趼人的肖像》为题，发表于[日本] 东京大学《アジア地域文化研究》2008 年第四号。

② 阿英：《晚清小说史》，第 173 页；鲁迅：《中国小说史略》，上海古籍出版社 2006 年版，第 264 页。

③ 菊池幽芳：《新聞売子》，1897 年 1 月 1 日—3 月 25 日连载于《大阪每日新聞》。1909 年，大阪骎骎堂出版单行本。

出版者带来了经济效益。然而，文学家对于“写情小说”的评价并非褒扬。阿英的评价，不仅如其划归的“末流”之清楚显示，还有更直接的评语：“此书除背景外，实无可取处。”[①]诚然，很多研究都评论这一时期的写情小说是对政治功利论的突破，但另一方面又称之为“无情的情场”。[②] 所谓“无情”，是因为写情小说所写的不是人们一般想象的男女真挚的爱情，而是“主人公要不为了政治而忘情，要不为了礼义（名教）而绝情，要不为了金钱而薄情”，[③]也就是“情”字上附加了种种价值取向。

诚然，吴趼人的《恨海》也好，非民的《恨海花》也罢，或是李涵秋的《瑶瑟夫人》、何诹的《碎琴楼》、苏曼殊的《断鸿零雁记》、徐枕亚的《玉梨魂》等一系列的写情小说，其内容大多为相恋男女因为封建礼教而最终分离的故事，也因此，晚清写情小说常常被视为“借儿女言国家、节义、自由”的特殊言情小说模式。然而，这样就能够否定写情小说的言情意味吗？恰恰相反，笔者认为，写情小说与中国通俗文学的传统一脉相承，政治小说才是在特殊的时代背景下对中国通俗小说的一个突变。纵览晚清写情小说，令人不由得叹口气。那不是因为男女主人公相恋不成、鸳鸯夭折的遗憾，而是对那些忠诚于恋人、父母、家，并因之付出青春甚至生命的女性的惋惜。这一点，正是笔者所理解的“无情的情场”的意思。在这些小说中，打破鸳鸯好梦的确实有很多家父长制的因素，也因此往往令人疏忽作为女性情丝牵挂的男主人公。也就是说，那些懦弱、自甘卑贱、不求上进、追逐名分、为己私欲的男性，竟然就在这“封建家长制”的大牌子之下被掩盖了。如果说晚清写情小说是“道德枷锁”下的小说，那么这一“道德”并不单纯是伦理道德，也不是对“爱情”压制的贬义，而是寄托了写作者理想的“道德”。换句话说，笔者认为“道德”并非就是封建的，更非“枷锁”。被视为“封建道德的卫道士”的吴趼人，未必卫错了道，更不能因此淡化甚至漠视写情小说中“情”的意义。通过对晚清主要写情小说的考察，可以得出太过于强烈的男女形象对比，简直像“性别更换”。女性的形容词是：忠贞、孝顺、慈爱、善良、深情、宽恕、勇敢、奔放；

---

① 阿英：《晚清小说史》，太平书局 1966 年版，第 174 页。

② 陈平原：《中国现代小说的起点——清末民初小说研究》，北京大学出版社 2006 年版，第 220 页。

③ 陈平原：《中国现代小说的起点——清末民初小说研究》，第 220 页。

男性的则是：多愁、善感、文弱、懦弱、自私、逃避、被动。莎士比亚说："弱者，你的名字是女人。"这句话至少不能套用于晚清写情小说。虽然，大多数的女性体弱纤细，情绪敏感。可是，几乎所有的男性也同样地感时伤世，男人没有成为女人的保护者，反而成为女人照顾的对象。这种反差大约可以从两个方面探求：第一，晚清时期，知识分子地位的边缘化造成了心理上的脆弱化。第二，改良知识分子意欲通过小说拯救日趋堕落的士风，促进儒家道德的恢复。"中国文学"一般给人以政治功利性较重的印象，即便"晚清写情小说"也被圈束于礼教之中。写作者通过最能打动人心的言情，灌之以理想、伦理，娓娓叙来，实现了中国文人经世致用的传统思想。

然而，古往今来的"中国文学"其实也是重情文学。"诗言志"与"诗缘情而绮靡"[①]是中国古代诗学研究的两大命题，很多时候被视为相对立的一组概念。为政治教化服务和自由抒发性灵的两种诗学审美，对后来被纳入"文学"范畴的"小说"也产生了重要的影响。如果说"言志"是中国小说的一个正面的"传统"，那么"缘情"就是一个"潜在"的传统。"言志缘情"一直相互纠葛，在某一时期，可能"志"显得突出，而某一时期则"情"突出。当晚清中国在遭遇了风云突变，面临着国破家亡的命运时，"言志缘情"的冲突也就显得格外分明。"托物予志"不仅仅是中国文人在传统与近代、本国与西方的文明冲突之际所表现出的理性思考，更是克服了内心情感挣扎所表现出的中国文人的救世情怀。提出了政治功利论的梁启超创作的政治小说，被视为也自认为毫无文采而对不起读者。[②] 但是，梁启超并非不会写小说，恰恰是一个性情中人。从他对域外情人的眷恋与愧对，[③]从其后半生撰写的重情文论[④]来看，这不是简单地一分为二的文人生涯，而是一贯到底的文人命运——传世与觉世，[⑤]夏晓虹的这句评语一针见血地指出了梁启超乃至中

① 陆机：《文赋》。

② "专欲发表区区政见，以就正于爱国达识之君子。知无以餍读者之望矣，愿以报中他种之有滋味者偿之。"载梁启超《新中国未来记・绪言》。

③ 1899 年 12 月，梁启超前往英国，途中在美国檀香山结识了红颜知己何氏。梁为此前后共写了 24 首情诗，发表于《清议报》。1900 年，梁在给妻子李氏的信中告白了这一海外恋情。李氏表示接纳，但梁拒绝了。他说，"亦发乎情，而止乎礼仪而已""余今日为国事而走天下，一言一动，皆为万国人所观瞻，今有此事，旁人岂能谅我"。

④ 梁启超后期撰写了很多关于艺术情感的论文，如《中国韵文里头所表现的情感》《情圣杜甫》《屈原研究》《陶渊明》。

⑤ 夏晓虹：《觉世与传世：梁启超的文学道路》，中华书局 2006 年版。

国传统文人的一个文学精神。

晚清写情小说未必就是伦理道德的代言人，甚至还有很多反道德的描写。所谓反道德，正是人性之情的表现。为写情小说作定义并撰写了四部主要写情小说(《电术奇谈》《恨海》《劫余灰》《情变》)的吴趼人偏偏以谴责小说《二十年目睹之怪现状》成名在先；创造了中国小说翻译史奇迹的林纾，笔下最多的就是言情小说，还创作了很多才子佳人的小说。本文以吴趼人为对象，分别从其小报生涯、1902 年转折点、1902 年以后的 3 个阶段展开讨论。[①]

一、游戏小报生涯的"侠骨柔情"

毋庸置疑，1906 年，吴趼人在《恨海》开篇中所述的一段"写情说"，常常成为他被视为"封建道德的卫道士"的重要根据——"这段故事叙出来，可以叫得做写情小说，我素常立过一个议论，说人之有情，系与生俱来，未解人事以前，便有了情。大抵婴儿一啼一笑都是情，并不是那俗人说的'情窦初开'那个情字。要知道俗人说的情，单知道儿女私情是情；我说那与生俱来的情，是说先天种在心里，将来长大，没有一处用不着这个情字，但看他如何施展罢了……至于那儿女之情，只可叫作痴；更有那不必用情，不应用情，他却浪用其情的，那个只可以叫做魔。还有一说：前人说的那守节之妇，心如槁木死灰，如枯井之无澜，绝不动情的了；我说并不然，他那绝不动情之处，正是第一情长之处。"[②]

洋洋洒洒的吴氏"写情说"包含了 3 层含义：一、情是先天就有、与生俱来的"对于君国施展起来便是忠"。二、情的范围极广，不能局限于儿女私情，且儿女私情不是真情而是痴情。三、情的范围虽然极广，但只有止于礼、合乎礼的情才是真情、正情，否则即是"痴"或"魔"。这其实是人性与道德双重意义的"写情说"，"醉翁之意不在酒"。以"忠孝慈义"为核心内蕴，以个人"小情"服从于社会"大情"的主题意向，是著者赋予《恨海》的更深层面

① 吴趼人作品及资料主要参考《吴趼人全集》(十册)，北方文艺出版社 1998 年版。以下不再另外标示。

② 吴趼人：《恨海》，第一回。

的主题意蕴。这种主题意向不仅在晚清盛行一时，而且对民初以后的言情小说有着广泛的影响。然而，吴趼人果真实践了自己的这个主旨吗？他说："作小说令人喜易，令人悲难，令人笑易，令人哭难。吾前著恨海，仅十日而脱稿。未尝自审一过，即持以付广智书局。出版后偶取阅之，至悲惨处，辄自坠泪，亦不解当时何以下笔也。能为其难，窃用自喜。然其中之言论理想，大都皆陈腐常谈，殊无新趣，良用自歉。所幸全书虽是写情，尤未脱道德范围，或不至为大君子所唾弃耳。"[①]吴趼人虽然庆幸符合"道德"范围，也符合了"君子"的习性即中国文人的儒文化下的文学观。可是，无论晚清写情小说如何的要为自己的立足而寻找端庄的"帽子"，终究想要表现的还是"情"。吴趼人为《恨海》的自辩，其实不正更侧重于前半部分——对擅写言情的沾沾自喜吗。[②] 笔者似乎看见了一个恐受世人指责而努力树立正统，却又在一旁为如鱼得水地写出儿女之情而偷笑的吴趼人。究竟哪一个才是闻名遐迩的谴责小说家吴趼人的真实面貌呢？

关于吴趼人的研究，多集中于谴责小说，对他的写情小说的研究虽也不少，但大多为个案分析。胡全章的《吴趼人小说研究》对此进行了深入考察，[③]不过，其对吴趼人小报及写情小说的论述停留在道德救世的情怀的层面，对于"非正途"的创作认为是近代上海都市经济发展的原因。生态环境的改变当然与吴趼人的创作具有密切的关联，但是，文人做文章的趣味是贯穿于整个生涯的。文学有自律，文人会自娱。如果仅仅因为救世理想或经济利益而创作，写情小说不可能突破政治性的近代小说理论，也不能在鸳鸯蝴蝶派之后成为"五四"新文学中"人性解放"的启蒙。

吴趼人，生于北京而长于广东，吴家是佛山望族。祖父没后家道中落，吴趼人于1883年(18岁)离家至上海谋生，直至病殁在上海度过了27个春秋。他先在茶庄做伙计，不久在江南制造局谋到抄写员的职位，度过十三四年。此间，苦学古文，博览群书与报刊。因受李伯元《游戏报》[④]的影响，二人成为挚友，并辞职走上主持小报笔政的报人生涯。相继主持《消闲报》《采

① 《月月小说》第8期《杂说五》。

② 范伯群也指出："《恨海》中他处处反对自己，他主要写的还是男女之情，因此，他不自觉地将作品写成了'写痴小说'。"载范伯群《中国现代通俗文学史》，北京大学出版社2007年版，第129页。

③ 胡全章：《传统与现实之间的探询——吴趼人小说研究》，河南大学出版社2006年版。

④ 1897年6月创办。

风报》《奇新报》《寓言报》，直至1902年3月辞去《寓言报》主笔，吴趼人经历了将近5年的小报生涯。

在这期间，可以想象吴趼人在各种小报上撰写了大量的文章，如《食品小识》[①]《在上海绅商第二次拒俄约大会上的演说词》[②]《吴趼人君演说》[③]《政治维新要言》[④]。除此之外，虽不是刊于小报，但也作于该时期的还有《趼廛诗删剩》[⑤]《海上名妓四大金刚奇书》[⑥]。因此，这里面就发现了一个有趣的问题，吴趼人身为沪上知名的小报报人，不仅做花柳游戏文章，同时写有关于社会问题的严肃文章。如果再考虑到《糊涂世界》刊登于《世界繁华报》（李伯元的《官场现形记》《庚子国变弹词》也刊登于《世界繁华报》）的问题，确定"小报"的内涵就显得十分重要。

何谓小报？何时产生？学术界对此进行了很多研究，[⑦]基本上将李伯元创办的《游戏报》定位为小报始祖。从版面、内容等概括的"小报"，简单地说就是"休闲性的小型报纸"。[⑧] 对此，笔者认为，因为小报的内容在各个时期都有所变化，而每一时期的研究者都会受到当时社会氛围的一定影响，对小报的定义也会有所变动，所以不妨以最初的社会约定俗成的说法——即戏报、花丛报来作为19世纪末20世纪初、至少吴趼人的报人生涯的主要内容吧。[⑨] 继而，根据《游戏报》《消闲报》《采风报》《寓言报》等版面设置，例如游戏小品、卷头诗、寓言的栏目可以清楚地看出李伯元所说的"不得不假游戏之说，以隐寓劝惩，亦觉世之一道也"[⑩]的意图，可是，事实上一介书生对时政世风心有余而力不足，反不如游戏讽刺来得痛快，或者直接往娼优才情

---

① 1898年2月21日《游戏报》第245号，原作于1897年12月。

② 1898年3月27日《中外日报》，原题《吴君沃尧演说》，演说时间为3月24日。

③ 1901年3月26日《中外日报》。

④ 1902年4月上海书局出版，原作于1897—1898年，又名《趼呓外编》，曾部分刊登于《字林沪报》等报刊。

⑤ 1907—1909年《月月小说》第4、5、7号上连载。

⑥ 1898年7月上海书局刊行，作于1898年上半年，曾在《消闲报》上连载19回。

⑦ 最早提出"小报"一词的是1917年姚公鹤的《上海报纸小史》。1928年，戈公振的《中国报学史》、胡道静的《上海新闻事业之史的发展》、赵君豪的《中国近代之报业》、范伯群的《中国现代通俗文学史》、李楠的《晚清民国时期上海小报》中都有详细论述。

⑧ 李楠：《晚清民国时期上海小报》，人民文学出版社2006年版，第22页。

⑨ "昔南亭亭长李伯元征君创《游戏报》，一时靡然从风，效颦者踵相接也。南亭乃喟然曰：'何善步趋而不知变哉？'"载周桂笙《新庵笔记·书繁华狱》。《游戏报》内容有谐文、笑话、花史，它的成功在上海带来了办小报热潮。"从《采风报》编者阐述都市嫖妓合理性的理论中，能够窥见晚清小报文人身上世俗而实利的市民文化意识的萌芽。"载李楠《晚清民国时期上海小报》，第79页。

⑩ 《论〈游戏报〉之本意》，《游戏报》第63期。

的关注上去了。[①] 因此,小报报人的真正意图大约还是在于"唤醒痴愚""游戏指南""茶余酒后的谈助"。[②] 文人办小报固然有啼笑之间针砭时弊的指向,但设立花榜、为娱乐指南的趣味性更大。小报正是以短小篇幅——适合都市人的生活节奏,采用趣味性新闻、逸事、小品、文艺小说的体裁——适合都市人的休闲娱乐的特点,而成为一种折中的时尚报刊。

上述吴趼人的小报文章中,《在上海绅商第二次拒俄约大会上的演说词》与《吴趼人君演说》表述了作者希望民众热心拒俄,共勉卧薪尝胆之心。

《政治维新要言》是 1897—1898 年戊戌变法年间,吴趼人闭户养病所作。吴趼人每天看报,知晓时事,空闲时就作一篇文章,结成了 60 篇的一本集子。这本杂论分为两卷,包括了《保民》《制度》《说刑》《说法》《教仕》《议院》《游历》《交涉》《律师》《邮政》《洋税》《专利》《厘金》《公司》等有关国家农业、军政、法律、邮政、留学、经济、商业的事务。以吴趼人一个非官方、非留洋的民间人的身份来看,他深切关注着治国治世的方方面面。尽管不是坚决的革命派,而以中体西用的保守主义姿态,在政治、军事等多方面寄托了对维新改良派的期望,体现了一定的进步思想。例如,他重视孟子学说,以民为重,主张开民智,办学堂;讲究实学,赞扬经济特科;批判捐纳制度,以贤为用;主张德育,激发人的道德羞耻心;主张中西合用,道术合璧;希望官民相互信任,上下相通而治国;重视出国游历,办实事;主张适度的礼制,平易近人;呼吁自强,以在国家交涉中不受欺侮……文章以文言书写,短小精练。如果说按照积极入世的意愿,吴趼人完全可与改良派更为接近,更多地投入时政运动中。但是他却驻留于经济都市上海,开始了报人生涯。当时,中国的近代报刊已经蓬勃发展起来,尤其政论性报刊层出不穷。吴趼人主宰的却是小报。所以说,吴趼人本来就不是精英式的知识分子。

《食品小识》记一种燕窝糖精,提神醒脑,携带服用又方便。其实就是一篇为商家做的广告。这篇文章在当年连续刊登了 40 多天,署名"南海吴趼人"的吴趼人也没有受到什么批评。但是 1910 年所做的广告《还我魂灵记》

① 晚清小报中大量充斥着上海名妓的花边新闻,晚清小报与上海花界关系极为密切,两者相互依存。"变了质的'士'、妓各有所图,两厢情愿,一拍即合。"载李楠《晚清民国时期上海小报》,第 41 页。

② 范伯群:《中国现代通俗文学史》,第 52 页,对李伯元的《游戏报》的主旨进行了精辟的分析。

却受到了很大的责难。[①] 似乎社会将他定位为一个针砭时弊的高层次的进步人士，而不能出现为利益为娱乐的俗气。的确，吴趼人后来的《二十年目睹之怪现状》《糊涂世界》《发财秘诀》《上海游骖录》对社会黑暗、道德败坏进行了有力的批判，不折不扣符合大君子的治世理想。也因此，吴趼人在《恨海》一书中对"情"细细阐释而试图摆脱嫌疑；也因此，《海上名妓四大金刚奇书》被否定为其作品。[②] 然而，包括四部写情小说、北里小说、早期的诗作在内，笔者确定吴趼人对于非政治社会性的"情"的重视，也确定了他作为一个通俗小说家的根本的兴趣所在。

《趼廛诗删剩》是 32 岁以前所作。诗作本来丰富，但在发表时删除了很多，[③]留下的只有 84 首。其中，虽然有《行路难》之类不畏世道艰辛、勇敢努力的志向，但更多的是《柳絮》《薰被》《宫禁》《闺中杂咏》《倚琴楼诗》《赠湘南某姬》一类缠绵的闺情诗。难怪吴趼人在自序中写道："丁戊以后，惯作大刀阔斧之文，有韵之言，几成绝响。偶复检视，俨如隔世，进退步之思想不同邪？穷痛境之感触有别耶？殊不自解。然而少年之状况，转藉此以得不忘焉，故录存之。……揆镜自视，须髯戟张，犹复不忘此绮腻之言，其亦自顾而益增渐惶也夫。"[④]进退步的定论尚早，但是这些年轻时写的诗在 1907 年吴趼人 41 岁时重新整理出来刊载于《月月小说》，这对于已经于 5 年前终止小报事业、成为谴责小说家的吴趼人来说意味深长。尽管"辞气浮露"，但谴责小说毕竟"揭发伏藏，显其弊恶，而于时政，严加纠弹"。[⑤] 绮腻的韵文与大刀阔斧的白话文迥然有别，这恰恰证明了吴趼人内心对真情的渴望。

他不仅重新整理了这些诗，还著有 5 种笔记小说（均被评价为格调不高的记录传闻逸事的小文章），又写了很多的笑话、寓言和滑稽小说、秦淮柳枝

---

① 此文是为上海中法大药房出品的"艾罗补脑汁"所作。药房老板黄楚九将该文与吴趼人的照片一起刊登于沪、汉等地报纸，招徕顾客。吴趼人因此受到非议。在他去世时有人送挽联"百战文坛真福将，十年前死是完人"。

② 关于《海上名妓四大金刚奇书》的作者考证，详见胡全章《传统与现实之间的探询——吴趼人小说研究》一书。

③ "年少无知，有作辄存，一览便增汗颜矣。十年以来，删汰旧作，仅存二三。"载《趼廛诗删剩·自序》。

④ "年少无知，有作辄存，一览便增汗颜矣。十年以来，删汰旧作，仅存二三。"载《趼廛诗删剩·自序》。

⑤ 鲁迅：《中国小说史略》，第 258 页。

词。可见，吴趼人在文人世俗化的问题上显得十分坦然。这也是因为他接受传统教育并非十分深刻且多杂学的缘故。吴趼人对于传统教育的受容与他横跨游戏与谴责、“德”“情”兼容的写情小说理念具有深刻的关联，关于这一问题后文还将讨论。

二、《吴趼人哭》的“反思”

1902年3月，吴趼人作《吴趼人哭》，为风俗人心时局痛哭，反思“以开化为宗旨”的小说创作计划。这篇文章常常被视作吴趼人由小报报人到谴责小说家的转折点。的确，文章写后，吴趼人应邀担任《汉口日报》主笔，拒绝了经济特科的保举，[①]选择了小说家之路。[②] 他对梁启超的小说界革命表示赞赏，[③]在1903年8月号的《新小説》上同时发表《痛史》《二十年目睹之怪现状》《电术奇谈》《新笑史》四种小说。其中，最引人注目的就是《二十年目睹之怪现状》。无独有偶，李伯元的《官场现形记》、刘鹗的《老残游记》、曾朴的《孽海花》都在本年出现，一举促发了晚清著名的谴责小说之潮。

提出小说界革命的梁启超，虽然意图借文扬政，但是他显然在小说界遇到了挫折。《新小説》的政治小说无法引起读者的兴趣，就不能实现政治抱负，也不能贯彻文学理念。《新小説》实际上让位于半社会半通俗的吴趼人。其后，由吴趼人为主要创作者、由其好友周桂笙为主要翻译者的模式支撑着《新小説》直到终刊。后来，吴、周二人所办的《月月小说》基本上也继承了《新小説》的模式。1904年冬，吴趼人去了山东，三个月后返沪，据说是担任河工职务，但因不习惯官场而离职。1905年春担任《楚报》编辑。这一系列的文笔活动和社会活动，都显示出与前期笔耕的巨大差异。可是，这是否能够说吴趼人“转向”了呢？

如果说，吴趼人在1902年前后反思在小报上的荒废，那么1903年之后他所撰写的大量小说，不仅有谴责、社会、历史、立宪，还有很多写情、侦探、

---

① 根据1902年12月3日天津《大公报》上的《保举经济特科员名单》，可知曾广汉同时保举了李伯元和吴趼人。

② 其心态在《最近社会齷齪史·序》中有所表露。

③ 《月月小说·序》。

上海艳迹，就无法定论吴趼人的“反思”。吴趼人参与《新小説》的契机何在？吴趼人主持的《新小説》的风格虽然与梁启超的政论性刊物有区别，但在“保守旧道德”上流露的对传统重视、对文艺美学的重视（尤其与后期梁启超的文学活动）则是一致的。

《吴趼人哭》究竟能否表明他在思想上的转变？小报虽然不做了，娱乐文章却时不时出现。而且，他的挚友李伯元不是在经营《世界繁华报》的同时也创作了著名的谴责小说、历史小说？李伯元在小报上开花榜、设花冢、命名四大金刚，这种文人圈子的影响当然很大。[①] 吴趼人虽然离开了小报，但未必离开了“娱乐圈”。从他的《应酬告白》[②]所说“戒嫖会总董吴趼人”约同人在一品香（上海的第一家西餐厅）会议，《海上名妓四大金刚奇书》中提及的张园、徐园、杏花楼来看，都证明了这一点。

那么，吴趼人究竟“哭”什么？“吴趼人为何哭也？天下事有极可怒者，有极可哀者，更有怒之无可容其怒，哀之又不仅止于哀者，则唯哭之而已”，[③]对整个社会既怒且哀却又无可解脱，吴趼人唯有痛哭。这只能说是性情中人。《吴趼人哭》作有57则，例如，读书人视平民所说“我，中国一分子”是痴话，吴趼人哭文人以金钱衡量人；明日即将丧偶，今日便找人作续弦之计，吴趼人哭世人无夫妇之情；太平天国时期，宫廷宝物流失民间，世人竞相求购，好呈送皇上得功名得官职，吴趼人哭世人以国家财产作为发财之路；不学无术者偶然进学，竟要开报馆，吴趼人哭报馆乃是公众舆论之处，竟遭儿戏；中国无开化无进步不能维新，不是因为读书人太少，正因为读书人太多，吴趼人哭读书人墨守成规，为八股所拘，为功名所趋；吴趼人自己无进步，他人亦无进步，吴趼人哭全国人都不进步，国家无希望；慷慨之士对人毅然解囊，可是自己有难时，竟无一人肯帮助，吴趼人哭世态炎凉；别人游历出洋，自己无经济力量，吴趼人哭；回想五六年来主持小报，荒废了光阴，吴趼人哭；少年时虚度岁月，长大后为生活奔波，新学旧故均不如人，吴趼人哭；顽固派视新学为离经叛道，西学者则诋毁常经，吴趼人哭；世人不读《吴趼人

① 李伯元有一别号为“花界提调”，即妓界的总指挥总调度。可见，他的周围是有一帮趣味相近的文人的。1898年，李以《游戏报》为依托，在上海创办“海上文社”，并办《海上文社日录》，每日一册。参与这一文社的都是海内外名士。如孙玉声、潘兰史、永井久一郎、孙同康等。

② 1902年2月23日《春江花月报》。

③ 《吴趼人哭》。

哭》、世人读《吴趼人哭》而认为没有必要哭、世人与吴趼人同哭，吴趼人均哭，等等。

这些内容，平常无奇。如果放在其他文人身上，不会显得突兀；甚至放在一般有文化的普通人身上，也在情理之中。或者，很多人不会因这些事而哭。可见，吴趼人所哭的对象并非穷凶极恶，他的心境也不是历经沧桑之后的绝望，而是感性的哀痛。他的这些“哭”道德、生活、风气、文人地位与社会作用等种种不如意，很大程度上取决于“性刚毅，不欲下于人”①的性格。这样的傲岸不逊，当然对世事格外敏感，动辄愤慨。而研究者将《吴趼人哭》视为转向的标志，恐怕也是因为其中一则“回思五六年中，主持各小报笔政，实为我进步之大阻力，五六年光阴遂虚掷于此”的缘故吧。可是，吴趼人在从事小报之前是做了 13 年的抄写员，虽然有怀才不遇之感，但岂不更加荒废时间吗？小报可以说是他第一个专业笔耕，②谈不上“不进步”（更何况还作有《政治维新要言》）。梁启超振臂一呼小说界革命，以小说为手段进行国民教育、国家改良的呼声得到了众多的响应者，吴趼人理所当然地受到了很大刺激，引发了内心苦于救国的文人的心灵认同。然而，他作为一个不进官的民间人、作为一个不经营商业的书生，一方面在政治思想上达不到政治家的高度；另一方面受制于经济生活，因此，吴趼人所撰写的各类政论、小说、娱乐小道都表现了最自然的思想状态。

吴趼人曾作有一首小诗：“傲骨何嶙峋，惯于世人忤。尔志虽高尚，尔遇乃独苦。一蹶复再蹶，于尔究何补。或因太违俗，转为俗客侮。輾然试一笑，竭力学媚妩。从今见路人，路人或与伍。还我真面目，壮心达千古。”③这或许可以解释他徘徊于游戏与谴责之间的态度。

三、亦庄亦谐的多产作家

由于《吴趼人哭》一文，似乎将吴趼人的文学创作分成了两个阶段：前

① “岸然自异，生负盛气。”载李葭荣《我佛山人传》，载鲁迅《中国小说史略》，第 262 页。

② 中岛利郎：《吴趼人传略稿》，载《吴趼人全集·第十卷·吴趼人研究资料汇编》。吴趼人在江南制造局工作之余常常在上海各新闻报纸上发表短文，但是这时期的文章几乎全部散佚。吴趼人去世后出版的短文汇集《趼廛笔记》《我佛山人札记小说》中所收该时期作品大概占相当数量。

③ 《以西洋摄影法摄得小像，笑容可掬，戏题此章》。

期是娱乐性的小报报人，后期是维新改良主义的鼓吹者。作为证据，可以举出《痛史》《二十年目睹之怪现状》《九命奇冤》《瞎骗奇闻》《新石头记》《糊涂世界》《两晋演义》《上海游骖录》《近十年之怪现状》以及很多短篇小说，如《庆祝立宪》《准备立宪》《大改革》《黑籍冤魂》《立宪万岁》《平步青云》《快升官》《讥弹》《人境学社鬼哭传》《光绪万年》等作品。

怪现状之描写社会黑暗、暴露人性丑陋；立宪小说之揭露立宪改革的欺骗性，与维新改良派分道扬镳；对官场黑暗的批判、对固有之道德的维系、对外国侵略的痛恨都体现了吴趼人的进步思想。他用小说干预现实，有时甚为激烈抨击。可是，另一方面，吴趼人作为一个多产作家，他的写作范围远远超出了这些。《电术奇谈》《新笑史》《新笑林广记》《中国侦探案》《胡宝玉》（又名《三十年来上海北里怪历史》《上海三十年艳迹》）、《恨海》《俏皮话》《劫余灰》《无理取闹之西游记》《我佛山人札记小说》《滑稽谈》《情变》《秦淮杂感》《秦淮柳枝词》，这体现了一种轻松、抒情、志怪的趣味性。

《俏皮话》抨击庸俗无聊的世风习俗；《我佛山人札记小说》中多记荒诞不经的妖狐鬼怪故事，宣扬妇女节烈；《我佛山人滑稽谈》中把官场比作妓院，将官吏比拟为强盗、衣冠禽兽和吸人血的臭虫。这些作品对贪污受贿、敲诈勒索、崇洋媚外、吃喝嫖赌的行径，对清廷的“立宪”“改革”“国会”“议员”作了无情的揭露和讽刺。

如何解释认真面孔下的吴趼人为何写了这么多的寓言、笑话、北里、情诗、广告作品呢？是由于经济原因吗？对于吴趼人的经济状况，有不同的研究意见。有的认为吴趼人从父亲过世到上海谋生起，就一直为生活所困。在他病逝时，身边还不足 2 元钱。[①] 如果照此分析的话，那么就会得出吴趼人出于生计的原因而撰写了很多非政治社会类小说的结论。这样一来，就很容易理解他游戏与正统的双面孔。然而，果真如此？至少，吴趼人在李伯元病逝时撕毁了 200 元的借条，而自己病逝前刚搬了家。[②]

吴趼人在 1903—1910 年共创作长篇小说 19 种，其中未完成的 5 种；短

---

① 杜阶平在《书吴趼人》中指出吴趼人卒时，家无余财，检其衣袋，仅余小洋四角。朋友们筹款办理了后事。魏绍昌编：《吴趼人研究资料》，上海古籍出版社 1980 年版。

② 魏绍昌在《鲁迅之吴沃尧传略笺注》中指出 1910 年 10 月 21 日吴趼人从乍浦路多寿里搬到海宁路鸿安里新居。这两处都是上海的闹市。魏绍昌编：《吴趼人研究资料》。

篇小说12种，文言笔记小说5种，笑话3种；还有一些戏曲、诗歌、杂著，大约写了330万字的作品，平均每天1 000字以上。根据当时的稿费制度（虽然还不健全），吴趼人将获得每天2元的收入，如此一来，一个月不是要60元以上？这与他当时在江南制造局的月薪8元成8倍的增长。清末民初的高薪阶层（如中学校长）月薪也不过70元左右。[①] 吴趼人名气很大，甚至有商人愿意出300元请他做广告文章，[②]由此可见，吴趼人的收入是丰厚的（至于他去世时的困窘，大约是因为慷慨或娱乐的"散财"吧）。那么，他写写情小说、侦探小说就不能简单地解释为迎合市民市场的需求。这又该如何解释呢？

先看一个有关吴趼人人生态度的重要问题。吴趼人的历史小说都中断未完，是因为丧失了教育人民的热情吗？很多研究都认为吴趼人自写《二十年目睹之怪现状》起就为社会黑暗所失望，甚至产生了悲观厌世的想法，尤其在《上海游骖录》中直接表现出来。可是，倘若如此，为何还具有创作的热情呢？《新石头记》中描写的未来社会不是寄托了很多理想？吴趼人矛盾与痛苦的心路历程是可以想见的，但是，从他的立宪小说、《最近社会龌龊史》《情变》中所体现的对清廷的暴露、官场的抨击、人性的解放，可以说明吴趼人积极的态度。"凡抱厌世主义的人，都是极热心的人。他嘴里说的是厌世话。一举一动行的是厌世派，须知他那一副热泪没有地方去洒，都阁落落、阁落落流到自家的肚子里去呢""大抵抱厌世主义的人，不是冷极，倒是热极""什么冷极热极，不过恨极罢了"，[③]真正的"厌世"是对世事的无动于衷，"恨"其实证明了"热爱"。

因此，也就是说，吴趼人是怀着满腔热情地生活着。"傲骨何嶙峋，惯于世人忤"，即便非正道的文章可能招致非议。作为一个文人，首先应当重视吴趼人所受的文化教育以及因此培养的文人趣味。吴家是名门世家，其父任浙江巡检之职病逝的时候吴趼人17岁。[④] 所以，吴趼人从幼年至17岁，家境还是不错的，但是他读书却似乎很晚，8岁时从蒙师受业，13岁时入佛

① 包天笑：《钏影楼回忆录》，山西古籍出版社1999年版，第355页。
② 周桂笙：《吴趼人》，载魏绍昌编：《吴趼人研究资料》。
③ 此三处引用均出于吴趼人：《上海游骖录》，第一回。
④ "光绪壬年（1882）八月，得先君书，诏赴宁波省疾。时余年甫十七。"载《趼廛笔记·神签》。

山书院肄业，曾学绘画。这与《吴趼人哭》中所述“回忆少年时虚负岁月，未尝学问，如处尘雾之中”一致。再如《劫余灰》中记“还记得我从小读书时，曾经读过《中庸》……”，似乎他在四书五经上所受的教育并非十分深刻，尤其恶宋儒之学，坚决摒弃八股文。[①] 从这些文化教育中可见，吴趼人是一个受正规教育不那么多的杂学家。而他在父亲过世后为维持一家生计来到上海，在这座开埠的经济都市里开始了青年时期。刚毅的性格、杂学的知识、经济环境的改变使得吴趼人并不需要顾忌太多的文学正统，可以不用走“仕途经济”之路，而可以获得“笔耕经济”之路，并实践文人趣味。

1897年，德国强占胶州湾，俄国占领旅顺大连。变法维新开始后出现了《国闻报》等诸多的革命派报刊，吴趼人此年32岁，游苏州，开始小报生涯。也就是说，在蜚声中外的戊戌变法发生之前，吴趼人似乎没有受到很多维新思想的影响或与维新派直接接触。[②] 这可以表明，至少在主观上，吴趼人不是梁启超那种志气昂然、为国家政治理想孜孜以求的激进派人士，而是在上海积极生活而又关心国家危亡的文人。然而，小报并非无聊之举。一方面可以满足旧文人喜好风雅的情趣；另一方面可以阐述每一个爱国者的心声。这或许就是谴责小说之所以出现于小报、小报文人之所以成为谴责小说家的缘故吧。范伯群将谴责小说定位为“中国社会通俗小说现代化的开端”，[③]是十分中肯的评论。

吴趼人模仿《游戏报》举办了花样繁多的各类“花榜”，参加花局；妓女去世，吴趼人作挽联吊唁。《胡宝玉》描写了上海妓院琐事，却与梁启超之《李鸿章》异曲同工。[④]《海上名妓四大金刚奇书》经过了多年实地采访，花费半年心血完成。[⑤] 那么，这部颇费心血的作品究竟写了什么？《采风报》《游戏

① “君恶宋儒之学，于朱氏熹尤多所诟病。”载李葭荣《我佛山人传》，载魏绍昌编：《吴趼人研究资料》。

② “他虽然生在晚清，但似乎对维新派几个思想家如康有为、梁启超、谭嗣同、严复等的著作和翻译，都未深入系统地研究过，更不要说以后革命派如孙中山、章太炎和邹容等人的著作了。……是比较纯洁的文人和书生。”载任访秋《吴沃尧论》，载《吴趼人全集・第十卷・吴趼人研究资料汇编》。

③ 范伯群：《中国现代通俗文学史》，第3页。

④ 1901年末，李鸿章去世后两个月完成。周桂笙写书评：“此书之作，即所以传宝玉者，故名之曰《胡宝玉》。仿《李鸿章》之例，其体裁亦取法于泰西新史。”

⑤ “采访数年，经营半年，始克成书。虽无足重轻之言，自谓颇费心血。”载吴趼人《海上名妓四大金刚奇书・题识》。

报》上曾经登过该书的出售广告，[1]预告北里故事。

天界的四大金刚(即四大天王)魔礼青、魔礼红、魔礼海、魔礼寿，司风、调、雨、顺之职。却动了凡心想到人界去，于是被元始天尊收了交与转轮王发落。不料，魔礼青逃脱下凡，化为女身。天尊吩咐道童下凡，化为男身，且胸有负心背约符。道童转世为金章伯，去北京参加会试的途中寻花问柳花光了钱，巧遇妓女沈小青，两人结下了情缘。小青助金氏赴试，金氏果然中了状元。可是，负心符发作，金章伯背信弃义。小青寻去反遭唾弃，于是状告氏金却不得。小青吞金自尽。小青终于来到阴司与三兄弟重逢。四大金刚投生，经历了几番磨难，均入娼家，成为上海的四大名妓。春菲(即小青)与金章伯再次发生纠葛。四大名妓最终穷困潦倒，被天神收回。谁知，四大魔头没有显出原神，反而变成4个畜牲：狐狸、猕猴、狗、猪。该书分为100回，每篇短小而通俗，神怪、因果报应写得有趣。

虽然，此书也对上海妓院的情形(及苏州、济南的妓院)，妓女之间的相互斗殴，妓女捧角的丑态作了一定的描写，但主要还是叙述了妓女与客人之间发生的故事。“花街柳巷，无非淫贱流娼；帽影鞭丝，尽是逐臭臧获”，[2]魔礼青第一次转世时，尚有唐传奇中女子气节高尚的品质，但在第二次转世时就完全是烟花女纸醉金迷、利欲熏心的故事了。因此，虽然故事并不复杂，也完全称不上嫖界指南，但在某种程度上与狭邪小说相通。“青天碧海尽情痴。莽红尘，几多情累。朱颜空对镜，绿鬓总成丝，驹隙难追。问人生，谁悟其中理?”[3]作者的目的就在于醒世，因果报应寄予了劝善惩恶的意识。当时，上海盛行“溢恶”[4]的狭邪小说，可见，世人吹捧名妓，文人出入妓院的风流已经成为一种风尚，而不是“恶”的趣味。[5] 书中写道：“至于洋场顽笑的去处，他也逢场作戏，学人选舞征歌。但自顾是个寒士，所以不敢十分放浪。

---

① “年来海上游客多指林黛玉、陆兰芬、金小宝、张叔玉四妓为四大金刚，后又以金小宝不胜金刚之任，而以傅钰莲补之。此虽为游戏笔墨，而冥冥中殆有定数存焉。抽丝主人探悉其来历，乃撰成《四大金刚奇书》以供同好，将之前因后果历历绘出，令阅者如身入各中。至于悲欢离合之情形、因果报施之奇巧，尤足令人拍案称奇。”载《绘图海上名妓四大金刚奇书出售》。

② 《海上名妓四大金刚奇书》，第五十一回。

③ 《海上名妓四大金刚奇书》，第一百回《北新水令》。

④ 《鲁迅全集·第8卷·中国小说的历史的变迁》，人民文学出版社1963年版。

⑤ 张春帆、孙玉声的小说中都认同了这种时尚，甚至以之自况。《谭瀛室随笔》称章秋谷：“盖宇宙间独一无二之全才，亦即张君以之自况也。”见蒋瑞藻编：《小说考证》，上海古籍出版社1984年版，第417页。

到了中年，愈加敛迹。话虽如此，外面花柳场中的事物，常常有人引作笑谈。这抽丝主人，每每听见，便默记在心。”[①]这段话基本上可以看作吴趼人的自述。

吴趼人所作《胡宝玉》也是为妓女立传的文章。中国古代有很多妓女传，文人墨客争相与之交流。“古来名妓，如薛涛、苏小之流，其名动当时而垂后世，为风流名士所望风怀想者，正不知几人，初未闻有从而贱之者也”，[②]吴趼人大约也是具有这样的倾向的。虽然，此时的上海名妓在道德品行上大多败坏，具有气节的不多，[③]吴趼人还是主张将传闻逸事记录下来。妓女来历、北里变迁之历史、上海游客之豪侈、花丛之笑柄、花丛事物起源、洋场陈迹一览表，都为考察当时的上海社会风俗提供了重要的史料价值，尽管这恐怕并不是作者的初衷。能够获得这样的资料，显然是经过了仔细而长期的关注的，所以，吴趼人之所以对花柳有心，除了为小报提供素材以外，还应当考虑他内心对情感的追求。“情”不仅包括了爱情、亲情、友情等人类普遍的感情，还包含了嗜好、脾气等性格，也可以说是“人性”。关于吴趼人的婚姻情况，研究资料中只有简单的描述，因此不能确定他在家庭及家庭外的情感经历。不过，他的诗作写性灵、恶雕饰、浅而离俗；他的小说尊重人情、重视趣味。[④]

要征求吴趼人重视情感，从他的写情小说中是最清楚地可以找得的。对于他在刻画女性内心缠绵的心理方面，很多研究给予了较高的评价。他的第一部写情小说《电术奇谈》根本就符合了《新小說》的征稿需求——“本社所最欲得者为写情小说”。后来他主持的《月月小说》主旨就是“道德”与“情”。《电术奇谈》虽然是外来小说，但与另外3部写情小说《恨海》《劫余灰》《情变》一样，都是描述男女爱情的故事。吴趼人的小说中多处提倡忠孝节义而被指责为“封建道德的卫道士”，可是，一方面，作为中华民族传统美德的尊重孝顺父母、爱护丈夫、善良包容的品质本身并非错

① 《海上名妓四大金刚奇书》，第九十九回。

② 《海上名妓四大金刚奇书》自序。

③ 吴趼人《四大金刚小传》中的金小宝，曾经资助某学生出洋，一时有“侠妓”之称；《沈月春》中的月春爱上名优杨月楼，杨犯罪后百般相助，却依然被负；月春削发为尼。

④ “当前之事物言论，无趣味以赞佐之也。无趣味以赞佐之，故每当前而不觉。”载《月月小说·序》；“盖以为正规不如谲谏，庄语不如谐词之易入也。”载《两晋演义·序》。《月月小说》上刊载最多的是侦探小说、言情小说和滑稽小说。

误；另一方面，他也写了很多打破旧道德的大胆行为。对于书中的女性，读者并不会对她们的痴情或节孝而斥骂昏庸，反而寄托了无限的同情，这一点就是对“旧道德”的认可。反而，对于书中的男性，读者为他们的自私、懦弱、无情而鄙视，这一点才是对要求女性遵守旧道德的倡导者的批判。

《电术奇谈》中的印度部族酋长的女儿爱上了贫穷的英国青年。她不为门第财富所拘束，为寻找失踪的未婚夫不惜出入风尘，勇敢而机智。《恨海》中的张棣华因为庚子之变，与未婚夫逃难。途中严守礼教，却无限爱怜。未婚夫品格低劣，游荡堕落，可是棣华依旧对未婚夫充满了爱情，精细照料。最终棣华削发入尼，保持贞节。《劫余灰》中的朱婉贞忍辱负重，历经千辛万苦，保持了对未婚夫的忠情、对父母的恩情、对公婆的义理之情、对外来“妻子”的尊重之情。《情变》中的寇阿男勇敢活泼，情感炽烈，无视封建礼教。为追求幸福她可以私奔，甚至杀夫犯罪。这样的写情小说，虽然是架构于国家危难的背景之下，灌输了借儿女言国家、节义、自由的意图，但是，不可否认，它们都是成功地描写了儿女之情的小说。读者不会认为这是道德说教，更不是历史小说。所以，笔者认同这种以“忠孝慈义”为其核心内蕴、以个人“小情”服从于社会“大情”的主题意向，但是这绝不是面向女性说教的陈规旧谈，因为其实那里面是有很多打破礼教规范的大胆行为。如前所述，忠孝节义、勇敢坚贞的道德提倡的对象，更应该从写情小说的另一主体男性深入探讨。

可见，吴趼人重情也重德。正如《新小説》征文启事：“惟必须写儿女之情而寓爱国之意者，乃为有益时局。又如《儒林外史》之例，描写现今社会轻装，借以警醒时流，矫正弊俗，亦佳构也。”又如吴趼人自述，“善教育者，德育与智育本相辅，不善教育者，德育与智育转相妨”[①]“我所说的改良社会，是要首先提倡道德，务要使教育普及，人人有了个道德心，则社会不改自良，并非要扭转一切习惯，处处要舍己从人的”。[②] 不中不西、不古不新的吴趼人正是“情德并重”极好的代言人。

① 《月月小说·序》。
② 吴趼人：《上海游骖录》，第八回。

四、小　结

对吴趼人评价最多的就是"固有之道德"的维护者。这里的"道德"指的是重视民权、重视德育，多用来解释吴趼人的文学及社会活动。吴趼人的写情小说也因此被纳入"道德"小说的范围；北里小说或被否认为其作品，或被视为无意义；小报生涯被视为虚度光阴的人生阶段；笔记小说被视为意义不大。这样的评论显然是忽略了吴趼人的文人性格及其人生趣味的。纵观吴趼人的文学创作及其社会活动，常常令人觉得一种"矛盾"的人生态度。亦庄亦谐，亦雅亦俗，亦悲亦喜，亦真亦诞，体现了吴趼人复杂的心态。

近代社会的复杂性造成了转换期中国文人复杂的思想历程。李泽厚说："中国近代人物都比较复杂，它的意识形态方面的代表更是如此，社会解体的迅速，政治斗争的剧烈，新旧观念的交错，使人们思想经常处在动荡、变化和不平衡的状态中。"①吴趼人身处近代中国转换最为激荡的历史时期，处于凝缩了近代中国变革历程的都市上海，因此，他的行为必然打上了时代与经济都市发展的烙印。然而，从吴趼人最初从事小说，也就是在江南制造局当抄写员的旁余写了很多闺情诗和很多离奇的民间逸事；在主持小报的生涯里，撰写了很多游戏文章和北里小说；在《吴趼人哭》之后似乎一扫游戏态度，认真写起谴责小说、历史小说、立宪小说时，又同时横跨写情小说、侦探小说、北里小说、滑稽小说等多领域的文学生涯来看，其实贯穿他的文学活动与思想活动的主线不仅是"道德"，还潜伏着"情感"的暗线。"落拓极而牢骚起，抑郁发而叱咤，穷愁著书，宁自我始！夫呵风云，撼山岳，夺魂魄，泣鬼神，此雄夫之文也，吾病不能。至若志虫鱼，评月露，写幽恨，寄缠绵，此儿女之文也，吾又不屑。然而愤世嫉俗之念，积而愈深，即砭愚订顽之心，久而弥切，始学为嬉笑怒骂之文，窃自侪于谲谏之列。"②这段自白交代了吴趼人从事小说创作的原因——因牢骚而发泄、因穷困而谋生。正因为如此，他不具有雄伟的大志，也不全是缠绵的儿女。他虽然愤世嫉俗，但没有隐逸离俗，反而渗透于俗世之中。

---

① 李泽厚：《中国近代思想史论》，安徽文艺出版社 1994 年版，第 404 页。
② 吴趼人：《近十年之怪现状・序》。

看似宣扬礼教的写情小说中包含了反道德的爱情追求，看似无聊的游戏小报上刊登了揭露官场黑暗的谴责小说，看似污秽的妓家文学中蕴含了伦理道德的教育——这些所谓通俗、恶俗的文学中偏偏体现了一种真实的人性。当文人被正统文学、正规仕途的结构所约束而不满时，便会出现另一种补充的形式。这种形式，也只有在近代转换期文人的生态环境发生了改变时才能积极发挥作用。吴趼人在“情”“德”之间的浮沉，不只是一个文人的心路历程，也代表了中国文人从传统向近代蜕变的躁动。

第八章　两性与“国家”

——晚清写情小说、“新女性”小说与知识界[①]

写情小说一类的产物可举出天虚我生的《泪珠缘》、李涵秋的《瑶瑟夫人》、符霖的《禽海石》、非民的《恨海花》等作品。

中国古代小说中很多都是以男女恋爱为描写对象的，事实上，在通俗小说中言情小说一向都是主流。然而，像晚清小说这般公然强调“情”字却十分鲜见。1897年，杭州大观报出版的《泪珠缘》的封面上标出“写情小说”，这是历史上第一次为小说贴上“写情”标签的例子。吴趼人在创作《恨海》之前，1903年根据菊池幽芳的作品所演绎的《电术奇谈》，也是写情小说。这距离梁启超提出“小说界革命论”才仅仅一年。

“写情”一词出现于《恨海》的开篇。

> 这段故事叙出来，可以叫得做写情小说，我素常立过一个议论，说人之有情，系与生俱来，未解人事以前，便有了情。大抵婴儿一啼一笑都是情，并不是那俗人说的“情窦初开”那个情字。要知道俗人说的情，单知道儿女私情是情；我说那与生俱来的情，是说先天种在心里，将来长大，没有一处用不着这个情字，但看他如何施展罢了……至于那儿女之情，只可叫作痴；更有那不必用情，不应用情，他却浪用其情的，那个只可以叫做魔。还有一说：前人说的那守节之妇，心如槁木死灰，如枯井之无澜，绝不动情的了；我说并不然，他那绝不动情之处，正是第一情长之处。[②]

如果说趼人定义的“写情”，是将“情”放大至个人对社会、对国家的感

① 本文收录于叶中强、朱红主编：《文学想象与城市文化的多元建构》，上海社会科学院出版社2013年版。

② 吴趼人：《恨海》，第一回，广智书局1906年版。

情，甚至认为“情”是人的诸种品德的根源的话，那么，写情小说塑造的深情大义的女性岂非是岌岌可危的清王朝重新建构国家的希望？相反，写情小说塑造的自私懦弱、寡情无德的男性则暴露出此期中国文人的诸多弊病。可惜，仅仅是“暴露”。① 正如鲁迅评价谴责小说一般：“词气浮露，笔无藏锋，甚且过甚其辞，以合时人嗜好。”②写情小说家在文人形象的塑造上较多沿用了中国古代小说的手法与特点，对男性的弱点并不做任何批判。这体现出写情小说家作为传统文人所具有的一些不能超脱的局限性。处于近代转型期的他们，肩负着中国传统士大夫的“修齐治平”的理想，面对“三千年未有之一变”的时局，他们用士大夫精神、传统文人的情趣去适应。

一、“写情说”与“情教论”

晚清写情小说塑造了一批具有浓厚色彩的传统美德的庶民女性和一部分勇敢追求爱情的女性，后者与古代名妓传记似曾相识。而小说所刻画的男性读书人的懦弱与自私，又几乎与传统小说中的士子如出一辙。然而，“写情小说”之所以成为研究对象，不仅是因为作为文学史上的一个文学现象，而更因为它有别于传统小说之处。写情小说塑造的女性和男性角色，看似与古代小说的承接性很强，但经吴趼人的特意提出，必有其内在含义。

吴趼人最有名的身份是谴责小说家，抱有针砭时弊的传统文人的社会关怀心。1903 年，晚清小说的代表“四大谴责小说”同时出现，这并非偶然。1902 年，梁启超倡导“小说界革命”，意图通过有趣味的小说将政治理想传播给大众，以获得救国醒民的效果。中国文人向来具有士大夫精神，所以梁启超的倡导得到了广泛响应，这是谴责小说出现的一个原因。此外，吴趼人个人与梁启超也有直接接触。吴氏曾在 1902 年冬游历东京，据称在那里他与梁启超见过面。事实上，吴趼人的很多小说都是发表在梁启超创办的《新小説》上，而他为妓女所写的《胡宝玉》被考证为与梁启超的《李鸿章》的结构

① 详见拙论：《〈美男〉の誘惑——清末写情小説の〈文弱〉な男性像についての解読》，日本东京大学《アジア地域文化研究》2010 年 3 月第 6 号。

② 鲁迅：《中国小说史略》，第 258 页。

具有异曲同工之妙。[1]

一方面是以国家为名、以儒家经典为依据的“写情”，看似冀图唤醒众生，从个人私情中阐发保家卫国的爱国热情。可是，正如阿英评价的那般，结果根本是往那“痴情”一边去了。事实上，要问读者从写情小说中获得了什么，以笔者的读后感来看，显然没有联系“国家”“社会”的念头，纯然只是为主人公的命运唏嘘。然而，需要重视的是，尽管结果与理想并不一致，写情小说家所采用的理念与具有相同历史背景的明末冯梦龙的“情教”很相似。

（一）正当的“情教”

明代理学兴盛，所谓“存天理灭人欲”。但是，物极必反。诸如李贽的“童心说”，被视为主张情感以反驳理学教化的代表。强调人类的“情”尤其是两性爱情，强调“人欲”（并非指性欲）的确是一种出于对理学的反叛，但是更重要的是，他依据的是儒家经典。这证明了“人欲”乃是包容于“天理”之中的。将“人欲”放在正面并不意味着把“天理”贬低到负面的地位。事实上天理的位置依旧稳如泰山，人欲虽然转位了，却并没有获得“自立”的基盘，而是由于为“天理”所包容才获得存在的保证。如果把“天理”看作是封建的身份秩序，把“人欲”看作是人们的自然欲望，那么可以说“人欲”反而成了封建秩序中的“公”或“恰好”的成分，“天理”一方面把“人欲”收敛于自己之中，另一方面对自己进行增补。换言之，“人欲”因此才获得了一席之地。冯梦龙的“情教”可谓在“天理”中谋求“人欲”的一个佳例。

《情史》（冯梦龙《情史类略》）正文前有两序。一为《龙子犹序》，一为《詹詹外史序》。

> 择取古今情事之美者，各著小传，使人知情之可久，于是乎无情化有，私情化公，庶乡国天下，蔼然以情相与，于浇俗冀有更焉。而落魄奔走，砚田尽芜，乃为詹詹外史氏所先，亦快事也。是编分类著断，诙诡非常，虽事专男女，未尽雅驯，而曲终之奏，要归于正。善读者可以广情，不善读者亦不致于导欲。（《龙子犹序》）

---

[1] 详见夏晓虹：《吴趼人与梁启超关系钩沉》，《安徽师范大学学报》（人文社会科学版）2002 年 11 月第 30 卷第 6 期。

表明该书虽写两性，但没有越轨之举。有利于人们将个人小情深化为国家大情，而不会引入歧途。首先确定该书可以立足的原则。

天地若无情，不生一切物。一切物无情，不能环相生。生生而不灭，由情不灭故。四大皆幻设，惟情不虚假。……我欲立情教，教诲诸众生。子有情于父，臣有情于君。推之种种，俱作如是观。万物如散钱，一情为线索。（《詹詹外史序》）

说明"情"具有超时空性、真实性，更是人类一切关系的结合的出发点，世间万物的连接点。然后，明确提出儒家经典典论以证实作者情感论的正当性。

六经皆以情教也，《易》尊夫妇，《诗》有关雎，《书》序嫔虞之文，《礼》谨聘奔之别，《春秋》于姬姜之际详然言之，岂非以情始于男女，凡民之所必开者，圣人亦因而导之，俾勿作于凉，于是流注于君臣、父子、兄弟、朋友之间而汪然有余乎！异端之学，欲人鳏旷以求清净，其究不至无君父不止，情之功效亦可知已。是编也，始乎"贞"，令人慕义；继乎"缘"，令人知命，"私""爱"以畅其悦，"仇""憾"以伸其气，"豪""侠"以大其胸，"灵""感"以神其事，"痴""幻"以开其悟，"秽""累"以窒其淫，"通""化"以达其类，"芽"非以诬圣贤，而"疑"亦不敢以诬鬼神。譬诸《诗》云，兴、观、群、怨、多识，种种具足，或亦有情者之朗鉴，而无情者之磁石乎！耳目不广，识见未超，姑就睹记，凭臆成书，甚愧雅裁，仅当谐史。后有作者，吾为裨谌，因题曰《类略》，以俟博雅者择焉。（《詹詹外史序》）

"情"始于男女，但流于君臣、父子、兄弟、朋友之间，是为贞、缘、爱、豪、侠。冯梦龙以巧妙之笔，编纂出"情贞类""情痴类""情幻类"等二十四（类）情史，宣扬的不外乎忠贞烈女。

（二）"泛情"志在国家

由此看来，吴趼人的"写情说"便很有点冯梦龙的影子，如果参照他在《劫余灰》中的"抒情"则更清楚地体现出泛情论的倾向。

上自碧落之下，下自黄泉之上，无非一个大傀儡场，这牵动傀儡的总线索，便是一个情字。大而至于古圣人民胞物，与己饥己溺之心，小至于一事一物之嗜好，无非在一个情字范围之内。非独人有情，物亦有情。如犬马报主之类，自不能不说是情。甚至鸟鸣春，虫鸣秋，亦莫不是情感而然。非独动物有情，就是植物也有情。但看当春时候，草木发

> 生，欣欣向荣，自有一种欢忻之色；到了深秋，草木黄落，也自显出一种可怜之色。如此说来，是有生机之物，莫不有情。然则，我借重《中庸》的几句话解说情字，是不错的了。但是情字也有各种不同之处，即如近来小说家所言，艳情、爱情、哀情、侠情之类，也不一而足，据我看去，却是痴情最多。（《劫余灰・卷首》）

无独有偶，《禽海石》（符霖，1906）中也有类似的话，表述世间万物有情，“情”大于“仁”。

> 曩闻谭浏阳言：造物所以造成此世界者，只是一“仁”字。余窃以为不然。盖仁字之范围甚褊，未足以组织乾坤，纲维宇宙也。……兹编为言情小说，可与天下有情人共读之。读之而能勃然动其爱同种、爱祖国之思想者，其即能本区区儿女之情而扩而充之者也。（《禽海石・弁言》）

在晚清“新小说”的背景下，政治小说之类枯燥乏味的体裁必然不能持续。文人虽然响应政治呼吁，却又不甘于“小说”变形，于是提出“小说”需走回正轨。写情小说便是一个典范。然而，需要注意的是，冯梦龙的“情教”尚停留在道德端正的情感上，即符合伦理的“情”以及对贞节烈女的歌颂；吴趼人的写情小说虽然也是赞颂女性，但将个人上升至国家层面，将女性对宗族、对夫婿的情提升为对国家的忠。这体现了在20世纪初转折期，知识分子呼吁重塑“新民”，建构“中华”的时代主旨。

可是，就在文人将自己世俗化、不再是高高在上的“文”的阶层时，他们借以寓己的“良家妇女”却又偏偏被提升至国家需要的“忠”，由此为之设置了种种在动荡社会中历经磨难的情节——这一点却是以往言情小说中所不曾出现过的。无独有偶，20世纪初知识界的救国启蒙运动中一个重要的话题就是“新女性”，他们将符合传统伦理道德的“贤妻良母”提升至培养新国民的母亲。

二、知识界的“女性主义”——贤妻良母

（一）救国时势下的女性观

近代以前，女性在中国社会中的地位可以用“男尊女卑”“女子无才便是

德”“夫为妻纲”“红颜薄命”“红颜祸水”这样一些人们熟知的俗语所概括。至于为什么会形成如此根深蒂固的观念，简而言之，主要有两个因素。一是儒家经典的影响，如《易经》。二是在实际生活中，将女性排出于教育之外，这导致了女性不能参与政治机构、不能从事公共意义上的“职业”，也就必然加深了女性职分内的“家”的劳作。看似女性在“家”中掌握着经营大权，但前提是“夫为妻纲”。而一些接受了教育的女性，多又遭天妒，往往才女命短。如果是接受了教育且参与了朝政，或是干预国家大事的女性，抑或是因为美色妨碍了朝廷政治的，则被视为“祸水”，历史上不乏此类亡国之例（妲己、西施、虞姬、杨贵妃等）。

晚清，随着西方传教士在华的传教，对女性开展教育的情况逐渐增多。林则徐、王韬等一批最早“睁眼看世界”的有志之士，吸纳了西方近代女性观。诸如王韬的《漫游随录》、李圭的《环游地球新录》、李善兰的《泰西学校论略序》、陈虬的《治平通议》等，首先都强调了女子与男子一样享有教育的权利，女子具有同男子一般的智力。继而对女性裹小脚的不人道提出批判，对“贞节烈妇”的理学观念带给女性的摧残表示愤懑。也就是说，开明知识分子所提倡的女性主义主要包含了教育平等、不缠足、废节妇制三方面内容。然而究其根本，这二点均是从女性的“从属”地位出发，并没有赋予女性独立的人格。关于这一点，直至 1915 年《新青年》杂志才开始进行真正意味上的女性主义的讨论。因此，梁启超等人提倡的“国民之母”虽然将女性地位大大提高、尊重女性，将女性视为拯救中华、建构新国家的重要元素，但他们并不是为了女性“个体”的解放。因为小脚象征着野蛮和落后，兴女学的目的在于强国保种。

梁启超在倡导新小说的纲领性论著《论小说与群治之关系》中称：“今日欲改良群治，必自小说界革命始；欲新民，必自新小说始。”新小说为什么能够救中华？是因为通俗的“小说”可以将救国醒民的政治理念传递给广大百姓，而其他的手段都比不上它的迅速、广阔、有效。而“小说”能够为广大百姓所接受的一个最重要的原因就在于“情”的表述，尤其是恋爱小说。因此，梁启超创作的政治小说一类根本不能影响民间，达不到效果，所以他在《新小說》上征求写情小说，以写情小说来贯彻主旨。这就为“女性”成为“国民之母”提供了一个重要舞台。

“物竞天择，适者生存”（严复的《天演论》，1898）的进化论带给中国巨大冲击，中国人意识到了危机，但不知道如何改革如何去面对。对此，知识分子作了种种阐释：康有为的《礼运·诸序》、章太炎的《俱分进化论》、刘师培的《亚洲现世论》……无论是积极的入世，还是消极的厌世，都对中国与世界的位置关系进行了设置。让中国人明白“中华中心论”已经被打破，在外国列强的虎视眈眈下，强烈地意识到救国的紧迫性。于是，知识界提出了种种关于救国的讨论。在这样一个混沌的时代，任何想法都是有可能的，任何只要是能够救国的理念都会被拿来应用。佛教救国论（蔡元培的《佛教护国论》、梁启超的《论佛教与群治之关系》），道德救国论（章太炎的《革命之道德》），经济、军事救国论（杨度的《金铁主义说》）……既要建构新中华，必有建设“新民”说——严复的《原强》（1895）、梁启超的《新民说》（1902）、蔡元培的《关于教育方针之意见》（1912）。不过，这些国民的塑造并非一致，而是分为不同时期的。从严复的民智、民力、民德，首先建立起“独立”；其次到梁启超的“中国人”的身份建立；然后再到蔡元培的世界观教育。以新民为救世的方案，对象首先是中等社会，非全体中国人。不过，很快就增加了国民之母、军国民等主义，于是便扩大至下层社会。这种思潮直接促进了现代通俗小说的发展。

（二）“国民之母”

梁启超提出的新民是国民整体的形象，为民族国家而重塑自我，也可以说是功利的国民。那么，这样的新的人民如何去养成呢？梁氏说，教育，尤其是家庭教育非常重要。这便提出了“国民之母”的概念。

1898年，梁氏作《倡设女学堂启》：“上可相夫，下可教子，近可宜家，远可善种，妇道既倡，千室良善，岂不然哉！”[①]其实，早在先秦就有贤女、贤母、贤妃等概念。汉代的文献中也大量出现了良妻、贤妇、良妇等用语，但是“贤妻良母”一词的出现及流行却是在20世纪初。“20世纪初，中国出现了创办女子教育的热潮，盛行于日本的贤妻良母主义传入中国，与中国传统规范女子的贤良主义一拍即合。当时不少人在讲演、文章中广泛使用了这一概念。1905年，《女子世界》刊登苏英在一女子学校开学典礼上的演说词；

---

① 梁启超：《饮冰室文集之二》，中华书局1989年版，第19—20页。

1906 年 4 月 22 日，《顺天时报》译载的日本文部大臣牧野关于日本女子教育以造就贤妻良母为宗旨的演说，这是我们见到的较早使用这一概念的文字资料。”①

原来“贤妻良母”的概念是从日本引进的，只不过日本的原词是“良妻贤母”而已。明治日本提出此概念全然是为了建立民族国家的需要，因此，中国的政治家与知识分子在借用这一概念时，不言而喻，与他们建构新中华的理念相一致。

这方面比较有代表性的论述，如金一在《女子世界》发刊词上说：“欲新中国，必新女子；欲强中国，必强女子；欲文明中国，必先文明我女子，必先普救我女子，无可疑也。”②他将女性作用大大提升：“二十世纪中国之世界，女子之世界，亦何不可？”以及当时这种风气下，对女性寄予的极高期待，如“中国的灭亡，挽救于女子，亦未可知”。③ 这与梁启超将国家兴亡寄予新小说的想法如出一辙。因此，可以说，在近代思想史和文化史上，“女性”总是随着“国家民族”而获得了提升。

针对知识分子压倒性的“国民之母”的论断，“五四”时期的胡适提出了颇具影响的“超良妻贤母主义”。他在《美国的妇人》一文中指出：“女子也是堂堂的一个人，有许多该尽的责任，有许多可做的事业，何必定做人家的贤妻良母，才算尽我天职呢？”主张女性要树立“超贤妻良母主义的人生观”，“努力做一个自由独立的人”④。

诚然，女性应当独立自由，但这并不否定女性不愿做贤妻良母，贤妻良母本身并无可厚非。

(三)“美人”须是西洋人

然而，有意思的是，梁启超主张的“新国民”需要“女性”进行培育。可是，中国的女性是裹小脚的，当然不合适。所以，梁氏站在批判的角度上提出要“娶西洋美人”。在他著名的《论中国学术思想变迁之大势》中写道：“二

---

① 刘丽威：《浅议中国近代关于贤妻良母主义的论争》，《妇女研究论丛》2001 年第 3 期，第 40 页。

② 金一：《女子世界》发刊词，载丁初我等编：《女子世界》1904 年 1 号。转引自周乐诗《新小说中新女性形象的意义》，《妇女研究论丛》2009 年 11 月第 6 期，第 56—63 页。

③ 周乐诗：《新小说中新女性形象的意义》。

④ 胡适：《胡适文存・卷四・美国的妇人》，亚东图书馆 1924 年版，第 40—41 页。

十世纪则两大文明结婚之时代也，吾欲我同胞张灯置酒，迓轮俟门，三揖三让，以行亲迎之大典，彼西方美人必能为我家育宁馨儿，以亢我宗也。”[①]

发扬中华民族传统中的优良，去其糟粕，吸收西方文化中先进的公民道德，这样的“中西通婚”的构想在20世纪初受到很多人士的吹捧。如易鼐在《湘学报》上曾极力宣扬黄白通婚（合种）对强化帝国民众素质的作用：“如以黄白种人互为雌雄，则生子必硕大而强健文秀而聪颖。”[②]他在文中还说，以强为弱的要点之一在于“合种以留种”。“何谓合种？黄人与白人互婚也。”唐才常亦认为只有“通种”，中国才能再度兴盛起来，为此他提出了10条支持通婚的理由，从植物学、动物学以及历史、宗教等领域进行了广泛的引证。[③] 包括康有为、伍廷芳在内的一批知名人士也都纷纷发表了类似的观点。

“西方美人”具有双重色彩。首先，将“西方”视为进步的空间，是一个强大、富裕、文明的秩序与格局；其次，“美人”——西洋美人虽然是女性，但她们不像中国女性那般卑微，而是高贵的。可是这一高贵的女性是由“我们”——男性所控制的。男性成为她的主人，掌握了高贵。关于这一点，研究者指摘了“女性”与“小说”的社会性地位。

> 女性在传统社会的地位，颇相似于小说，都面临从无足轻重的边缘位置，向社会和文化中心移动的机遇。而对小说的革新和小说地位的重估，与对女性的教化和女性地位的提高，形成了当时一种对文化要求上的同构性。知识分子在分析中国社会现状时，既把一切社会弊端的根源归之于小说；又把一切社会变革的希望寄于小说。这和他们对女性现状的分析，思路完全一样。[④]

与知识分子的“西洋美人”不同的是，写情小说家推崇“本土美人”。他们没有塑造高贵的知识女性，而将目光转向了“庶民”。于是，他们在某种程度上实现了小说“脱政治化”，体现了趣味性及个性的文学风格。1906年，写情小说的勃兴，鲜明地体现出“女性化”文学的特征，它与民族国家建构的理想奇妙地结合起来。

---

① 梁启超：《饮冰室合集·卷一·饮冰室文集之七》，中华书局1989年版，第4页。

② 易鼐：《中国宜以弱为强说》，载《湘报类纂》甲集上，第3—6页。转引自丁伟志、陈崧《中西体用之间——晚清中西文化观述论》，中国社会科学出版社1995年版，第257页。

③ 可参见唐才常的“通种说”。《唐才常集》，中华书局1980年版，第100—104页。

④ 周乐诗：《新小说时期趣味文学传统的形成》，《社会科学》2010年第2期。

三、性别模糊的"新女性"小说

晚清小说中，除了写情小说对女性极重描写以外，最为流行的侦探小说也是免不了言情的。例如《电术奇谈》虽然是写情小说，但也运用了心理学、迷幻术、侦探的手段。因此，这一点也往往成为侦探小说被视为"通俗"的一个原因。其实，中国通俗小说的三大阵营：言情、武侠、侦探，都是与爱情密切相关的，所谓才子佳人的变体。比较而言，中国的政治小说、科学小说基本不涉及女性（中国的政治小说基本脱离了作为源头的日本政治小说），或者说是不要爱情的，也多忽视"女性"。

与此相反，晚清小说中还有一种全然以女性为主角的"新女性"小说。之所以称她们为"新女性"，是因为她们完全打破了自古以来传统女性不出家门、相夫教子、温柔贤惠的家庭女性的形象，而演变为肩负着国家的重任，全然替代了男性职能的新形象。或文或武，在她们建设的新国家中并不需要男子，甚至以女性的清心寡欲为准则。"新女性"不仅模糊了男女性别，使得"女性"获得与"男性"相同甚至超越其上的地位，更可以说丧失了两性的"性"意识。这一派的主要作品有《女娲石》《女狱花》《女子权》《侠义佳人》。

（一）不"言情"的新小说

《女娲石》（海天独啸子，1903）构建了一个女子国的理想。开篇之序便体现了主旨。

> 我国小说汗牛充栋，而其尤者，莫如《水浒传》《红楼梦》二书。《红楼》善道儿女事，而婉转悱恻，柔人肝肠。读其书者，非入于厌世，即入于乐天，几将曰英雄气短，儿女情长矣。是书也，予不取之。《水浒》以武侠胜，于我国民气大有关系，今社会中尚有余赐焉。然于妇女界，尚有余憾。我国山河秀丽，富于柔美之观，人民思想多以妇女为中心。故社会改革以男子难，而以妇女易。妇女一变，而全国皆变矣。（《女娲石・序》）

"人民思想多以妇女为中心"大概是指中国人女性化的倾向。林语堂也曾说过，中国人的性格可以女性化一词来概括，[①]但这个原因怎么归结于山

---

① 林语堂：《中国人》，学林出版社2001年版，第90页。

河秀美的自然环境？姑且不论，为何妇女一变则全国皆变？作者继续说道：

> 今我国女学未兴，家庭腐败，凡百男子皆为之钳制，为之束缚。……家庭教育不兴，未来之腐败国民，又制造于妇女之手。(《女娲石·序》)。

于是，作者意图搜遍妇女之人才，如英俊者、武俊者、伶俐者、诙谐者、文学者、教育者，合成一个女子国。引出了女性角色10多人，以至于情节过于散漫，枝节过多。这些女子的心理描写，全然就是男性心理的表现，正如这个留日学生的作者想要写出一部"巨书"一般，以天上的女娲石开头，意欲模仿《水浒传》的结构，设置出48位女豪杰和72位女博士。

主角钱挹芳虽然生得沉鱼落雁，但爱读的是史书，喜欢政治学问。她谈女权三项："女子是上帝的骄子，有一种天赋的能力，不容他英雄豪杰，不入我的彀中。""今日世界，教育经济，以及理想性质，都是女子强过男子。""男子有一分才干，止造得一分势力。女子有一分才干，更加以姿色柔术，种种辅助物件，便可得十分势力。"①

这分明超越了女性解放，而成为女权主义者的代言。然而，对于女性，看似褒扬，却以"姿色柔术"为成就事业的重要因素，岂非变体女祸论？

金瑶瑟，号花溅女史。她在某城做了女子改造会首领，又到美洲留学，归国后见国势紧急，竟然想出出卖色相以达到行刺太后的目的。巧云是中央妇人爱国会的成员，该组织指派绝色少女嫁给有权势的人为妾，以达到行刺目的。凤葵又黑又肥，贪杯闹事，爱打抱不平，如同李逵。再有更离奇的天香院，表面上是妓院，实质是花血党的阵营，是培养刺杀政客的女子大本营。院内设置了各种科技器物，女子具有先进的生物知识；更制定了原则：绝夫妇之爱，割儿女之情，断绝性生活。正如首领所说："你须知道你的身体，先前是你自己的，到了今日，便是党中的，国家的，自己没有权柄了。"②

如果按照作者的理想建立起这么一个女子国，女权虽然得以伸张，女性解放了，但反之，男性不就是以前女性所处的被压迫地位吗？而且，人非草木，孰能无情。如果说为了女子国的建设而强迫舍弃感情，这样的国家也并非从人性出发。

---

① 《女娲石》，第14页。收录在《中国近代珍稀本小说·3》，春风文艺出版社1997年版。

② 《女娲石》，第七回，第51页。

《女狱花》(王妙如,又名《红闺泪》《闺阁豪杰谈》,1904)的“女狱”指2 000多年的中国,主旨讲女学、倡女界革命,以两个不同性格的女性为主角。前半部分主要讲述雪梅的故事,后半部分转至另一女子许平权。文中处处标榜不要爱情,但又十分重视夫妻、家庭,显得自相矛盾。不知是作者写不出爱情,还是因为本身就很困惑。既然重视夫妻,哪里是不要爱情的呢?尤其是该小说是女作家写的,更流露出对爱情的渴望。只是为了遮人耳目,才把自己抬到一个“教育”“女权”的高层次,才克制了“情”。但她终究不能违背本心,“情”写得极模糊又矛盾。

正义凛然,精通武术的雪梅,绰号竟是“女魔头”。这样一个女子,似乎是跟爱情无缘的,又突然被翩翩少年所吸引。她成亲之后的夫妻感情也很和睦。只是雪梅任性,随意外出并过夜。在与丈夫发生口角时,竟然打死了丈夫。暴力之妻,恐有歪曲了“夫妇”本意之嫌。雪梅入狱后,才知道被关押的女子多因为婚姻不合而犯罪。她们一边大骂婚姻,控诉缠足的罪恶,一边又不曾为婚姻作过什么努力。

雪梅主张革命与流血暴力。平权重视教育,性格温婉。二人因此发生矛盾。雪梅犹如莽夫,是一个革命者,无谓地牺牲。平权尚有女子情意,婉约动人。

故事写道,平权遇到一男子宗祥向她求婚,但平权称自己嫁给了国家。“男女私情,人所不免。但妹妹此身,已立誓许与我国四万万人,何敢自私自利。今又承哥哥眷爱,请与哥哥约,结婚之期,请自今始,完姻之日,且待女学振兴之后。”[①]先干事业,等事业有成后才考虑二人婚姻,平权的理想与举动与中国传统士大夫的理想并无不同。女性要独立,首先在于经济、工作上的立足,但若将这“独立”设置于“国家”层面,第一有点好高骛远,第二则是抹杀了人性,只剩下伟人建伟业的志向了。当平权处心积虑地经营女校数十年,女权在社会上逐渐普及开来后,平权突然与宗祥结婚,名义说“为了模范”。因为她担心其他女性认为自己不爱男子,更担心“大伤天地生成之道”。这“天地生成之道”,笔者理解的就是生儿育女、传宗接代的女性职能。看来作者所构建的“家庭”“爱情”都不过是传统道德伦理的延续,并未从女

① 《女娲石》,第十一回,第752页。

性自身对怀孕、育子的期待与快乐出发。也可能是因为作者本心有爱，但在国势下不得不为爱情找掩护。这一点可以从平权演说女子与爱情的一段话中找到印证。“今女子既能自谋衣食，不必累及男人，又能知书达礼，为男人闺房中之益友，则男女的爱情，如枯木逢春，勾萌渐达。那时相见如宾，说不尽万种恩爱呢。”①而她自己的婚后生活，“夫妇的恩爱，自可不言而喻，即普通夫妇，亦不像前时的野蛮。那夫妇的爱情，如胶似漆，真是说也说不能尽。”②普天下的中国人，都有成为如此恩爱夫妻的“理想”。

总体而言，该书关于女性对男性的看法过于偏颇，导致缺乏“爱情”的生硬性。

《女子权》（思绮斋，标“国民小说”，1907）讲述 1940 年的一个中国女性为追求自由结婚，精心策划了“女权”解放之路。

贞娘聪明伶俐，在女学堂里就学，学贯中西，被保送进北京高等女学堂。青年邓述禹轩轩玉立，仪表不凡，贞娘对他一见钟情。贞娘因为被父亲发现私藏小照，一气之下投河自尽，幸获邓救助。二人正情深意浓时，贞娘前往报馆谋职，开始办女报、出洋、仕官种种活动，自云目的是为了“自由结婚”。其实，她本可以与父母商量的。两年中，二人几乎没有任何联系，也无情感交流，居然可以依靠信仰与想象而结婚了。

小说的开端很有趣，但逐渐脱离儿女之情，甚至无亲情。充斥着报社、女权、议会、周游——这些原本属于男子世界的社会活动。无论缺乏哪一种“情”，故事都会变得乏味。只不知在 1907 年刊出当时是否符合时人的心意呢？其实，贞娘与邓的爱情，从相识到得救，再到成婚，整个过程都无“甜蜜”描绘，甚至显得十分牵强。这最后的美其名为“自由结婚”其实是在皇后明诏的前提下实现的。因此，这哪里是自由结婚的感情故事，分明是女伟人的成功历程，是约束于文官制度下的“命妇”。

《侠义佳人》（邵振华，下集未见或未出版，1909）是一部非常长的长篇小说。自序“凡物不平则鸣”，似乎作者是出于对中国女性的卑微地位与苦难

---

① 《女娲石》，第十一回，第 755 页。
② 《女娲石》，第十二回，第 759 页。

生活的同情而创作的。作者说女界黑暗:"吾生不幸而为女子,受种种之压制,考吾女子之聪明智慧,非逊于男子,而一切自由利益,则皆悬诸男子之手,天下之事,不平孰甚? 然吾女子未尝言其非也。近今有倡女权者矣,有倡自由者矣,而凤毛麟角,自由者一二,不自由者千万。"[①]作为一个能够著述的知识女性来说,作者一定感受到种种女性不平,这是非常有进步意义的。但是,作者将女性之受凌辱的原因归于两点:一是男子认为女性胆小如鼠,就算受了凌辱也不敢告诉他人;二是女子性懒如猫,事事依赖于人,所以受了凌辱也不敢说。这样的观点显然是不正确的。女性的懦弱并非天生,而是由于外部有一股强大的势力剥夺了女性诉说的权利。

这部作品主题不明确,结构散漫,叉枝太多。"侠义佳人"指的是3个既具有侠义精神,又美丽动人的佳人,可惜没有详细描绘。故事有小儿女之情,有母子之情,但描写的笔墨很少。依照作者的笔致,原本可以写得生动感人的,但可惜过于重视政治理念而写得十分乏味。

小说的前部分讲述山东的一个村子里的婆媳关系与风俗。某天,村里突然来了有文化的讲女权的3个人,她们是上海"晓光会"的成员。总会的宗旨是"仁",因为可怜中国女子而派人四处演说。会员怀着恻隐之心,情愿劳苦一身,千里迢迢来说教,劝姐妹们入会,认为这样可以解救女子黑暗,共进文明,[②]俨然一副救世主的样子。同时,村里还来了一个女子萧芷芬,她是来看望该村中生病的姐姐的。萧芷芬讲实行、恶虚文,于是与"晓光会"发生了争执。小说围绕萧芷芬的家族,展开了绵长的家事叙述;另一方面,以"晓光会"会长孟迪民为线索,引出了一层层的人际关系。

在上述"女子世界"的小说中,男性都处于从属、被支配的地位,女性则成为领导者。一个个栩栩如生的女性形象,有的秀美聪慧,有的胆识过人,有的灵动,也有的豪爽。如果将这些女子形象改成"男性",大概也不会引起任何不满,因为中国传统小说中的男性就是这样的,只不过在晚清小说中特意地被赋予了"女"的性别。然而,这些女性果然是"女"性吗? 如前所述,只谈理想抱负,不谈爱情家庭,只谈传宗接代,不谈育儿娱乐,这不正是很多男

① 《侠义佳人·自序》,第85页。《中国近代小说大系·64》,百花洲文艺出版社1993年版。
② 《侠义佳人》,第四回,第135页。

性的立场与言行举止？岂不是模糊了“性别”界限？在外表上，女性向男性靠近，显得肖似；在行为上，女性僭越了男性的理想与志向。这些“新女性”与其说是女性，不如说是比较像男性的模具。她们的爱情是献给了国家的，甚至连“性”都可以割舍，不如说是无性之人。

（二）“女扮男装”的女性可受喜爱？

值得注意的是，虽然中国古代有很多“女扮男装”的故事，如花木兰替父从军、杨门十二女将、祝英台的修学。或勇猛坚强，或温文尔雅，但都以回归“女儿身”、回归家庭、从属男性为宗旨。而晚清的“新女性”小说完全是驱除男性，或者是建立与男性对立的集团，目的指向于建立女性主体的国家、男性主体的家庭。而且，有的小说作者本身就是女性，如《女狱花》的王妙如，《侠义佳人》的邵振华，但她们在建构“女中华”、谋取女性话语权的时候，分明是模仿了男性的理念。

对于女性问题颇有见地的舒芜说，他所接触女扮男装的故事都是出自男性之手，仍然体现着男性的“易性想象”。这些小说没有描写出女扮男装时候的女性的特殊心理，着重的都在恢复女性身份后，也就是从男性社会性别角色一下子变为女性社会性别角色后，也就等于“男变女”后的遭遇和感受变化。这些男性作者的“易性想象”，都把女性想象为只甘于雌伏——不管有过什么女扮男装的特殊经历，只要恢复了女性身份，便无条件地甘心雌伏。[①]

新文学时代关注女性问题的周作人，在 1927 年有过这样的表述。

> 我固然不喜欢像古代教徒之说女人是恶魔，但尤不喜欢有些女性崇拜家，硬颂扬女性是圣母，这实在与老流氓之要求贞女有同样的可恶：我所赞同者是混合说。……现在的大谬误是在一切以男子为标准，即妇女运动也逃不出这个圈子，故有女子以男性化为解放之现象，甚至关于性的事情也以男子观点为依据，赞扬女性之被动性，而以有些女子性心理上的事实上为有失尊严，连女子自己也都不肯承认了。[②]

可见“男性化”的“女性解放”一直延续到 20 世纪 30 年代。对此，舒芜评论说，这里说的“男子观点”“男子标准”，有两方面的含义：一方面是“像

① 舒芜：《平凡女性的尊严·性别认同与尝异》，上海书店出版社 2007 年版，第 95 页。
② 周作人：《谈虎集》《北沟沿通信》，河北教育出版社 2002 年版，第 275—276 页。

男子那样的”;另一方面是“像男子所希望的”。所谓“女子以男性化为解放”,是前一方面的含义。例如在言谈举止、装扮气派上模仿男人,这倒往往不是男子所希望看到的,与后一方面的含义正好矛盾。至于在“性的事情上赞扬女子之被动性”,则是后一方面的含义。这是男子所希望的,但男子自己并不被动,男子并不以自己为标准希望女子同样主动,所以这与前一含义正好矛盾。正因为男子自己是主动的,便希望女子绝对地适应和接受,绝对地被动。这种“男子观点”,其实是男子以自己为中心的自私观点。[①]

然而,男性中心的观点在晚清被这么一些“新女性”小说给打破了,无论这个影响力有多大。事实上,今日看来,像这种有点跛扈的“女中华”故事可能会遭到很多质疑,但在晚清风云突变、国际形势紧张、国内忧患重重的历史时刻,“女中华”的建构具有打破封建势力的“呐喊”的历史意义。这一点与梁启超等知识分子借用所有能够救国的手段,如佛教救国、如热血救国的虚无主义,在本质上并无二异。

可惜的是,所谓“新女性”、男扮女装的“女性”并不是男性(文人)所喜爱的对象。20 世纪 10 年代开始流行鸳鸯蝴蝶派小说,“作者大多操作着女性般凄婉的文笔。与此同时,那种敢作敢为、不让须眉的‘新’女性已经不为时代风气所重,文人们重新欣赏起凄凄苦苦、哀婉幽艳的女性美。……女性的哀怨比她们的美丽更使这一时期的小说作者着迷。”[②]这才是一般意义上的女性。“新”女性是应时而被制作的,如果女性自己也认为这就是她们的“形象”而努力朝这方面发展的话,那就大错特错了。男性(文人)根本不喜欢这样的女性。文人创作惨情小说,不是为了控诉,不是为了解决问题,只是为了使自己的心情得以抒发,或者说,在“文字”的“游戏”中满足自己的心理需要罢了。

四、小　　结

1906 年之后的小说,更多地呈现出一种个人化的、趣味化的、通俗化的文学品质。研究者把它看作是一种女性化的文学,这种女性化的文学,和基

---

① 舒芜:《哀妇人》,安徽教育出版社 2005 年版,第 77 页。
② 刘纳:《1912—1919 伤心惨目的小说世界》,《三峡学刊》1994 年第 2、3 合期。

于国族想象的宏大叙事形成了一种冲撞。借用这一说法，新小说阶段的文学具有双性化的特征，它既有强烈的阳刚气的政治诉求，又有阴柔的更具渗透力的个性化趣味，两者构成了一种巨大的张力，彼此冲突激荡，成就了这一时期的文学繁荣。

早在1902年，梁启超提出“小说界革命”，创办《新小説》时已经指出，“本社所最欲得者为写情小说”，但同时也限定了条件，“惟必须写儿女之情而寓爱国之意”，有益于时局。梁启超之所以重视“写情小说”，是因为他自己深知枯燥的理论说教、没有趣味的政治小说类，根本起不到吸引人读下去的作用，又何来教化功能。在现实上，《新小説》的经营就遇到了经费的问题而不得不关门。

在晚清国破民危的时局、东西文化碰撞的转型期，如何鼓舞士气，如何寻找一条救国道路，成为知识分子、革命者、文人共同思考的课题。尽管程度与行为各不相同。近代文人利用自己的文化资本、社会资本来建构自己的身份，争得自己的位置，获得大量的读者的支持。他们认为，中国女性足够好，娶中国女人就可以救国而不用引进“西洋美人”。可是，为什么“女性”一定会跟“国家”联系起来呢？无论是知识分子的“国民之母”论，“新女性”小说中的无性的女性，还是写情小说中的具有忠孝节义美德的女性。中国人讲究“修齐治平”。“齐家”之所以那么重要，是因为中国人具有“家国”一体的观念。女性，从来都是收敛于家国想象之中的。因此，无论是对女性褒扬的“圣女”，还是鄙斥的“祸水”，都是从对家国的利益出发而言。吴趼人之所以那么高抬女性地位，将两性感情视为“忠”的根源，正是要通过“新女性”的塑造来凝聚重建家国的力量，树立新的价值观。

中国古代文学中女性主要是固守于家庭，活动于深宅大院中，即使有一些离开家庭的女子，但也大多局限于青楼瓦肆之中。写情小说家让女性跨出闺阁，闯荡社会，尝试在社会中实现自己的价值。虽然女性进入社会并非自愿，而是由于时代动荡的原因而被迫进入，最终都回归了家庭。这是他们的局限，但已经表现出20世纪初文人所具有的近代意义。

第九章 “男”“男权社会”中的“女性性”

——易性书写的可能性[①]

自1906年吴趼人第一次提出“写情小说”定义之后，写情小说层出不穷。不过，这些描写两性爱情故事的作者，无一例外都是男性。男性作者为何能够出色地描写女性，如何能够揣摩女性心理，如何能够模仿女性口吻进行创作？疑问油然而生。为何没有女性创作出这样的作品？尽管晚清写情小说很多都不能称为成功之作，但男性作者是如何获得女性心理的体验的，又如何做得到描述？这是中国文学史上特殊时期的文学现象还是具有某种历史性的传承？如果说是特殊时期的文学，那么在晚清，理应是与“救国保种”的使命相契合的政治启蒙类作品，为什么“写情”占据了文坛主流，这是否与中国文学的“言志”传统相违背？

首先，笔者将此类由男性作者书写女性的文学定义为“易性书写”，即改换性别的书写。所谓“性别”，当然具有先天性的特征，男性作者之所以能够创作“女性”的文学、想要创作“女性”的文学，大约是出于心理的需求。这一心理的需求，除了作为自然人的“双性性格”之外，更来自心灵深处的某种意识。正是因为“某种意识”的存在，使得“易性书写”获得了普遍意义。其次，注意在晚清特殊的时代背景下的写情的环境，尤为关注写情小说家（文人）的个人生活体验。再次，对于男权社会中的“女性”角色，包括与晚清文人密切相关的青楼文化、社会公共空间中的女性的活动进行考察。另外，从“性书写”的角度分析“性”的利己性与限定性，试论女性无法成为书写主体的原因，这同时也反证了男性“易性”成为书写主体的客观必然性。

---

① 本文日文版：《〈男〉〈男権社会〉における〈女性性〉——易性書写の可能性》，刊载于［日本］日本思想史思想论研究会《思想史研究》2008年6月第8号。

一、男性心理中的“女性”情结

（一）“男女双性”的内因

诺依曼在《女性的深层》中指出作为自然人的双性特征。“无论是男性或是女性，在其原初的阶段，心还是全一的。犹如咬着自己的尾巴形成一个圆圈的 Ouroboros”，即“在自我尚未确立之前的儿童，只受超个人性的原型的影响”。[①] 这一超个人性的原型就是孩子从在母亲的胎内开始到成年前所维系的、对于“母亲”的依赖与信任关系。这一关系是母亲无意识地保护培育的“本源的关系”。因此，“无论是胎儿还是幼儿，孩子对于母亲的归属感也许就是所谓‘关系’的原像。因此‘关系’原来自母亲。也就是说人际关系的根源上打上了母亲的原型、人的心中生存着的母性的原像。”[②]男性的性格中蕴含着“母性”，同样，在女性的性格中也蕴含着“父性”。不过，这种兼具的“性”格在后天发生了变化——女性在成长过程中逐渐通过“自我发现”而获得与本源一致的性格特征，“自我”与“母性”的一致；男性在成长过程中却逐渐发生“自我”与“母性”的分离。当女性结婚怀孕生育之后，更加强了这一“完整性”。可是，自母系社会之后，女性便生活在“父性”社会之中，这必然决定了女性深受“男性性”的影响，甚至在最初“男性性”侵入时会产生对峙状态。

我们来看中国文学。在古代文学、戏曲、小说中，被推崇、受欣赏的男性形象，第一当属“白面书生”，此外还有英雄武夫、忠臣孝子。然而，最受女性观众喜爱的是美貌而柔弱的书生。[③] 例如，《白蛇传》中的许仙、《天仙配》中的董永、《西厢记》中的张生、《梁祝》中的梁山伯等，无一不是翩翩公子。他们在小说中或在舞台上的出场，总会使人对那种孱弱、秀美、文雅的容貌产生怜爱之情。可是，为什么女性（及一些男性）喜爱这样女性化的男子呢？

---

① Erich Neumann 著，松代洋一、镰田辉男译：《女性の深層》，纪伊国屋书店 2006 年版，第 12 页。Ouroboros，咬着自己的尾巴形成一个圈的蛇或龙的象征物。其意为在无开始也无终结之处，自我消除与更新不断循环，回归与无限，真理与知识的合体。

② Erich Neumann 著，松代洋一、镰田辉男译：《女性の深層》，第 14 页。

③ 易中天：《中国的男人和女人》，上海文艺出版社 2000 年版。书中将男性形象分类为“无用的男人”（奶油小生），“无性、无情的男人”（江湖豪杰），“无骨的男人”（忠臣孝子、乱世英雄）。

无论在体形上还是心理上都显示出一种阴柔性，而这往往助长了男性的懦弱与自私。可是，无论他们如何逃避、不负责任、依赖性强，甚至背信弃义，女性却始终不乱不弃，包容而坚强。

这大约就是男女内部的双性性格的体现吧。女性的“母性”宽广无私，她们对待男性，在爱恋之外还有一种怜爱。于是，萌生出坚强勇敢，体现出“父性”的一面。而男性的“父性”更多地体现于自己的执意，对于“母性”的依恋促使了阴柔的加剧。之所以对母性的依恋，很大原因还在于家庭中“父亲”角色的欠缺。

一般认为，“父亲”在中国的家庭中几乎处于独尊的位置，而他又肩负着主外的重要责任，所以他在家中位置虽然高高在上，但在实际生活中是被虚置的。因此，母亲在主内的责任下，成为实际家庭的主人，儿子能够实际接触并直接受到教育影响的就是母亲。“严父慈母”不仅是礼法态度的问题，也是实际生活中人际关系的体现。①

（二）从个人无意识到集体无意识

然而，男性内部的“母性”并不完全都是“母亲”，作为对异性的“女性”的爱恋，往往促使他们将这一情感表述出来。“饮食男女”乃人之天性。对于读者来说，并不是每个人都追逐所谓的“艺术”，而且，对于一般大众来说，可能更喜欢打动人心的作品。这引起了读者的共鸣，会让人体会（代入）自己的生活体验。

文学史研究者大多强调时代的主流思想，而作家的个人体验与心理特征就容易被忽视。晚清出现了不可计数的作品，体裁有政治、科学、写情、侦探、历史等五花八门，但不能断言政治、教育之类就是作家为了国家、为了时代而作。而且很多作家既有政治性较强、寄托了理想抱负的作品，也有风花雪月的闲情逸致。尽管写作者无法摆脱“时代”对他们的影响而必然在写作中打上烙印，但他们心灵上的无意识的需求，却促使他们写下了另一种截然

① 易中天分析说，男人的天性也许可以叫作“父性”和“儿子性”。不过，男人的这两性是片面的。他只有在女人面前才表现出这两种天性。也就是说，他只想做女人的父亲和儿子。尽管从表面上看，中国人似乎更重视父子关系。父亲去世，儿子要服“斩衰”；母亲去世，儿子只服“齐衰”。生了儿子，其庆典当然也比生女儿隆重。但这是“礼法”所使然，而非“天性”所使然。而且，礼法要做此规定，正好说明男人的天性不是倾向于父子关系，而是倾向于母子关系和父女关系。这种天性常常会隐蔽地、曲折地、不经意地表现出来。易中天所指的“儿子性”其实就是对于“母性”的依赖。

不同的文字。

例子很多。晚清的风云人物梁启超、小报报人吴趼人、李伯元，再如评价褒贬不一的鸳鸯蝴蝶派，在“提倡新政制，保守旧道德”[①]的宗旨之下，他们体现出更多超越“五四”新文学的“现代性”与先进性，[②]以及对传统的继承。如果从心理学的角度探求的话，荣格的《心理学与文学》和《论分析心理学与诗歌的关系》提示了艺术创作、艺术作品、艺术家三者之间的关系。荣格认为，艺术创作是一种自发活动，创作冲动和创作激情来源于无意识中的自主情绪。所有艺术家的传记都清楚地证明了：根植于无意识深处的创作冲动和创作激情，是某种与艺术家个人的命运和幸福相敌对的东西，它“践踏一切个人欲望”，“无情地奴役着艺术家去完成自己的作品，甚至不惜牺牲其健康和普通人的幸福”。[③] 正因为如此，荣格注意到在现实生活中，许多艺术家的个人生活并不与自己的作品向吻合，甚至表现出某种分裂的倾向。艺术家是具有两重性的人，他的外表与他的灵魂不相干，他的自觉意识与他的无意识原型不相干，他的个人生活与他的作品不相干。[④]

作家的每部作品都是有感而发，但是这个“感情”最直接、最本能的就是针对自我的“爱情”。在中国通俗文学里，言情小说一向是主流。这说明了爱情对于作家的重要性，这同时也是读者所追求的，也即是人类普遍的情感归宿。古代中国典籍理论就十分重视“夫妇”与“人情”。

《荀子·大略》云：“《易》之《咸》，见夫妇。夫妇之道，不可不正也，君臣父子之本也。”朱熹《周易本义》卷四《序卦传》云：“有天地然后有万物，有万物然后有男女，有男女然后有夫妇，有夫妇然后有父子，有父子然后有君臣，有君臣然后有上下，有上下然后礼义有所错。夫妇之道，不可以不久也。故受之以恒。”这两种对于《易经》之《咸》的解释都强调了夫妇关系对于君臣国家建构的重要性。《礼记》之《礼运》云：“饮食男女，人之大欲存焉。”男女关系在人的天性中的第一位置。《昏义》记：“男女有别，而后夫妇有义；夫妇有

① 包天笑：《钏影楼回忆录》，香港大华出版社1971年版。

② 赵孝萱：《“鸳鸯蝴蝶派”新论》，兰州大学出版社2004年版。

③ 荣格著，冯川、苏克译：《心理学与文学》，生活·读书·新知三联书店1987年版，第18—19页。

④ 荣格著，冯川、苏克译：《心理学与文学》，第23页。即区分了作为艺术家的个人和作为个人的艺术家。

义，而后父子有亲；父子有亲，而后君臣有正。故曰：昏礼者，礼之本也。”在人类发展史的初期，曾经历过男女杂居的群婚制时代，只有当夫妇的名义确定之后才有稳定的父子关系，从而确立起国家的君臣关系。所以《礼记》将男女婚姻定为万礼之本。中国最早的诗歌总集《诗经》的《风》中多描绘人们的恋爱、婚姻与家庭，对“缘情”文学产生了重要的影响。

中国文人一方面受制于儒家礼教，肩负着“修齐治平”的士大夫使命；但在另一方面，这些经典又成为发自内心的抒情的重要依据。明代中叶以后，发生了规模庞大的人欲思潮，两性观念发生了很大变化，这在很多文学作品中都有所反映。蔡元培曾经对鸳鸯蝴蝶派作家作过这样的分析：“综观我国小说，强半多涉男女之情，其故由于我国男女之防素严，作小说者，往往多借文字以发泄其怀抱。”①“蔡元培是从我国的特有国情所构成的民俗心理，甚至是集体无意识来分析言情小说在我国形成了‘题材侧重’的原因”，②范伯群所谓“集体无意识”，指出了言情小说在中国文人创作中的一个普遍特征。

“集团无意识”一词原是荣格提出的心理学术语。在个人无意识的深处，先天存在着某种东西（“情结”），它即是集体无意识。所谓“集体”即非个别而是普遍的意思。③ 尽管对于集体无意识的概念，荣格没有提出明确的定义，这一术语散见于他众多的著作之中。荣格在 1917 年首次描述这个古老的、普遍的，同时又无所不在的深层精神时说：“集体无意识，作为人类经验的(储)存所，同时又是这一经验的先天条件，乃是万古世象的一个意象。”④他强调集体无意识是由“本能及其相关物、原型的总合”组成。荣格界定的集体无意识实际上是指有史以来沉淀于人类心灵底层的、普遍共有的人类本能和经验遗存，它对人们的行为、理解和创造产生了重大影响。

上海洋场，经济氛围浓厚，但文人并非一概为利益所驱；救国危难之际，文人出于使命的政治性抱负也不能完全取代内心的需求。因此，在时代需

---

① 蔡元培：《在北京通俗教育研究会演说词》，载《蔡元培全集》第 2 卷，中华书局 1984 年版，第 493 页。

② 范伯群：《中国现代通俗文学史》，北京大学出版社 2007 年版，第 164—165 页。

③ 李德荣编译：《荣格性格哲学》，九州出版社 2003 年版，第 12 页。“这种个人无意识依赖于更深的一层，它并非来源于个体经验，也不是从后天获得的，而是先天就存在的。它应定名为集体无意识。选择‘集体’一词，是因为这部分无意识不是个别的，而是普遍的。它与个体心理相反，具备了所有地方和所有个人的都有的、大体相似的内容和行为方式的。换句话说，由于它在所有人身上都是相同的，因此它组成了一种超个体的共同的心理基础，并且普遍地存在于我们每个人的身上。”

④ 李德荣编译：《荣格性格哲学》，第 15—16 页。

求的面前，它可能体现出一种正面的形象，但必然有另外一种形象作为辅助。这另外一种就是潜在的精神需求，已经超出了个人而成为“集体性”的东西。近代初期的文人（甚至一般个人）之所以具有那么强烈的双重性格，就是依靠了表露的外面与潜在的内面才得以平衡。这也正是中国文人在“情”“德”之间浮沉的原因。

二、晚清写情的特定环境

（一）阴柔化的中国文人

如果说因为重视、渴求“情”而重视两性关系，本无可厚非。可是，为什么中国文人阴柔女性化的居多？在中国演绎的“才子佳人”故事，在西方则是“英雄美人”。很难想象，西方那种英勇（英俊）的剑士、骑士、绅士变成柔弱的奶油小生的情景。所以说中国文人的“易性书写”还具有特殊性，而女性读者也欣赏这一特征。很多研究指出，中国文人的阴柔化形象大约可以追溯到魏晋时期。

三国董昭上疏，讲当时读书人的情况：“当今年少，不复以学问为本，专更以交游为业；国士不以孝悌清修为首，乃以趋势游利为先。”[①]魏晋南北朝时所出现的美男现象，是中国历史上最为丰富的时期。汉代，充满阳刚之气的“伟岸魁梧”，在魏晋时代变成了“玉人”。该时期讲究服饰、仪表、相貌，不仅成为一般民众，也是文人的一项重要标准。“面如凝脂，眼如点漆，此神仙中人”[②]“士大夫手持粉白，口习清言，绰约嫣然，动相夸饰”[③]中国唯一的一篇美男典籍《世说新语·容止篇》对美男极力描绘和赞美。[④] 那么，为什么魏晋时代会出现这样放诞的尚美倾向？魏晋名士对于容貌的关注，有一点原因是东汉以来的人物品评的习惯。政治上有“选官得才”的实际用途，与仕途大为关联。此外，该时期也是中国历史上同性恋的高峰期之一。

可是，这些还不足以解释文人从汉代的阳刚转为魏晋的阴柔的原因。

---

① 陈寿：《三国志·魏书》，中华书局 1997 年版，第 121 页。
② 王羲之、岳希仁等：《世说新语译注（下）》，广西师范大学出版社 1998 年版，第 576 页。
③ 屠隆：《鸿苞节录》卷一，清咸丰七年北京保砚斋刻本。
④ 王羲之、岳希仁等：《世说新语译注》（下），第 567 页。

中国历史上自有文字文学起，或者在更早的阶段是否就有了这种审美倾向？这个问题需要对中国远古文化的审美进行深入考察。

尽管可以确定中国文人的女性情结，但在“诗言志”的儒家社会体系中，文人成为构建国家上层建筑的官僚阶层而成为“仕”。加上 1 300 年来的科举制，更使得“文”与“政”之间构成了一种必然的关系。“中国文学”之所以给人志向强烈的原因，大约在此。然而，中国文学的言情氛围自始至终就是伴随着言志文学的，即便是表面上不能公然歌颂的“辅助”。可是，这一辅助在晚清却公然地打出旗帜来，甚至在政治小说风光之后、民族危亡之际的时刻，写情小说竟占据了文学的主流位置？中国言志的正统文化是如何容许言情文学的发扬光大呢？也就是说，本来是女性“情结”的中国文人，在清末民初的时候可以毫不犹豫地将“情结”用书写显示出来。

众所周知，中国小说在近代以前一直被视为“小道”而不为正统文学所容纳，士大夫也鄙弃。但是，当晚清中国遭遇了西方列强的入侵，尤其在甲午战争中战败之后，变法维新成为必然的趋势。西方的政治、经济、思想、文化及科学民主、反帝国主义等理念，随着报刊书籍的传播，蜂拥进入中国，有志之士为中国之救亡而奋起启蒙。为了将进步理念传递给广大中国人民，进步知识分子选择了“小说”这一工具。梁启超的《论小说与群治的关系》及《中国唯一之文学报〈新小说〉》《译印政治小说序》明确强调了政治小说在政治变革中所发挥的重要作用，而为了使这一作用得以发挥，将借用小说的趣味功能。在“文学救国议论”的氛围中，中国的小说被纳入“文学”之中。康有为、严复、夏曾佑、丘逢甲、黄遵宪、蒋观云也阐发了相似的观点。“小说界革命”，将“文学”与“革命”二字相连意味着某种斗争。

物极必反。过分强调小说的社会功能而忽略其文学功能，“小说”必然不能持久。例如，《新小說》上的《小说丛话》栏目中梁启勋（梁启超之弟）纠正了梁启超将中国腐败归因于传统小说的偏见，高度评价了《水浒传》《红楼梦》。麦孟华一句“天下兴亡，匹夫有责”脍炙人口，但他反对翻译外国小说，认为隔靴搔痒（其实他是针对直接拿来的日本政治小说，味同嚼蜡）。[①] 其实，就是梁启超本人也是十分明白小说的趣味性是非常重要的。《新小説》

① 蜕庵：《新小説》1903 年 9 月 6 日第 1 卷第 7 号。

的栏目中除了历史小说、政治小说、科学小说以外，写情小说也赫然在目。再如，黄人在《小说林》发刊词中冷静地指出，“今之视小说又太重”，强调小说的审美特征。以晚清四大小说杂志为例，写情、传奇、侦探、戏曲之类通俗的趣味的科学的小说占了大半。当政治热情退潮之后，原本负载于小说上的种种价值观就只能留下“情趣”。这个结果，就像之前的中国朝代所经历的那般，除了文人天性的“文学嗅觉”以外，还与儒家思想统治相对削弱的背景有关。①

清初以来，统治者对士人阶层采用怀柔与镇压并用的政策，即“一方面广开仕进之途，诱之以利禄，一方面又屡兴文字狱、科场案、胁之以刑鞫……‘学问由此而衰，心术由此而坏’”。② 于是，随着科举制度和捐纳制度的发展，士人阶层变得越来越庞大，也越来越腐败。儒学不过是一种空洞的说教。可是，究竟是什么刺激了晚清文人阶层的道德沦丧？如果说近代都市经济的发展是一个诱因之外，一千多年来的科举制度的废除不啻为一个重要的因素。

1905 年延续了 1 300 年的科举制度被废除。“这种考试是为维持儒家的国家正统的运作需要设计的，是授予特权和打通向上层社会流动的手段，构成了社会理想的中国模式，随着科举制的废除，整个社会失去了作为自己特色的制度。”③中国文人在 20 世纪初遇到了前所未有的冲击，科举之废使他们失去了积极生存的目的与精神支柱，但他们因为受年龄、知识结构、经济能力之限制，又不能成为新式“知识分子”，而变成“游离化”的群体。在这种背景之下，小说尤其是言情意味的小说获得了生机。

不过，还必须重视外国小说译介的重要影响。如果没有林纾那部《茶花女》对海内士子的巨大震动，没有其后林译小说的传播，中国小说与小说家地位的提高恐怕还要推迟一些。那么，晚清写情小说的流行大约也会滞后。

① 陶慕宁：《青楼文学与中国文化》，东方出版社 2006 年版，第 162 页。“自汉至明的一千多年中，每一次规模较大的由士人群体参与的个性解放运动也总是在儒家思想统治相对削弱的时期发生的。这种个性思潮的形成往往发轫于人性中的情欲觉醒，而漫衍为对儒家礼教信条的全盘否定。魏晋士人的放诞任情，师心自用是在儒道式微，王政倾圮形势下的个性复苏；元代文人的疾孔毁孟、玩世不恭是在儒家伦理被蒙古铁蹄蹂躏之下的个性呻吟；而晚明士人的冶游纵欲、怡情花柳则是在资本主义萌芽的刺激和理学自身异化的前提下对传统价值观的反动。”

② 陈美林：《吴敬梓评传》，南京大学出版社 1990 年版，第 20—21 页。

③ Gillbert Rozman：《中国的现代化》，江苏人民出版社 1998 年版，第 320 页。

大胆的爱情理念、人性、自由、平等的观念促使中国小说家创作,并大胆表露自己的情感。没有凭空而生的小说,作家的"情感"经历、个人体验是否构成"集体性体验"?

(二) 写情小说家的众生相

1. 陈蝶仙(1879—1940)

将他归在写情小说者之列,是因为洋洋洒洒120卷的《泪珠缘》。这是中国小说第一次公开在扉页上注明"写情小说"的一部。他的名字是列在后来的鸳鸯蝴蝶派之中的,但其文学活动早已发生,而社会活动的内容又远远超出了文学范畴。其笔名中,天虚我生最为著名,还有惜红生、栩、栩园。他不仅精通文学,还精通艺术、音乐,甚至在工业企业和管理领域也独树一帜,创"无敌牌"牙粉,成为民族资本家。除了《情网蛛丝》《满园花》《鸳鸯血》《红丝网》《丽绡记》《芙蓉影》《琼花劫》《娇樱记》《郁金香》等作品以外,还翻译了《桑狄克侦探案》《杜宾侦探案》,主编过《申报》副刊《自由谈》。可谓文武多面体。韩南一针见血地指出陈蝶仙的文学特质:"然而,在社会讽刺小说盛行的时期,他却作为言情小说家而知名。我将说明,他的文学创作的价值主要在于其不断致力于讲述自己的罗曼史的努力。"①

根据韩南对陈蝶仙的生活考察,可以确定他之所以能够创作这么多的写情小说,很大程度依赖于个人经验。陈家与叔父一家共同居住,是一个60多人的大家族。幼年时一直更倾向于把温柔大方的王氏而不是自己的生母认作母亲,因为后者过于严厉挑剔。这应该与陈蝶仙后来在言情小说上的发展很有关联,即一个多愁善感之人。根据《三家集》所附书目,1900年之前也就是22岁时已经写过20部作品,包括《蝶仙丛稿》36卷、几卷诗词、许多谈论韵律和音乐的作品、剧本《桃花梦》、小说《泪珠缘》120卷、《续海上花列传》36卷。15岁时创作长篇弹词《桃花影》,原是为母亲王氏所作;16岁作《桃花梦传奇》等。韩南说:"他的作品可以看作是脱胎自《红楼梦》。他成长于一个大户人家,同时与几个女子相爱,在这两点上他与宝玉一样。"②

---

① 韩南:《中国近代小说的兴起》,上海教育出版社2004年版,第216—221页。
② 韩南:《中国近代小说的兴起》,第221页。

1898 年的一次浪漫际遇令他写了 180 首诗《九香楼纪事诗》。[①] 其妻文雅，夫妇伉俪、子女都擅长诗文。[②] 幼年时的大家庭生活与成年后的小家庭氛围之下，陈蝶仙与写情小说结下了不解之缘。对女性的从小深入的接触与喜爱，为他的书写提供了可能。[③]

2. 林纾(1852—1924)

作为将外国小说介绍给中国的第一人，林纾创作了中国翻译史上的一个奇迹。然而，这一奇迹的发生除了需要卓越的中国文学(母国文学)的学识，更需要“激情”。林纾充满了救国保种的雄心壮志，也满怀着妩媚的爱情。无论有多少评论说他是文化保守主义者，在翻译的时候灌输了多少传统道德，都不可否认《巴黎茶花女遗事》带给中国人多么大的震撼。除此之外，例如《迦茵小传》《红罕女郎》《不如归》，再如《剑腥录》《劫外昙花》《巾帼阳秋》，林纾笔下最多的就是爱情小说。

尽管在清末救国危亡的氛围里，林纾不可能撇开国家而论私情，那原本也不符合中国文人的“修齐治平”的理想的。可是，林纾对“情”的追求无疑是强烈的。在他以史为经、以情为纬的小说《剑腥录》中可以看到林纾自身的恋爱与婚姻的影子。这部小说所描绘的邴仲光(邴荟)与刘丽琼的爱情，其实就是林纾(幼名秉辉)与妻子(刘琼姿)的爱情故事。此外，短篇《秋悟生》也明显带有林纾的自传情绪。只是有趣的是，这是讲述“外遇”的故事。无论是“发妻”还是“外妾”，林纾都情深义重，没有背叛道德也没有背叛爱情，唯有“生不逢时”的感慨与无奈。

林纾早年家境贫寒，父亲在外谋生，家中全靠母亲与姐姐支撑着。林纾之所以那么尊重忠孝道德，也是因为他自己是在这样的磨难下成长起来的缘故。18 岁时娶妻刘琼姿，刘氏是一个贤妻良母。婚后不久，父亲、祖父母相继过世，林纾过于悲伤而得了肺病。贫困交加的 10 多年中经常口吐鲜

---

① “蝶仙少年时眷一邻女，撰有《九香楼纪事诗》九十首、后九十首，绮靡风怀，尽情泄发。”载郑逸梅《近代名人丛话》，中华书局 2005 年版，第 313—326 页。

② “夫人朱恕，长彼一岁，能诗，伉俪甚笃。”载郑逸梅《近代名人丛话》。另，“其夫人嬾云、子小蝶、女小翠，皆以诗名。一门风雅，朋辈莫不羡之。”载严芙孙等《民国旧派小说名家小史》，载《鸳鸯蝴蝶派研究资料》，第 479—480 页。

③ “又丁悚绘时装仕女图一百数十幅，蝶仙逐幅题之。”载郑逸梅《近代名人丛话》，第 313—326 页。

血，几度病危，而妻子一直与他相依为命。当林纾31岁中举，生活有了改善时，母亲亡故，妻子因为积劳成疾也恹恹下世，这令林纾十分悲痛。他在清理妻子的遗物时，看着她破旧的棉袄，无限感伤。在为怀念旧居故人（母亲与妻子）而作的散文《苍霞精舍后轩记》中，就包含了对亡妻的愧疚及感谢之情。夫妻二人为病中的母亲烧菜的情景，虽然只有几句，却充满了生活的情趣。[①] 林纾为妻子所写的《亡室刘孺人哀辞》直接表露了与妻子相爱相敬的感情。[②] 因此，在这样悲伤愁苦之际，友人劝说林纾出游杭州散心，更带给他一部《巴黎茶花女遗事》。可想而知，这本哀婉的小说是多么地打动了林纾。

然而，另一方面，林纾对一名妓也十分钟情。在《冷红生传》中他写自己受到名妓的欣赏与追求，慌张离去，因而受到了他人的嘲笑。但是林纾的表白是："吾非反情为仇也！顾吾褊狭善妒，一有所狎，至死不易志，人又未必能谅之，故宁早自脱也。"[③]他强压着心中的爱恋，除了不愿辜负佳人爱意之外，还有心底里埋藏的对亡妻的怀念。《七十自寿诗》写，"不留宿孽累儿孙，不向情田种爱根。绮语早除名士习，画楼宁负美人恩……"，并注释"余悼亡后，有某校书（妓女）者，艳名震一时，初不谋面，必欲从余，屡以书来，并馈食品。余方悲感，卒不之报，且不与相见，同辈恒以为忍。"[④]这一耿耿于怀，在《赵倚楼》《穆东山》等短篇小说中都有所表露。如果林纾与名妓的相识是在成婚之前，或者妻子去世后已经经历了一段时间，那么谁又能保证林纾不会梅开二度？

林纾在写情小说上所取得的成就实出于他深重感情的缘故。简洁平淡的笔墨，却给人以隽永的回味。张僖称其文"出之血性"[⑤]便是这个原因。

---

① "宜人病，常思珍味，得则余自治之。亡妻纳薪于灶，满则苦烈，抽之又莫适于火候，亡妻笑。母宜人谓曰：'尔夫妇呶呶，何为也？我食能几何？事求精，尔烹任岂亦有古法耶？'一家相传以为笑。"载林纾《苍霞精舍后轩记》，载许桂亭选注《铁笔金针》，百花文艺出版社2002年版。

② "余病时积夕亡睡，孺人方孕女雪，羸茶若不能自胜其躯。余怜之，病中至无敢微呻。偶呻，孺人辄问，预置茗具燕火以进。残月向尽，雁声自远而近。余戏孺人：'鬼啸乎？去尔无多日矣。'孺人凄然莫应。"载林纾《亡室刘孺人哀辞》，载林薇选注《林纾选集》（文诗词卷），四川人民出版社1988年版。

③ 许桂亭选注：《铁笔金针·冷红生传》。

④ 朱义胄：《林畏庐先生年谱》第2卷，世界书局1949年版，第46—47页。

⑤ 张僖：《畏庐文集·序》，商务印书馆1910年版。

3. 李涵秋(1874—1923)

李涵秋的创作生涯主要集中于1906—1923年间。尽管他以社会言情小说更闻名于民国以后,而且,无论在时间上或地域属性上(一生的50年间基本上都在家乡扬州度过,这一点与清末民初从江浙一带甚至更远的广州迁徙到上海大都市的文人如包天笑、吴趼人、林纾迥然不同),都与其他写情小说家不太一样。不过,从其"社会言情小说"的主要内容来看,应该也属于笔者所论范围。

李涵秋在上海仅仅滞留过很短的1年,[①]而且还因为不适应上海而回老家。但他成长生活的扬州从某些方面来说,与上海的城市氛围很相似。自唐代发展起来的扬州,是一个依靠鱼米经济发达起来的富饶之乡。

出身于一个小商人家庭,李涵秋身为长子他没有家学渊源,只是自幼聪颖好学,6岁入私塾,12岁学做八股文,善写诗,诗文名于乡里。年少时喜读古典小说戏曲《红楼梦》《西厢记》《水浒传》《儒林外史》,对评话特别痴迷,这对他后来的文学创作产生了重要的影响。例如戏曲中"甩包袱"式的伏笔,还有以爱情为主要题材的曲目。

1895年21岁时岁试得冠,得补廪膻生,有了俸禄,家计稍宽。但他看到了举业误人,"心恶之,而以诗酒自娱,并养名花、蓄良禽,借以消遣之一助"。[②] 但出于对祖母、母亲的孝顺,依旧奉命去南京参加了正科乡试。只是他生性恬淡,不求功利,喜教书,赏玩琴棋书画。可是,1905年科举废除,他生活困难,便去武汉做家庭教师,开始在汉口《公论新报》的《汉上消闲录》栏目中发表诗文。根据年少时与媚香的感情经历,创作了处女作《双花记》,但因为没有自信而未能立刻发表。[③] 后来又写了《瑶瑟夫人》《琵琶怨》《并头莲》等抒发个人情感、身世而作的言情小说和侦探小说。

李涵秋受的是传统教育,其小说的特点,如《广陵潮》中"一夫多妻、妻妾和睦"的家庭理想。《广陵潮》属于传统才子佳人名妓;《侠凤奇缘》是恩义、患难真情;《战地莺花录》中革命青年志同道合的色彩,可谓贞节观念与自由恋爱的并存。

---

① 1921年任《小说时报》《小时报》编辑。
② 龚少芹:《李涵秋》第一编,上海天忏室1923年版,第4页。
③ 在1906年侦探小说《雌蝶影》获得成功后才发表。

4. 包天笑(1876—1973)

这位鸳鸯蝴蝶派的大将[①]的文学创作十分丰富。而他同时又是一个翻译小说家,林纾那部引起争议的《迦茵小传》也是他与友人先行翻译的,而他的《教育小说》甚至成为中小学的修身读本。

生活在吴语软糯的苏州水乡,包天笑自小就对戏剧、说书、歌唱、杂耍等很有兴趣,独角戏、说因果、西洋镜、走绳索、使刀枪、木人头戏、猴子戏,让他度过了丰富而有趣的童年。包天笑的这种雅俗共赏的兴趣,大约就奠定了其后的性格了吧。来到上海之后,结识了很多上海文人。可是,后天的环境(上海)并非是促成他成为写情小说家的直接原因,早在幼年与"女性"的接触以及他父亲的"言传身教",可能更重要。

《钏影楼回忆录》中写"有一件事,使我虽老不能忘怀,这是我在八岁的那年,父亲带了我曾去坐过一次花船。"[②]花船就是载有妓女到处游玩的船。包父因为做生意少不了这样的交际,但是包天笑认为:"我父亲却不是那种自命道学中人,说什么'目中有妓,心中无妓'的人,但他却是一个终身不二色的人。"[③]正是父亲这种或为生意或为游戏,但却是真情不二的性格,给儿了带来了很大影响。包天笑的婚姻生活是很能够体现这一点的。

处于"父母之命,媒妁之言"的时代,包天笑18岁订婚。但实际上,十三四岁时他与邻居女孩情投意合,最后因祖母反对而未成功。但是包天笑并不非常在意自己的婚姻,因为他担心与贫困家庭结婚,生活会更困难。尽管如此,"也有一点自私的心,我被那种不自由的婚姻所刺激,耳闻目见,以及刊物上的故事,新闻所记载,加以警惕,我希望我年纪大一点,可以自由择配呀"。最后,为了照顾祖母、母亲,孝顺的包天笑无法自由选择。18岁订婚至27岁才结婚,这中间的7年,未尝没有遇到好女子,"然而我的心中,好像我的身体已经属于人家了。虽然我与我的未婚妻,未曾见过一面,未曾通过一信(在旧式婚姻是不许的),但是我常常深自警惕,已有配偶,勿作妄想。因而在这七年中,我曾单独到过上海好多次,也曾思追求过女性,也曾被女

① 尽管包天笑在《我与鸳鸯蝴蝶派》中否认了这一点。原载于1960年7月27日香港《文汇报》,收录在魏绍昌编:《鸳鸯蝴蝶研究资料》,上海文艺出版社1962年版。

② 《钏影楼回忆录·坐花船的故事》。

③ 《钏影楼回忆录·坐花船的故事》。

性所眷恋，几乎使我不能解脱。然而我终悬崖勒马，至结婚还能守身如玉者，我的情欲，终为理性所遏制了。”[①]婚前的“情”“德”相争，在婚后得以解脱。

交朋友，吃花酒，应邀去山东青州办中学。朋友邀包天笑去官府观审，在一些奸情案中对女犯也用刑。“我笑向李撍臣道：‘你这样焚琴煮鹤，不太煞风景了吗？’他说：‘这是国家法度。不过那种奸情案子，到了你们小说家的笔下，总是帮着女人的，可以装点成一篇恋爱传奇小说，而我们总是酷吏呀！’”[②]现实与想象之间的巨大差异，促发了他到处闲逛的好奇心，更甚者，每到一个地方都要看看当地的娼妓风俗。苏州、上海、南京、青州的妓院他都去过，而迁居上海之后，正是吃花酒最盛行的时代。[③]

似乎结了婚，家中有了正妻坐堂后，去寻花问柳反而理由充足了。其实，要理解这个理由并不困难。“我对于结婚的事，很有点怀疑。第一，我是为了家计，我幸有母亲的操劳支持，勉强可以过度。娶了亲后，家中既添一个食口，而人家一位青年姑娘，到我家来做媳妇，似不能过于艰苦。并且结婚以后，不能不育，小孩子一个一个添出来，这个负担，也就不轻呀。还有一个意思，全出于自私之念，我觉得未结婚的人，自由得多，结了婚的人，便不免生出多少牵虑来了。”对于母亲来说，“希望我结婚以后，有个媳妇帮助她，终归是好的”。孝情先于爱情，爱情自然是要自己去寻找的。[④] 而且，这个出于孝情而娶进家门的妻——“我妻姓陈，名震苏，这个名字，很不像一个女人名字”[⑤]——妻子的名字全然是端庄严肃的，甚至有点男性化。包天笑大概更喜欢妩媚一点的女性吧。

包天笑的创作来源除了这些交际场所的体验之外，他在女学校的教书经历也提供了许多素材。到了上海以后，史量才相邀去女学校教书，包天笑对此很有些好奇心，而且当时正为写小说收集素材。每日奔波于两个学校

① 《钏影楼回忆录·订婚》。

② 《钏影楼回忆录·青州风物》。

③ “谈商业是吃花酒，讌(同“宴”)朋友是吃花酒，甚而至于谋革命的也是吃花酒，其他为所爱的人而捧场的，更不必说了。即使不吃花酒而在什么西菜馆、中菜馆请客，也要‘叫局’，所谓叫局者就是召妓侑酒的通称。”“我是吃花酒的，踏进时报馆第三天，狄南士就请我吃花酒，那时他宴请一位北京来的朋友，邀我做陪客，那是我第一次进入花丛。后来有许多南社里的朋友，所谓文酒之会，也都是吃花酒。”载《钏影楼回忆录·续编·回忆毕倚虹(一)》。

④ 《钏影楼回忆录·结婚》。

⑤ 《钏影楼回忆录·结婚》。

之间，十分劳累，但另一方面“觉得教女学生，很有兴味”。[①] 这些女学生的开玩笑、上课时织绒线、挑剔老师的服装礼仪、爱撒娇、给老师取绰号、排演戏剧等有趣的事情都给他提供了材料。

5. 徐枕亚(1889—1937)

民初，鸳鸯蝴蝶派的开山之作《玉梨魂》中让读者魂牵梦萦的梨娘与梦霞，原本是有原型的。而这原型就是徐枕亚本人。1909 年，徐枕亚到无锡鸿西小学堂教书，其中有一个学生蔡如松，祖父是同治年间著名书法家蔡荫庭。徐枕亚很喜欢这个孩子，常常对他进行个别辅导。渐渐地便爱上了孩子的母亲、寡妇陈佩芳。出于礼教，二人虽然暗地交往，但不能结成婚姻。最终由陈氏作主，将蔡荫庭的岁女蔡蕊珠嫁给了徐枕亚。直到 20 世纪 20 年代，还有人看见徐枕亚的卧室中挂着放大了的陈氏的照片。[②] 徐枕亚与陈佩芳的来往书简[③]为后来的研究者提供了重要的资料，但是，这不仅仅是资料。陈氏含泪写道：“午得手书，悉欲我从，岂有不肯相从之理，感情不弃，后为久聚。亦有一言，须梦儿成婚，不死当从。忆昔至今，两情愿不是独活的局面了，再加各存血迹，作可算铁证，此生血点惟尔能得，手迹更为独取，身亦为誓有，心为情死，何事不可。”并抑制不住心中对情爱的渴求，“我处早已妥排，老姑小女宿外处，夜则无人在内，惟一主一婢，若蒙文星光临，我门户不扃”等，二人幽会谈情，留下了很多涉及帏秘之事。像这种暗度陈仓的幽会，何尝是“发乎情，止乎礼”？即便在《玉梨魂》中，也有很多“出轨”的描写。例如，白梨娘偷入梦霞屋内，取走或留下信物，数次让儿子传递信件。这本身就是充满了冒险的冲动。徐枕亚曾有过娶陈氏为妻的想法，是很可敬的。可是，陈氏要等儿子长大成家之后才能答应结婚。这并非是对自己名节的顾虑，而是出于儿子(蔡家)名誉的顾虑。只是，因为无法悖逆伦理，陈氏通过给小姑做媒试图弥补这一遗憾，其实是包藏着私心的。她根本不会乐于见到自己的爱人另娶他人，但是只有利用这样的方法才能在二人之间串上“关系”。

可是，徐枕亚娶了蔡蕊珠之后依旧生活得不如意，因为他的家中有一个

---

① 《钏影楼回忆录・女学校教书》《钏影楼回忆录・女学生素描》。
② 黄天石：《状元女婿徐枕亚》，香港《万象》1975 年 7 月第一期。
③ 时萌：《〈玉梨魂〉真相大白》，《苏州杂志》1997 年第 1 期，第 55—57 页。

暴戾的母亲，虐待媳妇。徐的嫂子不堪凌辱而自尽，蔡氏也被婆婆逼迫离婚。徐无奈之下只能假离婚，私下里秘密同居。但蔡氏不久也过世了，徐枕亚在伤痛之余作《悼亡词》。他后来又娶妻刘沅颖，但也因为贫富悬殊的问题，妻子抑郁病死。这不幸的婚姻使得徐枕亚更为颓唐。[①]

6. 苏曼殊(1884—1918)

苏曼殊的身上是很有一种才子气的。文采超人而又情意绵绵，忠孝之至而又精忠报国，亲俗事尘缘而又佛门皈依。“情僧”“诗僧”“艺僧”“奇僧”“革命僧”等各种头衔，使得他短暂的35年生涯充满了传奇。流着一半日本人的血的苏曼殊，很小的时候就离开了母亲(嫡母与养母)，失去了母爱。但是那一种与生俱来的炽烈的亲情，一直成为他终身的精神支柱。对母亲的思念永远阻挡不了他衰弱的身体，长途跋涉地前往看望。而从小缺少父爱又受到歧视的他，飘零、孤独、桀骜，构成了他作品的主旋律。在包天笑的笔下，是轻飘飘的一句“吃花酒的和尚”，[②]实际上是背负了佛门节律的天生情种。曼殊虽然出入于歌宴酒肆，但他“独恬事外”，这在他的小说中也可以看出来，从来不涉及肉欲。

苏曼殊虽没有结过婚，但却多情又绝情。半自叙的《断》中的三郎，何其逃避？何其懦弱？而往往拿出来当挡箭牌的“佛”，使他断绝了多少次情缘。既然不能免于情愫，又何必事佛？既然事佛，又何不能如日本和尚娶妻？试看他的情路：16岁时，樱花村飞鸽传信的少女，使苏曼殊情窦初开。慈祥的西班牙牧师庄湘，不仅教授，还填补了某种“父爱”。庄湘的女儿雪鸿，对苏曼殊一往情深。调筝女百助枫子纯洁美好的气质深深打动了苏曼殊的心，作《本事诗》10首。“乌舍凌波肌似雪，亲持红叶属题诗。还卿一钵无情泪，恨不相逢未剃时。”他的很多的诗词中，尽管充满了绵绵之情、红粉知己，却往往又与“摩耶”“袈裟”“尊前”“华严”“持锡”“钵”相连，如《西京步枫子韵》：“生憎花发柳含烟，东海飘蓬二十年。忏尽情禅空色相，琵琶湖畔枕经眠。”对着偶然得到的女子照片，题词《佳人》：“佳人名小品，绝世已无俦。横波翻泻泪，绿黛自生愁。舞袖倾东海，纤腰惑九洲。传歌如有诉，余转杂箜篌。”病逝前，他请柳亚子将一张女子照片登在报上，题为《永远的土地》。对在上

① 郑逸梅：《南社丛谈》，上海人民出版社1981年版，第234—235页。
② 《钏影楼回忆录·集会结社》。

海时所相识相爱女子，作《海上》八首表述衷情："棠梨无限忆秋千，杨柳腰肢最可怜。纵使有情还有泪，满从人海说人天。"

苏曼殊的主要作品《断鸿零雁记》《绛纱记》《焚剑记》《碎簪记》《非梦记》，无一不是爱情小说，还是凄婉绮丽的悲剧爱情——"好写美人，缥缈无方"。① 苏曼殊，"一个永恒的悲哀"②的源头就在于漂泊的身世，在于对缺失的"母爱"的眷恋而产生了爱情替补。

其他作家，例如脍炙人口的《海上繁华梦》的作者孙玉声（海上漱石生），其《仙侠五花剑》《十姊妹》《指迷针》《一粒珠》等作品也受到了佳誉。他少年时最喜欢看戏，对于梨园的掌故十分熟悉。爱游山玩水，时常远游。中年时，几乎每天都在金粉场中。事实上，《海上繁花梦》整部书都是他亲临其境探访而得的材料。③ 而他与天香院主之间的情谊深刻，36 岁时娶之为妾。后来孙玉声染病，苏氏不辞辛劳照顾。当孙玉声病愈后，苏氏却因被传染而医治无效。孙玉声非常悲痛，《繁华梦》中的桂天香那段就讲的这事。④

还有一则逸闻。孙玉声与友人徐卓呆的家住得很近，两家孩子因为一同骑自行车上班结下了情缘。快要结婚时，徐卓呆认为孙的儿子在警察局工作，必定沾染恶习、行为不端，拒绝了他。为此，孙玉声去徐卓呆工作的报馆商量，但卓呆态度坚决。"玉声愤激之下，向卓呆下跪，卓呆亦愤激下跪，越日小报载之称为《新探亲相骂》，且绘漫画，引人发笑。此后卓呆竟与女绝。"⑤本来，这是两个家长关于儿女婚姻的态度，但可看出孙玉声对恋情是十分尊重的。再如周瘦鹃，作品大多为爱恋了 30 余年的恋人周吟萍一人所作，与"紫罗兰"结下了不解之缘。

（三）男权社会中或彰或隐的"女性"角色

1. 晚清文人与青楼文化

李伯元、吴趼人、林纾、陈蝶仙、何诹、李涵秋、符霖、包天笑、徐枕亚、苏曼殊等，试图将他们画在一个文人圈内是十分困难而勉强的，但若通过晚清

---

① 叶楚怆：《小说评论》，《民国日报》1918 年 11 月。

② 范伯群：《中国现代通俗文学史》，第 135—139 页。

③ "玉声以书中（指《繁华梦》）涉及曲院情事，其中颇多隐秘，迷惑王孙公子，为局外人所不了解，他就探身其中，量珠聘天香院主苏氏为小星，苏氏和盘托出，揭发殆尽，著书时得以鞭辟入里，淋漓尽致。"载郑逸梅《近代名人丛话》，第 338 页。

④ 严芙孙等：《民国旧派小说家小史》。

⑤ 郑逸梅：《近代名人丛话》，第 341 页。

文人社交的“公共空间”来圈定的话,大约可以发现他们的关联。

明清时代出现了大量的艳情小说,这表明了文人与女性之间多有接触。非想象非捏造,文人依据而写作。其最繁荣的时期,正是上海自开埠以后到1900年前后的这段时间。晚清写情小说的主题,在小说界革命论之后,虽然已经从10年前的狭邪小说的圈子脱离,但租界上海的都市环境,显然直接对写情小说的写作者产生了影响。尤其是晚清小说家,已经不再是古代中国文人比较封闭的文学写作,而在经济迅速发展的上海,通过报刊(尤其是小报)、社团、马路、公园、西餐馆等近代新式“公共空间”中获得了另外一种文人的文化圈。而这样的一种文化圈及生活圈之所以能够实现,很大原因在于文人生存方式的改变。古代的中国文人唯一的“仕途”之路被打破,取而代之的是新型的“经济”之路。而且,晚清写情小说家是“文人”,而非“知识分子”。他们对社会的责任感没有特别强烈,当然也会通过文学的方式实现一定的责任,他们是以知识和智力谋生的。中国的文人是读书人,但在历朝历代中却无法仅仅凭借读书为生,向来与国家政治机器联系在一起。《说文解字》中说:“士,事也。”古代的“士”相当于今天所谓的“知识分子”,也就是说“士”是在政府中担任各种“职事”的人。顾炎武说:“谓之士者大抵皆有职之人。”[①]

(1) 报人的群体

虽然李伯元(1867—1906)并非以写情小说家为名,其笔下却不乏花柳故事如《海天鸿雪记》,[②]只不过当时狭邪小说的名声远大于之,而他那部谴责小说《官场现形记》又太有名了。其次,尽管不是第一却也是较早并且比较具有影响的“花榜”[③]也是他一手操办的,故称为“花界提调”。[④] 他的花榜之举在上海引起了很大的反响,也随之推动了上海小报的热潮。因此,若是从晚清文人活跃的一个重要阵地——小报来说,李伯元无疑是牵线搭桥的重要人物,他被公认为上海小报的元祖。

---

① 《日知录·卷七·士何事》。

② 1904年世界繁华报馆刊,未完。还有很多花丛列传、妓女间龃龉、诗词。

③ 陈伯熙编著:《上海轶事大观》,载《上海花榜溯源》,上海书店出版社2000年版。其实花榜并非李伯元首创。王韬《淞滨琐话》卷之七《谈艳》中记,光绪壬午(1882)、癸未、戊子曾经举行过花榜。李伯元第一次举行花榜是丁酉(1897)年。

④ “花界提调”意为妓界总指挥。

"小报"的定义虽然有很多,笔者以最初的社会约定俗成的说法,也就是"戏报""花丛报"来作为19世纪末20世纪初的小报内涵。晚清文人大多与报纸杂志有所关联,而且很多文人直接参与小报编辑或创刊。[①] 周桂笙《新庵笔记・书繁华狱》曰:"昔南亭亭长李伯元征君创《游戏报》,一时靡然从风,效颦者踵相接也。南亭乃喟然曰:'何善步趋而不知变哉?'"《游戏报》的成功在上海带来了办小报热潮。经济利益的获取是必然的目的,[②]因为这本来就是晚清文人得以生存的已经改变了的生活方式。但是其中也必然存在着某种趣味的吸引力。《游戏报》内容有谐文、笑话、花史;而主要的报馆如《游戏报》《世界繁华报》《采风报》《消闲报》《春江花月报》《及时行乐报》,均与女馆为邻,才子佳人,风流依依,来往无间。诙谐、花柳,这大约就是这一群体的喜好吧。[③]

20世纪初的文人多参与办报编刊物,如编白话报、花界小报、女子杂志、小说周刊等。当时文人办报办刊物,并非都是启蒙,也并非都是为了牟利或稿费。李伯元不仅与妓女杂居而处,而且关系非比寻常。四大金刚之命名、为无所归依的妓女建花冢,[④]他还是一个社交专家,与文人、著名绅商、日本文人[⑤]都保持着密切的联系。那么,例如花榜评选是如何开展的呢?晚清上海的妓女数目庞大,隶乐籍者大约有3 000人,要评选最美丽的妓女谈何容易。正如李伯元在《游戏报》上所刊告白:"诸君选色征歌,如有所遇,投函保荐,将生平事实、姓氏里居,详细开明,以便秉公选取。"而仅仅十余日就收到了百余封推荐信。[⑥] 在这些推荐信的基础上,李伯元选出了花界佼佼者。不过,这里面的推荐与排名实在是很有趣的。首先,"本届花

---

① "昔南亭亭长李伯元征君创《游戏报》,一时靡然从风,效颦者踵相接也。南亭乃喟然曰:'何善步趋而不知变哉'."载周桂笙《新庵笔记・书繁华狱》。

② "从《采风报》编者阐述都市嫖妓合理性的理论中,能够窥见晚清小报文人身上世俗而实利的市民文化意识的萌芽。"载李楠《晚清民国时期上海小报》,人民文学出版社2006年版,第79页。

③ "他著《官场现形记》时,住在南京路附近的劳合路(现六合路),那一带是雉妓的大本营,他在大门上贴着一副梅红笺的春联:'老骥伏枥,流莺比邻',上一句可见他的满腹牢骚,下一句却又风雅得很。"载郑逸梅《南亭亭长》,载魏绍昌编《李伯元研究资料》,上海古籍出版社1980年版。

④ "他和妓女的关系也非比寻常,当时林黛玉、张书玉、陆兰芬、金小宝四名妓被称为'四大金刚',就是出于李伯元的品题;他每年还在报上开花榜,选举花界状元;另外他又创议妓女募款建'花冢',在静安寺附近购地一方,专作无主芳魂埋骨之所。"载刘文昭《李伯元瓜豆园雅集》,载魏绍昌编:《李伯元研究资料》。

⑤ 与永井禾原、牧卷次郎(牧放浪卷次郎)、山根彪(山根立庵)、吟诗论文,时相过从。在李伯元办的《游戏报》上,牧卷次郎用东瀛放浪子的笔名写诗发表。以后还收录在李伯元编的《蕊宫诗选》中。

⑥ 《李伯元全集・5・游戏主人答客论开花榜之不易》,江苏古籍出版社1997年版。

榜系仿泰西保荐民主之例,以投函多寡为定";第二,对于评选上"才色品艺"的妓女,封之以状元、榜眼、探花之号。

根据《游戏报》上所载的推荐信,虽然推荐人或投函人都不署真名而无法断定其人,[①]这样的推荐信所具有的公正性自然成为疑问(也有一些信函指责李伯元评选不公),不过这不是重点,关键在于西方式的"民主"推荐和中国式的"科举"评定。评选妓女座次成了民主之举,评选上的妓女获得与文人相媲美的封号,这不啻莫大讽刺?李伯元答:"国家开科取士,以主司一二人之目力,较千万人之短长,应试者数万人,而所取不过数十分之一,感者寥寥而仇者甚众。"[②]因此,主办花榜的李伯元与众多的参与者(多数都是文人)在花柳轻薄之下所掩盖的不平、讽刺、鄙视之情,可见一斑。这与晚清文人嬉笑花丛而又怒骂社会的态度一致。

除了小报,上海发达的杂志也几乎囊括了所有晚清文人。据张静庐回忆:"那时候文坛的领袖者有二大巨头,一位是青浦王钝根先生,一位是吴门包天笑(朗孙)先生。"[③]包天笑负责《时报》《小说时报》《妇女时报》,并在1915年创办了中国第一个文学季刊《小说大观》,1917年办了第一个白话小说刊物《小说画报》。在他的周围有一大群实力雄厚的作者班底,叶楚伧、姚鹓雏、陈蝶仙、范烟桥、周瘦鹃、张毅汉、毕倚虹,还有林纾、章士钊、刘半农等名人纷纷寄稿。

可见,晚清文人具有相似的趣味。以写稿为生的文人有"名士气""才子气",有较高的艺术修养与诗词雅致,并不热衷于国家大事、改革图新。花榜揭晓仅仅3日就售出8 000份报刊的销售量,证实了文人对花榜的兴趣之大,也证明了他们与青楼文化所具有的密切关联。这些也为文人写作提供了重要源泉。阿英说,从《海天鸿雪记》中可以看出李伯元描写女性的才能。[④]

---

① 如海昌太憨生、茗雪、铜琶铁板汉、绮春居士、梦云馆主、花欢熹斋主人、双清室主、云水洗眼人。

② 《李伯元全集·5·游戏主人答客论开花榜之不易》。

③ 张静庐:《在出版界二十年》,上海书店出版社1984年版,第34页。

④ "他的小说,很少写到女性,即写到也不见如何的生色,而《海天鸿雪记》却不然,好几个女性,在他的笔下,都是极生动的。最成功的,要算是那处处想占人先的高湘兰。在阴雨之夜,与知心客的全宵身世之谈,是一段极微妙的心理描写;与花寓抢车一节,更是在行动之中,表现出极强的性格来。……如写华生与谢宝玉的相遇,三次的描写,各有其不同的写法。最后的会见,更如游龙之见首不见尾,轻描淡写,神韵极佳。"载阿英《海天鸿雪记》,载《李伯元研究资料》。

除却文人趣味与经济实利(花榜无疑带动了小报的销售量),晚清文人对女性的描绘是否寄托了同情,或者说是妇女解放的志向却不一定。以《繁华梦》《海上花列传》为代表的狭邪小说、小报上层出不穷的花边新闻、各种与妓女有关的描写,数量无疑是巨大的。[①] 可是,其中所蕴含的告诫世人(男性)堕落、警戒女性贞德,甚至妓女的职业道德、名妓技艺的社会教育与责任除外,令人怀疑作为一个男性对女性的同情与关怀的真情。最主要的一个证据就是,读者从这些作品中没有引起共鸣,就如同作者一般,是一个局外人。[②] 或者说作者是处于一种居高临下、置身度外的位置。

(2) 从文社到公共空间中的女性

唐代以后,妓院文化的扩大,促使了文人群落、诗文社团与名妓的相互推动。[③] 尽管不是直接与妓院、优伶的交往相关,"文社"使得晚清文人形成一个群体性的活动。而这一活动是轻松有趣味的。

海上文社是李伯元主持的一个文社,创办于1898年,并开《海上文社日报》。关于海上文社与日报的具体情况,以前因为资料的缺乏而无法得知。张纯一文提供了难以搜寻的《游戏报》的具体资料。[④] 阿英称其为"当时小型报中的别裁",设置"社说、社榜、社谈、谈薮、笔记、杂著、艺苑"等栏目。[⑤]

《海上文社日录》是一个综合性文学刊物,每日一册,"首录诗文、次文社当日所收佳卷、次问答"。[⑥] 所刊内容,"凡海内通人雅士之所著述,若骈散奇耦,若诗词歌赋、小说、院本、鸿篇巨制、零续短章皆登之"。办刊目的有二:"挖扬风雅,诚可以使海内君子借以联络声气,发越神智,互相切磋,获相得益彰之益。一线风流,于兹未坠""以复我中国古者周、秦、汉、魏、六朝、

① 青楼文学作品、狭邪小说,如陈森《品花宝鉴》、王韬《海陬冶游录》、魏秀仁《花月痕》、韩邦庆《海上花列传》、孙家振《海上繁华梦》、李伯元《海天鸿雪记》(疑为欧阳作)、吴趼人《上海三十年艳迹》《海上名妓四大金刚》。

② 这当然不是绝对的,例如李伯元《海天鸿雪记》第一回《小引》表现出对妓女的同情。作者写作的动机,并非如其他狭邪小说的"嫖界指南",而是描绘妓女悲惨的社会生活。

③ 陶慕宁:《青楼文学与中国文化》。

④ 张纯:《〈游戏报〉——晚清小说研究资料的大发现》,《明清小说研究》2000年第3期。《游戏报》现收藏于南京图书馆,1897年9月25日—1900年1月9日,3册。

⑤ 其在《晚清文艺报刊述略》中谈论《海上文社日报》。

⑥ 《游戏报》1899年12月29日。

唐、宋之盛。”[①]以风雅结文友的李伯元，获得了极大成功。

李伯元与吴趼人的挚友关系，在很多文章中都有所体现；在办报上，吴趼人的《采风报》与《游戏报》合作，还以“戊寅人”“茧园居士”笔名参与海上文社的活动。事实上，参与海上文社的文人都是海内外名士，如海上漱石生孙玉声（《新闻报》馆主编）、潘兰史（香港《华字日报》馆主笔）、来青散人永井久一郎（永井荷风之父，日清轮船公司总经理）、眉韵楼外史孙同康（翁同龢弟子）、汪甘卿（《沪报》主笔）、铿斋居士张彦云。至于所出课题，例如秋郊赛马曲、牡丹花、美人足、腊美人、杨贵妃、山茶花、红楼梦、消寒图、春草等皆风流之物。

此外，清末民初，上海产生了一个名震遐迩的灯谜社团“萍社”，取“行踪萍合”之意，由报人、小说家孙玉声与“南社”诗人与名编辑王均卿发起。先后参加者有近百人，多为新闻界、教育界、文艺界人士，如词人况蕙风，诗人姚涤源、陈逸石、陆律西、朱觉厂、徐行素、蒋山佣、王毓生等，报人薛寒梅、谢不敏，教育家贾粟香，诗人兼学者陆澹安，等等。其中谢不敏、蒋山佣、王毓生、陆澹安、徐行素 5 人尤擅猜制，被誉为“萍社五虎将”。报上辟《文虎台》一栏，写稿阵容强大。孙玉声将当日所悬的灯谜，翌日选登在《大世界报》的《文虎台》（灯谜又名文虎）专栏里，以作广告宣传。[②]“萍社”前后一共活动了 9 个年头，约在 1924 年解散，社员们众多的谜作，曾被王文濡编进《春谜大观》[③]。晚清文人由此将他们共有的风雅趣味、文学生活与实际的生活紧密地联系起来。而他们的文学活动虽然是通过报纸杂志串联起来的文学形式，但他们实际假座的报馆、茶楼、西餐馆、公园，为此提供了场所。于是，这样一种由文人、名士组成的团体的边缘，总徘徊着另一群女性的身影，他们一同构建了晚清上海特殊的公共空间。

“上海大众文化公共空间的形成，是从四马路的消费文化开始的。”[④]上海开埠后第二年（1845）英租界设立，其后 1851 年起，上海的主要马路相继

---

① 李伯元：《海上文社日录·序》，《游戏报》1899 年 12 月 30 日。

② 徐戴平、徐瑞芳：《清末四十年申报史料》，新华出版社 1988 年版。

③ 王文濡编：《春谜大观》，上海文明书局 1917 年版。王均卿：《春灯新谜合刻》，广益书局 1922 年版。

④ 王文英、叶中强主编：《城市语境与大众文化——上海都市文化空间分析》，上海人民出版社 2004 年版，第 1 页。

建成。最著名的当属"四马路"(今福州路),被称为当时上海城市文化消费景观的一个缩影。在这条马路上,有中国历史悠久的茶楼、新兴的西餐馆、书店、新闻出版机构,构成了一条特殊的风景线。

然而,与传统设施相比,它们呈现出新的样态。如茶楼。沪上第一的青莲阁,上下共3层,除设茶座外,还兼营书场、戏院、烟间、弹子房,兼营西点、花卉、虫鸟,顾客可随意听唱、游艺、购物、唤妓或临街观景,这使得茶楼具有中西合璧的休闲性。如餐馆。中国第一家西餐馆是建于上海福州路的一品香。[①] 如戏院。多以"茶园"命名,其中一半坐落于四马路及其两侧,"戏园虽然还是一派中国情调,可以喝茶边嗑瓜子边听戏,手巾把满场飞,两旁却有了两层的包厢"。[②] 在四马路的消费结构中,还有一个举足轻重的妓院。1861年,太平天国运动影响至江南并实行禁娼,南京、扬州、苏州等地的妓女纷纷避居上海租界谋生。于是,在四马路汇聚了会乐里、久安里、清和里、尚仁里、日新里、同庆里等诸多妓院,与传统而现代的茶楼、餐馆、戏院、书店、出版社并肩而立,这些光鲜、奇特、暧昧的场所构成了近代上海的空间。

书馆(寄席)也林立。论交楼、小广寒、江南第一楼、海上一品楼、荣华富贵楼、品玉楼等,其中最大的名为天乐窝。每晚座无虚席,所聘名妓众多。[③] 原本说书、弹词者大多是男艺人,只有少数盲女,走街串巷,十分卑微。上海开埠以后,为了吸引顾客,一些茶楼请说书艺人进入茶馆演唱,逐渐有了固定的表演场所。更加之女子演出比男性更受欢迎,便大大增加了数量,甚至演变为以女唱书、女弹词为主的职业。可是,为什么女唱书更受欢迎?王韬曾论女说书的魅力:"平话始于柳敬亭,然皆须眉男子为之。……道、咸以来,始尚女子。""珠喉玉貌,脆管幺弦,能令听者魂销。"[④]女唱书因为声音柔美、容貌美丽而取代了男唱书的位置。可是,为什么会发生这样的审美变化?柳敬亭是清初人,从17世纪中叶至晚清的200年间,中国人从阳刚到阴柔的审美变化可见。譬如京剧,纵然维系了男

---

① 徐珂:《清稗类钞·西餐》,商务印书馆1917年版。
② 吴福辉:《都市旋流中的海派小说》,湖南教育出版社1995年版。
③ 陈无我:《老上海三十年见闻录·书馆与歌妓之回顾》,上海书店出版社1997年版。
④ 王韬:《瀛壖杂志》卷五,第106页。

性表演，然而出彩的还是男扮女装的角色，如穆桂英挂帅。19 世纪 70 年代以后，女唱书发展成为兴旺的娱乐行业，吸引了很多女性参与。“争抱琵琶到沪城，弹词多少女先生。”①“女先生”的称呼显然是有别于妓女的“女校书”的，卖艺不卖身。与女唱书类似的另一类女性“女伶”（戏曲艺人，花鼓戏），也随着上海开埠逐渐兴盛，很多走进了茶楼戏馆。然而，一方面受到大众欢迎的两类职业女性，另一方面也受到大众的非议“名非妓而实即妓”。在《上海新报》等报刊上直接指责其为“娼妓”，②或者在禁娼呼吁中将之与妓女相提并论。③

尽管男性大众对于特殊女性群体出入风尘、对于良家妇女出入公共场所有所议论，19 世纪 80 年代以后一般女性走出家门的情况还是越来越普遍。原先妇女只能在家庭、家族、邻里之间活动，在过年过节时可以外出游玩，参加一些喜庆节目及庙会。在男性出入的公共场所内抛头露面将被指责为有悖妇道。“妇女庄洁自好，无登山游寺冶习”④的习俗在上海开埠以后发生了巨大变化。但是，在茶馆、酒楼、戏园里的女性很多是娼妓，也有一部分平民女子，至于大家闺秀还是很有所顾忌。“妇女入茶馆？茗，向惟苏恒有之，今上海洋场仿行苏式，因亦有此风。然惟小家女及曲院妓耳，大家闺秀固从未有涉足焉。”⑤尽管如此，到了 19 世纪 80 年代，良家妇女也逐渐出入于茶楼等公共场所，⑥从晚清著名的时事画报《点石斋画报》来看，女性就活跃在晚清文人的身边。

女性进入的社会公共场之中，还有一个很重要的地方——公园。例如张园，这个名字经常出现于晚清作品。本为私家花园，1885 年正式开放。园区集花园、茶馆、饭店、书场、戏院、舞厅、照相馆、弹子房、抛球场、网球场、展览馆、会堂、游乐场等多种功能空间于一体，是典型的中西合璧式的综合性文化消费场所。例如，李伯元常至味莼园（沪上名人袁祖志为张园提名为

---

① 《申江夷场竹枝词·申江竹枝词》抄本，中国社会科学院近代史研究所收藏。

② “有所谓女弹词者，有所谓花烟间者，更有所谓貌儿戏、花鼓戏者，皆非娼而实娼也。”载《中外新闻·录华友来稿》，《上海新报》1869 年 11 月 18 日。

③ 见《申报·伤风化论》1872 年 5 月 23 日。《申报·禁娼辨》1872 年 6 月 10 日，将花鼓戏、女弹词视为与娼妓一般的“贱业”。

④ 《沪城岁事衢歌》，载秦荣光《上海县竹枝词》，上海古籍出版社 1989 年版，第 54 页。

⑤ 《游园品茗》，《申报》1878 年 3 月 22 日。

⑥ “有三五成群，韶年秀质，举止羞涩，不类闲花者。”载《洋场妇女出入烟馆茶楼说》，《申报》1885 年 1 月 9 日。

"味莼")品茗清谈,并广收弟子。[①] 他的《天香阁雅集》中宴请日本友人的天香阁,其实是妓女金小宝妆阁。潘兰史为了小妾,在香港襟海楼大设酒宴,诸多名人汇集一堂,吟诗成集。[②] 吴趼人的《应酬告白》中记:"诸同人鉴:准明日七点钟在一品香会议会事,此约。戒嫖会总董吴趼人白。"南社的吃花酒等,都显示了晚清文人在这些公园的社会活动呈现出集体性质,并且和女性(尤其是青楼)持有密切的联系。

从晚清狭邪小说起,文人亲历青楼的写作经验成为一个很普遍的文化现象。不可否认,为获取真实材料的体验的重要性,然而,文人并非为了写出真实小说、暴露批判妓院社会而体验的,因此,这还是与文人内心的需求有关。王韬、韩邦庆、孙玉声、李伯元、吴趼人、包天笑、苏曼殊(南社的很多文人)等,似乎没有不曾涉足青楼的文人。而且这股风气在民国初年依旧保持了下去,而且不局限于上海,还有北京、哈尔滨等处。[③] 从清末小报上各种名目的花丛故事,《香艳丛书》到民国初年各种"香艳"刊物的发行,[④]设置图画、论说、新彤史(表扬封建旧道德烈女节妇的)、名闺片羽、译林、诗文词选(女子的作品)、说部、工艺、游戏等栏,饰以水彩美人图。

对于青楼书写,范烟桥曾评论:"这些作品中都有作者自己在内,因为他们也是冶游者。而他们的心理是矛盾的:一方面以为是'逢场作戏''目中有妓,心中无妓';一方面也往往要有所迷恋,为之颠倒。既憎恨'鸨儿爱钞',同情于妓女的苦痛,又把妓院描写成'乐园'。既暴露,又欣赏,这就是

① "静安寺路有味莼园者,以明旷豁胜,水木之间,构屋数楹,榜之曰安第,长夏市茶,庐仝陆羽辈麕集焉,伯元亦常据座品,几于无日不至。园主张某,素慕伯元为士林闻人,来辄敬礼之,并嘱役者弗取茶资。伯元与诸文友挥尘清谈,兴致飙发,茶客因是无不知伯元其人,有执贽而称弟子,卒累至十余人之多。伯元遂有'借得味莼园一角,居然桃李作门墙'之句,盖纪实也。"载郑逸梅《南亭亭长》,载《李伯元研究资料》。

② "潘兰史眷女校史洪银屏,银屏离去,兰史于香港襟海楼设宴饯别,以红豆为题目,题者如吴趼人、丘菽园、冒鹤亭等五十余人,蝶仙自告奋勇,亦题一诗,并怂恿刊《红豆图咏》。"载《近代名人丛话》,第320页。

③ 范烟桥:《民国旧派小说史略》,第185页。朱瘦菊在1921年作《歇浦潮》,周瘦鹃作序:"吾友海上说梦人久居海上,穷数载之力,探幽索奇,尽得其奥,斯有《歇浦潮》说部之作。又穷数载之力,而始底于成。作者颇留心中下层人物琐事,空闲时常到游戏场去体验生活,见多识广,尤其对于妓院,更为熟悉。他写了《剩粉残脂录》《此中人语》,凭着冶游所接触到的娼门生活,在这两部小说内写得更专门化了。"姚鹓雏《恨海孤舟记》写的也是文人流连妓院的生活,还是《海上花列传》的继承。

④ 1913年,《香艳小品》月刊发行,胡寄尘主编,广益书局出版。内容分为说部、文坛、诗苑、词林、纪事、杂著等类,有《倚玉集》《名闺墨宝》《绣余剩稿》《沪上百美新咏》《写韵楼诗选》《今女杰传》《艳迹编》《西厢百咏》等稿。同时还有《香艳集》相辅而行。1914年,《香艳杂志》月刊创办,中华图书馆发行,共出12期。

他们写作时的态度。"[1]这正是晚清文人与"社会"之间若即若离的关联。

三、"性"的利己性与"性书写"的限定性

"易性书写"是中国文学创作中一个非常普遍的现象，无论在民歌、诗词或小说中。"性"本是男女双方的，但在中国的"易性书写"中，基本上都是男性作家拟女性的创作，反之甚少。女性的性格之中也是包含了男性的"双性"的，为什么没有很少有女性的"易性书写"现象？《梁祝》的祝英台、《女驸马》的冯素贞之类的女性"易性"故事并不少，但它依旧出自男性之手。其关键词无疑落在"性"与"书写"之上。

(一) 房中书与中国女性

首先，虽然对于中国女性在"性意识""性行为"上的表现，可能会因为中国女性自古以来深受礼教之束缚而产生中国女性在"性"方面的无知或被动的错觉。甚至，在女性生育之后对"性"丧失兴趣而导致"无性婚姻"的普遍现象。果真如此？民间对女性所形容的"三十如狼，四十如虎"似乎提供了反证。

封建时代的婚姻几乎都是父母之命的婚姻，但既然是这样的前提，女性当然希望能够通过各种方法使自己婚后幸福。侍奉公婆、相夫教子、温柔贤惠的女德修养自不在话下，但是作为婚姻主体的"夫妻"关系，这只有房内的二人才知道的。由于礼教的种种规定，中国的女性虽然不能出入公共场所，更不能在人前表露"性"的魅力，然而事实上，正如大量的房中术存在所证明的那样，中国的女性在压抑的背后，是充分学习而且具有大胆奔放的性意识的。

中国的房中书诞生时期很早。高罗佩(R.H. van Gulikno)[2]对此研究颇深。据其考证，作为一家之主协调夫妇关系的指南书，房中术早在2 000年前已经出现，至13世纪前后广为流行。被西方乃至中国人自己误

---

① 范烟桥：《民国旧派小说史略》，载魏绍昌编：《鸳鸯蝴蝶派研究资料》，上海文艺出版社1962年版，第185页。

② R.H. van Gulikno，荷兰人，外交官、汉学家，中文名为高罗佩。著有《中国古代房内考》《秘图戏考》等。中国古代房中书有《容成经》《玄女经》《素女经》《彭祖经》《既济真经》《修真演义》《素女妙论》等。

解的“荒淫”“禁欲”“性无知”，其实主要是在清代执行严厉的禁欲主义、抹杀“性”之后产生的印象。事实上，对于古代中国女性来说，没有后来儒家规定的那么多的性别禁忌。尤其是普通女性拥有较多的自由，可以与男性自由交往，这可以通过现代留存的民歌与舞蹈来印证。后世文学中塑造了很多大胆的女性形象，也许可以从此中寻得一些线索。妻子被休、寡妇再婚，在12世纪以前并不以为耻。这些都是在儒家道德规范建立以后才被禁止的。

汉代著名的诗人张衡(78—139)有一首描写新婚的《同声歌》[①]，其中，新娘对新郎说的“列图陈枕张”“素女为我师”“天老教轩皇”，明显表示房中书被作为女性结婚时的嫁妆。[②] 唐代，房中书流传广泛，房中术作为医学的分支得到很大的发展。但在宋代文献中几乎不谈论房中书，似乎其影响已经衰弱。明代，儒家教条深入民间的日常生活，两性或隔离或女性逐渐退出了人们的视线。房中术虽然依旧实行，但房中书已不再自由传播。这一点可从明代流行的人情小说(色情小说)中没有出现相关的术语加以证实。[③]

此外，除了宋代以后强调理学以外，中国历史上受异民族统治的元朝和清朝，也是严禁两性隔离的时代。蒙古人入侵中原，宋人为避免侮辱，有的潜入深山老林，有的则将家人锁在房内，称赞将女性束缚于家中的儒学。这就是说，至少在宋以前，中国女性接受了丰富的性学知识，具有较高的性意识。一个有趣的例子是儒家提倡的“女德”在古代文献中并非指“女性的道德”，而是“女性的诱惑力”。司马迁《史记》(卷三九)中记，晋公子重耳因恋爱(“怀女德”)而疏于国事，受到了责难。[④]《左传》中有“女德无极，妇怨无终”，[⑤]也是警戒女性以性魅力征服男性之事。

① 《同声歌》:“邂逅承际会，得充君后房。情好新交接，恐栗若探汤。不才勉自竭，贱妾职所当。绸缪主中馈，奉礼助蒸尝。思为莞蒻席，在下蔽匡床。愿为罗衾帱，在上卫风霜。洒扫清枕席，鞮芬以狄香。重户结金扃，高下华灯光。衣解巾粉卸，列图陈枕张。素女为我师，仪态盈万方。众夫所希见，天老教轩皇。乐莫斯夜乐，没齿焉可忘。”

② 高罗佩:《中国古代房内考》，第83页。

③ 高罗佩:《中国古代房内考》，第271页。明代后期，房中书逐渐不再流通，而且明代初期房中书的印刷也很有限，即便学者也只要少数人才知道。

④ 《史记》卷三十九。齐女曰:“子一国公子，穷而来此，数士者以子为命。子不疾反国，报劳臣，而怀女德，窃为子羞之。且不求，何时得功。”

⑤ 《左传》。僖公二十四年。王德狄人，将以其女为后。富辰谏曰:“不可。臣闻之曰:‘报者倦矣，施者未厌。’狄固贪淋，王又启之，女德无极，妇怨无终，狄必为患。”王又弗听。

然而，无论有多么发达的房中书，具有多么科学的两性知识，中国的房内教育始终以男性为中心。尽管有关女性的内容要多于男性，[①]但这恰恰证明男性中心的社会思想（儒家强调优生与传宗接代，道家强调通过性的修炼获得长生，两者均赞同房中书）。进一步说，接近养生的健康性学是为男性服务的。即便从重视女性生育的方面来看，“子嗣”的目标指向于男系家族的继承。晚清写情小说中时常出现自私的男性形象，这与男性本能的“性”相一致。对于女性来说，房中书是婚姻生活的指南，但在男性却是满足私欲的手段。这是“易性书写”成为可能的一个条件。房中书不仅是一种技术，也教会男性体谅女性、理解女性。因此，男性之所以能描写女性，或许从这里获得了较大体验吧。

房内的性行为，在中国被视为自然秩序而成为神圣之物。但是，在公共场合下不讨论性，并非是以为丑恶，而是因为这是家庭内的私事，是神圣的礼仪而不容外人批评。社会规定女性须守妇德，不允许跨出家门，更不容许表现“性”。明代，风流才子杨慎之妻黄夫人作《红绣鞋》，表现出赤裸裸、放纵的性欲。对此，20 世纪初女性文学史研究者谭正璧如此评论：“她的词，所写的什九是离愁别恨。这是一般少妇共有的心情，但别人都郁悒不宣，她却凭了她的文艺天才，一无遮掩地写了出来。”[②]对于无论在家里还是家外都一心奉献于男性的中国女性来说，是不太可能有“易性”的念头的。

（二）“性书写”的女性限制

中国古代社会是男权主导的社会制度。女性受教育既少，男性又极大否定女性受教育。因此，具有书写能力的女性数量很少。这也是中国文学中女性作者数量少的一个客观原因。

不过，到了明清时期，随着各种家训不断增多甚至日趋通俗化，对孩子的教育越来越重视。一般主张 6 岁左右进私塾读书，[③]无论是否具有资质，也不论家境贫富，一般都主张孩子都应入学读书。[④] 对于女子，虽然不是熟

---

① “房中”“御女”“女有九宫”等关于女性的内容很多。

② 谭正璧：《中国女性文学史》，百花文艺出版社 2001 年版，第 230 页。

③ 如清初著名儒者陆世仪的《陆桴亭论小学》：“故愚谓今之教子弟入小学者，决当自五六岁始。”载陈宏谋编《五种遗规 · 养正遗规 · 卷下》，第 12a 页。

④ 《张杨园训子语》，载陈宏谋编《五种遗规 · 训俗遗规 · 卷三》，第 3b 页。张履祥称：“子弟七八岁，无论敏钝，俱宜就塾读书，使粗知义理。至十五六，然后观其质之所近，与其志尚，为农为士，始分其业。”

读诗书，但也要接受一定的初等教育，为培养良好的品质和操持家务的能力；[①]然而另一方面，识字太多也不可，[②]这是出于女子看曲本小说，会被挑动邪心的担忧。可见，女子教育的目的在于女德和生计能力，而这些能力本质上来说是为长辈、丈夫、子女服务的。

尽管如此，具有较高文学修养的女性也并不少。大家闺秀或是小家碧玉吟诗作词的情形在很多文学作品中都有所反映，如卓文君、蔡文姬、苏武之妻、赵飞燕、甄氏（曹植《洛神赋》的主人公）。诗词以外，元杂剧创作、明末叶小纨《鸳鸯梦》、明代黄夫人的散曲、清初阮丽真的《燕子笺》、梁夷素的《相思砚》、林以宁的《芙蓉峡》、王筠的《繁华梦》、吴藻的《饮酒读骚》、刘清韵的传奇等，都给女性文坛增添了不少活力。

那么，女性文人写了什么、歌咏了什么？丁廙之妻的《寡妇赋》、乐府著名的《子夜歌》、李清照的词、曾布之妻魏夫人的艳词等，几乎都表达了闺怨情绪。擅长作戏曲的女性，基本也是为排解忧郁心情。[③] 情感丰富的女性，喜爱韵文，偏爱弹词。可是，现在存留下来数量很多的弹词作品之中，大多都是《再生缘》（陈端生、梁德绳作）、《笔生花》（邱心如作）之类提倡女性贞节与妇德的作品。[④] 至于其他题材较为特殊的作品，也不过限于蔡文姬的《悲愤诗》[⑤]、谢道韫的《登山》[⑥]、程蕙英的弹词《凤双飞》[⑦]、周颖芳的弹词《精忠传》[⑧]之类。

生活在日常世界中的女性，从少女到新妇、母亲，其间心理的转变极为

① “蒙养不专在男也，女亦须从幼教之，可令归正。”载明代姚瞬牧《药言》，载徐梓编注：《家训——父祖的叮咛》，中央民族大学出版社1996年版，第156页。

② “妇女只许粗识柴米鱼肉数百字，多识，无益而有损也。”载温以介《温氏母训》，第187页；“女子通文识字而能明大义者，固为贤德，然不可多得。”载靳辅《庭训》。以上载徐梓编注：《家训——父祖的叮咛》。

③ 谭正璧：《中国女性文学史》，第340页。

④ 如“男儿立世宜忠孝，女子持身重节贞。”载《笔生花》第三十二回，尽管列举出女性同男性一般的功绩，但最终还是处于男性的下位。

⑤ 批判政治。“汉季失权柄，董卓乱天常。志欲图篡弑，先害诸贤良。逼迫迁旧都，拥主以自强。海内兴义师，欲共讨不祥……”

⑥ 表现出男子汉的气概。“峨峨东岳高，秀极冲青天。岩中间虚宇，寂寞幽以元。非工复非匠，云构发自然。气象尔何物，遂令我屡迁。逝将宅斯宇，可以尽天年。”

⑦ 著书时间不明，大致推测为1899年之前。豪放洒脱。如“白日长行不返，青春来者无多。纤腰长腕易消磨，怪底愁城深锁？试检古今奇事，编为花月新歌。狂呼自遣快如何！莫管旁人笑我。”载《西江月》第一回。

⑧ 1895年著。悲壮的《岳飞传》。“彩云散尽月西沈，刮地风狂作怒声。走石飞砂天地黑，无光灯火惨愁人。长城天坏王无主，泰岳山崩地失灵……”

纤细，这些都通过作品细致入微地表现出来。家、故乡、丈夫、儿子等永恒的“家”的主题，是她们永远不能脱离之而饱含的哀婉。能够明确表述“个人”的情感的，必须是不涉及“社会”“公共”的有限范围。清末民初，出现了知识女性以笔耕维持家计的现象。钱韫素[①]、黄媛介[②]的事例当然肯定了女性从“主内”的职责范围脱离出来的进步性，可是，钱氏的工作是教私塾、黄氏的工作是为绘画配词，依旧与“社会”无缘。

由此可见，尽管明清以降，中国女性的识字能力大为提高，但仅有一小部分获得了文学水准的能力。而这一小部分的女性，主要的文学活动多集中于诗词绘画，而不是文章。而这些诗词绘画的内容，譬如秀美的写生，反映出女性天生的细腻的情感与柔美的性格，但也可以看出其深受礼教的女德观念的影响。在“家”里性情奔放、追求情爱自由，那是夫妻的内事，如何能够用“文”表现给外面的人？纵然表现出来了，将会受到何种指责？舆论的压力之大，在20世纪30年代尚是“人言可畏”，更何况百年前。

于是，具有书写能力的女性，不具有书写的许可。而具有书写能力的男性，除了会被鄙视为“小道”之外，大概是没有什么禁忌的。倘若用诗词来表现，用“文雅”加以修饰那就更不成为问题。这在客观上造成了男性作家“易性书写”的必然性，比如下面两个例子。

1912年，《妇女时报》创刊，但在报道取材上遇到了很多困难。一些女性作者铭记“良家妇女”的道德，顾忌在媒体上抛头露面。并且，除了旧文学的诗词以外，女性对其他文章并不擅长而不得不依赖于男性之手。[③] 再如李伯元海上文社的一则逸事。李伯元曾经收到一个女性寄来的文稿，笔迹

---

① “钱氏，名韫素，字定娴，闵行李尚暲妻。……尚暲幕游数载始一归省，无内顾忧。……赭寇乱吼，尚暲家居著书，境益困，氏应诸宦族延聘，课徒十余年，藉束脩以资补助，自奉至啬，而周恤贫乏不少吝。”载民国《上海县志·卷二十五·烈女传》，“丛书·华中”第14号，第四册，第1545—1546页。转引自余新忠《中国家庭史》第四卷，广东人民出版社2007年版，第140页。

② 黄媛介，秀水人，侨寓钱塘，嘉兴杨世功妻。工诗词，楷书仿黄庭坚、十三行。善山水，似吴镇。明亡家破，就居西湖断桥，卖画自活。著《离魂词》《湖上草》。

③ “及至集稿以后，便觉得不对了，那时女子读书识字的，远不及近日之多，倘投稿人而果为女子手笔，幼稚拙劣，每至不堪卒读。若通顺条达者，率多捉刀人之所为。且观其书法，即可明了，女子所写的字，与男子所写的，绝不相同。惟女子在旧文学中，能写诗词者甚多，此辈女子，大都渊源于家学。故投稿中的写诗词者颇多，虽《妇女时报》中，亦有诗词一栏，单不过聊备一格而已。办妇女杂志的宗旨，自然想开发她们一点新知识，激励她们一点新学问，不仅以诗词见长。因此除当时女学界有几位卓越的人物，可以握管写稿外，其余真似凤毛麟角。在这样过渡时代，《妇女时报》中写稿的，便不能不以男子充数了。”载郑逸梅《民国旧派文艺期刊丛话》。

优美，文章也很不错。有一天，该“女性”来访，李伯元心急接见，不料竟是相熟的朋友，二人见面大笑。①

这说明了当时女性作者很少，很多“女性”文章是男性文人改装代作的。1914年创刊的《女性世界》，其编辑部构成是陈蝶仙担任主编、丁悚负责插图、周瘦鹃担任译著，乃是不折不扣的“男子世界”。然而，尽管客观上女性作者数量少，并且知识领域有限，无法写作“新文学”，不过更重要的是，清末民初的刊物，即便是为女性所办的《妇女杂志》也不是给女性一展才华所用，而是要执行编辑（男性、话语统治者）的新知新学的目的。这就是说，中国文人（这基本上就是指男性）对于女性在文面上的活动并非积极支持的态度，因为对于他们来说，大多数女性的稚弱文笔是满足不了他们的兴趣的。而他们启蒙女性新知，在当时可能没有产生明显的效果，但在后来的时代里，女性逐渐从事文学活动，出现女性作家的“本性书写”，却是与晚清文人的功劳分不开的。

四、小结：“文弱”的中国文人

中国言情小说中的“才子佳人”结构，模式固化。即便是带有武侠气概的，也都是“才子”型美男（正是要以“才”修饰过多的“武”气），甚至很有点女性化——文弱。这是深受女性喜爱的小说形象（现实生活中大抵也是如此），但也表现出写作者（男性）的偏好。西方的言情故事多是美女英雄、骑士精神，绝对不是怯弱、孱弱的才子。这与中国言情故事中救美的英雄不解风情，侠客不爱美女形成了鲜明的对比。中国人喜爱的“书生”“小生”，其身上的“文弱”“阴柔”之气，不仅受女性喜爱也是男性自我欣赏的美感。

白面书生，弱不禁风，多愁善感。从外貌言行到性格心理，都相当女性化的中国文人，创造出一种女性化的文学——易性书写。在他们生活的空间里，处处都与女性息息相关，形成一种依赖、互补的关系。这提供了他们

① “一日，忽接一卷，署名黄瑶英女士，簪花细字，确出女子手笔。其诗亦回绝恒流，乃列冠军。自是女士时有函来通候，而秘其寓址，氏百刺莫得其人。一日，忽一客来访，视其名刺，赫然女士也，倒屣出迎，相视大笑，盖客为中西书院长沈寿康先生，故弄此狡狯，以相戏也。”载张乙庐《李伯元研究资料·李伯元逸事》。

写作的素材与写作的方式。中国的传统文化强调“男尊女卑”“夫为妻纲”，女性被置于男人的奴役和压迫之下；但在另一方面则是“母爱泛化”“阴盛阳衰”，男性畏缩、猥琐、寻求女性的庇护，更有那侠义女子的故事令人荡气回肠。此时的男女之爱，恐怕已经由两性转变为母性，而母亲则是温柔又坚强的。可是，当母性代替了妻性，甚至只有母性没有妻性时，“婚姻”的意义更多转向为“家庭”。中国的家庭常常被说是“无性的婚姻”，这固然有多种因素造成，但是女性的“母性”多于“妻性”，应该说是造成“无性婚姻”的重要因素。这种家庭成员式的婚姻导致丈夫发生外遇，去寻求“妻性”，也就是男性更想“恋爱”而非过“生活”。然而，女性从婚前的女人味转变到婚后的“母性味”，除了天生的包容性外，还有女德所告诫的“贤淑”，而这个女德恰恰又是男性规定的。正因为制造了这样的规定，男性可以依赖、不负责任、懦弱、逃避，而将责任转嫁给女性，等待她们的呵护。于是，无论在婚前婚后，家庭内或外，男人始终可以获得“妻性”与“母性”的双重满足。

关于晚清写情小说，研究者多注意被书写的“女性”，出现了很多女性文化史、女性主义等研究成果。然而笔者认为，易性书写出的女性恰恰寄托了“男性”的某种理想。从表面的“女”性形象到背后的“男”性文人，这才是作者真正的意图。

那么，晚清写情小说塑造了何种女性形象？它与之前的女性形象有何相同，又有何不同？归纳一下写情小说的女性形象，得出的是这些词语：忠贞、孝顺、慈爱、善良、深情、宽恕、勇敢、奔放。再归纳一下男性形象，得出的是这些词语：多愁、善感、文弱、懦弱、自私、逃避、被动。两者的差异迥然。莎士比亚说，“弱者，你的名字是女人”，这句话至少不能套用于晚清时期。虽然，大多数的女性体弱纤细，情绪敏感。可几乎所有的男性也同样地感时伤世，男人没有成为女人的保护者，反而成为女人照顾的对象。这种反差大约可以从两个方面探索：第一，晚清时期，知识分子地位的边缘化造成了心理上的脆弱化。第二，改良知识分子意欲通过小说拯救日趋堕落的士风，对儒家道德的恢复。

因此，写情小说写的不仅是女性，更准确地说主要为了写“男性”。说得直接一点，就是“借女兴士”。中国古代的人情小说向来以名妓为主角，直至《金瓶梅》才逐渐将视角转向普通百姓，19 世纪末出现的狭邪小说更是描写了生活在社会最底层的妓女。自古以来，“士子”与“名妓”往往搭配在一起，但在晚清写情小说中，女性形象逐渐靠拢下层社会，不再是“士”的专有物，士人阶层明显衰落。在清政府的严禁之下，“妓”逐渐退出了小说的舞台。写情小说中的女性，大多是贫苦家庭的女儿，虽然也有一些富人家的闺秀，但无一例外的都是没有什么功名家世背景的平民女子。女性形象的平民化，虽然有来自西方文学的影响，但更折射出内在的“士”的地位的动摇。清末，两次鸦片战争、甲午战争、庚子之变的外忧内患，再加上自然灾害的破坏，清王朝岌岌可危。反映到文学上，就是晚清著名的谴责小说和狭邪小说。文人在这里表现的是完全堕落、腐败了的士人社会。

晚清写情小说中的男女形象几乎成为一正一反的鲜明对比，对于高度赞扬的女性来说，男性显得自私懦弱，猥琐逃避。科举之废使得大批文人变成“游离化”的社会群体。写情小说的作者，吴趼人、何诹、李涵秋、苏曼殊、符霖、徐枕亚，他们自觉抛弃了传统知识分子科名仕途的价值认同，追求实际而有活力的生存方式。城市的商业化，报刊与印刷业的发达，为这些知识分子创造了谋生与价值实现的另一个空间，自觉或不得已地进入了商业社会。写情小说家不是激进的改革者，也不是墨守成规的守旧者，他们颂扬中国传统文化与道德伦理，撷取西方文化，采取了文化保守主义态度。“保守”未必贬义，立足本国基础之上的对抗西方文明的文化保守主义者，正是晚清社会思潮中最重要的一股思潮。也许这些写情小说家并没有高深的创作理论，除了一些商业因素之外，他们大多带着强烈的道德热情去从事创作的——“仗着一支秃笔，唤醒痴迷，挽回末俗”（朱瘦菊《歇浦潮》）。

如此看来，晚清写情小说写的是“情”——女性的爱情，反映的是“德”——男性（文人）的理想，以“情”寓“德”（“志”）的文学思想与传统文人经世治国的士大夫理想相一致。重情文学＋言志理想的模式，在以往多以各种借口或形式遮掩，而在晚清则堂而皇之地由著名的谴责小说家所倡导；并且是在晚清政治局势严峻、政治小说启蒙救国的炽烈氛围中凸显。不论是“无情的情场”或是“爱情加革命”，终究想要体现的是“情”还是“德”？这个问题恐怕并不是斩钉截铁地一分为二，恐怕在作者本身也是兼而有之，但可以肯定的一点是晚清变化了的时代——经济都市上海的崛起，为文人这一矛盾心理的抒怀提供了条件。“仕途经济”的终止打破了读书人数十年的心血乃至终生的梦想，但在新环境的煎熬中却获得了"笔耕经济"的可能。由此，不受官僚之道束缚的文人才有可能将以往"潜在的""缘情的"文学实现为"显现的"写情小说。晚清写情小说因此也不是对政治小说的突围，而更可以称为中国传统小说的复兴。

从古至今，"德""情"相缠的文学现象、"志""性"相克的文人思想，深刻地表露于"易性书写"。它固然具有天然属性，但更和文人与国家政治结构、社会经济的发展紧密相连。延续数朝各代所形成的文艺、审美、道德等观念，自然而然地成为中国文学的一个传统。"易性书写"并非是文人"个体"的产物，它建立于整个社会的文化教育、统治阶层的思想的基础之上，又与两性关系相关，而达成公共与私人空间的交汇。

第四部分

第十章　日本晚清小说研究中的“实证”与“发现”

——《清末民初小説目録》与《林紓冤罪事件簿》[①]

众所周知，中国的现代文学与日本文坛关系密切。然而，当现代文学的源头向前追溯至晚清时，我们亦发现日本在中西方文学文化交流中发挥了重要的中枢作用。可惜的是，国内学界因受语言等客观技术的影响，以往亦不太重视国外的研究，对包括日本在内的国外研究了解甚少。在日本，以樽本照雄为代表的“清末小说研究会”[②]成为晚清小说这一前沿领域研究的重要阵地。该研究会自 1977 年创建之后，成就斐然。其集大成之《清末民初小説目録》于 2002 年引进中国，现已成为研究者的必备书籍。研究会发行的期刊上所刊登的论文，常常是该研究方向的前沿研究。近年来，中日学术界联系紧密，研究会的期刊上常常刊登中国学者的论文，网罗中国近期出版的有关晚清小说、晚清翻译文学研究的书籍信息。这个平台亦为“中国文学研究走出去”提供了有效的合作研究模式。

然而，我们不得不提问的是：为什么中国的晚清小说书目是由日本人制作的？在晚清翻译小说研究中的一个重要主题——林纾研究上，国内学术界研究成果众多，但 2008 年樽本照雄[③]出版的《林紓冤罪事件簿》[④]对百年来学术界关于林纾“误译”的定论[⑤]提出了质疑。可以说，他所举出的证据几乎颠覆了国内百年来对林纾尤其是林译小说研究的看法。本文将就这

---

① 本文以题为《日本晚清小说研究中的“实证”与“发现”——〈清末民初小说目录〉与〈林纾冤案集录〉》收录于荣跃明主编：《文学与文化理论前沿》，上海社会科学院出版社 2016 年版。

② “晚清”对应的日语一般为“清末”。以下除了个别例子以外，日本论文及书名直接翻译为中文。

③ 本文中略去对各位学者的敬称。

④ 樽本照雄：《林紓冤罪事件簿》，［日本］清末小说研究会 2008 年版。

⑤ 指林纾将莎士比亚、易卜生的戏剧翻译成小说等“误译”的问题。

两个问题展开，尤其通过对林译小说的先行研究的整理，希冀日式研究的“实证”与“发现”的研究态度及方法能为我们提供借鉴。

一、国内对日本的晚清小说研究的认识

国内目前对日本的晚清小说研究进行介绍的论文主要有以下5篇：

王学钧的《樽本照雄〈新编清末民初小说目录〉读后》（《明清小说研究》1997年第4期），这大概是国内第一次对该书进行介绍的文章。郭延礼的《对中国近代小说的新认识——简评〈新编清末民初小说目录〉》（《文史哲》1998年第2期），对该书进行了简介。王学均的《樽本照雄与清末小说研究》（《明清小说研究》2000年第3期），对樽本的主要工作进行了介绍，提供了期刊《清末小说》总目录。左鹏军的《〈新编增补清末民初小说目录〉匡补》（《明清小说研究》2007年第4期），对该书中著录的一些杂剧、新剧、弹词、班本、话剧、翻译剧本等并不属小说的作品进行了指摘，并且对这类误收作品的种类归属、版本流传及作者情况进行了简要考订说明。范伯群的《为转型期的中国文学史破解疑案——推介樽本照雄的〈清末小说研究集稿〉》（《中国现代文学研究丛刊》2007年第3期），介绍了樽本对清末民初小说研究中的若干疑案的揭破，指出“发现”是樽本治学中的“关键词”，“在过去的研究成果上要是没有加上新的‘发现’，那么这篇论文就不值得发表”。

尽管晚清小说研究是中国文学的课题，但是作为一个学术问题来说，研究是不分国界的，研究者应该仔细调查本领域的先行资料而后再提出自己的新观点或新资料。但是上文所揭数据很遗憾地表明，我们现在在这方面的欠缺。不过，尽管国内关于日本的晚清小说研究讨论的不多，但这里的发言者都是晚清小说研究的专家，也都在日本的“清末小说研究会”发行的期刊上发表过文章，他们对周围的研究者、对国内学术界发声是具有较大的影响力的，而其共同认识，就是日本的晚清小说研究的学术贡献在于“实证”与“发现”。

二、晚清小说研究在日本——集大成的《清末民初小説目録》

在日本的晚清小说研究所取得的各项成就中，毫无疑问，《清末民初小

說目録》是最大的。作为晚清文学研究的基本工具书，它是开展文学研究时必需的基础文献。在晚清小说研究领域，前辈学者阿英曾经撰写过《晚清小说史》《晚清文艺报刊述略》《晚清戏曲小说目》等书籍，尤以《晚清小说史》最为著名。然而，在阿英所处的年代，资料的搜集受到了一定的限制，而研究方法及学术观点也会随着资料的新发现而改变。所以，半个多世纪以后的学术界显然需要一份更新的晚清小说研究书目录。

樽本照雄说："刘永文编《晚清小说目录》（上海古籍出版社 2008 年版）出版了，这是自阿英的《晚清小说目》发表 50 年后，中国研究者自己编写的真正的目录。其特征在于多采用报刊小说。我写了书评。可惜的是，晚清翻译小说依旧是空白的领域。"[①]所以，作为对中国学者制作的目录的完备，日本学者编写了《清末民初小説目録》（简称《目録》）。自 1988 年最初出版《清末民初小説目録》起，经过增补订正，于 1997 年出版了《新編清末民初小説目録》。其后，亦有不断地订正与增补，至 2014 年出版了第 6 版[②]。包括文学在内的文化，都应该是人们共同的财产。对待学术资料，应该具有公开、共享的意识，才能获得共同的进步。《目录》现在已经在网络上免费全文公开，并允许读者在个人使用范围内进行转载及复制。

可是，这么重要的小说目录怎么会是日本人制作的呢？[③] 在晚清小说的发源地的中国，"原本，清末小说在研究界一直遭受冷遇。将其作为古典文学的尾巴，或者现代文学的一点点的开端，并没有专门的对待，而完全陷于被无视的倾向"[④]"因此，外国作品的翻译等等，尚未进入研究者的视野。即便到了很后来的 1980 年代，我遇到一些研究者断言翻译文学不是中国的文学，也不是什么奇怪的情况""在遭受冷遇的晚清小说中，尤其薄弱的是翻译小说，而最受忽略的不是别的，正是侦探小说"。[⑤] 因为不重视晚清小说，

---

① 资料来自"清末小说研究会"网站主页：[EB/OL].[2015 - 7 - 15].http://www.biwa.ne.jp/～tarumoto/。笔者自行翻译，原载于[日本]《清末小説から》(94)，2009 年 7 月 1 日。

② 《目录》在日本获得了第九届(2009)芦北奖。芦北奖是财团法人桥本循纪念会对在中国文学领域取得杰出成果的学者颁发的学术奖，"芦北"是桥本循博士的雅号。另外，在此之前，因发行《清末小説》及《清末小説から》，樽本获得了第六届(1996)芦北奖。

③ 不过，这并不意味着日本的晚清小说研究就十分发达。与中国的学术界相似，日本也更重视中国古典文学研究及以鲁迅为代表的现代文学研究，而对晚清小说的研究相对比较少，这也是世界对晚清小说研究的一个曾经的情况。不过，现在的一个共同趋势就是对晚清小说越来越多关注。

④ 樽本照雄：《漢訳ホームズ論集》，汲古书院 2006 年版，第 4 页。

⑤ 樽本照雄：《漢訳ホームズ論集》，第 4 页。

不重视"实证"资料，轻视大众通俗小说，于是我们拱手将机会让给了日本。

作为开展文学研究的基础，第一需要的就是该对象领域的书目。《目录》网罗了晚清至1919年间发表的创作作品及翻译作品的题目。身处日本，而要一一确认实物与信息，是非常艰巨的工作，但是樽本及相关学者依旧克服了重重困难，最终完成了一部值得信赖的工具书。可惜的是，书目是日文版的，不能为广大的中国读者所使用。后来，在著名的晚清小说研究者郭延礼的斡旋之下，齐鲁书社于2002年出版了中文版。"郭延礼先生强调，清末民初小说目录在中国出版具有重要的意义，所以在出版社与我之间做了牵线。这是与经济利益无关的出版。仅仅出版了300册就可以明白。"①中文版的目录共收录了19 000条书目，而第6版目录更增加至33 029条。其中，创作24 945条、翻译8 044条、创作与翻译的合计为40条。

《目录》所收的对象是中国的小说，但编者却是日本人。诚如编者所言："在日本编辑这种目录，这本不应该是我的工作。我不断地意识到这一点，也希望自己这样去考虑。一个外国人，在远离中国的地方，搜集整理自己不擅长的汉语文献，这是可能的吗？即使最终能够完成，但是否能编成一部可以使用的小说目录，我也没有把握。而中国学者根据实物一册一册记录，编成一部可信的小说目录，则是完全可能的。然而，尽管清末到民初的小说目录对研究很有必要，但却没有人从事这一工作。因此可以说，这是清末民初小说目录的第一次编辑整理。因为是在日本搞这项工作，所以就不得不借助第二手资料(《新编增补版序》)。"②

对于文献研究来说，作为依据的"第二手资料"本身可能会有差错。这是很正常的事情，因为受到彼时的学术环境的限制或者一些其他原因而导致了误查，但关键在于后来者对资料的不断订正，这样才能逐渐完善学术。《清末民初小説目録》之所以出版到第6版，就是因为不断有新的发现、新的订正出现，而这些新的发现与订正亦有可能在今后被再次更正，总归是一个螺旋形上升的趋势。

---

① 参见"清末小说研究会"网站主页：[EB/OL].[2015-7-15].http://www.biwa.ne.jp/~tarumoto/。

② 樽本照雄：《新编增补清末民初小说目录》，齐鲁书社2002年版。

日本是“外国”,外国人研究中国的文学,研究者少而专业的书籍期刊少,这并不奇怪。然而,“令人吃惊的是,在中国,根本没有以清末民初为研究对象的专业期刊。20世纪80年代,曾经发行过类似期刊,但只出了三期便停刊了”。[①] 这是从前的情况,但现在中国也没有晚清小说的专门杂志。一些权威的期刊,如《文化遗产》针对的是古典文学,《明清小说研究》中的“清”大多是清初、清中,“清末民初”所占比例很小。至于《文学评论》几乎是现当代文学的天下,只有晚清小说中的翻译文学研究才能跻身于《外国文学评论》。这一现状对于晚清小说研究者来说比较遗憾。

除了《目录》之外,“清末小说研究会”还持续发行两份刊物:《清末小説》[②]与《清末小说通讯》[③],现在期刊上逐渐增加了中国学者的研究论文,其中不乏中国近代文学研究领域的著名学者。这些学者在日本的晚清小说研究期刊上发表论文,不仅促进了中国近代文学研究的发达,更重要的是使得“学术”走出去,获得了真正的“交流”价值。以近年来的选题来看,口子小而内容有趣,这是重视个案研究的体现。事实上,不仅在晚清小说研究方面,在明清小说研究领域亦出现了同样的趋向。这改变了以往那种重视“宏大叙事理论”或偏好用西方文艺理论来解读中国文学的研究方式,体现了扎实稳健的学风。

三、重大成果:单行本《林紓冤罪事件簿》

(一) 关于林纾研究的定论与质疑

林纾研究一直都是晚清小说研究中比较受关注的问题,因其译著甚丰,相关研究也可谓极其丰富。包括未刊行的单行本作品在内,林纾翻译了200余种小说,作品涉及英、美、法、俄、希腊、德、日、挪威、西班牙等国,仅此而言就已经成为一个巨大的材料库了。然而,当我们将视线集中于林译小说时,我们也会很清楚地看到一个共同的研究观点:批评林纾不懂外语,所以出现了很多误译、漏译及改写的地方,甚至他连小说与戏曲的题材都分

① 樽本照雄:《新编增补清末民初小说目录》。
② 《清末小説》,创刊于1977年10月1日,至2012年10月终刊,共发行了35年。
③ 《清末小説から》,创刊于1986年4月1日,发行至今。

不清。

不仅如此，对林纾本人的评价也常常会落到"晚清时期的介绍外国文学的先进者""民国时期的反对文学革命的遗老"这样的印象上。而这个印象从"五四"时期的《新青年》杂志一直延续到了今天，在这之中有两个重要人物的评价——郑振铎说，"他在中国文坛上的地位已完全动摇了"①；鲁迅骂其为"法西斯(Fascist)"②。

郑振铎这篇重要的论文是《林琴南先生》，他说："还有一件事，也是林先生为他的口译者所误的：小说与戏剧，性质本大不同。但林先生却把许多的极好的剧本，译成了小说——添进了许多叙事，删减了许多对话，简直变成与原本完全不同的一部书了，如莎士比亚的剧本《亨利第四》《雷差得纪》《亨利第六》《凯彻遗事》，以及易卜生的《群鬼》(梅孽)都是被他译得变成了另外一部书了——原文的美与风格及重要的对话完全消灭不见，又何必写上了'原著者莎士比亚'及'原著者易卜生'呢？林先生大约是不大明白小说与戏曲的分别的——中国的旧文人本都不会分别小说与戏曲，如小说考证一书，名为小说，却包罗了无数的传奇在内——但是口译者何以不告诉他呢？"③

可是，这个定论在2007年受到了日本学者的质疑，樽本照雄在《清末小説》第30号(2007年12月1日)上发表了文章："持续骂了80年。几乎全世界的研究者都在批判林纾。批判林纾将戏曲翻译成小说。就是因为这个原因，林纾被斥骂为不能区分戏曲与小说的愚蠢。即便连称赞林纾对文学做出巨大贡献的研究者，也毫无例外地认为林纾将戏曲翻译成了小说。可是，这个观点是错误的。因为林纾随意变戏曲为小说的事实，根本不存在。"④

这个发现超出了樽本的想象。如此大规模的、长时期的林纾冤案，是研究史上罕见的案例。自2005年《清末小説》第28号发表有关林纾研究的论文以来，樽本经过多方探索，最终完成了专著《林紓冤罪事件簿》。被著者称

① 郑振铎：《林琴南先生》，《小说月报》1924年11月10日。

② "……棒喝主义者和共产主义者都厌恶人道主义等——林琴南先生的事也正是一个证明。至于所以不行之故，其关键就全在他生得更早，不知道这一阶级将被'奥服赫变'，及早变计，于是归根结蒂，分明现出Fascist本相了……"载鲁迅《我的态度气量和年纪》，《语丝》1928年5月7日。

③ 郑振铎：《林琴南先生》，《小说月报》1924年11月10日。

④ 参见"清末小说研究会"网站主页：[EB/OL].[2015-7-15].http://www.biwa.ne.jp/~tarumoto/。

为“林纾对研究界安置的一颗‘炸弹’”的这本著作《林纾冤案事件簿》[①]，其实也是对中国学术界提出的“炸弹”性挑战。著者首先从“五四”时期的林纾批判谈起，在“谩骂林纾的快乐”一章中澄清了这样的事实：林纾最初无视《新青年》集团，即文学革命派对他的攻击。可是，他不能割舍对教育的期待与热爱。他通过向北京大学校长蔡元培写信的方式，述说了必须拥护古文、固守旧思想的信念。此外，还发表了短篇小说。而这就被陈独秀等人的《新青年》集团所抓住，文学革命派为了证明自己的存在，就必须有一个强劲的敌人。通过钱玄同、刘半农（《新青年》上的双簧）、陈独秀等人对林纾的批评，制作出一个以武力对文学革命派进行恫吓的旧文人代表的林纾形象。正是因为刘半农批判了林译莎士比亚小说，所以给当时的社会造成林纾是一个胡乱翻译的人的印象。这是起始。由此，所谓林纾将莎士比亚戏曲改成了小说，林译易卜生、斯宾塞、塞万提斯等“冤案”就接二连三地发生了。针对这些“冤案”，樽本花费了巨大精力，细细追查底本，将其一一澄清。

（二）“被继承”了的先行研究

此处仅就林译莎士比亚问题的先行研究，依照研究发表的时间顺序作一个简单的梳理。[②]

从“五四”至改革开放前的文献主要有：陈子展的《中国近代文学之变迁》[③]；谭正璧的《中国文学进化史》[④]；池田孝的《林琴南先生と曼殊大師——中国文人の先学者》[⑤]；寒光的《林琴南》[⑥]；阿英的《晚清小说史》[⑦]；朱羲胄的《春觉斋箸述记卷三》[⑧]；宋云彬著，小田岳夫、吉田岩村共译的《中国文学史》[⑨]；实藤惠秀、实藤远共著的《中国新文学発展略史》[⑩]；今泉润太郎

① 拙译：《林纾冤案事件簿》，商务印书馆 2018 年版。

② 本节中所收录的文献参考了樽本照雄《林纾冤案事件簿》。

③ 陈子展：《中国近代文学之变迁》，中华书局 1929 年初版、1931 年再版；上海书店 1982 年影印版，第 145 页；上海古籍出版社 2000 年版，第 87—88 页。

④ 谭正璧：《中国文学进化史》，光明书局 1929 年版，第 331 页。

⑤ 池田孝：《林琴南先生と曼殊大師——中国文人の先学者》，载《伝記》，1934 年版，第 74—75 页。

⑥ 寒光：《林琴南》，中华书局 1935 年版，第 83—84 页。

⑦ 阿英：《晚清小说史》，商务印书馆 1937 年版，第 277 页；作家出版社 1955 年版，第 182 页。

⑧ 朱羲胄编：《林畏庐先生学行谱记四种》，世界书局 1949 年版（初版未见）；后改名为朱羲胄编：《林琴南先生学行谱记四种》（之二），台湾世界书局 1965 年版，第 20 页。

⑨ 宋云彬：《中国文学史》，小田岳夫、吉田岩村共译，创元社 1953 年版，第 165 页。

⑩ 实藤惠秀、实藤远：《中国新文学発展略史》，三一书房 1955 年版，第 51 页。

的《林琴南——翻訳活動と評論活動を通して》[①]；戈宝权的《莎士比亚的作品在中国》[②]；增田涉的《中国文学史研究》[③]等。

二十世纪八九十年代的文献主要有：陈静之的《林纾》[④]，商务印书馆编辑部的《吟边燕语》之《出版说明》[⑤]，马泰来的《林纾翻译作品全目》[⑥]，马泰来的《林译闲谈》[⑦]，任访秋主编的《中国近代文学史》[⑧]，施蛰存的《翻译文学集》之《导言》[⑨]，郭延礼的《"林译小说"的总体评价及其影响》[⑩]，贾植芳、俞桂元主编的《中国现代文学总书目》[⑪]，孔庆茂的《林纾传》[⑫]，王先霈、周伟民的《明清小说理论批评史》[⑬]，汤哲声的《中国现代通俗小说流变史》[⑭]等。

21世纪以后的文献主要有：瀬户宏的《中国のシェイクスピア受容略史》[⑮]，徐志啸的《近代中外文学关系（19世纪中叶—20世纪初叶）》[⑯]，马春林的《中国晚清文学革命史》[⑰]，闻少华的《林纾》[⑱]，高旭东的《比较文学与二十世纪中国文学》[⑲]，宇野木洋的《コンパクト・中国二〇世紀文学史》[⑳]，谢

① 今泉润太郎：《林琴南——翻訳活動と評論活動を通して》，《愛知大学文学論集》1964年第26期，第51—64页。

② 戈宝权：《莎士比亚的作品在中国》，《世界文学》1964年第5期，第140页。

③ 增田涉：《中国文学史研究》，岩波书店1967年版，第214页。

④ 收录在台湾《畅流》1971年第44期，初版未见。载薛绥之、张俊才编：《林纾研究资料》，福建人民出版社1983年版，第346页。

⑤ 兰姆著，林纾、魏易译：《吟边燕语》，商务印书馆1981年版，第1页。

⑥ 收录在钱锺书等：《林纾的翻译》，商务印书馆1981年版，第67页。

⑦ 马泰来：《林译闲谈》，《书林》1982年第1期，第31页。

⑧ 任访秋主编：《中国近代文学史》，河南大学出版社1988年版，第480页；2000年版，第462—463页。

⑨ 收录在《中国近代文学大系・第11集・第26卷・翻译文学集1》，上海书店1990年版，第21—22页。

⑩ 郭延礼：《"林译小说"的总体评价及其影响》，《社会科学战线》1991年第3期，第284—285页。其后，收录在郭延礼：《中西文化碰撞与近代文学》，山东教育出版社1999年版，第275页。

⑪ 贾植芳、俞桂元主编：《中国现代文学总书目》，福建教育出版社1993年版，第916页。

⑫ 孔庆茂：《林纾传》，团结出版社1998年版，第93页。

⑬ 王先霈、周伟民：《明清小说理论批评史》，花城出版社1998年版，第781页。

⑭ 汤哲声：《中国现代通俗小说流变史》，重庆出版社1999年版，第51页。

⑮ 瀬户宏：《中国のシェイクスピア受容略史》，《シアターアーツ》2000年第1期。

⑯ 徐志啸：《近代中外文学关系（19世纪中叶—20世纪初叶）》，华东师范大学出版社2000年版，第109页。

⑰ 马春林：《中国晚清文学革命史》，辽宁大学出版社2000年版，第269页。

⑱ 收录在熊尚厚、严如平主编：《民国人物传（第11卷）》，中华书局2002年版，第324页。

⑲ 高旭东：《比较文学与二十世纪中国文学》，人民文学出版社2002年版，第70页。

⑳ 收录在宇野木洋、松浦恒雄编：《中国二〇世紀文学を学ぶ人のために》，世界思想社2003年版，第7页。

天振、查明建主编的《中国现代翻译文学史(1898—1949)》①,郭延礼的《20世纪中国近代文学研究学术史》②,孟昭毅、李载道主编的《中国翻译文学史》③,韩洪举的《林译小说研究——兼论林纾自撰小说与传奇》④等。

因为各学者的观点大同小异,所以此处暂只列举一二说明。例如,作为较早时期的日本人的研究,池田孝写道:"有时将著名的戏剧翻译成小说体,添加了许多叙事,删除了对话,而变得面目全非。例如,莎士比亚的《亨利第四》《雷差得纪》《亨利第六》《凯彻遗事》及易卜生的《梅孽》(群鬼)等翻译成小说之类的作品,这是很大的遗憾。其错误之源之一在于口译者,这不得不让人痛感不懂外语是不能翻译出好的作品的。"⑤同样也是一篇日本人较早时期写作的专论,今泉润太郎说:"如果对文学史多少有些知识的话,就不会出现这种不合逻辑的想法吧。这种情况在《亨利第四》《雷差得纪》的场合中,演变成将戏剧完全翻译成另外一种小说的特技。"⑥

寒光的《林琴南》一书被视为最早出版的林纾研究的专著,也是被后来的研究者频频使用的重要之书。该书对林译小说的功绩给予了很高的评价,但也还是将莎士比亚的《亨利第四》《雷差得纪》《凯彻遗事》《亨利第六》注释为"均改译为小说"。作者在介绍口译者陈家麟的时候,认为林纾翻译错误的原因在于口译者——"把莎士比亚的剧本译成小说和儿童故事读本译为笔记者,也是此君的奇功"!⑦

大名鼎鼎的阿英的《晚清小说史》是晚清研究的重要文献,使用颇广,不过他在书中的观点也没有例外:"可惜林氏本人不懂英文,从本子选择,一直到口译,都是依靠别人,而别人又并非全可靠,因此,在他的译作上,遂有了原本选择不当,误解原意之类的缺陷,但这并不能掩去他的译作给予作家和读者的广大影响。他使中国知识阶级,接近了外国文学,认识了不少的第一

---

① 谢天振、查明建主编:《中国现代翻译文学史(1898—1949)》,上海外语教育出版社2004年版,第272页。

② 郭延礼:《20世纪中国近代文学研究学术史》,江西高校出版社2004年版。

③ 孟昭毅、李载道主编:《中国翻译文学史》,北京大学出版社2005年版,第57—58页。

④ 韩洪举:《林译小说研究——兼论林纾自撰小说与传奇》,中国社会科学出版社2005年版,第125页。

⑤ 池田孝:《林琴南先生と曼殊大師——中国文人の先学者》,《伝記》1934年,第74—75页。

⑥ 今泉润太郎:《林琴南——翻訳活動と評論活動を通して》,《愛知大学文学論集》1964年第26期,第55页。

⑦ 寒光:《林琴南》,中华书局1935年版,第69页。

流作家，使他们从外国文学里去学习，以促进本国文学发展。”[①]

还有像宋云彬著，小田岳夫、吉田岩村共译的《中国文学史》，虽然现在无法追查到宋氏的原作，但因为该书被翻译到了日本，所以在日本的学术界也传播了这样的观点：“我国的旧文学者们，向来不辨小说与戏剧的区别，所以这是时势的原因，我们未必能够责备林纾。”[②]

实藤惠秀是著名的中国文学、中日关系史研究者，他撰写的《中国人日本留学史稿》(日华学会，1939年)成为研究者的重要资料。不过，他在与实藤远共著的《中国新文学発展略史》中也表述了相同的观点：“文学经林纾翻译了过来。虽说是翻译，却是听着留学归国的青年的口译，再以桐城派的名义写就。所以，戏剧也变成了故事体，原文的体裁虽然不能传达，不过，毕竟通过这个，让人们知道西洋也有优秀的文学。”[③]

戈宝权是我国著名的学者、翻译家，但他在当时也未曾对定论有所怀疑，他在《莎士比亚的作品在中国》中认为林纾将莎士比亚的原著改成了小说。日本著名的中国文学研究者增田涉说：“可是，像这种事情[④]，与其说是口译者的罪过，不如说是与林纾自身作为一个翻译家的态度有关的问题吧。”[⑤]1981年，商务印书馆对严复译书8种及林纾的10种翻译进行了复刻，在《吟边燕语》一书的解说文中有这么一段：“林纾本人不懂外文，是依靠他人口述进行翻译的，译文难免有各种缺点，然而他作为一个古文家，善于领会原著的风格，译笔传神而流畅……”[⑥]

(三) 实证调查的结果——不成立的林纾“冤案”

以上所列举的是不完全资料，还有很多论文与书籍、辞典中都表达了相同观点。不外乎林纾不懂外语，并且将责任归于口译者。这样的一种认识，虽然没有写明来自何处，也就是研究者虽然没有举出郑振铎的名字，但可以看出是直接沿用了郑氏的观点的。

那么，我们不禁要问：研究者在提出一个观点时，是否都亲自调查了资

---

① 阿英：《晚清小说史》，商务印书馆1937年版，第277页；作家出版社1955年版，第182页。
② 宋云彬：《中国文学史》，小田岳夫、吉田岩村共译，创元社1953年版，第165页。
③ 实藤惠秀、实藤远：《中国新文学発展略史》，三一书房1955年版，第51页。
④ 指将戏剧翻译成小说的事情。
⑤ 增田涉：《中国文学史研究》，岩波书店1967年版，第214页。
⑥ 兰姆著，林纾、魏易译：《吟边燕语》，商务印书馆1981年版，第1页。

料呢？也许，对“权威”的看重影响了国内学术界的一些研究方法。在上述名录中有很多著名的学者，他们的说法将会对后来者产生很大的影响。甚至也不乏日本学者，他们首先受到的自然是中国研究者的影响，而后，作为著名学者的他们的观点又对后来人产生了影响。那么，我们何以能够相信现在日本学者提出的观点就是正确的呢？那就是实证，是新资料的提出。

樽本问：“以往的文章都批评林纾将戏剧改成了小说。那么，是怎样改成了小说呢？按理，研究者应该讨论这一过程吧。可是，奇妙的是，没有一个人进行过具体的说明。这究竟是怎么一回事呢？是因为这是理所当然的、不需要进行查证的事情吗？”①为了回答这个问题，他采用了最老实的文本对照的方法。结果一目了然，两者的内容相差很远。如果每一个研究者都认真地将英文与林译进行对照的话，那么也就不会出现所谓林纾将原来的戏剧改成了小说的结论。

那么，究竟林纾翻译所用的底本是什么呢？为了得到这条书目信息，研究者花费了巨大的精力。简而言之，他亲手追查、亲眼验证了 11 种书籍，才得出了真正的答案。而这些版本，例如：(1) Charles Alias (editor) & Herbert Sidney (illustrator)：*Scenes from Shakespeare for the Young*, Ent. Sta. Hall, London, 1885；(2) M. Surtees Townesend：*Stories from Shakespeare*, Frederick Warne & Co. and New York, 1899；(3) Mary Macleod：*The Shakespeare Story-Book*, 1902 等，全都是 20 世纪初出版的国外书籍。怎样获取资料？值不值得花这样的精力去查找？因为很可能会一无所获，诸如此类的疑问，显然没有给他造成困扰。

结果显示，林译莎士比亚历史剧的底本是奎勒·库奇(Quiller Couch)的小说化书籍《莎士比亚历史物语》(*Historical Tales From Shakespeare*, 1899)。这也就辨明了郑振铎对林译的批判是没有事实根据的冤枉。这个定论，就是林译莎士比亚冤案。前述中国学术界众多的讨论都承袭了定论，通过不断的重复而强化了对林纾的批判。

在有关林译小说的批评上，除了前述观点外，还有一个方式也是“被继

---

① 樽本照雄：《林紓冤罪事件簿》，[日本] 清末小说研究会 2008 年版，第 242 页。

承”了的——那就是郑振铎的论文《林琴南先生》，这是他在林纾去世后所写的评论，公开发表。[①] 可以认为，这篇文章正是后来林译小说评价的原型。“他不懂得任何的外国语，他的译书，乃由一个懂得原文的译者，口译给他听，他便依据了口译者的话写成了中文。他写得非常快，他自己说，他每天工作四小时，每小时可译千五百言，往往口译者尚未说完，他的译文已写完毕。他的译文谬误，常所不免。”[②]在郑振铎这段话的影响下，后来的研究中大致体现出两种评价方式。首先都是以确认林译小说有缺点为前提，然后再对其进行评价的，所以结果就分成了正反两种。一是林译有缺陷，所以林译小说不好；二是虽然林译有缺陷，但它对当时中国的文学界、对很多文学人士产生了重大影响，所以依旧具有很高的价值。对此，樽本认为，在最早提出这种评价模式的意义上来说，郑振铎的文章是一篇划时代的论文。

如同林译莎士比亚的问题一样，对于林纾翻译的易卜生、斯宾塞、塞万提斯小说也存在着相同的问题。此处不再一一罗列。总之，在针对林译小说进行批评时，并没有获得正确的证据，所以批判是不能成立的。不仅如此，持续的时期之长，参与的研究者之多，就不得不令我们重新审视这个问题。对于晚清时期的小说进行研究，不仅会遇到文献调查的困难，而且，像林纾这样的翻译小说还涉及跨语言跨文化的问题。文学评论的方式有很多种，相对于欧美理论解析式，日本学术界更重视资料与证据的提出。

如此一来，以往中国对林译小说的批判在日本学者的眼中就成了“冤案”。不过，有趣的是，樽本自问自答——“我与林纾又是什么关系？是否试图为‘法西斯’林纾平反？”——这句话令人哑然失笑。非出于“中国式人情”，而只是依据事实，对林纾及林译小说进行调查而已。樽本认为，中国的学术界百年来延续了“共同认识”，实则指出了国内学术不严谨、人云亦云的弊端。2014 年在福建工程学院举办了林纾研究国际学术研讨会，该校起源于 1896 年由林纾、陈宝琛等人创办的“苍霞精舍”。2015 年是新文化运动百年，反思研讨会兴盛，相信《林紓冤罪事件簿》的引进将为国内学界提供重要资料。

---

① 1924 年 10 月 9 日，林纾卒于北京。11 月 10 日，郑振铎在《小说月报》(第 15 卷第 11 号)上发表了该文。

② 郑振铎：《林琴南先生》，《小说月报》1924 年 11 月 10 日。

四、小结：研究方法与态度之借鉴

晚清小说是中国的小说，但对其研究却是世界的。日本学术界在这一领域内所取得的成就，为学术研究整体做出了重要贡献，已经超出了是不是"中国人的研究成果"的讨论范围。简而言之，日本的学术界是扎实于每一个点，当每个人所做的那个点拼起来时，就成为一个稳固的丰厚的研究了。对晚清小说研究领域而言，中国也可以借鉴这样的研究方式，事实上，现在的学术开展也比较倾向于这个方向。

"知己知彼，百战不殆。"虽然对于日本学者而言，在日本研究中国的文学可能在资料掌握上不足；同理，中国的学者也缺乏对外部资料的掌握。比如在研究晚清的翻译小说时，倘若想追查日本的版本，想追查晚清文人在日本的活动情况，身处中国的学者也很难获得有力的资料。这就需要双方共同协作。学术是全人类共同的财产，丰富、充实之，是每一个研究者的使命。

第十一章　林译《不如归》与外交侦探小说

——德富芦花亦“无闻”[①]

繁荣的晚清翻译小说为中国输入了很多著名的外国文学家，其中很多作品是根据日语译本重译的。比如《俄国情史》[②]是第一部进入中国的俄国名著，作者普希金经由日本人高须治助的译介进入中国。再如，中国引进的第一部托尔斯泰的小说《枕戈记》[③]，是长谷川二叶亭翻译的。1904 年 9 月，晚清小说家陈景韩翻译了马克·吐温的《食人会》，这大概是中国引进的第一部马克·吐温的作品，而底本正是原抱一庵所译《食人会》。[④] 其他，如契诃夫、高尔基等一批俄国文学家，[⑤]法国的雨果、莫泊桑、凡尔纳、鲍福、大仲马的很多作品也是通过日本译介而来。

著名文学家虽多，却未必为人知晓。或者说，我们只是习惯地认为“他”这个作家就是有什么样的作品，而往往忽略了作家的另外一面，而这另一面却可能是非常重要的。

笔者想指出的人物，比如普希金，1903 年译出的《俄国情史》长期湮没无闻。大文豪托尔斯泰的思想一直被视为和平主义思想，因此研究者常常执着于 1906 年翻译的托氏 6 篇宗教小说，而忽略了他第一部进入中国的战

① 本文收录在拙著：《晚清日语小说译介研究(1898—1911)》，上海社会科学院出版社 2014 年版。

② 即《大尉的女儿》。高须治助译：《露国奇聞　花心蝶思録》，法木德兵卫(东京)，1883 年版；戢翼翚重译，开明书店 1903 年版。

③ 即《该隐与阿尔乔姆》。长谷川二叶亭译：《つゝを枕》，金港堂 1904 年版。晚清重译者不详，载《教育世界》1905 年 5—11 月 100、102、111 号。

④ 今译《火车上的嗜人事件》，刊载于《新新小说》第一号。较之《外国文学评论》2009 年第 2 期《催眠·骗局·隐喻——〈山家奇遇〉的未解之谜》中考证的 1906 年所刊《山家奇遇》还早了两年。

⑤ 如契诃夫的《黑衣教士》，1904 年薄田斩云译《黑衣僧》，1907 年吴梼重译。高尔基的《忧患余生》，1905 年长谷川二叶亭译《猶太人の浮世》，1907 年吴梼重译。

争小说。另外，中国学者对日本近代文学的奠基者二叶亭四迷的熟悉，乃是出自周作人的介绍，[①]但那已是1918年的时候了。之前他的译著已经进入了中国，却不为人知。[②]

德富芦花是大名鼎鼎的晚清小说翻译家林纾所译《不如归》的作者，这部作品被称为晚清翻译的日本小说中唯一的名著，译自1908年。诚然，《不如归》在日本近代文学史上具有很重要的地位，但是否注意到：1902—1904年，德富芦花的12篇外交侦探小说已在《新民丛刊》等刊物上发表了呢？《不如归》是一部以甲午战争为背景的爱情小说，描写了一出封建家长制压迫下的恋爱悲剧。这与晚清正当流行的写情小说潮流不谋而合。然而，不可忽视的是，林纾在此书的序中呼吁国民奋起，保家卫国，这又符合了时代的政治需求。那么，外交侦探小说又如何呢？这虽然是涉及欧美外交政策、以王公贵族为人物的一批小说，却映衬着晚清动荡的局势与变幻莫测的世界格局。明治日本正处于亟亟于"脱亚入欧"、资本主义急剧上升的时期，对西方政局倾注了极大关注。在晚清，侦探小说则是最受欢迎的小说模式，几乎没有一个作家不涉及其中的。按理说德富芦花的外交侦探小说应该具有影响力，也应该为研究者所注意到，但事实却恰恰相反。通常来说，对于外国作家的研究一般都很重视他进入国内的第一部作品，然而，德富芦花的早期文学活动却一直默默无闻。

究竟晚清如何看待这些作品？它们产生了什么影响？研究者为什么没有注意到？本章首先对晚清日语小说译介中出现的作家进行梳理，看看其中究竟引进了哪些作家？各种外国作家所占的比重如何？其次以德富芦花为代表，对其在晚清的接受进行个案考察。

一、日语小说的中国译者、外国著者及译者整理

那么，在晚清翻译的200余种日语小说中涉及了哪些中国译者、哪些外国著者及译者？

① 周作人演讲《日本近三十年小说之发达》时提到了长谷川二叶亭《浮雲》。

② 1905年，吴梼转译二叶亭四迷翻译的托尔斯泰的《枕戈记》。1907年，吴梼转译二叶亭四迷翻译的高尔基的《忧患余生》。

中国：吴梼、金石、褚嘉猷、冷血、罗普、林纾、魏易、吴弱男、周作人、鲁迅、张苏、黄翠凝、陈信芳、香叶阁主人凤仙女、方庆周、吴趼人、文硕甫、傅阔甫、戢翼翚、梁启超、觥觥子、霞若、包天笑、南野浣白子、喋血生、逸民、徐卓呆、卢藉东、徐念慈、丁锦、仆本恨人、茂原筑江、梅秀峰、无闷居士、滑震、玉瑟斋主人、批雪洞主、林盖天、周逵、汪廷襄、小造、海天独啸子、洽恂、中国之苦学生、忧亚子、鲁庵、侯毅、黄郛、张伦、唐人杰、徐凤书、震旦无竞生、意君、沈伯甫、扶桑、黄山子、孟文翰、陈树人、觉生氏、陈去病、陶懋颐、褚灵辰、听荷女士、马仰禹、红绂、汤淑成、金为、戴赞、帝召、芳草馆主人、熊垓(梦九)、黄摩西、藏仑樵、独立苍茫子、汤尔和、支那赖子、剑影箫声馆主人、横竖无尽室主人、钟朴岑、东亚破佛、吴人达

日本：森田文藏、德富芦花、樱井彦一郎、黑岩泪香、原抱一庵、菊池三溪、押川春浪、柳川春叶、盐谷荣、石井ブラック(Henry James Black)、今村次郎、高须梅溪、中村贞吉、长田秋涛、马场孤蝶、田山花袋、三木爱花、高须治助、町田柳塘、雨迺舍主人、江见水荫、菊池幽芳、宫崎来城、长田偶得、金津圆太郎、岩谷小波、森田思轩、齐藤良恭、花房柳外、小栗风叶、尾崎红叶、长田忠一、大町芳卫、薄田斩云、佐藤藏太郎、木村小舟、藤田丰山、末广铁肠、井上勤、东洋逸史、山县五十雄、上村左川、加藤政之助、矢野文雄、东海散士柴四郎、田口掬汀、千原伊之吉、矢野龙溪、加藤干雄、木下尚江、大桥乙羽、山上上泉、中内蝶二、濑沼夏叶、樱井忠温、登张竹风、鹿岛樱巷、芙蓉生、羊角山人、横井时敬、谷川澄一、渡边为藏、荻园、三宅彦弥、田村松鱼、山口孤剑、羽化仙史(涩江保)、山房之助、千叶紫草、高安龟次郎、上田敏、丽翠庵主人、大泽天仙、井上圆了、松村松叶、土肥春曙、嵯峨家主人、长谷川二叶亭、上野和夫、佐佐木隆、筱岭叶、森林黑猿(天野节)、细川风谷、久保天随一、平井广五郎、罗张氏、小泉又一、松本君平、高野弦月、岩谷兰轩、浅野和三郎

法国：雨果、Fortune Du Boisgobey、Éugene Sue、Camille Flammarion、Emile Gaboriau、Cervantes、Fénelon、Danrit Captaine、George Manvill Fenn、莫泊桑、彭脱、Victorien Sardou、凡尔纳

英国与美国：Allen Upward、Lady Broome、E.F. Edgett、勃拉锡

克、Arthur Conan Doyle、Fred William、George A.O. Ernest、Captain Frederick Marryat、Isabel、Lord Lytton、William Tufnell Le Queux、皮登、土司爱沙、Stevenson、Simon Newcomb、柏拉蒙、马克·吐温、Louise J. Strong、George Alfred Henty、Bertha Clay、James Grant、William Combe、George McWatters、Mrs. Thomas Hardy、Charles Garvic、Hermann Sudermann、A.L. Harris、Frances Eliza Burnett、欧文 Washington Irving、William Henry Giles Kingston、Alice M. Williamsn、メイヒュー[①]、Edward Bellamy、George Bernard Shaw

意大利：Edmondo de Amicis

俄国：普希金、契诃夫、伽尔洵、托尔斯泰、安德烈耶夫(Andreev)、莱蒙托夫(Lermontov)、高尔基(Gorkii)

波兰：Henryk Sienkiewicz

德国：摩哈孙、J. Zschokke、von Rudolf Martin

瑞士：Johann Heinrich Pestalozzi

在以上名单中，有一部分是笔名或中文谐音，并不能判断作者或著者的真实姓名，这一点还需要做进一步的调查。

二、德富芦花的《不如归》与外交侦探小说在晚清的接受

(一)《不如归》："家庭小说"与"叫旦之鸡"[②]

德富芦花是日本明治、大正时代著名的文学家。20世纪初，《不如归》被翻译成多种语言传播于世界，《自然と人生》等散文被作为美文的代表，德富芦花常常被视为日本近代文学的第一个文学类型——自然主义文学的代表作家。在中国，他是不算很热闹的日本文学研究中较受欢迎的一个对象[③]。

---

① 《遗嘱》，卓呆译，《小说月报》1年1—2期，1910年8月29日—9月28日。日文版书内标记《遗言》为"メイヒュー著《メーキ・ユア・ウイルス》"，英文名不详。

② "纾年已老，报国无日，故日为叫旦之鸡，冀吾同胞警醒。"载林纾、魏易译《不如归·序》，商务印书馆1981年版，第2页。

③ 如邹波：《林纾转译日本近代小说〈不如归〉之底本考证》，《复旦外国语言文学论丛》2009年第2期。濑户宏：《〈不如归〉和〈家庭恩怨记〉比较》，《中国社会科学院院报》2004年6月。金钟珍：《中韩戏剧接受日本〈不如归〉的比较研究》，《杭州师范大学学报》(社会科学版)2010年第2期。

然而,对于先行研究笔者抱有两个疑问:(1)《不如归》究竟是什么样的作品?主旨在何处?(2)林纾译本和原著中关于海战的详述,是否出于同一目的?

1. 动摇的社会秩序下的婚恋——《不如归》在本土

明治三十一年(1898)十一月至明治三十二年五月,《国民新聞》上连载了德富芦花的小说《不如归》。它在不久以后引起极大轰动,多次被搬上银幕和戏剧的舞台。

这是一出甲午战争背景下一对青年男女的爱情悲剧。川岛武男是一个海军少尉,由寡母含辛茹苦地培养成人。片冈浪子是一个陆军中将的女儿,年幼时失去了母亲,深受继母冷遇。婚后相亲相爱的两人,因为中日战争爆发,武男奔赴战场而被迫分离。其间,浪子感染了肺结核而遭受婆婆的鄙弃。在母亲的严命之下,纵有一身壮志与柔情的武男只能默默地与浪子离婚了。浪子病逝,武男伤心欲绝。小说中浪子说:"人啊,为什么会死啊!我要活!我要活一千年一万年!"[①]"我再也不要生为女人!"[②]——这一声悲号成为日本近代文学的代表台词。

这部作品描写了家庭内部新旧思想的对立与冲突,也反映了社会对肺结核传染病的排斥与恐惧心理。在当时,结核病被视为绝症,很多小说和电影都有所反映,是大众关心的一个热点。1900年1月,《不如归》初版2 000部,到1908年第100版时达到了101 000部。这是日本第一部达到100版的小说。那么,作者为什么要创作这部作品呢?根据明治四十二年二月印刷的第100版《不如归》的卷首记载,德富芦花在相洲逗子的一个叫作"柳屋"的旅馆中养病的时候,遇到了福家静子,她是一个陆军中佐的遗孀。这个中佐是征清第二军司令官大山岩的中将副官,是在日清战争中病死的。德富芦花从福家静子那里听到了以下这件事,由此创作了《不如归》。

作为小说人物的原型,陆军大臣大山岩的女儿信子与三岛弥太郎是一对恩爱夫妻。婚后,信子得了肺结核,回家养病期间接到夫家的离婚通知。

---

① "然吾乃不审人生胡以有死,又不延至数千之年。果必死者,当同时同穴。"载林译本《不如归》,第52页。

② 浪子临终前的这句话,在林译本中没有译出。《不如帰》:"最早婦人なんぞに——生れはしませんよ。"载《不如帰》,民友社明治三十六年(1903)五月第29版,第366页。

信子不久病逝，年仅 20 岁。然而，信子婚姻的破裂并非丈夫的意愿，而是婆婆的命令。三岛弥太郎是日本银行的第八代总裁、子爵，曾留学美国，是新派知识分子，却依旧不能打破“家”的屏障。小说中，浪子的继母的原型是山川捨松，她是日本最早的留美女学生，学习护士课程。因为她非常清楚肺结核的传染性，所以她将信子带到别墅疗养，所用物品都消毒使用。然而，在外人的眼里，将信子“隔离”于人间，无疑是冷酷的行为。信子过世一年半后，《国民新聞》上开始连载《不如帰》。①

明治三十年代，描写家庭生活的小说十分流行，频频被搬上音乐剧舞台，其背景正在于近代家族制的变化。在《不如帰》开始连载的 4 个月之前（明治三十一年七月）明治民法第四编（亲族）、第五编（继承）开始实施，制定了家族生活的全部规范。这部法律是建立于家长制基础之上的亲族法和继承法，它清楚地区分了户主、配偶、亲属的血缘关系及差异性，加大了以往以习俗为根本的家族关系的裂缝。这种新旧思想的冲突达到极点的现代家庭为敏锐的作家提供了充分的材料，②《不如帰》将两代人之间价值观的断层淋漓尽致地表现出来。

2. 从英译本转译至中国的《不如帰》

作为日本文学的名著，《不如帰》在晚清的传入却是依靠了英译本。关于这一点，有学者认为林纾翻译此书是由于口译者的推荐。③ 鉴于 180 余部林译小说中只有这一种日本小说，没有直接从日文翻译可能是因为缺少口译者。

《不如帰》英译本是盐谷荣与 E. F. Edgett 共同翻译的 *Nami-ko*，1904 年刊行。4 年后林纾的译本刊行。林译本的序文的第一句就是“小说之足以动人者，无若男女之情”，这反映了林纾对作品中的爱情的理解。然而，仅此一句，后文便大抒“怨抑之情”，强调培养海军人才，并愿做“叫旦之鸡”，“冀吾同胞警醒”。甲午海战，中国惨败于“蛮夷”小国日本，这是何种惨痛！无怪乎林纾感慨万千。

---

① 然而，现实中的信子的继母大山捨松（山川捨松）对待信子犹如亲生女儿，与小说中的塑造完全不同。畅销的小说给她带来了不良的社会影响，成为一生的心灵伤痛。

② “新旧思想の衝突に頂点に達せる我現代の家庭の如きにありては鋭敏なる作家に十分の材料を供給して余あるべし。”载《家庭の描写》，《帝国文学》1899 年 6 月。

③ 中村忠行：《徳富蘆花と現代中国文学（一）》，《天理大学学報》1949 年 1 卷 2—3 号，第 15 页。

如前所述，《不如归》是一个凄美的爱情故事，林纾一方面大谈甲午海战；另一方面在小说的正文中将浪子与武男真挚热烈的爱情淋漓尽致地表现出来。那些只存在闺房的对夫君的表述，明明白白地在表现浪子的"大胆"。可是，武男出于对母亲的某种"孝顺"，不满（而非怨恨）又心痛（而非伤心欲绝）地将浪子休了，却没有采取任何行动，只有远离母亲奔赴战场的逃避。对患病的浪子也不曾有"礼节"上的看望，甚至在偶遇之后也没有看望。武男是一个出色的将军，却只会逃避；浪子的父亲是德高望重的中将，却因为女儿患病不能培育夫家的继承人而无言地接受女儿被"休弃"。他们的懦弱造成了婚姻的悲剧，而他们的懦弱又正是出于对"家""家长"的尊重。

林纾常常在序跋中抒发个人见解，无论是救国题材小说还是探险小说、幽默小说、言情小说的序跋，都倾注了救国思想。1905—1906 年，林纾翻译了不少探险小说而被人指责为猎奇。事实上，不仅林纾，整个中国当时正饥不择食地翻译西方小说，不能简单定论。而且，侦探小说、冒险小说也并非一概低俗。其实，这正应合了梁启超在《译印政治小说·序》的主张，即强调翻译小说的重要性。因此，"特别是外国名家写的与中国时局密切相关的作品，都被翻译过来了"，[①]中国的翻译者怀着"国破家亡"的危机感，具有强烈的救国保种的使命感。甲午战争之后，中国面临着领土被分割、被占领的危难，于是，以进化论为灵魂，以除旧建新为主题的《泰西新史揽要》（*The Nineteenth Century: A History*，Robert Mackenzie，李提摩太译）成为流行；警告亡国灭绝、针砭时弊的《中东战纪本末》（林乐知、蔡尔康共著）传播海内；呼吁教育振兴的《文学兴国策》（森有礼著）成为深受欢迎的维新参考书。《天演论》（*Evolution and ethics*，Thomas Henry Huxley）掀起了热潮，高唱立宪论，提出了各种各样的"醒华""救华"议论，各种"新议"和"危言"。这既是爱国志士的关心，也是翻译的中心问题。"盖经政变后之波涛翻变，而国民输入欧美文明之志乃益急"，[②]欧榘甲指出了 20 世纪初中国社会的文化思潮动向与时代的特征。严复在 1908 年翻译的《名学浅说》自序中说，"中间义旨，则承用原书，而所引喻举例，则多用己意更易，盖吾之为书取足

① 梁启超：《译印政治小说序》，载《清议报》第一册，中华书局 1991 年版，第 54 页。

② 欧榘甲：《论政变为中国不亡之关系》，载《清议报全编》卷三，文海出版社 1986 年版，第 63 页。

喻人而已，谨合原文与否，所不论也”。[①] 他们眼中的“西洋”其实并非西洋本身，而是经过中国学问的尺子衡量过的“西洋”。“他们的立足点在中国，他们要解决的是迫在眉睫的中国现实问题，他们的中学知识远比西学知识丰富，他们的认知基点建立在中学、中国现实问题之上，他们的情感和立场都是中国的”，[②]昌切如此论述。林纾正是应时而生的翻译者，这在他撰写的序跋中充分体现出来。

3. *长篇战役描写是为何?*

不可否认，林纾在序中重点提及的甲午海战，与作品本身的情节有很大关联。德富芦花在《不如归》中不仅花费了许多笔墨来描述海战（林纾译本第十八章“鸭绿之战”），而且所塑造的人物也有很多武将：水师少尉武男、浪子的父亲片冈中将、反面角色千岩将士。小说的结局细腻地描写了武男与川岛中将在浪子坟前的伤心情景，却以“励志”为告终。“中将曰：‘武男君勿悲，当思其远且大者。凡人遇蹇运，多足以助男子立其宏业。老夫与君别久矣，今且同行至老夫家，论台湾事也。’”[③]

然而，《不如归》这部军人家庭背景下的小说，不是战争小说而是言情小说。作者青睐于军人与海战的原因显然也不同于林纾，笔者试析：

作者青睐于军人与海战，第一是与明治时代的社会阶层变动有关。甲午战争之后，日本社会在经济上、身份阶层上都发生了变化。明治三十年十月，日本通过从清朝获得的赔款确立了“金本位制度”，促进了金融资本的迅速发展。这助长了金钱万能主义的风潮，拉大了贫富差距。另一方面，在战争中获得勋章的军人被授予爵位，成为显赫的贵族阶级。中日战争后获得爵位的陆海军人有 32 人、日俄战争后有 73 人，造成了特权阶层与非特权阶层的分化。众所周知，前近代的江户时代是武家社会。明治维新以后“士农工商”的身份制度被废除，并且随着伟大的教育家福泽谕吉的“天不在人之上造人，也不在人之下造人”[④]的平等主义宣扬，人们逐渐树立起立身处世的新原则；然而，“武士道”精神毕竟是影响深远的。处于近代转换期的明治

---

① 严复：《名学浅说 · 自序》（*Primer of Logic*，Jevons、William Stanley），商务印书馆 1909 年版。

② 昌切：《清末民初的思想主脉》，东方出版社 1999 年版，第 225 页。

③ 林纾译：《不如归》，第 112 页。

④ 福泽谕吉：《学問のすすめ》，1872 年版。

知识分子,如何从“武士”转向作为知识分子的“士人”? 这是当时文学上的一个深刻题材。

第二是与作家的创作手法有关。德富芦花回想说“如果只是单纯的家庭小说,只是让男儿女儿哭泣嬉笑的话,总觉得有点不满足。所以想在中场增加点男子气概”,[①]这就是黄海海战一幕的由来。没有参战经验的他借鉴了他人的传记,[②]当然这段被读者评价为带有“体育运动感”的战争描写,全然不够真实准确。

然而,不擅长描写战争并不说明不关注战争。对于日俄战争,德富芦花起先是支持开战的态度,但后来他转变为一个坚决的战争反对者。他认为战争无论是胜利还是战败的那一方,都给自己的人民带来巨大的灾难与悲痛。他对国家政治抱有强烈的关怀:1910 年的幸德秋水“大逆事件”中,他奔走相助。1919 年 4 月滞留耶路撒冷期间,恰逢日本首相西园寺公望、美国总统威尔逊、英国首相 David Lloyd George 等国家首领正召开讲和会议,芦花给这些首领写了提案。1924 年出于对美国反日运动的愤慨,他与内村鉴三一同编纂了《太平洋を中にして》(《以太平洋为界》)。在意大利滞留时对意大利著名政治人物多有评论等,这种政治关怀不仅是明治时代的知识分子与生俱来的“士”(武士精神)的气概,也与他早先翻译外交侦探小说有关。

(二) 外交侦探小说:“政治关怀”与小说趣味,孰重孰轻?

德富芦花出身于士族世家,父亲德富一敬是赫赫有名的明治维新“十杰”之一,是武士、汉学家、教育家;兄长德富苏峰是明治时代著名的新闻家、政治家;母亲积极活跃于社交界;姨母是著名的教育家……他在这样显赫的家庭中长大,同时也一直被笼罩于兄长的威名之下。1879 年,11 岁的他跟随兄长前往京都的同志社学习。21 岁时,他加入德富苏峰创建的报社“民友社”工作,勤奋地书写杂文,在《国民新聞》上发表了很多翻译文章。10 年间,他写了 100 余篇杂文,留下了 8 册著作。[③]

---

① 《富士》第二卷,福永书店 1926 年版。

② 小笠原长生:《海戦日録》,春阳堂 1895 年版。

③ 《ジョンブライト伝》《リチヤードコブデン》《グラッドストン伝》《歴史の片影》《名婦の鑑》《トルストイ》《青山白雲》《外交奇譚》。

1. 明治时代的《外交奇譚》

(1) 侦探趣味的外交小说与日本侦探(推理)小说的发达

明治三十一年十月,明治三十一年中连载于《国民新聞》上的12篇小说结集为《外交奇譚》出版。明治三十三年十一月,明治三十一年至三十三年中连载于《国民新聞》上的7篇小说结集为《探偵異聞》出版。这两部书都是芦花的翻译作品。

芦花在《外交奇譚》的《例言》中称:"此书以当下的欧洲为舞台,以事实为基础,增加了许多小说的色彩。"这本书包括《百合の花》《冬宮の怪談》《鉄公の退隠》《王の紛失》《白糸》《法王殿の墓》《一億万法》《大使夫人》《土京の一夜》《鞭の痕》《とりかへ子》《三刺客》等12篇小说,行文简洁,描述了外交策略和各国朝廷内幕,涉及德国首相俾斯麦、西班牙国王阿方索十三世(Alfonso XIII)、荷兰亲王、塞尔维亚国王、法国大总统Mac-Mahon、俄国亚历山大三世、西班牙太后、奥地利皇太子等王亲贵族。

《探偵異聞》一书包括《巣鴨の奇談》《毒薬》《秘密条約》《大隠謀》等7篇小说,以大侦探"穴栗专作"为穿针引线的人物。书中人物侦破了一系列在日本发生的案件,然而故事中每每出现俄国绅商、俄国侦探、美国领事、外务大臣,带有一股"洋味"。尽管该书的底本尚有待于查考,但是根据译笔,可以看出芦花在推理过程上所花费的努力。这里面的很多趣味或许就是上一部作品《外交奇譚》的延续吧。

自1888年翻译了《法廷の美人》之后,黑岩泪香这位侦探小说的巨人开辟了日本侦探小说的时代,德富芦花翻译的《外交奇譚》,正是这股潮流中的一个作品。日本侦探小说是在当时大量引进的医学(药物、解剖学)、心理学(如催眠术)知识以及警察体制和法律建设的背景之下发展起来的,它不仅具有浓厚的趣味,还在甲午战争、日俄战争的国际形势下衍生发展出深刻小说(社会小说)、冒险小说和海外殖民扩张小说。时至今日,日本侦探(推理)小说依旧经久不衰,是大众所喜爱的读物。

(2) 近代国家起飞的政治关怀

明治的报刊主要分为以政论为主的大报和以江户趣味为主的小报,德富苏峰主持的《国民新聞》秉行开明的平民主义,因此获得了很多新时代青年读者的青睐。苏峰是一个经世家、政治家,自然不喜欢芦花的创作。他命令芦花翻译外国电报、Reuters通迅社[①]的日记、战地小说。因此,芦花翻译外交侦探小说很可能也是受苏峰之托。

《外交奇譚》原著为英国Allen Upward(1863—1926)的*Secrets of the Courts of Europe*。Allen Upward是一个诗人、律师、政治家。著有诗集*Songs of Ziklag*(1888)、*Scented Leaves from a Chinese Jar*。他还写了很多小说,虽然今日几乎都被遗忘了:*The Prince of Balkistan*(1895),*A Crown of Straw*(1896),*A Bride's Madness*(1897),*The Accused Princess*(1900),*The International Spy: Being a Secret History of the Russo-Japanese War*(1905)。1908年,他自费出版了*The New Word*(1901),自认为是可以获诺贝尔奖的作品,但却没有成功。他曾经作为议会候选人竞选而失败,作为志愿者参战于前线。他对中国诗文也很有造诣,著有《孔子的格言》,是当时通晓中国文化的外国作家。

囿于资料的限制,目前尚不清楚Allen Upward在日本的传入情况。而以他这样的经历及"英国文化"的身份,德富芦花的这本书已经清楚表明了日本对西方人物的关注。

2. 外交侦探小说在中国的沉寂

(1) 晚清外交侦探小说整理

德富芦花翻译的《外交奇譚》的12篇均被转译成中文,但是并没有结集成册出版,而是分散于各报刊上。笔者参照樽本照雄《新编增补清末民初小说目录》[②]整理如下(德富芦花原译简称为"原译"):

① 1902年7月19日,《百合花》,译者不详,载《新民丛报》第12号。原译《百合の花》,载1898年1月16日—23日《国民新聞》。

② 1902年11月15日,《俄皇宫中之人鬼》,曼殊室主人(即梁启超)译,载《新小説》第2号。原译《冬宫の怪談》,载1898年1月23日—3月1日《国民新聞》。

③ 1903年3月12日—4月11日,《外交家之狼狈》,披发生(罗普)译,载《新民丛报》第27—29号。原译《鉄公の退隠》,收录在《外交奇譚》,民友社,1898年。

---

① 由德国人Paul Julius Baron von Reuter创建,本部设立于英国。

② 樽本照雄:《新编增补清末民初小说目录》,齐鲁书社2003年版。

④ 1903年6月9日—24日,《窃皇案》,披发生(即罗普)译,载《新民丛报》第33—34号。原译《王の紛失》,载1898年4月《国民新聞》。

⑤ 1903年10月10日,《返魂香》,喋血生译,载《浙江潮》第8期。原译《王の紛失》。

⑥ 1903年8月7日,《白丝线记》,披发生(即罗普)译,载《新小説》第6号。原译《白糸》,载1897年10月27日—11月12日《国民新聞》。

⑦ 1904年3月31日—5月19日,《玛瑙印》,译者不详,载《外交报》第72、77期。原译《法王殿の墓》,载1898年7月7日—13日《国民新聞》。

⑧ 1904年5月19日—9月15日,《埃及妃》,译者不详,载《外交报》第77—93期。原译《一億万法の賭博》,载1898年3月16日—22日《国民新聞》。

⑨ 1904年10月23日、11月21日,《红花球》,译者不详,载《外交报》第93、96期。原译《大使夫人》,收录在《外交奇譚》,民友社,1898年。

⑩ 1904年11月21日—12月1日,《波斯剪》,译者不详,载《外交报》第96—97期。原译《土京の一夜》,载《国民の友》365—366号,1898年1月—2月。

⑪ 1904年12月1日—11日,《一条鞭》,译者不详,载《外交报》第97—98期。原译《鞭の痕》,1898年3月23日—4月2日《国民新聞》。

⑫ 1904年12月11日—21日,《易儿说》,译者不详,载《外交报》第98—99期。原译《とりかへ子》,载1898年7月15日—21日《国民新聞》。

⑬ 1904年12月21日—1905年1月10日,《三刺客》,译者不详,载《外交报》第99—100期。原译《北欧朝廷異聞》,载1898年5月1日—17日《国民新聞》,后收录在《外交奇譚》改题为《三刺客》。

晚清翻译小说的数量极为庞大。而且,当时对小说类型的区分并不十分准确,小说名字后面附带的"某某小说"无法成为判断的标准。并且很多小说后面还不附有这样的标注。所以外交侦探小说更全面的目录还有待整理。

(2) 谁翻译了外交侦探小说?

① 从翻译者来看,已经确知的有梁启超和罗普。梁启超的声名自不必说,罗普是康有为的嫡传弟子。罗普(1876—1949),号孝高,又号披发生,曾经官费留学于早稻田专门学校。在日本时与梁启超、麦孟华等晚清维新派人士交往,参与《清议报》《新民丛报》等的编辑工作;著有《东欧女豪杰》《日本维新三十年史》《政党论》《二十年来之经济状况》。也就是说这位译者是与晚清政治社会很有关联的人物,而且具有一定的影响力。

② 从登载的刊物来看,《新民丛报》《新小説》《浙江潮》《外交报》都是以关怀国家政治为主要内容的进步刊物,前三者都在日本创刊。梁启超创办的《新民丛报》和《新小説》不仅在模式上沿用了日本刊物的特点,在内容上也多通过日本采撷西方进步思想。《新小説》虽然是一部文学杂志,后来因为受"小说"特性、市场销路等原因而偏向娱乐性,但在创建之初显然是符合了"小说界革命"宗旨,多刊登政治小说、谴责小说。

《浙江潮》是日本东京浙江同乡会1903年创办的具有革命倾向的刊物。孙翼中、王嘉榘、蒋智由、蒋方震、马君武、鲁迅等人参与了编辑与撰稿。该刊设有社说、学术、大势、时评、政法、经济、哲理、文苑等栏目,译介有关西方国家政治、社会、产业、科学、思想、道德和教育革命的文章,在中国革命史及中国报刊史上都占有重要的历史地位。

《外交报》由张元济联合蔡元培、杜亚泉等集资于1901年创办,设置论说、谕旨、文牍、外交、纪闻、译报、要电汇录等栏目。每期以一半篇幅译载外国报刊上发表的时文,包括英、美、日、俄、法、德等国主要报刊40余种(英国报刊约占半数)。这是中国第一份以研究国际问题为主的期刊,在内政上主张君主立宪、渐变和改良,外交上主张"文明排外",带有明显的爱国主义倾向。

(3) 外交侦探小说为什么"默默无闻"?

如上所述,无论是从译者还是从刊载的刊物来看,"外交"都应当是读者注意的关键词。而"侦探"也是晚清小说的第一关键词。可是为什么外交侦探小说在晚清没有什么影响力?而且,作为德富芦花的作品,为什么今天的研究也几乎空白?

① "国民的外交"与"王宫的外交"之间的错位

研究者指出:"19世纪末20世纪初,随着西方民主民族主义思想的转播和报刊传媒的发展，中国开始出现以国家内政外交为关怀对象的近代意义的舆论。”[①]而“舆论”的一个目的乃是成为“国民干预政府外交的重要手段”。即政府外交须尊重民意，国民有权监督政府外交。这个意思似乎也是从日本引进而来。[②]

根据周斌的考证，1898 年有贺长雄在《外交时报》上发表了《外交秘密论》[③]一文，提出日本正处于由官厅外交（diplomatie bureaucratique）主义转向国民外交（diplomatie nationale）主义的时代。1909 年，他发表了《国民外交与官僚外交》，[④]大意是国家是国民的国家，外交也是国民的外交。这两篇文章均被晚清的《外交报》吸收了过来。1903 年，《外交秘密论》被介绍为《论外交不可专主秘密》；[⑤]1909 年，《国民外交与官僚外交》被翻译为《论国民外交与官僚外交之别》。[⑥] 可以看出，晚清的《外交报》对日本《外交时报》的关注，几乎是同步的。

1881 年起，日本自由民权运动兴盛，复古主义、国粹主义、欧化主义思潮并行，文坛上也呈现出各种形态，“国权”“人权”外交各有侧重。在中国，为了维系末日王朝的一息生命，清政府签订了一系列丧辱国权的条约。这引起了全民族的愤慨和群起抨击。1907 年，《政论》报上刊载了《国民的外交之时代》，[⑦]清楚地反映出晚清知识分子以民意为“外交”旨归的主张。而如上所说，那些外交侦探小说都是以王亲贵族、政要为中心的。它们不被关注，可能有这样的晚清思潮的缘故。

② 作为政治关怀的“外交”和作为小说的“外交侦探”的错位

在修身、齐家、治国、平天下的中国文化的熏陶之下，不难想象，不论是激进的晚清革命志士，还是接受了西方新文化的新知识分子，或是带有保守主义色彩的传统文人，在这个裂变的时期都对中国的命运寄予了深切关怀。各种维新报刊、传播新思潮新文艺的报纸杂志登载了关于国内外的时评、政

---

① 周斌：《清末民初“国民外交”一词的形成及其含义论述》，《安徽史学》2008 年第 5 期。此处有贺长雄的两篇文章皆不详日文原文。

② 周斌：《清末民初“国民外交”一词的形成及其含义论述》。

③ 《外交時報》明治三十一年三月第 2 号，第 36—37 页。

④ 《外交時報》明治四十二年六月第 139 号，第 70 页。

⑤ 《外交报》1903 年 9 月 6 日第 55 册，第 2 页。

⑥ 《外交报》1909 年 9 月第 253 册，第 9—10 页。

⑦ 观云：《国民的外交之时代》，《政论》1907 年 11 月 5 日第 2 号，第 3—4 页。

论、人物传记、史传、翻译文学，不仅直接表达了对清政府的抨击、对人民的号召与期待，更借助于“小说”想要将“新中华”“新民”的意愿传播给广大的群众。然而，外交侦探小说虽然讲述外交政策、外交人物，但毕竟是以侦探的趣味性贯穿其中，而不入知识分子的“眼界”。事实上，发源于西方的侦探小说，最初是以私家侦探为中心，以发达的资本主义社会中的上层社会为演绎背景的故事，尽管对人性的弱点与社会的丑陋进行了揭露，但毕竟脱节于劳苦大众阶层，尤其与晚清社会情势不符。

③ 报刊连载与单行本发行的差异

在晚清报刊上登载的 12 篇外交侦探小说都未写明日本的译者和作品名，后来也没有结集成册，这很可能影响了作品的流传范围。1908 年出版的《不如归》，不仅由著名的商务印书馆出版，而且译者还是 1899 年以翻译小仲马的《巴黎茶花女遗事》风靡海内的林纾，因此才广为人知的吧。相比之下，早先 1898 年《不如归》在日本报刊上连载时却并没有引起什么影响。

《不如归》连载之前的 3 个月，国民新闻社及民友社发生了重大变革。由于经营的问题，报社将原来以少数高级知识分子为对象的刊物改革为平易近人、面向大众的模式，《不如归》就是最初的尝试。德富芦花说，他在撰写的时候，常常意识到要接近《金色夜叉》的风格。《金色夜叉》是明治最著名的文学社团“砚友社”主将尾崎红叶的代表作，虽然以明治新时代下的青年为主题，但带有江户复古情调。《不如归》刊出后，一些读者来信表示了对《不如归》的好评，但它并没有引起多大的关注。这或许是因为《国民新聞》因刊载新闻而停载小说，或是芦花常常中断执笔的缘故，但更可能是在于读者对《不如归》的接受问题。

德富苏峰主持的《国民新聞》，最初倡导平民主义，不过后来苏峰转变为国家膨胀论者。甲午战争后，《国民新聞》愈发接近政府，成为御用报刊。为了符合固定的读者群——官员、军人、实业家、教育家、工商业者等社会阶层的需求，报刊重点发布股票市场、企业动向等实业信息。再加上很多文学家、批评家的纷纷退社，文学力量就更为薄弱。因此，《不如归》真正获得反响是在单行本出版之后。为了揭露“可怕的旧习”，实现“澄净的家庭”，德富芦花将报刊连载的内容进行了大幅修改。“这是一部非常好的家庭小说，很健康，适合母子阅读"是一般大众给予的评价。读者虽然广泛，但主要是青年学生和中层家庭的子女，明治四十年代以后主要稳定于女性读者。[1]

晚清翻译的外交侦探小说可能也有类似的问题。

④ 不可公开的外交小说？

以下虽然只是一个旁侧的例子，但也提示了外交侦探小说不流行的另外一个可能的原因。根据渡边浩司的考证，[2]短篇小说《外交小説 世界秘史(一)》[3]中的第一篇，《中国醇亲王赴德谢罪之秘密》的原作者为 Allen Upward。这是他 1904 年发表的 *Secret History of To-Day Being Revelations of a Diplomatic Spy*（Chapman and Hall，1904）。中译者是吴冰心，生平不详。译作虽然多处增笔，但很少有省略和翻译错误之处。在这之前，Allen Upward 写于 1897 年的 *Secrets of the Courts of Europe* 于次年由德富芦花翻译成《外交奇譚》，不久之后被转译为中文。但是，这篇 *Secret History of To-Day Being Revelations of a Diplomatic Spy* 传到中国却比较迟晚。渡边认为，虽然不是嘲笑晚清政府的作品，但以清廷为舞台的"外交"，是决不能在清政府倒塌之前公开的。所以才迟迟拖到了 1915 年吧。

(二) 不同的文学、不同的近代

《不如归》在日本的诞生背景及其受读情况与我们的想象之间存在着不小的偏差，而作为舶来品的外交侦探小说在日本的接受与其后的发展也与晚清迥然不同。

1. 从世界引进的《外交奇譚》和走向世界的《不如归》

随着时代的进步，西洋文明逐渐为日本人所消化、吸收，越来越繁荣的翻译小说也不再是宣传的工具，而是更为普遍、更为正常地发展起来。当政治小说的热潮过去之后，最早为大众所喜爱，也容易被理解的翻译小说就是侦探小说与冒险小说。有趣的是，这些侦探小说、冒险小说的作者同时也是"宣传文学"(政治小说等)的著译者，如森田思轩、原抱一庵、德富芦花、黑岩

---

① 关肇：《メロドラマの時代：徳富蘆花〈不如帰〉の受容を軸として》，《京都光華女子大学研究紀要》2006 年 12 月第 44 期，第 29—70 页。

② 渡边浩司：《〈外交小説 世界秘史〉の原作》，《清末小説から(通讯)》2010 年 1 月 1 日第 96 期。

③ 《小说大观》第三集，文明书局、中华书局 1915 年版。

泪香等。这些作家的名字都出现于晚清日译小说,他们绝不是二三流的作家,相反,他们在日本文学史上或以精湛的汉译,或以精彩的推理闻名于明治年代乃至大正、昭和时代。侦探小说具有神秘、趣味、曲折的特性,暴露新型社会形态中的黑暗面和人性的丑恶。19 世纪 90 年代,当第一部侦探小说传入日本的时候,日本的自由民权运动方兴未艾。这一社会风潮推动了侦探小说的流行,并一直延续至今。

尽管加藤周一批判"日本文化的杂种性",[①]但以"文明开化"为宗旨的近代日本,无疑在经济、文学、军事等各方面取得了很大进步。1905 年的日俄战争使得日本成为世界的焦点,1900 年的《不如帰》中的浪子则因为甲午战争传播于世界。当时英国最权威的报刊 *The Times Literary Supplement*(泰晤士文艺副刊)上刊登了关于《Nami-ko》的书评(1904 年 6 月 24 日)。对明治时代以来大量吸收西方文学的日本来说,可以将日本文学输出英国是非常了不起的事情。

2. "国家的文学"

其他晚清翻译小说中与德富芦花有关的还有《历史之片影》[②]《少年军》[③]《世界末日记》[④],这些都是 1893 年日本出版的《歴史之片影》中的作品,毫无疑问,这些翻译与当时日本的国家情势有关。其后,德富芦花倾心于托尔斯泰,撰写了很多文章介绍托氏。1906 年,他去俄国访问托尔斯泰,回来之后隐居乡村,开始半耕半读的生活。他废弃了笔名"芦花",改回本名"健次郎",返璞归真。日俄开战之初,芦花认为日本必须与俄国政府斗争到底。可是,战争结束后,他深深地感受到"胜利"给日本人民带来的膨胀欲望和空虚感,对不断循环的战争产生了质疑。他看到一幅描绘拿破仑征服俄国时,站在一个高地上眺望着被烧毁的城市的图画,体会到拿破仑"胜利的悲哀"之情。

一部作品不仅是作家的产品,也是时代的产物。尽管日本文学一般被

① 加藤周一:《雑種文化》,讲谈社 1956 年版。

② 鲁庵译,载《新民丛报》1903 年 8 月 6 日第 35 号。原作《セリダン将軍普仏戦争手記》,收录在德富芦花编著《近世欧米 歴史之片影》,民友社 1893 年版。

③ 喋血生译,载《浙江潮》1903 年 2 月 17 日—9 月 20 日第 1—12 期。原作《少年軍(南北戦争の花)》。

④ 梁启超译,载《新小説》1902 年 11 月 14 日第 1 号。原作《世界の末日》。

评价为“脱离政治的文学”,但德富芦花的早期文学活动还是深刻地反映了他所处的时代特点。不过,对作家及其作品的接受,不仅是时代的问题,更多在于国家与文化。晚清中国选择了日本作为输入西方文明的中介,有利于捕捉世界各国的社会思潮和文艺思潮的发展趋势,为中国的近代化发展铺下了重要基石,但也走出了与日本不一样的道路。

清末民初,中国几乎与世界同步地引进了西方侦探小说,福尔摩斯与华生的形象直接成为效仿的模式,风靡一时。日本的黑岩泪香的推理小说、押川春浪的冒险小说也多有输入。然而,在中国特定的历史时期下,文艺创作和审美趣味不仅本身就有自己的特点,更受到了限制。侦探小说虽然流行于清末民初,但在其后的中国各个时期中,乃至今日都没能发达起来。至于在《不如归》的阅读上,读者可能更多关怀中华民族的命运吧。虽然言情小说向来是中国通俗小说的主流,但是,过于平淡而琐细的日本情调并不适合国人的口味。而且,在紧接着的新文化运动中“言情”又不合时宜。

《不如归》和外交侦探小说在晚清所受到的冷热“待遇”,反映了20世纪初中国的选择与思考。然而时至今天,研究界依然很少关注德富芦花的外交侦探小说。这就是一个需要改善的研究点了。

第十二章　一个女子的“毒化”与“美化”历程

——假名垣鲁文《高橋阿伝夜叉譚》与王韬《纪日本女子阿传事》

引　言

女性形象研究在文学史上一直都是别有兴趣的课题。不仅有着文学审美、大众审美的需求，也有时代的需求，比如近代初期倡导的“贤妻良母”。不过，在日本文学史上还有着一类恶女、毒妇的形象，却也是作家们所钟爱的对象。

高桥阿传，生于1850年，卒于1879年，享年29岁，是明治时代乃至日本文学史上最著名的“毒妇”。她用剃刀割了富商的喉咙致死而被处以斩首的极刑。自她被处死的第二天起，新闻媒体上便开始刊登她的故事。其后，从明治到大正、昭和，阿传故事的版本层出不穷。在阿传故事的始祖假名垣鲁文(1829—1894)的笔下[①]，阿传不仅杀了富商，还勒死亲夫，对她的某个情夫毒杀未遂，勾勒出一个剽悍的狰狞形象。

同样是在明治时代，阿传处死的4个月后，晚清文人王韬游历东京。他在新富座剧场观看了一出《高橋阿伝》的歌舞伎。然后，他写了一篇观后感日记，5年后作了扩写与补充，以《纪日本女子阿传事》为题刊登于晚清著名的画报《点石斋画报》。

然而，在王韬的笔下，妖女阿传的面貌似乎柔和了许多，甚至有美化成“美妇”“贞妇”的嫌疑，研究者认为王韬对阿传给予了同情。为什么会产生

① 本文使用版本为假名垣鲁文：《高橋阿伝夜叉譚》，自由阁1886年版。

这样的差异呢？新富座上演的歌舞伎底本是河竹默阿弥《綴合於伝仮名書》。在江户时代的“恶女”“毒妇”形象的传承中，歌舞伎是一个重要的载体。王韬的写作无疑是改写与“美化”，与日本流传的作品及形象之间发生了偏离，这也影响了今日中国学者的解读。

阿传的真面目究竟如何，作为一个平凡的农村女子，可能无法获得确凿的史料。但是在近代初期的差不多的时段，中日文人对其形象的“毒化”与“美化”书写却有着较大的差异。这个差异不仅与作家个体的审美、中日文学的审美有关，也与时代氛围有着千丝万缕的关联。

一、日本的阿传与王韬笔下的阿传

参照日本维基、《大辞泉》《日本人名大辞典》《朝日　日本歴史人物事典》《世界大百科事典》(第 2 版)、《大辞林》(第 3 版)、《日本大百科全書》《ブリタニカ　国際大百科事典小項目事典》等辞典，可以描绘出这样一个“阿传”：

> 嘉永三年(1850)生，明治十二年(1879)殁。明治时期的罪犯，代表性毒妇。生于上野国利根郡下牧村(今群马县)，父亲高桥堪左卫门，后成为伯父高桥九右卫门的养女。亲生父亲据说是旧沼田藩家老·广濑半右卫门，一说是信州流浪赌徒“鬼神清吉”。1866 年，阿传与同村青年高桥浪之助私奔。1869 年，浪之助患癞病，因看病花费巨大，二人为债主所追而移居横滨。同年，浪之助殁。阿传遂与丝绸商小泽伊兵卫相好，住东京。不久，又与小川市太郎同居。生活窘迫而负债累累，阿传向旧衣店老板后藤吉藏借钱。将其带入旅馆，杀之夺财后逃跑。不久被逮捕归案。在审讯中，阿传坚称自己是给同父异母姐姐报仇，但拿不出证明。东京裁判所判其为色情欺诈的杀人强盗，于市谷监狱被处以斩首刑。

阿传被处刑的第二天，著名的戏作小说家假名垣鲁文便在《仮名読新聞》上开始连载《高橋阿伝夜叉譚》；几乎同时，小说家冈本起泉在《東京新聞》上连载《お伝の話》；不久，河竹默阿弥撰写的剧本《綴合於伝仮名書》被搬上歌舞伎舞台。之后，从明治到大正、昭和，阿传的故事不仅被频频改写，还创作出很多锦绘、歌谣，频频登上大银幕。不过，无论阿传版本有着怎样的变化，“毒妇”“恶女”都是不变的中心词。

这样一个农村女子的故事，碰巧被晚清文人王韬看到了。他在1879年6月9日的日记中写到自己与日本友人小西、藤田、栗本在新富座观剧，“是日演《阿传事迹始末》”。[①]《阿传事迹始末》的日本剧目即《高橋阿伝》。根据歌舞伎表演，王韬记录了一份约500字的“阿传本事”，后来在《点石斋画报》上刊登时又作了一些修改。关于王韬自己的两个版本之间的差异，研究者已经作了细致的比对与解读。从王韬的文学创作、晚清文人与媒体的关系等角度进行了探讨。但是，由于这些研究仅仅依靠王韬的两个版本及晚清画报等资料，并没有真正涉及阿传形象在日本的“原型”、阿传故事的日本创作、明治社会、文学的特色，因此在对阿传这一人物的解读上笔者存有异议。例如下面这段评论。

“阿传并没有多少伤害他人和社会的言行，除了与自己的相好一意孤行地私奔，甚至为了医治恋人的癞头之疾，穷途末路之下，偶有不得已的委身他人之不端行为。而且，从阿传时时得到侠义之人或好心之人的接济看，其经历处境还是得到了当时之人的不少同情的。这也从一个角度，反证了阿传并不是一个彻头彻尾所谓蛇蝎虺蜴妇人……阿传到底是一个富有生命力量，追随内在自我渴求，并在此过程中不时表现出人性的美好与缺陷弱点的世俗生活中的平民女子，还是一个因为最终的极端行为而对传统社会结构及道德伦理提出严峻挑战的叛逆者，一个背叛了女性道德伦理（以闺阁女性及良家女子的道德诉求为主体）的自我毁灭者，作为叙事者的王韬在小说文本中所表现出的犹豫或暧昧，固然在一定程度上弱化了王韬正文本中对于阿传这一人物形象的社会意义与现实意义的重新建构的努力，但亦反映出过渡时期审美价值和道德价值建构所面临的巨大挑战。”[②]

这里面谈到了几个问题。一、阿传的行为没有伤害他人和社会，所以不是极恶。二、阿传为了丈夫的医药费而不得已委身于他人，值得同情。三、阿传表现出人性的美好与缺陷，对传统社会结构及道德伦理提出了挑战。笔者以为，以“晚清”的眼光来看日本女子，以研究中国文学的角度来看

---

① 王韬：《扶桑游记》，载钟叔河主编：《走向世界丛书》，岳麓书社1985年版，第440页。
② 段怀清：《王韬与近现代文学转型》，复旦大学出版社2015年版，第261页。

明治文学，必然会产生差异。简而言之，日本的阿传是死有余辜的毒妇，中国的阿传是值得同情的美妇。

二、从毒妇到美妇经历了什么？

（一）毒妇的定型、夸大、留名

明治五年（1872），假名垣鲁文从游戏小说的创作中“金盆洗手”。这是为了顺应明治维新之后政府为统一国民思想推行的“三条教宪”政策①。

他从前撰写诸如《安政见闻志》《滑稽富士诣》等作品，展示了“流行作家”的特色。“流行作家”不需要坚定的信念或深奥的思想，也不追求理论依据，只追求潮流时尚，与出版商共同获得最大利益。“三条教宪”发布后，以鲁文为代表的戏作小说家向政府提交了《著作道書き上げ》；艺人纷纷改名，假名垣鲁文也恢复了本名野崎文藏，并且撰写与名字相符的著述，比如《大洋新話之蛸入道魚説教》《万国航海　西洋道中膝栗毛》《安愚楽鍋》《格蘭氏伝倭文学》；脱离戏作小说界，转向务实的新闻界，创办报社，办《仮名読新聞》。

在阿传之前，有两个文学事件值得一提。一是明治十年，国内最后的士族动乱“西南战争”结束，鲁文《西南鎮静録》出版。二是西南战争结束之后，明治十年十二月十日《仮名読新聞》开始连载《鳥追阿松伝》（后集结为单行本《鳥追阿松海上新話》）。前者是较为严肃的实录作品，后者则是毒妇小说的发端，两部书的间隔时间非常短。《鳥追阿松伝》的作者久保彦作是鲁文弟子，该书由鲁文进行了“检阅”。次年，鲁文出版了毒妇物语史上具有标志意义的《高橋阿伝夜叉譚》。鲁文从严肃作家忽然又转回戏作小说家，证明了阿传事件所具有的巨大的新闻性与娱乐性。

阿传于明治九年八月杀害吉藏，同年九月，鲁文在《仮名読新聞》上作了事件报道。明治十二年一月末，阿传被斩首，第二天鲁文即在报纸上连载小说，尽管只连载了两回便以单行本的方式出版了。鲁文在两个月的时间内完成了8编，这个速度被视为挑战木板印刷技术的极限。这充分反映出鲁

① 明治五年三月，明治政府新设教部省，推行国民教化运动。“三条”即：体敬神爱国之旨，明天理人道，拥戴皇上、遵守朝旨。

文是一个反应快、动笔快、完成快的作家。其中固然有着竞争对手的刺激，但也体现出鲁文作为一个媒体人、一个“应时作家”的敏感与素质。当时，冈本起泉也非常关注阿传，他也是先在报纸上连载而后出单篇《其の名は毒婦小伝東京奇聞》的，不过有的时候单篇出版得比报纸快，而且两个版本之间的差异很多。作者利用阿传在法庭上的谎言，即所谓杀人是为姐姐报仇，展开了一个传奇故事。

剧作家河竹默阿弥《綴合於伝仮名書》于明治十二年刊行，同年五月二十九日至七月六日，在东京新富座上演了歌舞伎。《於伝仮名書》这个书名清楚地表明，这是一部使用“假名字”来模拟阿传故事的作品。由五代目尾上菊五郎饰演“玉桥於传”[①]、市川左团次郎饰演“佐藤七藏”“田川吉太郎”、市川小团次饰演“玉桥民之助”。虽然这些人物的名字与真实的阿传经历中的人物是有些差别的，但都是谐音。

可以说，阿传经假名垣鲁文、冈本起泉、河竹默阿弥“定型”，同时也因为小说家鲁文、冈本及歌舞伎的影响力，阿传的形象得以“夸大”；继而经过大正、昭和年代，时至今日，小说书、研究书、论文不断出版与发表，仅日本国立国会图书馆以“高桥阿传”为关键词检索，即可得 130 种图书。阿传故事被一再叙述，阿传的形象也一再被重塑修整。大正十五年(1926)刊行的《明治文学名著全集第五篇 高橋阿伝夜叉譚》中插入了小林亲清绘制的阿传肖像。根据阿传的情夫小川市太郎对野崎左文(鲁文的弟子)所说，阿传比现在市面上卖的肖像更美更丰满。[②] 昭和时期的著名作家山田风太郎说：“阿传只杀了一个人，而让她成为稀世毒妇的人正是假名垣鲁文。”[③]不管是什么“名”，阿传都“留名千古”了。

(二) 美妇的同情、模糊，价值观的“摇摆”

1880 年，王韬诗集《蘅华馆诗录》刊行，卷五中收录了《阿传曲》。1884 年，《点石斋画报》第 7 期刊载了天南遁叟即王韬的《纪日本女子阿传事》，也是后来结集成书《淞隐漫录》中的第二篇。两篇内容相仿，可以说后

① 在日文中，“於”字与“阿”字读音相同。

② 山口刚、神代种亮、本间久雄、木村毅：《明治文学名著全集第五篇 高橋阿伝夜叉譚》，东京堂 1926 年版，第 191 页。

③ 茂吕美耶：《明治》，四川文艺出版社 2018 年版，第 173 页。

者是对前者的些微改写及扩写。[1]

研究者认为，王韬对阿传寄予了同情，表现了“阿传的天赋的才情与妩媚……作者关注的焦点之一便是阿传的美貌和受人怜爱”。[2] 从而扩写了一段阿传与名妓小菊始睦终嫌，以及清五郎安葬阿传的故事，“突出表现了阿传的‘奇女子’形象，流露出作者的欣赏之意”。[3]

试看王韬的笔下的“美妇”与“才情”：

阿传貌美而性荡，长眉入鬓，秀靥承欢，肌肤尤白，胜于艳雪，时人因有“玉观音”之称。

及笄，风流靡曼，妖丽罕俦。

偶徘徊门外，市太郎道经其室，一见惊为天仙。

按阿传虽出自农家，然颇能知书识字。所做和歌，抑扬宛转，音节殊谐。

阿传虽能操乐器，而未底于精，至是小菊授以琵琶，三日而成调，谱自度曲居然入拍。

正是因为爱慕阿传美貌才华，才对其放荡不耻行为“放任”，甚至产生几许怜爱与同情：

鱼贾清五郎，侠客也。怜阿传贫，时有所赠。阿传意其私己，欲以身事之，五郎拒不纳。

清五郎闻之，往收其尸，葬之丛冢，并树石碣焉，曰：“彼爱我于生前，我酬之于死后。因爱而越礼，我不为也。”

古来“才子佳人”不仅指郎才女貌，佳人亦是有才华的女子。因此，王韬对阿传产生同情心是可以理解的，更何况他接受的舞台版“阿传”本身在形象塑造上就带有“士族家的夫人”的气质，而不似假名垣鲁文版那般狠毒。文中的“清五郎”与鲁文版的出入很大，以清五郎“侠客”身份反证阿传的可取之处。此可取之处即美貌、才华、情深。因此王韬版的阿传非但不是蛇蝎心肠，反而带有情深义重的色彩，比如在丈夫得了癞病之后，阿传不离不弃，

---

① 边茜：《故事的再生产及其与媒体的关系——从〈淞隐漫录·纪日本女子阿传事〉》(《明清小说研究》2014 年第 2 期)中对两个文本进行了细致比对。

② 边茜：《故事的再生产及其与媒体的关系》，第 237 页。

③ 边茜：《故事的再生产及其与媒体的关系》，第 237 页。

带着他前往温泉治疗，后来又去横滨请美国医生治疗，这使得阿传的很多不耻行径得到了"正当性"的解释。因为要给丈夫治病而借债，因为要赚钱而委身于多个男子、做私娼，所以这些行为能够博得同情而被允许。这似乎与旧时女子卖身养家之类有所类似，但实质上并不相同。阿传更有主动性：

以后凡有所属意者，辄相燕好，秽声籍籍闾里。阿传以东京多浪游弟子，冀遂其私，乃寓浅草天王桥畔。

阿传竟作倚门娼，留髻送客，习以为常。

也许王韬心里面对阿传有所袒护，但他的笔依旧较为诚实地表现了事实。无论是从伦理道德还是传统文人的价值观来看，阿传这样的女性不走正道，必然会对其有所谴责。

绢商妻唾之曰："此祸水也！"劝绢商绝之，赠以资斧遣去。

经三年而后决，正法市曹，以垂炯戒。

阿传既正典刑，闺阁女子多以花妖目之，援以为戒。

"祸水""花妖"的评价脱离了正常人伦范围，即作者可能无法用一般的道德评判标准去衡量。这使得阿传美妇的形象有所模糊，而读者对其性格的判断也发生了摇摆。这与鲁文版中多次杀人（或未遂）、心狠手辣的阿传形象大不同，读者也自然不会有什么"动摇"。

王韬观看的歌舞伎阿传是由五代目尾上菊五郎（1844—1903）饰演的，这个角色似乎令他有点不舒适："日本优伶，于情景描绘，作悲欢离合状，颇擅厥。惟所扮妇女，多作男子声。如为阿传者，其声闻之欲呕。"[①]五代目尾上菊五郎是明治时代歌舞伎代表性演员，其谱系一直延续至今。王韬的不适感可能是不习惯这种"男扮女装"的表演方式，也可能是出于心底里对阿传品性的一丝抗拒吧。

（三）恶毒与美善之间的转换

诚然，王韬自己的两个版本间是有差异的，这个差异主要表现在略微扩写及补充了一小段阿传与艺伎小菊之间的相知相背的故事。但是，将王韬版与日本人的写作（以假名垣鲁文《高橋阿伝夜叉譚》为代表）进行比较，则可能会让读者产生困惑。差异之大主要见于以下 5 处：[②]

---

① 王韬：《扶桑游记》，第 440 页。

② 本文主要以边茜《故事的再生产及其与媒体的关系》一文为例，进行商榷，但并非特别针对。

1. 阿传虽然种种恶行令人不齿，但对生病后的浪之助不离不弃，一直相伴至其去世，体现了真挚深厚的情意。

浪之助所患之病是癞病，即麻风病。从江户时代起至明治，该病被视为“天刑病”，意思是不治之症，能否救治全凭天意。民间的说法是该病起源于血液遗传、不道德的性行为。此处便已经昭示：阿传与浪之助的结合是违背伦理的。

鲁文版中记述：阿传起先对浪之助照顾有加，尽心尽力，做农活、做裁缝以赚取医药费。后来浪之助病情恶化，她便与其他男人私通，而后杀害了浪之助。尽管作为大众小说的取材不可尽信，不过，细细推敲阿传与浪之助的相识、相恋至私奔的过程，诚然是出于美色的诱惑。阿传生得美貌，向来招蜂引蝶。浪之助乃登徒子，皮肤白皙容貌秀丽。浪之助是一个无赖赌徒，阿传亦好赌，恰好是“才貌相当”。浪之助癞病加重后，这种皮肤病感染使得人面目全非，颇为可怕。“面部与四肢都腐烂了，日常起居皆不能。”[①]因此，有研究者认为，阿传起先为了给浪之助治病而甘愿吃苦，但后来却甘愿卖身花柳界，还与别人私通，到了横滨之后卖淫，与外国人勾搭，原因就在于浪之助“美色不再”。[②] 笔者认为这是很可能的。阿传对浪之助的感情并不是建立在稳固的恋爱基础上的，二人私奔后不久浪之助便生病了。这个短暂的“爱情”可以考验出一个女子的品性。

阿传杀害亲夫及其与诸多男子的复杂关系在王韬版中没有记录，这是导致读者对阿传产生同情心的关键。

2. 丈夫死后，阿传回故乡探望父亲，讲述自己私奔离家后遇到的种种艰辛，这时的她又是令人怜惜的弱女子。

鲁文版中记：浪之助（半夜，被阿传用手帕勒）死后，阿传与盗贼市松相好。后来因为偷盗之物被官员的妻子发现，阿传不得已逃回故乡，并不是出于探望父亲的缘故。早先，养父知其品性，为防止出现不轨行为，对其看护而无果。阿传与浪之助私奔之后，与家中并无联系。而且，私奔之际，养父将其从户籍上除名，等于是不认这个女儿了。后来，养父去世，那时浪之助

① 假名垣鲁文：《高橋阿伝夜叉譚》，第 72 页。

② 新井可菜子：《〈毒婦〉高橋お伝の表象——〈高橋阿伝夜叉譚〉の場合》，《千葉大学大学院人文社会科学研究科研究プロジェクト報告書 2015》，第 141 页。

也已过世。阿传回到故乡，其目的是为了拿回养父的遗产。因为自己被除名，遗产由浪之助的哥哥继承，阿传首先做的就是疏通关系，称自己要与小川市太郎结婚而必须恢复户籍。之后她果然拿回了遗产，与情夫市太郎一同上东京做生意去了。

在阿传短暂的一生中，除了各种复杂的男女关系外，几乎没有表现出与父母、女性、亲人的关系，或者说比较和睦亲密的关系，又何如体现对养父的孝顺，如何能引起读者的同情心呢。

3. 阿传虽然是农家女子，却有着天赋的出众魅力与才华；她的放荡行为固然不容于礼法，但这种对自身欲望不加掩饰，不加抑制，即便是“恶”也不惜为之的态度，击中了人们对社会规范压抑的内心，使人对她产生隐秘的欣羡之情。

阿传貌美有才华。在江户明治初期，一个农村女子竟然学习和歌。虽好赌，但单纯来说，赌博是一种智力游戏。阿传还学习了剑术。她与浪之助的哥哥因为遗产发生争斗时，便发挥了剑术本领才得以脱身。

阿传自幼放荡，频频与男子幽会，贫困之际便去做流莺。善于以自己的美色为资本，去换取利益。杀害浪之助，毒杀滨次郎而未遂，最后用剃刀割了吉藏的喉咙，可谓是杀人不眨眼的恶魔。像这种频频突破法度的行为，已经远远超出了礼教的范围，并不是什么值得羡慕的对象，与突破压抑的社会规范是两码事。诚然，在江户时代，以花魁为代表的艺伎往往成为时尚的风向标，是庶民羡慕与模仿的对象。但是，江户时代的艺伎是有着大和民族气节(“气质”)与审美情趣的代表，这与徒有美色及三脚猫才艺的阿传，性质完全不同。

4. 阿传爱慕鱼商侠客清五郎，欲以身事之，五郎拒绝。但在阿传死后，清五郎敢于冒舆论的压力料理后事，做到了以礼克情。

在鲁文版中，确实有一个侠客，那就是士族河部安右卫门。安右卫门是正人君子，起先阿传为了给浪之助治病而在安右卫门家中帮佣，安右卫门确实为其所吸引。还给她写介绍信，让她在横滨受到小泽伊兵卫的照顾。后来阿传再次投奔于他，安右卫门不知其心歹毒，让她做裁缝。正好安右卫门的妻子去世，阿传色诱安右卫门，但他毫不动心，并拒而不见。阿传只能悻悻偷了他家的钱财逃跑了。

阿传被处以极刑，身后遗体由警视厅医院进行解剖。之后，竟无亲人收尸。后来经假名垣鲁文等人资助，在东京都台东区谷中灵园给阿传建了墓（在这个墓区埋葬的人还有鼠小僧等盗贼）。《高橋阿伝夜叉譚》出版后，假名垣鲁文承认自己写作时取材不足，对阿传表示歉意。这个不足究竟是在哪些方面不得而知，小说家也极有可能渲染情节，但鲁文为阿传建墓并不一定是出于愧疚之情。虽然鲁文在阿传故事的创作与流传中发挥了广泛的影响力，而且他似乎也有"歪曲"事实的嫌疑，但是因为阿传在监狱里的供词多次更改，并不能确定其真伪，那么对鲁文也不能过多苛责吧。

5. 阿传杀人的场景，王韬仅一笔带过。但在吴友如的画里，这却是值得着力渲染的对象。"吴友如选择的这个瞬间，正是整个故事中最紧张刺激的时刻——画家深谙怎样最能吸引观者的眼球。"[①]

阿传杀人是血腥的。此女子不仅性格刚强果断，以其学习剑术之水平来说，用剃刀割断喉咙当然不难。在鲁文版中，趁着酒足饭饱的吉藏沉睡之际，"阿传左手抱住吉藏的头，右手拿着剃刀，刺穿喉结。只听'啊'的一声，便魂销魄散了。阿传用力用手捂住其嘴，仔细见其断了呼吸，便修饰了尸体的形状，将其做成蜷缩着睡觉的样子"。[②] 之后还收拾案发现场，对酒店女佣撒了谎之后，不慌不忙地离开了。

如果说，吴友如仅仅凭借王韬一笔带过的语言"阿传憾甚，乘其醉寐手刃之"便绘制出一幅亭台楼阁中奇装异服的日本女子杀人的场景，未免有些夸大了。吴友如画的阿传手里拿了一把长剑，吉藏的脸上似乎有微笑的神情。《纪日本女子阿传事》的配图刊登在晚清著名的画报《点石斋画报》上，研究者指出该报上刊登有关日本的图画有三个特点，"日人风流"便是其一。[③] 阿传杀人的场景当然是非常重要的一帧，被视为"香艳猎奇"。

鲁文所写的阿传故事，因为版本诸多，各家出版社的插图并不相同；如果再加上报刊媒体、锦绘，那就更多了。比如明治十二年金松堂、明治十九年自由阁、明治十九年金泉堂、明治二十年金松堂、明治二十一年赤松市太

① 边茜：《故事的再生产及其与媒体的关系》，第 239 页。

② 假名垣鲁文：《高橋阿伝夜叉譚》，第 134 页。

③ 彭雷霆：《近代中国人的日本认识（1871—1915 年）》，社会科学文献出版社 2013 年版，第 141 页。

郎、明治二十二年野村银次郎版的插图均不同。笔者所用文本是明治十九年自由阁,插图由望斋秀月①所绘,可见阿传手里拿的真的是一把剃刀,而吉藏则挥手抗拒,露出一副恐惧的神色。不过这个杀人主题的构图,中日是非常相似的(吴友如还增加了清五郎为阿传埋葬立碑的场景)。可以推测,吴友如、王韬可能获得了鲁文版的绘图,因为阿传事件是当时引起社会极大关注的事件,而鲁文版也是其中最早最著名的;也可能获得了阿传的锦绘,当时这种商品在日本也是风靡一时。

综上,王韬版与鲁文版的巨大差异可见一斑。简而言之,鲁文版的阿传是淫荡、不孝、鸡鸣狗盗、作恶累累的夜叉,而王韬版不仅没有过多描绘恶毒的一面,甚至削弱其毒妇脸谱化,他笔下的阿传是聪慧、有点贞洁、有点反抗精神的美妇。因此,阿传的毒与美,可以说很大程度上掌握在作者的手里。可是,从日本传来的"阿传"为何改变了面目?

三、被收敛于文学史、文化史的"毒妇"

王韬版是基于观剧的基础,剧本由河竹默阿弥撰写,创作时间几乎与假名垣鲁文同时。如果说王韬对阿传进行了美化,那是否在于原作(剧本)的原因呢?

《高橋阿伝夜叉譚》被收录在《明治文学名著全集》第五册,但是这部小说的文学性艺术性肯定是达不到"杰作"地位的。为什么还能进入"名著"之列呢?其一是因为毒妇阿传成功地引起了社会关注,成为世间兴趣的焦点;其二是因为"毒妇"在文化史上的意义。换言之,这样的恶女怎么会产生的,怎样的社会才会诞生这样的恶女,这些赋予了"阿传"重要意义。

(一) 歌舞伎中的阿传

默阿弥版将人物的名字进行了假名化,但未必是出于"掩人耳目"的目的,毕竟事件在社会上引起了极大轰动。而且剧中的人物角色:玉桥於传——高桥阿传、民之助——浪之助、七藏——吉藏,这些假名一下子就能

① 望斋秀月,生卒年不详,明治时代的浮世绘画师,歌川派。

与真实姓名挂上钩。以日本国粹歌舞伎的形式，在阿传处刑的4个月后便在东京新富座上演，又何尝不是"欲盖弥彰"呢。

默阿弥版有一个很大的特色，那就是强调阿传与武士的关联。前文已述，阿传的生父有两个版本，一个是武士；另一个是无赖赌徒。默阿弥称阿传是武士的私生子。在作品中，作者多次提到"藩"，这是江户时代表明武士身份所属的区域划分。这是否表明作者想要以武士代表的"气节"来指代阿传的气质呢。另外，作者还强调阿传与异母姐姐的相遇相知，二人迅速地建立起真挚的感情。姐姐家在横滨，邀请阿传夫妇一同前往留住，以延请那里的美国医生治疗癞病。将一个背叛家长、偷鸡摸狗的农村女子塑造成一个朴实的民女形象。

由此可见，在默阿弥版中，阿传的形象已经有了变化。尽管谁也不能否认她杀害吉藏的事实，但杀害的前提却可以分为是为了亲爱的姐姐报仇，还是为了谋财而害命，以此对阿传的定性也会不同。从这一点可以看出王韬版与默阿弥版的关联之处。不过还需要注意一个问题，那就是王韬观看的是剧场版歌舞伎，并不是直接读的剧本。从剧本到舞台表演可能就已经有变动了。

《歌舞伎新報》第16号上刊登文章，称扮演阿传的尾上菊五郎在表演时，咨询了很多认识阿传的人，听说她"绝对不是穿着那种粗鄙的服饰，而是看起来很像士族家的夫人"，[①]所以在表演时也选择相应的服装。再根据默阿弥的剧本，演员很可能体现出阿传的"武士之女""士族夫人"气质的。据说这幅锦绘报刊上的阿传看起来一点都不像毒妇，当然这是很少见的图版。想来这个舞台表演也影响了作为观众的王韬对阿传的印象。

然而，有意思的是，或许王韬看的那出歌舞伎中的阿传毒妇形象有所减弱，但是在日本文学史上，"毒妇"形象传承的重要载体之一就是歌舞伎。

根据研究者对阿传的表象研究[②]，即对其发型、服饰等装扮来考察人物角色在日本文学史中的脉络，阿传的造型是典型的"恶婆"。野口武彦等人

---

① 国文学研究资料馆：《2006年度秋季特别展仮名垣鲁文百覧会展示目録》，第23页。参见：https://kokubunken.repo.nii.ac.jp/index.php?action=pages_view_main&active_action=repository_action_common_download&item_id=1809&item_no=1&attribute_id=22&file_no=1&page_id=13&block_id=21。

② 新井可菜子：《〈毒婦〉高橋お伝の表象——〈高橋阿伝夜叉譚〉の場合》。

指出:"明治'毒妇'的原型是歌舞伎中的'恶婆'。"[①]前田爱指出:"《夜叉谭》中出现了很多虚构的赌徒,阿传还辗转于野山之中,从中可以看出鲁文笔下的'毒妇'原型是文化、文政时期梆子音乐中传唱的女贼'鬼神阿松'。"[②]

歌舞伎是舞台表演,演员的妆容及服装对观众的观看具有较为重要的直观性作用,也可以说可能直接就对人物的善恶美丑作了区分。在鲁文版插图中,阿传的发型主要有"带有鸡冠的马尾"(とさか付き馬の尻尾),同江户时期的"恶婆"发型一样。原本女子的发型不仅是表示年纪、婚否等信息,还是社会属性的体现。鲁文版的描绘借用了歌舞伎中常用的侠客、盗贼等角色,这是"白浪狂言"[③]中的角色;而"恶婆"也是其中的角色。因此,阿传="恶婆"的公式也就成立了。[④]

(二)"果报"强调

近代以前的小说中,"劝善惩恶"是一个重要的主旨。这固然是因为道德伦理的指导,也是古时"文学""文字"所承载的重要职能之一,在中日古代、近代文学中均可见。

鲁文版中有多处果报的表述。例如,阿传之所以诞生,是因为其母是个风流女人,其生父是个赌徒。尽管母亲怀着她嫁给了一个比较老实稳重的农民,尽管这个父亲的哥哥也就是后来收养、培育她的养父是一个知书达理的人,却依旧改变不了阿传的本性。阿传学习了和歌,学习了剑术,这些都是高雅高尚人学习的东西,但她却依旧从骨子里爱好赌博,不事农业;同她的母亲一样,与各种男子调情,而后与赌徒浪之助结为夫妇。例如,浪之助患癞病,此病无法医治,能否痊愈全看天意。因为癞病的源头就在于血缘不好,比如非人[⑤];是不道德性行为的后果。所以浪之助患病乃是因果报应。

明治初期的小说具有浓厚的"劝善惩恶"的色彩。阿传事件之前,明治十一年五月十四日,政坛发生了大久保利通暗杀事件,这一事件成为各大媒体争相报道的热门话题。明治十二年出版的《島田一郎梅雨日記》描绘了被

---

① 野口武彦:《毒婦物の系譜》,《国文学解釈と研究》第21卷第10号,学灯社1976年版。

② 前田爱:《高橋お伝と絹の道》,《前田愛著作集第四巻 幻影の明治》,筑摩书房1989年版。

③ "白浪物"是以盗贼为主角的歌舞伎、讲谈等总称,流行于幕末。

④ 详见新井可莱子:《〈毒婦〉高橋お伝の表象——〈高橋阿伝夜叉譚〉の場合》。

⑤ 非人,江户时代,处于士农工商阶层之下的被歧视阶层,从事游艺、刑场等事务的人。明治四年,经政府宣布成为平民,但社会歧视依旧存在。

处刑的刺客岛田一郎及贞洁的艺伎梅吉等女性，作者正是与假名垣鲁文竞争阿传故事的冈本起泉。借着这股风，冈本《其の名は毒婦小伝東京奇聞》也很受欢迎。鲁文《高橋阿伝夜叉譚》原作于明治十二年，在明治十九年版本中，序言的旁边印有“明治十九年四月廿十九日内务省赠付”的字样，这表明了该书报备国家政府机构，且具有一定的规箴作用，并非从前那种荒诞小说。

人性之善恶不知归向何方。性本善，亦云恶，不在天口。虽圣贤之语，又岂是凡庸之才能判断乎?[①]

这是鲁文版中对阿传的评价。意思是阿传的恶毒已深入骨髓，不可救药。而结束语则是对恶人之死拍手称快。

恶人亡，善人荣，世道日益开明进步，众庶唱万岁，可喜可贺!②

在王韬版中也有因果报应的体现。

阿传憾焉，乘其醉寐，手刃之，托为报姊仇，被逮至法庭。

阿传杀吉藏是因为吉藏杀了她姐姐，这是果报。但是不管怎样，阿传杀了人就必须伏法。所以在吴友如的插图中，除了阿传刺杀吉藏的场面之外，还有一个部分是清五郎让人安葬阿传并为其立石碣的场面。这也是果报。事实上，在清末民初的报刊及小说中，因果报应也是一个很重要的主题。

（三）对女性犯罪的猎奇

晚清著名的《点石斋画报》内容丰富、题材庞杂，吸引了众多读者，被誉为“中国近百年很好的‘画史’”。[③] 其中有165幅关于日本的图像，内容大致可分为中日战事、日本社会、日本奇闻三类，而其给大众的印象首先就是“日人的风流”。《纪日本女子阿传事》中，阿传手持长剑刺杀吉藏的插图便可视为“情杀”，属于“情欲与暴力”的主题。尽管“情杀”“情欲”的主题并不符合阿传故事，但这可能是大众喜欢的主题。“日人因情变而发生的谋杀”“日人风流的品性”成为晚清民众对日本人，尤其是日本女人的基本看法。[④]

需要提及一点的是，王韬观剧的所在地新富座剧场，在明治初年时，该

① 假名垣鲁文：《高橋阿伝夜叉譚》，第110页。
② 假名垣鲁文：《高橋阿伝夜叉譚》，第145页。
③ 郑振铎：《近百年来中国绘画的发展》，载《郑振铎艺术考古文集》，文物出版社1988年版，第193页。
④ 彭雷霆：《近代中国人的日本认识(1871—1915年)》，第143—144页。

地被开设为新岛原的花柳界。明治四年七月，花柳界被撤除，之后重建为新富町，而后在新富町建造了剧场。但是东京人熟悉了从前的地名，直至明治二十年依旧称其为“岛原的剧场”。王韬在明治十二年看戏，可以推测当时还处于比较浓郁的花柳街的氛围中。阿传故事在这个地方上演，无疑更增添了一分“情色”。

鲁文手脚极快，一般每天报上的连载只需要 30～40 分钟即可完成。在阿传之前，鲁文“洗心革面”地响应明治政府的号召，撰写《佐賀電信録》《西南鎮静録》等严肃的军事物语。忽然赶出一部阿传来，不能不说与他敏感的文学、社会触觉有密切关联。《高橋阿伝夜叉譚》的销量达 4 000～5 000 部，绝对性地压倒了同类小说，书商与作家获得了丰厚利益。

阿传的墓碑上题“暂且无有念想”，这是她的辞世之句。书写者猫猫道人即假名垣鲁文，建墓者小川市太郎即阿传的情夫。在墓碑的背面刻有近 90 个名字，有新富座、尾上菊五郎等演艺界诸多名流，和同开珍社、歌舞伎新报社等新闻界报社与记者、作家，新桥、葭町、日本桥等花柳界，还有爱知县、横滨等地的人名。这些人物都是与阿传有所关联的，并不仅仅是对其关注，更有种“靠了阿传的故事吃饭而感恩”或者“谢罪”的心理。鲁文是通过报社的采访及裁判所的阿传口供，加工润色为小说的。当时，阿传的情夫小川市太郎正住在鲁文新富町房子的附近，在阿传处刑之后经常拜访鲁文，为其提供了很多有价值的材料。

明治初期倡导“良妻贤母”，这寓意着：以忠良照顾好男人及其周围的人，以聪慧培育明治新国家需要的栋梁。因此在阿传之后稍晚一些的明治文学中（以尾崎红叶为代表）都清楚地塑造了这类女性形象。这些作品倡导“忠孝贞节”，无论是良家女儿或是艺妓。因此，恶女毒妇这种女性犯罪绝对是要警戒的。她们对社会秩序的破坏，对道德伦理的无视，被视为对男权社会的一种挑战。阿传死后，警视厅医院对其遗体进行了精密解剖，发现其脑浆及脂膏丰富，认为她性欲强烈，并将其性器制成了标本。

(四) 近代初期的疾病与文学

作为阿传犯罪起因的丈夫的癞病，是“天刑病”。因为这个孽缘，自江户时代起，民间发生了很多因治疗癞病而犯罪的事件。在《高橋阿伝夜叉譚》中也有耸人听闻的一段。讲述农村里来了一个寻药引的医生，药引是男孩的生肝。为此,一对癞病兄弟劫持了男孩,活生生弄死。兄弟俩后来被处以死刑。因为鲁文的描写过于细致而恐怖,后来在1926年的版本中将这段文字做了处理,仅以圆圈替代。

鲁文作品中多次提及明治治疗癞病的神医后藤昌文,他是起废医院的院长,也是鲁文的友人,二人相识于明治十一年至十二年左右。后藤昌文最终没有给浪之助治疗,不过,新富座上演《缀合阿传假名书》时,扮演浪之助的市川小团次在癞病患者的化妆、起居生活等方面都受到了后藤昌文的热心指导。

明治四年,后藤昌文创办了日本第一家癞病治疗专门医院"起废医院",为日本癞病医治及启蒙活动做出了重要贡献。明治十年,《起廃医院医事雑誌》创刊,6月29日刊第一号。假名垣鲁文任编辑,由东京假名读新闻社发行。在第一号上有鲁文撰写的《後藤昌文先生小伝》,还有关于癞病治疗的问答。借由《起廃医院医事雑誌》的发行,假名垣鲁文在报刊上积极展开关于癞病治疗的启蒙普及以及对患者的救济支援活动。

除了阿传故事外,自江户时代起就有很多描写癞病的怪谈。这些怪谈到了明治初期发展为侦探小说的一个来源。1879年阿传故事出版,1890年尾崎红叶《巴波川》、幸田露伴《对髑髅》出版,1899年生田葵山《团扇太鼓》出版,这些著名作家的作品中都出现了癞病。事实上,不仅是日本,在19世纪末20世纪初,"癞病"成为世界性大众文学的一个重要主题。研究者认为,这与19世纪末以后,世界进入帝国主义时代具有密切关联。即传统医学及发达的近代医学都无法解释、无法治疗的疾病,这带给民众以极大的恐惧。包括肺结核在内,近代疾病之所以成为文学主题,[①]是因为它成为民众对社会、意识形态变化产生不安的象征。[②]

四、小　结

应明治政府"三条教宪"之指示,假名垣鲁文"断然废架空之业,投弃稗

① 代表作有德富芦花《不如帰》。

② 详见 Kathryn M. Tanaka:《怪奇小説におけるハンセン病の肖像——幸田露伴"対髑髏"を中心に》,《大手前大学論集》2015年第16号,第89—124页。

史之笔于机上"，从虚构的游戏小说转向务实的"写实小说"。8年后，鲁文重又撰写起颇具江户时代香艳而猎奇特色的"毒妇物语"，却是基于当时发生的轰动一时的女性杀人案件。

阿传的一生可谓波澜万丈，是一个"狡才欺诈"的毒妇。与她差不多的时期，明治十一年至十三年出现了很多"毒妇物语"[①]，吸引了众多读者。可以说，这个时期是"毒妇"最为旺盛的时期，而这个趣味与维新后不久社会对"新闻"的关注及时代氛围很有关联。并且，作为江户时期延续下来的配有插图——残忍血腥、猥琐艳情——的读物，"毒妇物语"具有异常的魅力。

晚清文人王韬偶然观看了歌舞伎，撰写了《纪日本女子阿传事》。"阿传"便这样来到了中国。但是由于作品本身的差异、观者的感受、中日文学审美、社会文化的差异性，可以说，"毒妇"并没有来到中国。

中日近代文学的交流主要发生于19世纪末20世纪初，王韬改写阿传故事的案例推动我们将研究视野再扩大了一些。其实，在鸦片战争时期，日本人根据清朝的"风说书"撰写了不少关于鸦片战争的小说。稍晚，又出版了数种太平天国运动的小说。[②] 这些个案研究，将从不同的角度深入近代中国与日本之间的关系和相互影响的探讨。

---

① 如久保田彦作《鳥追阿松海上新話》、冈本勘造《夜嵐阿衣花廼仇夢》、丽丽亭柳桥《散髪阿滝開化姿見》、冈本勘造《其名も高橋毒婦の小伝東京奇聞》、冈本起泉《幻阿竹噂之聞書》、泉龙亭是正《小倉山青樹栄 昔日新話》、伊藤专三《水錦隅田曙》。

② 王晓秋：《近代中国与日本——互动与影响》，昆仑出版社2005年版。

第十三章　晚清"卫生"概念的形成及其功能

——从"支那记述"到"晚清记述"[①]

引言：一个单纯的疑问

幕末明治初期出现了很多清国旅行记、游记、"事情"，其中有不少涉及晚清不清洁之状况，并且日本人对中国的印象也大打折扣，用"猪尾巴"形容清国人发辫。这种带有蔑视情绪或者说负面印象甚至持续至明治后期、大正时期，出现在一些著名文人的笔下。从高杉晋作的《遊清五録》(幕末)到永井荷风的《上海紀行》(1897)、德富苏峰的《支那漫遊》(1918)、谷崎润一郎的《上海交遊記》《上海見聞録》(1926)、芥川龙之介的《上海遊記》(1921)，还有后来著名的新感觉派横光利一的《上海》(1928—1935)，似乎成了一个谱系。日本古时奉中国文化为典范，经过了闭关锁国的江户时代，明治维新的日本对中国的印象为什么会有如此变化？为什么会聚焦于"卫生"这个看似是民族习性的问题？近代"卫生"中究竟蕴含着什么样的利益或权力争夺？

一、"支那记述"中所见晚清的"卫生"

本文中的"支那记述"指的是"事情""游记"等介绍清朝的国体风俗、军务兵制、帝业政业、地理等概况，对中国的历史尤其是鸦片战争之后的近代史比较关注的日本人的记录。明治七年(1874)，因3年前台湾生番杀害琉球漂流民事件，日本出兵台湾，中日关系紧张，坊间热议。诸如福住清七的

① 本文是笔者于2018年4月在韩国海洋大学"第八届海港都市文化"国际会议上所做的报告。

《支那志略》(1874),藤井淑的《近来支那新報》(1874)、岸田吟香的《通信支那事情》(1877)、三桥惇的《今世支那事情》(1879)等书籍出版,为普通大众提供了很多中国信息。[①]

假名垣鲁文是明治初期最著名的戏作家,他将大儒福泽谕吉的著述改写成诙谐的小说,为跨入新时代的明治人提供了通俗易懂的西方知识。[②] 这个没有出过国的本土作家在明治八年撰写了一部《現今支那事情》,竟引出了一桩版权侵犯案。原来他大量抄录了前一年出版的永峰秀树的《支那事情》,只不过有意思的是,永峰秀树的《支那事情》也是参照了数种西方书籍的"摘抄本",有研究者对版权问题作了细致的考察。[③] 两本书中重合的部分譬如常规性的中国各省份的地理环境、物产、人文、商贸以及琉球人在台湾遇害事件是主要内容,但新出现的内容也可能是很重要的——这就是晚清的"卫生"。

> 天津。……川港。……今有人口四十万,成繁盛都会,然市街大略多污秽之所。西洋纪元一千八百六十年因与英国通商而开港。……该地有不少外国人居留,曰紫竹林。……城隍市内流恶水,炎暑之节,秽气蒸发之甚,害健康。市人患传染病,多死者,盖无不感之乎。又,因痘疮多死者,近来种痘之法大行,施牛痘者日渐增多。[④]
>
> 上海……距我长崎约二百廿五里,距横滨约六百里。气候夏月暑气至百度以上,冬月寒气亦甚。开港之始,外国居留人仅廿余人,商家十一轩。外国船入港一年四十余艘,内地交易便利。近年顿至繁盛。……县城位于申江西岸,周围三里城门七所。城内各种杂货店相接,甚为杂沓,颇繁华之风。然街衢狭隘,烦热不堪,其他小衢尤其臭秽,不堪经通之处甚多。外国人居留地从县城东北之城外,沿申江,界吴淞江。此为法兰西街英吉利亚墨利加街,西洋商人房屋四百轩,本地

---

① 明治后期,小泽豁郎《碧蹄蹂躙記: 支那事情》(1891)、斎藤戒三《支那事情》(1900)、水野幸吉《漢口: 中央支那事情》(1907)、西岛良尔《最近支那事情》(1911)、期刊《日清交戦録》(1894 年 10 月—　,春阳堂)、期刊《学生筆戦場》(1894 年 10 月—　,博文馆)。

② 例如假名垣鲁文借用福泽谕吉等知识分子书籍中的西方知识,撰写了《万国航海　西洋道中膝栗毛》《安愚楽鍋》,又将福泽谕吉《世界国尽》《窮理図解》改写成滑稽小说《苦界文尽》《河童相伝胡瓜遣》。

③ 甘露纯规:《仮名垣魯文〈盗作〉事件考》,《日本文学》48(11),1999 年。

④ 假名垣鲁文钞辑:《現今支那事情》上册,和泉屋吉兵卫等 1875 年版,第 24—25 页。引文为笔者所译,下同,略。

商家一万二千轩。最繁盛之地，以法兰西街英吉利街之河岸为界。居留地皆清洁，无城内那般臭秽之所。①

这里面有一些关键词：港口、外国人居留、污秽、种痘。天津、上海都是开埠城市，随着与外国贸易往来而交通发达、商业繁荣，人员的往来自然也十分频繁。城市虽然繁华，市街却污秽不堪，河道不洁，疫病流行，牛痘接种的人日益增多。不过城市中另外划片的外国人居留地却十分清洁。

鲁文没有出过国，更没有到过上海，在他涉嫌抄袭的著作中却增加了两段卫生状况。这是从何而来的呢？

首先来看看作为他的范本的永峰秀树译的《支那事情》。该书记述了清朝当下的体制、兵制及中国各朝各代兴亡略史，书中还多处描绘"支那"人狡诈的性格，国家刚愎自大、闭关自守。作者称写作目的乃是以中国为前车之鉴，是作为反面教材来警戒的。全书并未涉及清朝的卫生状况，开篇的"小引"中却以"养生论"对中国国势进行了辛辣的讽刺。

一人以粝食疏懒为养生，一人以滋食勉业为养生。纵使粗食疏懒者能长生，也必是枯瘦疲羸，行事姑息而无气力，于国家无丝毫利益。此乃无用之长生。然滋食勉业之人，肥强健康，精神锐敏，必对国家有若干裨益。②

意思是清朝不思进取，勉强度日，日渐衰败。而日本国家之养生采用滋食勉业之法，国事日益敏捷。"小引"明示该书乃抄录欧美人之书而摒弃中国人之书，因为中国人信奉孔夫子手记而不足以信。永峰秀树的《支那事情》通篇未见"卫生"或环境问题，开篇"养生论"令人觉得有点突兀。事实上，在关于晚清的"卫生"概念及系统建构的讨论中多见"卫生"与"养生"对比。永峰秀树是否下意识地受了当时卫生学的影响呢？永峰秀树是海军士兵学校的教官，《支那事情》中对文武官员的位阶、军队兵制描写甚详。

除了一批纪实叙述外，还有很多中国游记。明治十一年，文人吉嗣拜山怀着对中国古代文明的向往赴清。但现实中的中国，欧风现代化的上海租

---

① 假名垣鲁文钞辑：《现今支那事情》上册，第 37—39 页。

② 永峰秀树：《支那事情》小引，奎章阁 1874 年版。

界，让他错愕、失望且寂寥。[①] 稍晚一些，儒学者冈本韦庵大概在1884—1885年间渡清，在他的《支那事情》[②]中也清楚地写道：人与猪圈比邻而居，孩子同猪一般养育；中国人懒惰，而导致不洁（街道、住宅、旅馆、饭桌、床、器皿）。有的"支那事情"全然重于中国台湾生番事件和日本出兵，即便没有讲到"卫生"，也明显体现出对中国的蔑视[③]。

二、日本为什么关注晚清的"卫生"？中国为什么是负面形象？

（一）"支那记述"的初衷

《支那事情》之类，其产生的背景是所谓的"台湾土著杀害琉球漂流民事件"，中日关系紧张，日本对清朝关注度加强，甚至将中国视为假想"敌国"。鸦片战争后，福泽谕吉等知识分子将清朝视为反面教材，其著作在日本引起的影响不仅是在知识分子阶层，也成为戏作家等大众作家及文人创作的风向标与取用的素材。

1865年，福泽谕吉《唐人往来》发表，评中国："众人皆不知世间，自恃本国为至上尊贵之物；更不知学习他国之风以改革，因狂妄自恋之病而酿成灾祸。"[④]其后，他在《世界国尽》(1869)中也表达了相同的中国观。[⑤]

无独有偶，假名垣鲁文的《現今支那事情》中也有一段相似的话。"支那文物本领先于他邦，教化为世界之前驱。然其开化滞留于半途，妄自尊大而蔑视轻侮其他。背弃盟约，常狡猾，墨守唯我独贵之气象，却数次蒙廉耻，国势渐减。"[⑥]假名垣鲁文被称为"赶潮流的作家"，这个"潮流"便是随着明治的大教育家福泽谕吉"赶"的。事实上，在永峰秀树的《支那事情》中也可以看到一点端倪。"汉朝亡，一千二百三十四年，彼著名之蒙古太祖侵入宋朝，

---

① 长尾直茂：《明治時代の或る文人にとっての中国：明治十一年、吉嗣拝山の清国渡》，《山形大学紀要》(人文科学)15(1)，2002年。

② 未刊本，手稿现收藏于德岛县立图书馆，由有马卓也、真铜正宏翻刻。参见真铜正宏：《岡本葦庵〈支那事情〉翻刻(下)》，《同志社国文学》1998年第48号。

③ 如藤井淑：《近来支那新報》，山城屋佐兵卫1875年版。

④ 福泽谕吉：《福沢全集》卷1，《緒言》，时事新报社1898年版，第19页。

⑤ 福泽谕吉：《福沢全集》卷2，《世界国尽》，第4—5页。

⑥ 假名垣鲁文：《現今支那事情》下册，第38页。

支那国大事起。"[①]此处作者有一个文间注释,称汉代以后各朝各代更迭,但此等兴亡乃是支那国内之兴亡,故而称为大事。"福泽先生所论亦此意。"这里的福泽先生应该是指福泽谕吉。

鲁文的代表作《万国航海　西洋道中膝栗毛》(1870)中出现了对中国、上海的描绘,将清国人的发辫叫作"豚の尻尾"。江户时代,日本人将蓄辫的满族人称为"芥子坊主""バッチ坊主",但并不含有侮辱的意味。到了明治十年代,"清国＝猪,蓄辫＝猪尾巴"的印象却固定了下来。有研究者对明治初期的媒体作了研究,其中反映的中国印象[②]与《支那事情》之类表达的情绪是相符的。猪尾巴是"不洁"的印象,清国代表了野蛮、顽固、守旧。这个印象不仅仅只是从别人的书中获得的,事实上也出自"内地杂居"的横滨支那街(关于这一点,后文将作详述)。《现今支那事情》便署名为"横滨 神奈川垣鲁文"。明治六年,鲁文进神奈川县府当差,并搬家至横滨。后来辞去官差,在横滨创办了报纸《仮名読新聞》,开设了阅览报纸的茶室。所以他对清国人的印象也许是由内而得,亲身经历。鲁文虽然没有出过国,也不是洋学士,但他以福泽谕吉等人的书为范本,改写出很多有关西方文化的畅销小说,《现今支那事情》也沿袭了他的一贯态度。鲁文是明治初期著名的戏作小说家,作品深受广大民众的喜爱。可以推测,他的这种中国印象也具有较广泛的接受力。

幕末明治初期,日本对中国的印象具有两面性。一是对传统古典的中国崇拜依旧比较深刻,二是鸦片战争中对战败的清国产生蔑视侮辱感,这种感觉在描述晚清卫生时便清楚地表现出来了。

(二) 由此及彼:明治的"卫生"

日本人既然关心中国的卫生,想必自己在此方面有所建树,或者中国的卫生状况将对日本产生(不良的)影响。

1. 日本"卫生"的先进性

"卫生"这个汉语词是明治七年长与专斋(1838—1902)根据德语Hygiene译出的,这至少可以说明两点:日本人较早关注这个问题,德国在

① 永峰秀树:《支那事情》,第18页。

② 小松裕:《近代日本のレイシズム——民衆の中国(人)観を例に》,《文学部論叢》78,2003年版。

近代医学上的影响力。尽管译词"卫生"更多的意味是"保卫生命",并不能准确地应对原词,如同治五年(1865)刊行的《英华词典》中将 Hygiene 译为"保身"[①];而且"卫生"据说是长与专斋偶然从《庄子》"卫生之经"中获得的灵感,更偏于"养生"之意,多见于中国古代医书书名。19 世纪末期以前,中国虽有表达类似的词汇,但并无一个统一的术语,所以沿用了日本人翻译的"卫生"。

长与专斋是明治政府的官员,父亲是藩医。1860 年,长与专斋在长崎学习荷兰医学,1871 年出任文部少丞,随同岩仓具视使节团出访欧美。在视察的过程中,他对欧美尤其是德国的卫生制度产生了兴趣,认识到"国民的健康保护具有责任"的这一新事业的重要性。两年后回国,出任文部省医务局局长。在他的努力下,内务省将医务局的名字改为卫生局,开创了明治日本的卫生事业。简而言之,"卫生"的意义从个人的生理功能向国家社会的卫生制度发生了转变。至于"卫生"与"养生"的区别,或者说近代"卫生"概念究竟是什么,大致可以前人的著述为准:卫生学是研究健康、保持生活机能不变的身外条件和理由,谋增进个人与社会的康健,并驱除对抗建有害的素因。卫生行政将使保持生命的一切消极积极个人社会诸条件,用公众规约,借政府力量,去贯彻执行。[②]

大和民族素来给人以"清洁卫生"的印象,江户时代旅日的外国人留下了不少"见闻记",其中多记载日本道路整洁,人民养成了沐浴、洒水、清理垃圾等良好的生活习惯。[③] 虽然"卫生"这个外来语是新近译出的,但"卫生"这个词自古有之,比如 1288 年丹波行长的《衛生秘要抄》、1572 年陵故广的《衛生宝鑑》、1794 年本井子承的《衛生論》、1872 年绪方惟准的《衛生新論》。近代以前的"卫生"主要是卫生学、养生学,但至少可以证明日本民族讲卫生的习性。

明治以后的"卫生"是讲求人与环境、人与社会、人与国家之间的关系的健康与公共卫生,即"卫生行政"。前文所述永峰秀树的《支那事情》开篇中

---

① Hygeia, the golddess of health,保身神名。Hygeian art,保身之理、保身之法。

② 陈方之:《卫生学与卫生行政》,商务印书馆 1934 年版,第 8—11 页。

③ 如申维翰:《海遊録》(東洋文庫 252),姜存彦译,平凡社 1974 年版,第 292 页。John Black:《ヤング・ジャパン》,ねずまさし译,平凡社 1970 年版,第 97 页。

的"国家养生论",也是这个意义上的近代转变。不仅是长与专斋,很多渡欧的日本人都很关心都市卫生设置的上下水道系统。上下水道系统是城市环境卫生运转的重要枢纽,其建设与传染病细菌学知识的发达相关。

19世纪,霍乱(cholera)成为世界性传染病,日本最初遭受侵害是在江户时代的1822年,其后1858年又一次大流行,死亡约26万人。为此,在长崎传习所讲授医学的荷兰人提出温浴、服用退热剂的治疗方案,与绪方洪庵等医生共同作出了努力。霍乱传染病的病因被视为环境卫生,1884年,德国医生Robert Koch发现了霍乱弧菌。西欧卫生学在这一学说的基础上,对城市污染物进行清理,并建设起下水道网络。1877年,明治政府颁布《コレラ予防法心得》,1879年颁布《コレラ予防規則》,对老百姓进行了环境卫生知识的普及,可以说日本人从小就养成了"卫生"概念。[①]

2. 开埠港口外国人居留地之"清朝人不卫生"印象

1859年,横滨、函馆、长崎开港,随着与东亚地区的贸易往来,传染病也以港口城市为中心扩散开来。针对外国人居留地的环境整备便成为一项重要的传染病对策。

1879年3月,爱媛县松山发生了霍乱,经过船舶运输扩散到周边的地区,从西日本扩散到东日本、东北地区。这一年日本全国感染霍乱者162 637人。最高峰时期,神奈川县横滨区感染人数是郡部的7倍,这证明了港口横滨是神奈川县流行的中心。内务省卫生局制定了《コレラ予防法心得》,但在该法是否适用于外国人居留地的问题上,地方长官与外国领事发生了争执。

神奈川县成立了地方"卫生会",主要由神奈川县府、横滨中心部的区长、日本人医生、外国人医生四方构成。其中有一个荷兰改革派教会的宣教医生Duane B. Simmons,他是当时横滨医疗界的大人物,不仅指导了很多日本人医生,引进了近代医疗事业,还积极地将日本的信息传递给海外。比如在美国纽约的医学杂志上发表了很多论说,他写的《日本霍乱流行》刊登于中国海关的《医疗报告》(*Medical Rreports*),为上海等中国港口城市实

---

① 森茉莉:《衛生思想と父》,《新異国叢書月報1》1968年10月。

施海港检疫的海关提供了日本疾病环境的重要信息。① 然而，他将外国人居留地的霍乱发生原因归结于日本居民的卫生不良，这体现了他作为外国人代表的立场。

外国人居留地中还有很多清朝人。有欧美商社的买办，也有港湾劳动者，约 3 600 人，占横滨在留外国人总数的六成，1877 年左右还形成了特定的区域“中华街”。当神奈川县县令要求各国领事的协助时，清朝理事官范锡朋表示了反对意见。意思是，当地的清朝人注意清洁，而无一个患者，所以不同意卫生会检查清朝人的住家。② 清朝理事是不愿意日本县府介入在留清朝人社会，以及其他一些纠纷而提出反对意见的。有意思的是，横滨虽然传染病多发，但外国人居留地的受害却很小，尤其是有着 2 000 多人聚居的排水沟粗陋、污秽物漫溢的“支那街”，同 1877 年一样也豁免了霍乱传染。③ 环境污秽本来是传染病发源之一，但清朝人没有感染上霍乱，这是为什么呢？研究者指出了两个可能性：一是外国人居留地有干净的水源；二是出于对清朝的鄙视，很多日本报道并不符实，所以中华街不洁未必是真实情况。然而，无论如何，这种负面印象确实定型了。

身处横滨的假名垣鲁文，本就是对时势非常机敏的作家，1873—1875 年间又供职于神奈川县府，尽管写作时间上略有偏差，但日本对清朝的负面印象也并非短期内形成的，这些很可能影响到他《現今支那事情》的编写。

霍乱流行正值明治国家形成期，因此明治十年代至二十年代是日本近代卫生行政扩张时期。明治十六年以后，卫生行政扩张方针鲜明，明治政府派遣官员去欧洲视察卫生事务；明治十九年，卫生行政移交行政警察，由警视厅管制。④ 正如横滨案例所显示的一般，从上至下贯彻了卫生政策（布

---

① 饭岛涉：《ペストと近代中国——衛生の〈制度化〉と社会変容》，研文出版 2000 年版，第 318—322 页。

② “Yokohama Local Board of Health”, *JWM*, Oct. 11, 1879, Vol.Ⅲ, No.41, p.1353.转引自市川智生《近代日本の開港場における伝染病流行と外国人居留地——1879 年〈神奈川県地方衛生会〉によるコレラ対策》，第 26 页。

③ “Cholera of the Committee for the Sanitary House-to-house Visitation”, *JWM*, Nov. 15, Vol.Ⅲ, No.46, p.1528.转引自市川智生：《近代日本の開港場における伝染病流行と外国人居留地》，第 28 页。

④ 笠原英彦：《近代日本における衛生行政の変容：〈十九年の頓挫〉の実相》，《法学研究：法律・政治・社会》2004 年第 4 期。

告、医院、村民)。这些都构成了明治初期文人描述“支那”及印象形成的背景。

三、晚清“卫生”概念先行,认识与建设脱节

(一) 看到了卫生,却没有关注“卫生”

日本人借用了《庄子》中的“卫生”,将其作为近代国家建构中之重要一项,给予了充分重视与建设。其实,“卫生”一词在较早的时期中国人便引进了,晚清知识分子、外交官在考察日本时也曾注意到“卫生”系统,并多有记述。但是并未真正认识其功能,“卫生”一词不过是偶尔借用,大多沿用了古代“养生”的意义。并且,由于出版滞后等原因,晚清的“卫生”记述未能及时普及开来。

光绪初年(1875)以后,一些中国官员和文人游历日本,出版了东游日记之类书籍,都评价日本房舍清洁。[①] 1877 年,时任英国公使的郭嵩焘介绍日本政府机构的设置情况,记录“内务省所属局十六,……十曰卫生局”。[②] 1877 年,黄遵宪出任驻日参赞,有感于中国对日本缺乏了解以及明治维新后的巨大进步,撰写了著名的《日本国志》。在卷十四《职官志》中介绍了内务省的卫生局和地方警察制度中的卫生职能。1887 年,傅云龙作为外交特使游历日本、美国等国,他跟时任卫生局局长的长与专斋就“卫生”名称的妥当性进行了讨论,并写了一篇《卫生说》。可是,郭嵩焘日记中虽记录了“卫生”,但之后并没有见到其他运用,而且他的这部分日记当时也没有出版。黄遵宪的《日本国志》1887 年定稿,但出版却在 1894 年以后。所以,中国外交使节虽然看到了日本的卫生,但并没有关注“卫生”(行政),其著述也未能对中国产生大的影响力。

不过,如果只是从作为近代医学(科学)的“卫生”来说,晚清倒是翻译了不少书籍。1876 年,《格致论略·论人类性情与源流》[③]以“保身”来描述近

---

① “日本屋宇纯以木构,逗笋不严,时虞风雨之患,然殊洁净。”载张德彝《欧美环游记》,载钟书和编:《走向世界丛书 第 1 辑 1》,岳麓书院 1985 年版,第 631 页。

② 本社校点:《郭嵩焘日记》(第三卷),湖南人民出版社 1982 年版,第 319—320 页。

③ 傅兰雅辑:《格致汇编》,光绪二年十二月版,第 4a—5b 页。转引自余新忠《晚清“卫生”概念演变探略》,载“西学与近代文化”国际学术研讨会论文集,2012 年版,第 927 页。

代卫生知识；《儒门医学》[①]中以“养身”“保身”介绍西方的卫生学说。1879年，《自西徂东》[②]用“养生”来讲卫生防治、环境整洁等注意事项。

这些以化学、生物学等近代科学知识为基础，强调洁净的居住环境的描述，表现出近代卫生意义的一部分。之所以说是一部分，是因为“卫生”虽然立足近代科学医学，但其重点更在于社会性、能动性，是从个体到公共、到国家层面。晚清翻译了很多卫生书籍，并且基本都是来自西方，那么其中是否关涉近代卫生行政呢？试看傅兰雅翻译的《卫生化学论》(1881)、《居宅卫生论》(1890)、《孩童卫生编》(1893)、《幼童卫生编》(1894)、《初学卫生编》(1895)；颜永京翻译的《肄业要览》(1882)中“卫生”教育；嘉约翰翻译的《卫生要旨》(1882)等书籍，都突出了国家和社会在卫生问题上的责任，也就是卫生行政问题。所以说，晚清看到了“卫生”，也介绍了“卫生”，但并没有关注或者说没有引起关注，没有引起大众的兴趣或者说敏感度，也没有出现像长与专斋(及后来的后藤新平)这样积极主动地重视吸收西洋卫生观的人物。

研究表明，至少在甲午以前，晚清“卫生”概念的近代变动，和日本新“卫生”的生成其实是在西方影响下各自独自产生的。[③] 前文所述的译述也是证据之一。甚至有的细菌学、疫病学著作比日本引进的还要早，如合信氏的《全体新论》。Hobson Benjamin(1816—1873)是英国传教士，1848年来到广州，办惠爱医院。《全体新论》1851年经羊城惠爱医院刊行。该书的日译本《全体新論訳解一》由高木雄三郎翻译，明治七年文荣堂出版。一直到甲午之后，清末民初中国学习日本风气日盛，《日本国志》等多次印刷出版，日本的卫生行政才随之受到了关注。1902年，吴汝纶赴日考察教育，同时也注意到了日本的学校卫生，多次前往学校卫生局参观并听取卫生专家的报告，等等，日本的影响才逐渐显现出来。民国元年，内务部成立卫生司，一切组织都完全模仿当时日本内务省卫生局的制度。[④]

(二) 误读也有益：卫生小说与卫生商品广告

然而，晚清的卫生学依旧是偏重于古代医学的“养生”，与近代医政管理

---

① 海得兰撰，傅兰雅口译，赵元益笔述：《儒门医学》，上海制造局1876年刻本。

② 花之安：《自西徂东》，上海书店出版社2002年版。

③ Ruth Rogaski, *Hygiene Modernity: Meanings of Health and Disease in Treaty-port China*, pp.108-125、131-135，转引自余新忠《晚清“卫生”概念演变探略》，第929页。

④ 朱季清：《我国历年来公共卫生行政的失策》，《中国卫生杂志》1933年，第31—34页。

有差距。这一点甚至到20世纪初的卫生小说《医界镜》、盛行的卫生商品广告也没有根本改变。但是,无论是否误读,畅销的卫生小说与卫生广告至少打着"卫生"的旗号,在明面上与公共社会联系起来,客观上对晚清"卫生"概念的认识及传播发挥了普及的效用。

1908年,商务印书馆出版了一部"卫生小说"《医界镜》,作者署名"儒林医隐"。经研究者考证,作者为郁闻尧,而《医界镜》实际上就是1906年商务印书馆出版的同一作者的《医界现形记》的修改版。[①] 晚清小说数量众多,多在书名前冠以"○○小说"的字眼以表明内容类型。"卫生小说"不言而喻是讲"卫生"的。

这部作品描述了上海(及邻近的苏杭地区)的一批庸医不学无术、招摇撞骗、草菅人命的恶劣行径,揭露了晚清医学界的乱象。同晚清流行的"现形记"一样,是写实主义作品。两个版本相比较,除了作品中的人物名字及少量故事情节的变更外,新出的《医界镜》比《医界现形记》增加了不少关于"卫生"的知识。

《医界现形记》以范仲淹"不为良相,即为良医"一句开篇,对中国医界的颓败进行了批判。这其实便是定了整个作品的基调,即立足传统医学及医德。再来看看《医界镜》卷首"序"。

> 近世纪以来各种小说风行一时,几乎无美不备,然有关于卫生及医界者尚付缺。如今儒林医隐主人有鉴于吾国同胞大多数不知卫生,且悯医道颓败,有江河日下之势,而沪上之医尤为五方杂处,良莠不齐,病家难以辨别,其名声鼎鼎者又多敷衍庸浅,实不副名,深恐病家靡所适从,而罹其害,医家囿于习俗而趋日下,爰作《医界镜》四卷,俾平人阅之可预先谂知医生之高下,一旦有病或不为庸庸者所误;医家阅之可以警惕深造而勉为良医,而于卫生之道尤时时致意焉。[②]

作者称,当时小说发达但独缺卫生小说,中国人大多不知卫生,所以常常受庸医之害。此处的两个卫生大概是不同意思的。"卫生小说"的"卫生"

---

① 杨芳、朱慧、潘荣华:《近代首部医德小说〈医界镜〉作者新证》,《中华医史杂志》2012年7月第42卷第4期。

② 儒林医隐:《医界镜》,《中国近代孤本小说精品大系 医界镜 宦海钟》,内蒙古人民出版社1998年版。

是近代流行词，也就是新“卫生”。“不知卫生”的“卫生”是“生理养生”，知道卫生就可避免庸医误诊。紧接着，在第一回“开宗明义讲生理，迁地行医遇机缘”中写了一大段科学的卫生知识。“西人曾说我中国人不明白卫生的道理，幸亏得风俗习惯，凡百食物都用煮熟过的，以此能保得数千种族，否则汰灭久了，然其余种种不懂卫生的正多得很呢。我作这部小说，也因为我四百兆同胞，日逐与那害人的卫生物为伍，不晓得祛除的法则。……”开始论述起动物、植物、矿物等人与自然的关系。

然而，《医界镜》的走向却不是朝着近代“卫生”的，而是展开了中国传统章回小说的拖拉、散漫的情节，同时又加入了才子佳人故事。这部挂名卫生小说的22回的作品，其实与作者批判当时中国对待新学的态度如出一辙，“现在支那的人，似文明非文明，似野蛮非野蛮，智识似开非开，内物实际，外竞新说”。[①]

不过，这并不是否定该书对近代卫生的敷衍。例如，讲蒸馏水、灰石质（钙）、微生物，“惟蒸过的露水，灰石质及微生物已消化净尽，服之大有益于卫生”。[②] 讲食物消化，“凡植物中与卫生最益的，莫如核桃为上品，至于苹果、白梨等物亦佳”。[③] 讲日常卫生的法则与疫病之间的关系，对个人卫生、饮食起居、房屋环境、运动健体提出了具体的要求。[④] 讲金鸡纳、牛痘，对中西医学的优劣展开了洋洋洒洒的一番大论，指出西医重化学、用器物等工具辅助诊治，中医讲究阴阳五行生克。“牛痘之可以免痘，金鸡那之可以治疟，西法之行于中国者，惟此为最验。”[⑤]牛痘即天花，金鸡那即金鸡纳（奎宁），是治疗疟疾的药物。前近代最令人恐慌的疫病莫过于传染病，而西医对之有效，接痘者日益增多。再如，讲红血球白血球的“阴阳铁血丸”：“要知道人身的白血输为人身治病的元素，救命的至宝，杀微生物的主帅，人身一有伤损，那白血输即来医治，一遇微生物，即奋勇向前鏖战，必灭尽微生物而后已。试看那平常之人，每有毛病，不服药，亦往往会好的，即白血输自治的功

① 儒林医隐：《医界镜》，第104页。
② 儒林医隐：《医界镜》，第19页。
③ 儒林医隐：《医界镜》，第24页。
④ 儒林医隐：《医界镜》，第51—54页。
⑤ 儒林医隐：《医界镜》，第148—151页。

能。是以这阴阳补血丸,实又是一骗人的花样。”①

这个骗人的补血丸广告,同书中提到的“补天汁”一样,都是晚清流行的强种药。“趁这混混过渡的时代,说脑为天光,创立一种补天汁假托西法真传,说西人服之,如何聪明,如何强壮,现在我中国人种孱弱,非大补天元不可。只要说得好听,自然生意兴隆,时哉不可失呢。”药料则是金针菜膏、山药浆、蜜糖、吗啡,而做的广告题目曰:“普天下强种有药了。”②还有戒烟丸,“特别创一件救贫戒烟丸,……报上登的告白,每说要富国先强种,要强种先戒烟”。③ “强种”即增强种族体质(以抵御外敌),与晚清“救国保种”主题一脉相承。梁启超的《新民说》中说:“中人不讲卫生,婚期太早,以是传种,种已孱弱。……呜呼!其人皆为病夫,其国安得不为病国也?”④

至此,可以清楚地看出,卫生小说虽然打着“卫生”的旗号,意义却停留于保健养生。即便如书中提及的当时西方的医学书,也不过是赶潮流罢了。这里出现的也是前文中所述晚清翻译的西方卫生学书籍,合信氏的《全体新论》与海得兰的《儒门医学》。“现今中国医学式微,竟无洞烛垣一方人,所以喜新法者,都推重西学。”⑤“我得了此部新书,如获珍宝,因现在中国广兴新学,弟用这等药味,亦要振兴中国医界上的新风潮。”⑥诚如作者批判的一般,“如此便算医界的新学,怪不得那般假新党剪了头发,戴上草帽,穿了西衣,踏着皮鞋,碰着人握手脱帽,亲嘴抱腰,装出那新模新样”。⑦

尽管如此,《医界镜》中有一句话却是不能错过的:“我不得不望我的同胞讲究些卫生法则,那公共卫生权柄是在官绅的,至于个人卫生,只要我自己时时刻刻研究,就得了。”⑧这句话大概是全书中唯一一处涉及公共卫生也就是近代卫生行政、医学管理的地方。作者虽然写了这句话,但可惜并没

① “先登报说明铁之功用,与血如何关系,说是人身红血输多,则肌肤鲜红,身体强健,白血输多,则肌肉淡白,身体薄弱。服了这个阴阳铁血丸,自然红血输日长日多,白血输日减日少了。这等说话,外面看似明白晓畅,说得有理,其实质好欺那不懂生理的人。”载儒林医隐《医界镜》,第171—172页。

② 儒林医隐:《医界镜》,第105—106页。

③ 儒林医隐:《医界镜》,第103—104页。

④ 梁启超:《新民说·论尚武》,载夏晓虹编:《梁启超文选》,中国广播电视出版社1992年版,第163页。

⑤ 儒林医隐:《医界镜》,第143页。

⑥ 儒林医隐:《医界镜》,第93页。

⑦ 儒林医隐:《医界镜》,第93页。

⑧ 儒林医隐:《医界镜》,第12页。

有展开,“公共卫生”便只能流于“流行词”之一罢了。

《医界镜》在出版前经过了内部(医界)的诸多传阅,引起了轰动,[①]出版后在上海著名的报刊《时报》上做了广告:“近代各种小说皆备,惟关于卫生,医界者尚付缺如。儒林医隐为儒医两界名手,竭数年之力,易五次之稿,著成小说,以冀医界改良。且中有许多妙方,搜罗完备,于消闲之中,兼得卫生之益。凡官商学界,欲讲求卫生者,不可不看。”[②]其实,郁闻尧对自己第一部《医界现形记》也做了广告。1906年八月三十、九月初一、九月初二的《申报》头版上称:“鄙人曾托商务印书馆代印之《卫生小说》四册,业已印成。兹因尚需校改,原本不复出售,倘有人将原书改头换面易名出版者,照书业公所例议罚。”[③]因为该书中对上海的医生进行了揭露,作者受到一些限制,书虽然出版了(1 000部)却没能销售。尽管如此,作为清末民初最著名的出版社商务印书馆的大名已经为他做了良好的宣传与保障,而且在圈内也广为传阅。两年后,修改版《医界镜》同样也交由商务印书馆出版。

《医界镜》中出现的卫生商品广告,像“补天汁”“戒烟丸”其实早在19世纪70年代便出现了,主要是具有戒烟与滋补作用的参茸卫生丸之类,主题诸如“去病强种”“强种开智”。19世纪末20世纪初,各式各样的卫生商品广告发生了政治化。“在晚清思想界,作为舶来品的‘卫生’,同‘文明’发生了密切联系,成为‘文明’的一个重要指标。这种情况迅速影响到也反映到大众的消费领域中,导致‘卫生’成为大家趋之若鹜的东西。……企图围绕‘卫生’建构一种以种族振兴、后代康健为导向的消费认同与卫生文化。”[④]从这一指摘可见“卫生”在晚清的流行,也表现了大都市上海的消费特点。同时还需要留意的是,晚清的“卫生文化”是以种族振兴、后代康健为指向的,这一点恰恰与近代意义的“卫生”发生了偏差。然而,无论商品的效用如何,这些卫生广告的影响力很大,吸引了众多的消费者。近代中国的卫生文化、卫生观便是这般,以自己的方式建构起来。

---

① “因借阅者纷至沓来,深恐转辗遗失,同人咸劝予,付梓以公同好云。”载儒林医隐《医界镜·小引》。

② 《时报》1909年2月10日。

③ 杨芳、朱慧、潘荣华:《近代首部医德小说〈医界镜〉作者新证》,第237页。

④ 张仲民:《“卫生”的商业建构——以晚清卫生商品的广告为中心》,《历史教学问题》2013年第5期。

四、晚清卫生行政之不脱节：文化殖民的嫌疑

“卫生”是建立在西方新知识基础上的一个新意识，尤其是关于微生物及疫病的知识。可以说，从晚清出使西洋的外交官起，到清末民初的普通大众，“卫生”文明虽然舶来，却迟迟没有建构起现代性。直到清末民初，卫生一词才从汉语中原本有的“卫生”与日本对近代医学翻译出来的“卫生”逐渐合流。作为近代行政的“卫生”系统，中国的地方性卫生制度化在光绪新政(1901)时期萌芽，1905 年国家卫生行政机构建立，但直到 20 世纪 30 年代才真正建立起卫生系统。然而，不可否认在晚清较早的时期，也有近代意义的卫生行政。那就是传教士在华医学活动以及在外国领事介入下的中国海关，他们发挥了作用。

第一次鸦片战争后，中国开放了广州、厦门、上海、宁波、福州 5 个通商口岸，这些城市都建立了教会医院，而传教士不仅传教行医，还收集统计医学信息。医疗与公共健康信息作为中国国情的一部分受到了西方的关注。关于传教士在华的活动，往往被视为文化殖民的一种，其医疗活动也不外乎两点：一是对在华外国人的健康医疗，二是传播宗教。先前所述傅兰雅、海得兰、和信氏、嘉约翰都是传教士。尽管晚清早期的医学统计(疾病调查)主要是由传教士完成的，但并未对中国产生大的影响。究其原因，研究者认为是缺乏系统的统计制度支持。“19 世纪 60 年代以前，除了海关总署已经发布了贸易收益统计外，中国其他政府部门都没有采用现代意义的统计方法进行信息发布。”[①]并且，中医“以六气为治病之源，而不信微生物之传染，疫疠之行，委之天行，则卫生防疫之法，遂无下手之处，合种种热性病于伤寒温热，而不能识别疾病之个性，则调查统计之术，于是乎穷”。[②]

西方传教士虽然在华建立医院、开展疾病调查、统计医疗信息，但终究因为晚清对“卫生”的认识尚浅，公共卫生行政并没有建立起来。卫生

---

① 张小龙：《晚清的医学统计》，《中华医史杂志》2013 年 1 月第 43 卷第 1 期。

② 余云岫：《请命令废止旧学校案原文》，《医界春秋》1929 年第 34 期。转引自张小龙《晚清的医学统计》，第 34 页。

绝不仅仅是社会福祉问题，更被赋予了政治的意味。就如"卫生警察"(Gesundsheitspolizei)这个词语表示的一样，卫生行政被纳入权力机构甚至可以说是暴力机构之中。19世纪末至20世纪初，"卫生"被放在对外关系中进行处理，因为当时"公共卫生"的主要任务就是控制流行疫病。晚清疫病流行情况十分严重，"清代后期短短72年，计50年是有疫病的年份，平均1.45年中有1年出现疫病流行。"①这些传染病包括天花、麻疹、热病。

19世纪后期，外国领事介入海港检疫(近代中国的卫生行政)，西方列强控制了海关。但也是如此，才形成了较为系统的近代医疗调查与统计体系。海关收集各港口城市的医疗卫生情况，为在华外国侨民提供医疗卫生保健咨询；调查当地的疾病流行情况，以半年度集刊形式出版。

然而，海关毕竟隶属于清政府，客观上推动了卫生的制度化，对清政府重视(实施)卫生行政起了推动作用。不过，由外国领事介入的海关，其搜集情报及殖民利益之目的十分清楚。这也是有着文化殖民的嫌疑的。事实上，日本在东北占领地的行政管理中，也以近代西洋医学为基础开展卫生行政。1899年，淋巴腺鼠疫暴发，作为中国东北部唯一的条约港，营口占据了对外贸易及沿海贸易的重要位置，但是却根本没有实施海港检疫。疫情扩大之后，外国领事介入，实施了一些措施，其中有一项即设置卫生局。卫生局从日本招募了医生及技术人员，在日本外务省、内务省卫生局的批准下，派遣日本人医生团前往营口，开展如下对策：设置公共厕所、整备下水、清扫垃圾、道路洒水、街道改善、禁止饲养猪、消灭老鼠、新挖水井等。后来清政府认识到，日本人占领卫生行政便维持了日本的影响力，于是削减了日本人，将巡警局、工程局、卫生局合并为工巡卫生总局(1907—1908)。但这毕竟成为中国社会卫生制度化的一个契机。②

研究者Ruth Rogaski指出，"卫生"是理解近代东亚史的一个重要锁钥。"卫生是日本殖民扩张至朝鲜，中国东北地区和台湾地区等地的核心策略，……是统治的组织原则、国家与人民关系的争议焦点，终极而言(卫

① 张剑光：《三千年疫情》，江西高校出版社1998年版，第515页。

② 营口案例资料详见饭岛涉：《近代中国の衛生行政——19世紀末～20世紀初期、営口の事例》，《東洋学報》80(2)，1998年。

生)更是日本与亚洲权力消长的指标。"[①]在晚清海关问题上,也体现出了这个性质。

五、小　结

晚清几乎与日本在同一时期接触了卫生学,并考察了西方及日本的卫生系统,翻译并编写了很多卫生书籍,[②]却没有像日本那样及早地建立起卫生行政。其滞后原因除了两国人民的习性、对待西洋医学的态度以外,还与国家发展阶段的差异有关。一个是脱胎于闭关锁国的封建国家,正开始近代国家的腾飞;一个是深处外忧内患的封建王朝末期,尚不具备建设近代国家行政之一环卫生系统的余裕。就像明治后期流行的世界末日论,契合了西方世界的世纪末恐慌;晚清却不具备产生世纪末的经济基础。所以科学小说《世界末日记》从美国、法国传到日本时是一个样子,到了晚清就变成了另外一种解读。[③]

为了解决一个单纯的疑问,本文对晚清"卫生"概念的形成及功能作了一些考察。从外部(明治)来看晚清,不仅提供了考察晚清的一个视角,同时也形成了对晚清—明治的比较文学研究。

---

① Ruth Rogaski, *Hygiene Modernity: Meanings of Health and Disease in Treaty-port China*, p.220.转引自雷祥麟《卫生为何不是保卫生命?民国时期另类的卫生、自我、与疾病》,《台湾社会研究》2004年第54期,第19页。

② 例如在近代卫生事业上做出贡献的丁福保。1900年编《卫生学问答》;1902年参与创办文明书局,出版"蒙学教科书"系列;1906年出版《蒙学卫生教科书》;在《申报》上开设《医话》专栏;1910年发起成立中西医学研究会,出版发行《中西医学报》。

③ 拙论:《清末科学小说与世纪末思潮——以两篇〈世界末日记〉为例》,《社会科学》2009年第2期。

后　记

日本人写的日本文学史很有趣。

有作家写的，有评论家写的，有从前（近代初期）的人写的，有战后的人写的，也有当代研究者写的。有的写一个朝代的，比如明治时代；有的写多一点朝代的，比如近代；很少见到那种从古至今的大部头。还有各种分门别类的文学史。于是，因为每个人的写法都不一样，个人色彩非常鲜明，也使得“文学史”这类书籍变得很有意思。

我之所以要强调这个“有趣”，是因为一路走过来，感觉自己学习时、教书时所用的教材比较无趣。其实我一直有一个很困惑的问题：为什么我们的文学史都是一个套路？言外之意，便是我们编写的日本文学史缺乏新意，有着固定的模式与写法。我觉得那不能激发学生的兴趣。尤其在我留学时自己东看西看了各种文学史后，这种体会尤为深刻。

1993 年，我考入北京师范大学外语系日语专业。当时专业用的日语教材十分有限，我们的课本是北师大的老师自己编纂的，到了高年级时则使用日本的中学课本。那时候我只知道学习日语基础文法、基本的现代文学，并没有能力去探求也不知道自己想要探求什么。大学毕业后，我进入上海大学外语学院，成为一名日语专业教师。使用的教材是上海外国语大学的《新编日语》，一般按照词汇、语法、文章、练习的步骤教学。之后，我考上复旦大学外语系日语专业研究生，这时候我看到了一些不一样的东西。

复旦的老师开的课叫“特别讲义”，有专门讲古代日本史的，我尤其对“前方后圆”的古坟感兴趣；有专门讲江户井原西鹤描绘市井生活的小说，我尤其喜欢庶民生计赚钱的方式；有很喜欢棒球比赛的老师，听课好像在听赛场解说。这些“兴趣”便是激发我去日本留学的最主要的动力。

身为外语专业的学生，其实我有相当长的一段时期都很困惑与沮丧。

因为，“外语”只是一种工具，而并不能成为一种专业。2018 年末关于高校的英语专业是否要裁撤关停，引发了热议。几乎所有的学生都学习英语，而小语种的日语、法语、西班牙语、朝鲜语的学习也越来越普遍。我记得北京大学的陈平原先生曾经说过他在火车上的“困惑”的经历。乘车时旅客之间闲聊，若被问起专业，陈老师会觉得“中文系”“现当代文学”简直“拿不出手”。可能任何一个人都喜欢文学，喜欢看书，且通晓古今中外。“外语”也有这样的尴尬。“外语”专业的全称是外国语言文学。这个语言文学，一般来说要比非专业的人学得更深一些、更广一些(但也不乏优秀的非专业人士的外国文学修养很高)，可是在实际的我国大学教育中，这个教育教学可能还不是很完善。

“文学史”的编纂其实反映出专业性与趣味性的问题。我最喜欢看的是本间久雄的三卷本《明治文学史》(东京堂 1948 年版)，这大约可以被视为一种比较细致的通史。记得当年写硕士论文，我将一些引文单独列为一段。于是我的老师黑住真先生便说话了：“像本间先生这样的大人物，自然是可以单独成段的。不过一般人的情况下是不需要的，直接在行文中引用便是。”啊，原来本间久雄是可以被敬称为“先生”的大文学家。这个地位大概就相当于我们的鲁迅。之所以喜欢看，是因为本间久雄的明治文学史(以及其他人的日本文学史)言之有物。你打开书，就好似打开了每个作者的人际网，带着各个时代鲜活的烙印。

我想起刚留学时的一些经历。在本乡参加国文学长岛弘明先生的江户文学课程，老师还让我参加了读书会。作为唯一一个留学生，在一个同学的发表之后，老师问了我的意见。我记得那位前辈做的是江岛其碛(1667—1736)的生平及交友考证，竟脱口而出：“无聊。”我为这一失言后悔莫及。一个是对学长的不尊敬，对任何一个辛苦工作的人的不尊重；第二是根本不了解日本做学问的方式，而且是一种非常扎实的方式。后来我参加藤井省三老师的课程，正值《刘呐鸥日记集》出版(康来新、许秦蓁：《刘呐鸥全集·日记集》，台南县文化局 2001 年版)，老师便带着我们研读《日记》。看手写稿，查找每一处人名、地名、笔名，制作出 20 世纪 30 年代上海的人际网、地图、新兴事物发展史……这本日记我读了两年，后来还制作成了数据库。我逐渐地体会到这种治学方式的优长，也慢慢地学习了。

这本小书汇聚了我十多年来点滴的成长轨迹，带着不同时段的思考，也可以看出写作方式上存在着明显差异，并不统一，而且有很多稚嫩或者不当的地方。但我恰恰以为，这个“不统一”正是对于不同学术课题的不同的研究方式。不可否认，对待每一篇文章都有着这样那样的遗憾，我希望其中所体现的及未能充分展开的每个点，将会在今后继续生长与衍生，也恳请诸位方家指正。

戊戌年末大雪日　著者谨识